陕西理工大学文学院"汉语言文学省级一流专业""中国语言文学省级优势学科"建设项目经费资助出版

诗经识读

刘昌安
温勤能 著

中国社会科学出版社

图书在版编目（CIP）数据

诗经识读 / 刘昌安，温勤能著 . —北京：中国社会科学出版社，2021.7
ISBN 978-7-5203-8797-2

Ⅰ.①诗… Ⅱ.①刘… ②温… Ⅲ.①《诗经》-诗歌欣赏 Ⅳ.①I207.222

中国版本图书馆 CIP 数据核字（2021）第 147170 号

出 版 人	赵剑英
责任编辑	周晓慧
责任校对	刘　念
责任印制	戴　宽

出　　版	中国社会科学出版社
社　　址	北京鼓楼西大街甲 158 号
邮　　编	100720
网　　址	http://www.csspw.cn
发 行 部	010-84083685
门 市 部	010-84029450
经　　销	新华书店及其他书店

印　　刷	北京明恒达印务有限公司
装　　订	廊坊市广阳区广增装订厂
版　　次	2021 年 7 月第 1 版
印　　次	2021 年 7 月第 1 次印刷

开　　本	710×1000　1/16
印　　张	28.25
插　　页	2
字　　数	358 千字
定　　价	138.00 元

凡购买中国社会科学出版社图书，如有质量问题请与本社营销中心联系调换
电话：010-84083683
版权所有　侵权必究

序　言

　　《诗经》是中国古代的第一部诗歌总集，被视为中国诗歌的圭臬。在讲到中国传统文化时，是无法绕开《诗经》这部元典的。在中国古代文人所读的书里，《诗经》是"五经"之首。在今天的中学语文教材里，在大学文学、历史等专业相关课程的教材中，都选有《诗经》篇目。

　　《诗经》是高校中文专业古代文学课程中先秦文学的重要内容，但限于课时，文学史、作品选虽有涉及，但所选《诗经》篇目甚少。为此，笔者给本科高年级学生开设了《诗经研究》选修课程，以补充基础课程的不足。同时，也给研究生开设《诗经》专题课，开阔其视野，为他们进一步研究《诗经》提供方法与资料。

　　本书名为"诗经识读"，意在用讲读的方式对《诗经》的基本问题展开讲述，对《诗经识读》的内容及其表达的情感进行深度分析，凸显《诗经》的文学魅力，使读者在今天的文化背景下，能有效地读懂这部文化典籍，传承文化精神，增强文化自信。

　　本书在体例上采用"概论＋诗选"模式，以期涵盖文化史和学术史内容，既参考前贤著作、吸纳其学术研究成果，又有笔者的教学实践和研究思考，欲将学术性、理论性、资料性、专题

性、实践性融为一体，使之既有整体的思路，又有不同的侧重，展现《诗经》丰富的内涵和深远的影响，使读者可读、可品、可悟。

本书对《诗经》编纂的性质、价值，产生的时代和地域，《诗经》的集结、分类、编撰、流传等问题进行了必要的介绍，也分析了《诗经》的内容、体例、艺术、影响等文学史问题。同时，对《诗经》的重要作品进行了分析解读。

为了扩大读者视野，拓展研究领域，本书注重挖掘《诗经》与汉水流域文化的关系，体现出处于汉水流域的陕西理工大学在学术研究上的地域特色，以及对地方文化的服务与贡献。而且，在《诗经》研究的跨学科方面，本书也试图作一些探讨。

本书既可作为本科生学习《诗经》的教材，也可作为研究生研读《诗经》的入门书，还可以是爱好《诗经》的广大普通读者的学习读本。

任何时代、任何个人的见识总是有限的，不可能尽善尽美。本书呈现给读者的各类看法和观点，其不妥之处或许很多。著者当事者迷，读者旁观者清，恳请方家赐教指正。

目　录

绪论　诗魂文脉 ……………………………………………（1）

上篇　遥远的回响：相遇《诗经》

第一章　圣贤经典
　　——《诗经》的性质和价值 ………………………（11）
一　中华文化的元典 ……………………………………（12）
二　中国文学的源头 ……………………………………（13）
三　《诗经》的价值 ……………………………………（15）

第二章　江河怀抱
　　——《诗经》的作者、时代、地域 ………………（23）
一　何人为《诗》：《诗经》的作者 ……………………（23）
二　五百年间：《诗经》的时代 …………………………（30）
三　山水故土：《诗经》的地域 …………………………（33）

第三章　薪火相传
　　——《诗经》的编集、分类、传播 ………………（37）

一　太乐留迹：《诗经》的编集 …………………………（37）
　二　类从乐声：《诗经》的分类 …………………………（42）
　三　赓续不辍：《诗经》的流传 …………………………（44）

第四章　弦歌历史
　　　　——《诗经》中的社会生活 ……………………………（49）
　一　玄鸟帝迹：商周历史的记忆 …………………………（50）
　二　田家乐园：远古农业的再现 …………………………（54）
　三　河水桑间：情爱婚恋的歌咏 …………………………（64）
　四　戎车既驾：战争岁月的记录 …………………………（77）
　五　兴观群怨：社会生活的美刺 …………………………（84）

第五章　泽被后世
　　　　——社会生活中的《诗经》 ……………………………（89）
　一　赋诗言志：出于四方的外交辞令 ……………………（89）
　二　金榜题名：科举取士的人生通途 ……………………（94）
　三　言为心声："谏书"与"感孝" ………………………（97）

第六章　魅力永恒
　　　　——《诗经》的文化精神与艺术成就 …………………（103）
　一　精神家园：《诗经》的文化精神 ……………………（103）
　二　风雅长存：《诗经》的艺术成就 ……………………（112）

第七章　历史回溯
　　　　——《诗经》研究史述要 ………………………………（121）
　一　先秦时期：用诗、赋诗与论诗 ………………………（122）

二　两汉时期：经学昌盛 ………………………………（124）
三　魏晋南北朝时期：郑、王之争 ……………………（127）
四　唐宋时期：从汉学到宋学 …………………………（129）
五　元明时期：承绪与空疏 ……………………………（132）
六　清代：守正与出新 …………………………………（135）
七　近现代：众家纷呈 …………………………………（142）

第八章　迷雾重重
　　——《诗经》公案、谜案、悬案 ……………………（147）
一　《诗经》是否为民歌 …………………………………（147）
二　《诗经》可以入乐吗 …………………………………（150）
三　孔子是否删过诗 ……………………………………（154）
四　"六义"与"四始" ……………………………………（159）
五　三《颂》诗成于何时 …………………………………（163）

第九章　南国之音
　　——"二南"与汉水文化 ………………………………（168）
一　"二南"诗的地域在哪里 ……………………………（169）
二　汉水流域的文化特色 ………………………………（171）
三　《诗经》与汉水流域历史人物 ………………………（173）

第十章　诗意别证
　　——《诗经》跨学科多元视野 …………………………（181）
一　万物有灵：《诗经》中动植物的文化解读 …………（182）
二　别开洞天：出土文献与《诗经》研究 ………………（195）
三　另辟蹊径：《诗经》研究的文化人类学猜想 ………（202）

第十一章 走出迷穀
——《诗经》研究的反思 …………………………（207）
一 蒙尘的经学 …………………………………………（210）
二 诗证的历史 …………………………………………（218）
三 回归的文学 …………………………………………（222）

第十二章 探赜要略
——《诗经》文献研读 …………………………（228）
一 学习门径：目录书中著录的诗类文献 ……………（228）
二 延伸展读：《诗经》研究要籍举要 ………………（231）
三 检索指引：《诗经》研究工具书简介 ……………（248）

下篇 永远的感动：品读《诗经》

周 南 ……………………………………………………（255）
《关雎》 ……………………………………………………（255）
《卷耳》 ……………………………………………………（258）
《桃夭》 ……………………………………………………（260）
《汉广》 ……………………………………………………（262）

召 南 ……………………………………………………（265）
《草虫》 ……………………………………………………（265）
《摽有梅》 …………………………………………………（267）
《野有死麕》 ………………………………………………（269）

邶 风 ……（271）

《燕燕》……（271）

《击鼓》……（273）

《凯风》……（275）

《谷风》……（277）

《静女》……（280）

《新台》……（282）

鄘 风 ……（285）

《柏舟》……（285）

《墙有茨》……（286）

《相鼠》……（288）

《载驰》……（289）

卫 风 ……（293）

《淇奥》……（293）

《氓》……（295）

《河广》……（299）

《伯兮》……（301）

《木瓜》……（303）

王 风 ……（305）

《黍离》……（305）

《君子于役》……（307）

《采葛》……（308）

郑 风 ……(311)

《将仲子》……(311)

《女曰鸡鸣》……(313)

《子衿》……(315)

《溱洧》……(317)

齐 风 ……(320)

《鸡鸣》……(320)

《东方未明》……(321)

《卢令》……(323)

魏 风 ……(325)

《陟岵》……(325)

《十亩之间》……(327)

《硕鼠》……(329)

唐 风 ……(332)

《山有枢》……(332)

《绸缪》……(334)

《杕杜》……(336)

《鸨羽》……(337)

《葛生》……(339)

秦 风 ……(342)

《蒹葭》……(342)

《晨风》……(344)

《无衣》…………………………………………（346）
《渭阳》…………………………………………（347）

陈　风 ……………………………………………（350）
《月出》…………………………………………（350）
《株林》…………………………………………（352）

桧　风 ……………………………………………（355）
《隰有苌楚》……………………………………（355）

曹　风 ……………………………………………（357）
《蜉蝣》…………………………………………（357）

豳　风 ……………………………………………（359）
《七月》…………………………………………（359）
《鸱鸮》…………………………………………（365）
《东山》…………………………………………（368）
《伐柯》…………………………………………（372）

小　雅 ……………………………………………（374）
《鹿鸣》…………………………………………（374）
《伐木》…………………………………………（376）
《采薇》…………………………………………（379）
《六月》…………………………………………（383）
《鹤鸣》…………………………………………（386）
《无羊》…………………………………………（388）

目　录

《正月》 …………………………………………………… (391)
《蓼莪》 …………………………………………………… (395)
《北山》 …………………………………………………… (398)
《宾之初筵》 ……………………………………………… (401)

大　雅 ……………………………………………………… (405)
《旱麓》 …………………………………………………… (405)
《生民》 …………………………………………………… (407)
《公刘》 …………………………………………………… (413)

周　颂 ……………………………………………………… (418)
《清庙》 …………………………………………………… (418)
《良耜》 …………………………………………………… (420)

鲁　颂 ……………………………………………………… (423)
《泮水》 …………………………………………………… (423)

商　颂 ……………………………………………………… (428)
《玄鸟》 …………………………………………………… (428)

参考文献 …………………………………………………… (431)

后　记 ……………………………………………………… (438)

绪论　诗魂文脉

中华文明既是世界公认的具有独立起源的文明之一，又是世界上唯一没有中断、流传至今的文明。中华民族文化是中华文明十分重要的组成部分之一。文化是民族的生命，它使民族绵延不息，在科学技术飞速发展的今日，民族文化更起着维系社会于正轨的作用。中华民族文化以其博大精深，一向为世人所瞩目。《诗经》作为我国第一部诗歌总集，是我国古代文化的瑰宝，是我国文学的源头，是世界文学宝库中的璀璨明珠。文化学者余秋雨在《中国文脉》一书中这样推介和评价《诗经》：

> 我本人一直非常喜欢《诗经》，过去在课堂上向学生推荐时，不少学生常常因一个"经"字望而却步，我总是告诉他们，那里有一种采自乡野大地的人间情味，像是刚刚收割的麦垛的气味那么诱鼻，却谁也无法想象这股新鲜气味竟然来自于数千年。
>
> 我喜欢它的雎鸠黄鸟、蒹葭白露，喜欢它的习习谷风、霏霏雨雪，喜欢它的静女其姝、伊人在水……而更喜欢的，则是它用最干净的汉语短语，表达出了最典型的喜怒哀乐。
>
> 这些诗句中，蕴藏着民风、民情、民怨，包含着礼仪、

道德、历史，几乎构成了一部内容丰富的社会教育课本。这部课本竟然那么美丽而悦耳，很自然地呼唤出了一种普遍而悠久的吟诵。吟于天南，吟于海北；诵于百年，诵于千年。于是，也熔铸进了民族的集体人格，成为中国文脉的奠基。①

余秋雨用他的诗意情怀，道出了《诗经》作为中华文脉的坚实基础。

古往今来，《诗经》的影响都是长盛不衰的，不仅是学术影响，而且有广泛的社会影响。先秦时期，赋《诗》和引《诗》蔚然成风。

周人的典礼演奏诗乐，公卿大臣的讽谏陈诗，体现了献诗陈志、赋诗言志、言语引诗的文化传统。春秋诸侯间的外交会盟，都用诗来表达自己的意图和情感。孔子说："不学诗，无以言。"②"颂《诗》三百，授之以政，不达；使于四方，不能专对，虽多，亦奚以为？"③ 要求掌握三百篇诗应用于政务，外交出使能够赋诗应答。孔子还教育自己的儿子说："小子何莫学夫《诗》，《诗》，可以兴，可以观，可以群，可以怨。迩之事父，远之事君；多识于鸟兽草木之名。"④ 孔子把《诗》的社会功能表达得非常清楚，认为《诗》可以起到陶冶人的情操，认识了解社会，考察政治得失，交流思想感情，密切人际关系，批判社会黑暗，增长博物知识的作用。战国时代，诸子争鸣，引《诗》作为理论依据，表达各自学派的观点，其中《孟子》引《诗》三十七条，《荀子》引

---

① 转引自余秋雨《中国文脉》，长江文艺出版社2012年版，第158页。
② 杨伯峻：《论语译注》，中华书局1980年版，第178页。
③ 杨伯峻：《论语译注》，第135页。
④ 杨伯峻：《论语译注》，第185页。

绪论 诗魂文脉

《诗》一百零七条,① 在诸子中引诗最多。两汉时期,五经设立博士官,四家诗的流传,今古文的纷争,使《诗经》的地位有了更大的提升。唐、宋、元、明时代,在科举考试中,《诗经》更是士子必读的考试教材。闻一多先生在《文学的历史动向》一文中说:

> 《三百篇》的时代,确乎是一个伟大的时代,我们的文化大体上是从这一刚开端的时期就定型了。文化定型了,文学也定型了,从此以后二千年间,诗——抒情诗,始终是我们文学的正统的类型,甚至除散文外,它是惟一的类型。赋、词、曲,是诗的支流,一部分散文,如赠序、碑志等,是诗的副产品,而小说和戏剧又往往以各自不同的方式夹杂些诗。诗,不但支配了整个文学领域,还影响了造型艺术,它同化了绘画,又装饰了建筑(如楹联、春帖等)和许多工艺美术品。
>
> 诗似乎也没有在第二个国度里,像它在这里发挥过的那样大的社会功能。在我们这里,一出世,它就是宗教,是政治,是教育,是社交,它是全面的生活。维系封建精神的是礼乐,阐发礼乐意义的是诗,所以诗支持了那整个封建时代的文化。②

李维在《中国诗史》第二章"三百篇为中国诗学之渊薮"中说:

---

① 董治安:《先秦文献与先秦文学》,齐鲁书社1994年版,第13页。
② 闻一多:《闻一多全集》第10卷"文学史编",湖北人民出版社1993年版,第17页。

· 3 ·

绪论　诗魂文脉

《三百篇》为中国纯文学之祖，学者无不知之，其中之十五国风，盖纯粹的平民文学也。书时书事，写情写景，状人状物，以至叙述平民生活之状况，刻画普通社会之心理，通其思想，明其美刺，无不恰到好处，数千年来遗留之文学，未有能出其右者。一般文人学士，得其一奥，即足名家，故均视为文学之巨擘焉。①

朱东润在《诗三百篇探故·绪言》中说："吾国文学导源于《诗》三百篇，不知《诗》三百五篇者，不足与言吾国文学之流变。"② 学者们的论述再次说明，《诗经》是中国古代文化中原创性经典，是中国文化的"基因书"。它对中华文化的影响之大，泽被国人之多，是任何文学作品都无法匹敌的，它确实是儒家之经、文学之经、人生之经。

在当代，由于受到西方文化的影响，中国传统文化面临着许多危机。笔者撰写过一篇《知识经济背景下古代文学教学的挑战与回应》的文章，对当代学生"快餐阅读"古典名著，"消解"古典文学价值的现象进行了分析，进而指出：

在现代经济社会中，一个国家民族的发达强盛，除了经济实力外，民族精神文化和道德文明也是重要的标志。而精神文化和道德文明的建立和完善，古典的价值起着重要的作用。对个人而言，除了物质生活外，同样需要精神生活。包括古典文学在内的人文基础学科，其根本价值就在培养人的人格和精神，完善人的知识结构，从而实现人的全面发展。

---

① 李维：《中国诗史》，江苏文艺出版社2008年版，第6页。
② 朱东润：《诗三百篇探故》，上海古籍出版社1981年版，第1页。

绪论　诗魂文脉

在这个意义上，无论社会如何变革，时代如何变化，对理想、信念的追求，应该不受物质的影响。一个民族、一个国家是这样，一个人更应该是这样，何况中华民族有几千年的文化传承。这正如有学者指出的那样："我们五千年历史的人文结构中有着巨量的精神资源，我们有《诗经》、楚辞、乐府、民歌、辞赋、古文、刘勰、钟嵘、李、杜、苏、黄、关汉卿、马致远、《水浒》《红楼梦》的优秀文学传统；我们有老、孔、庄、孟、荀子、韩非、屈原、司马迁、嵇康、陶潜、韩愈、王安石、朱熹、文天祥、王阳明、李贽、顾炎武、戴震、吴敬梓、章学诚的光荣思想传统，我们还有一个更光辉万丈的五四新文化传统，有胡适，有鲁迅，有陈独秀，有蔡元培。这些精神资本与文化泉源一代一代地灌溉我们，滋养我们，鼓舞陶冶我们，使我们的襟怀心胸丰满，使我们的才力胆识提升，使我们的精神气骨坚强雄壮，我们有抵御种种人的异化特别是精神腐败的天然力量，这也正是我们对未来中国文化的发展充满信心的逻辑起点。"用现代意识去重新认识、发掘中国古代文学，特别是经典著作的思想精华，使之深深植根于青年学子的灵魂中，使他们深爱我们这个民族，忠于自己的国家和人民，让他们产生做为中华民族子孙的骄傲、自豪的情感。①

笔者的这些认识、这些观点，在今天看来，仍然具有启示意义。就《诗经》而言，笔者发表过一篇《〈诗经〉的文化价值及现

---

① 刘昌安：《知识经济背景下古代文学教学的挑战与回应》，《陕西理工学院学报》（社会科学版）2005 年第 2 期。

绪论　诗魂文脉

代意义论析》的文章,① 探讨了《诗经》的价值,产生了一定的反响,被学界引用介绍。② 同时,此文还有幸被南京大学著名学者莫砺锋教授主编的《中华优秀传统文化》中学教材（高二上册）收入,③ 实践了对传统经典的文化普及与传播。

关于《诗经》的价值,当代作家、学者也有不少的评价。作家木心说:"《诗经》三百首,其中至少三十多首,是中国最好的诗。""《诗经》三百篇,一点也没有概念。完全是童真的。"④ 著名作家王安忆说:"《诗经》朗朗上口,适合从小学到大学的各个年龄段的青少年阅读。""读着《诗经》,体会着风雅颂、赋比兴,你就会像被领进一个河汊密布的地带,一条文字之河。由于时间的关系,我们永远生活在《诗经》的下游,感受其芬芳,接受其哺育。"⑤ 著名学者、诗人、散文家余光中也说过:

> 在台湾曾经有一位记者问我,他说这都什么时代了,你还读苏东坡的诗？我说为什么不可以读？你知不知道你的日常用语里面都缺不了苏东坡。他说为什么？我说,你会说"哎,某人啊,我没有见过他的庐山真面目",这就是苏东坡的诗啦。你说人生漂泊不定,雪泥鸿爪,那不是苏东坡教你的吗？你说这位女子啊,绝色佳人,淡妆浓抹总相宜,这些都是苏东坡留给我们的遗产。《诗经》《楚辞》的优美的诗句

---

① 刘昌安:《诗经的文化价值及现代意义论析》,《理论导刊》2006 年第 9 期。
② 邵炳军主编,侯文冉、杨延编撰:《诗经文献研读》,广西师范大学出版社 2010 年版,第 11、244 页。
③ 莫砺锋主编:《中华优秀传统文化》,译林出版社、中华书局 2018 年版,第 32—38 页。
④ 木心讲述,陈丹青笔录:《文学回忆录》,广西师范大学出版社 2013 年版,第 1066 页。
⑤ 沈祖芬:《与作家王安忆对话》,《中国教育报》2002 年 4 月 2 日。

· 6 ·

绪论　诗魂文脉

都已经进入了我们的日常的成语,这就是民族的遗产。①

是的,《诗经》是我国光辉灿烂的古代文化遗产,是中国文学的源头活水,是我们中华民族永远的滋养,对后世的哲学、政治、历史、经济、文学、艺术乃至人们的思维方式、审美习惯以及日常生活等,都有极其重要的影响。《诗经》中描绘的一幅幅远古生活图景,充满泥土的气息和河水的氤氲,流露出最本色、最自然、最童真的思绪和情愫。阅读这些诗篇,不仅能感受到古老的文字之美,而且能真切地体验到两千多年前殷周时期人与自然、人与社会那最为质朴的关系,进而遥想那个时代人们的聚散离合、喜怒哀乐和爱恨情愁。《诗经》也正以它源远流长的历史、博大精深的思想、恢宏正大的气韵、丰富多彩的内容而傲然卓立于世界历史文化之林。

---

① 转引自朱汉民编《智者的声音——在岳麓书院听演讲》,湖南大学出版社 2004 年版,第 68—69 页。

上　篇
遥远的回响：相遇《诗经》

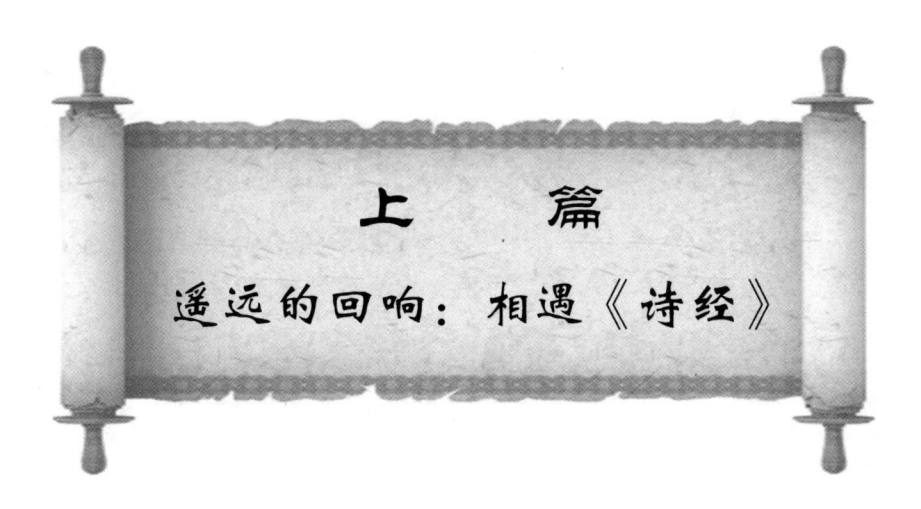

第一章 圣贤经典

——《诗经》的性质和价值

《诗经》是我国文学史上第一部诗集,它收录了自西周初期至春秋中叶的305篇作品,大约在前6世纪中叶编成。关于《诗经》作品的创作年代,由于时代久远,缺乏直证,而难以篇篇确考,只能大略推断。对《诗经》是诗歌"选集",还是诗歌"总集",学界也有不同的意见。

其实,意见的分歧源于对古代目录学术语的误解。古代总集的概念,是指按一定的体例将两家以上的作品汇编在一起的书。它与别集有区别。别集是指按一定体例将一位作者的作品汇编在一起的书。从收录范围上看,别集可以分为全集与选集两类。别集仅收录一家著作,而总集所收却不止一家。总集也可以分作两类,即全集性总集与选集性总集。全集性总集一般断代收录某种体裁的所有作品。有的兼收几个朝代的某类作品,但仍按断代编排,也可视为某种文献体裁的几个断代总集的汇编。选集性总集则是选录不同作家的作品。以此目录学的概念和准则推断,《诗经》应为总集。《诗》类著作虽在古代目录书中被列于经部,但依照现代学科分类,它无疑属于文学。晚清以来,学者一般称《诗经》为总集,以《诗经》为总集之源,乃是着眼于三百篇的

上篇　遥远的回响：相遇《诗经》

作者非一人。即使先秦典籍之中仍有未载录于《诗经》的篇句，也不能否定其总集性质，或者可以严谨地说，《诗经》是选集性总集。

一　中华文化的元典

什么是"元典"，当代学者认为，元典是指那些先秦时期写作并流传至今的、具有原创性意蕴、在中华民族文明史上长期发挥精神支柱作用的重要书籍。[①] 元典更强调人类精神文化的源头意义，超越时空的典范意义，民族精神的建构意义。从发生学的角度说，即为一种本原意义上的哲学文本或者诗性哲学，是其他阐释文本的元语言和元符码。《左传·昭公十二年》："上美为元。"《易·乾·文言》："元者，善之长也。"《毛传》："元，大也。"《说文·一部》："元，始也。"是以，元，不仅有万事万物肇始之义，而且包含着对人类终极性存在状态的关怀与价值取向，表达了对人文精神和理想人性的追求。先秦时期那些凝聚着中国人灵魂、堪称中华文化标志的典籍，后世把它们称为"中华元典"，"元"代表万物所系的根本和本原，"元典"有始典、首典、基本之典等意蕴，具有深刻而广泛的原始性，在中华民族的文明史上长期发挥着精神支柱的作用。

《诗经》正是在一个民族的原创性精神首次得以系统整理时期所形成的典籍，珍藏着中华民族跨入文明门槛前后所积淀的精神财富，其间既保有氏族制时代原始民主及原始思维的遗存，又陈列着初级文明时代的社会风俗、历史事件、典章制度与观念形

---

① 冯天瑜：《中国元典精神》，武汉大学出版社2006年版，第2页。

· 12 ·

第一章 圣贤经典

态,在以后的社会演变中,它们又得到多角度的诠释,其意义被发掘和阐扬,最终被定格为社会所遵奉的典籍。因此,对《诗经》元典符号编码的破译、对元典精神的把握,是了解中华民族、认识中华文明、理解中国古代社会的关键和纲领。

《诗经》是中华精神的元典文化,具有元典诗学精神,体现的是一个民族未被异化的原型文化,它对于民族文化在当代的发展,对于挽救价值迷失和重建价值秩序,克服后殖民主义文化侵袭所造成的民族失语危机,具有重要的人文价值和极强的时代意义。

二 中国文学的源头

《诗经》作为中国文学的源头,对后世的古代文学产生过重要的影响。它的真实性、可靠性,按梁启超的说法是字字"真金美玉",唐诗宋词元曲宋元杂剧明清小说,都或多或少地与《诗经》有着渊源和联系。

在《诗经》之前,关于文学的起源,学者们认为,诗歌起源于劳动生产,是"举重劝力之歌",鲁迅先生在《门外文谈》里曾称之为"杭育杭育"派的劳动呼声,被视为原始诗歌的萌芽。人们在原始诗歌中描写、赞美劳动生活,表达自己对生活的追求和热爱。《吴越春秋·勾践阴谋外传》所载的《弹歌》——"断竹,续竹;飞土,逐宍(古肉字)。"[①]——就是一首反映原始人用弓箭追捕禽兽的猎歌,虽然短小、简朴,却反映了狩猎的全过程,具有很强的概括力。除此之外,带有原始宗教性质的祭歌和

---

① 赵晔撰,徐天祐音注,徐乃昌辑并撰:《吴越春秋》,台湾:新文丰出版公司1989年版,《丛书集成续编》第272册,第470页。

上篇　遥远的回响：相遇《诗经》

咒歌，有的内容与生产劳动有一定的关系，也是原始诗歌的重要组成部分。由于原始社会生产力极为低下，人们对大自然充满着敬畏之情，为了五谷丰登、人丁兴旺，人们用如痴如醉的原始歌舞来取悦于神灵，因而出现了宗教祭祀歌与娱神歌舞。相传，神农氏在岁末祭祀百神时就念过"土反其宅，水归其壑，昆虫毋作，草木归其泽"①的咒语。《吕氏春秋·古乐》云："昔葛天氏之乐，三人操牛尾，投足以歌八阕：一曰载民，二曰玄鸟，三曰遂草木，四曰奋五谷，五曰敬天常，六曰达帝功，七曰依地德，八曰总万物之极。"②《葛天氏之乐》这个娱神歌舞，是中华民族文化艺术的重要源头之一。这是在尊祖先、敬天地的同时，表达对农耕、畜牧等农业活动的重视与祈愿心理，反映的仅仅是葛天氏部族社会生活的一个侧面，是当时社会、经济、文化等方面的缩影。

在原始时代，也存在着具有独立抒情韵味的诗歌，表达人们的世俗情感。传说大禹治水，一去数年，三过家门而不入，他的妻子思念他，派她的侍女在涂山之阳日夜眺望，自己朝思暮想，情思凝结，发而为歌，歌曰："候人兮猗！"③人们一般把《候人歌》视作中国文学史上的第一首诗歌。从此以后，我国古代的诗歌创作源远流长，日益丰富多彩，到唐朝时汇成浩瀚大海。然而，我国上古遗存的诗歌极少，梁人沈约在《宋书·谢灵运传论》中说："虽虞夏以前，遗文不睹，禀气怀灵，理无或异。然则歌咏所兴，宜自生民始也。"④也就是说，有生民以来就有歌

---

① 郑玄注，孔颖达疏：《礼记正义》，李学勤主编：《十三经注疏》（标点本），北京大学出版社1999年版，第804页。
② 许维遹：《吕氏春秋集释》，中华书局2009年版，第118页。
③ 许维遹：《吕氏春秋集释》，第140页。
④ 沈约：《宋书》，中华书局1974年版，第1778页。

咏。虽然"虞夏以前,遗文不睹",但留存下来的上古诗歌,散见于《尚书》《礼记》《左传》《国语》《战国策》《吕氏春秋》《史记》及先秦诸子的散文和《易经》的卜辞中。这些原始诗歌从内容到形式都为《诗经》创作奠定了基础。如原始诗歌中的劳动歌、祭祀歌、爱情歌、战争歌都是《诗经》创作的主题。原始诗歌所具有的艺术特征——直观性、简朴性、概括性,都为《诗经》所继承,并在长期的艺术实践中加以创造和完善,因而世界上最早的诗歌都是从口头传唱走向文字结集的。在中国,最先用文字记录下来的诗集,就是《诗经》。《诗经》的结集,就是对上古以来诗歌创作的一次最全面、最理性化的总结,从这个意义上说,《诗经》是中国文学的源头。

三 《诗经》的价值

作为中华文化的元典作品,《诗经》自问世以来,一直有着崇高的历史地位,它不仅是殷周时代的文学艺术,而且是上古诗歌艺术的集大成之作;它不仅是一部文学作品,而且是中国上古社会生活及文化精神的诗的凝聚和艺术的升华,有诸多方面的价值。

(一) 社会政治价值

《诗经》中的许多诗,尤其是《雅》《颂》,当初就是政治家为政治目的而创作的,是被当作政治工具而加以运用的。《诗经》时代以"礼乐"治国。周人所说的"乐"就是诗、乐等文学艺术的统称。当时诗乐合一,诗为乐之词,乐为诗之声,单言诗、乐,常兼指二者。我国古代格外注重诗乐的政教功能,认为"乐者,乐也,人情之所不能免也。乐必发于声音,形于动静,人之道也,声

 上篇　遥远的回响：相遇《诗经》

音动静，性术之变，尽于此也"①。诗乐是人们思想情感的真实自然流露，"唯乐不可以为伪"。人之情并非主观无端生发，而是感动于外在客观社会的："乐者，音之所由生也。其本在人心之感于物也。"政治成败决定人心哀乐，人心哀乐决定诗乐之哀乐，"声音之道，与政通矣"，政治决定诗乐，诗乐反映政治，审乐以知政，"故先王慎所以感之者"，追求"同民心而出于治道"②，以诱发喜乐敬爱之心，以防哀怨之声作。

我国古人还认识到诗乐不仅反映政治，而且有助于政教，"乐也者，圣人之所乐也。而可以善民心，其感人深，其移风易俗易，故先王著其教焉"③。"仁言不如仁声之入人深也"④，赵岐注曰："仁声，乐声，《雅》《颂》也。"仁声是寓教于乐，可以潜移默化地启发引导人自觉趋善，远比仁言的抽象说教更为有效。于是，周代统治者大规模地制礼作乐，将"乐"作为最重要的教化工具。

《诗经》的编集本身在春秋时代，其实主要是为了应用：作为学乐、诵诗的教本；作为燕飨、祭祀时的仪礼歌辞；在外交场合或言谈应对时作为称引的工具，以此表情达意。通过赋诗展开外交上的来往，在春秋时期十分广泛。《左传》中有关这方面情况的记载较多，有赋诗挖苦对方的(《襄公二十七年》)，有因听不懂对方赋诗之意而遭耻笑的(《昭公二十年》)，有因小国有难而请大国援助的(《文公十三年》)，等等。这些地方引用的《诗》，或劝谏，或评论，或辨析，或抒慨，各有其作用，但有一个共同之处，即凡所称

---

① 郑玄注，孔颖达疏：《礼记正义》，李学勤主编：《十三经注疏》（标点本），北京大学出版社 1999 年版，第 1143 页。
② 郑玄注，孔颖达疏：《礼记正义》，李学勤主编：《十三经注疏》（标点本），第 1075—1077 页。
③ 郑玄注，孔颖达疏：《礼记正义》，李学勤主编：《十三经注疏》（标点本），第 1103 页。
④ 杨伯峻：《孟子译注》，中华书局 1960 年版，第 306 页。

引之诗，均"断章取义"——取其一二而不顾及全篇之义。这样做的目的在于"赋诗言志"。赋诗言志的另一个功用表现，切合了《诗经》的文学功能，是真正的"诗言志"——反映与表现了对文学作用与社会意义的认识，是中国文学批评在早期阶段的雏形。如《小雅·节南山》："家父作诵，以究王讻"；《大雅·民劳》："王欲玉女，是用大谏"，等等。诗歌作者是认识到了其作诗的目的与态度的，以诗来表达自己的思想感情，表达自己对社会、人生的态度，从而达到歌颂、赞美、劝谏、讽刺的目的，体现了《诗经》的文学功能及其文学批评作用。《诗经》还有它的政治价值，当时的社会（包括士大夫与朝廷统治者在内）利用它来宣扬和实行修身养性、治国经邦策略，这既是《诗经》编集的宗旨之一，也是《诗经》产生其时及其后一些士大夫所极力主张和宣扬的内容。孔子提倡的"诗教"，强调了《诗》自上而下的教化作用，其中尤其是"经夫妇、成孝敬、厚人伦、美教化、移风俗"，强调了统治者应通过《诗》向百姓作潜移默化的伦理道德教育，使之成为一种社会风尚，从而有利于社会秩序的建立与统治的巩固。《毛诗序》有关《诗经》教化的理论，无疑大大强化了《诗经》的社会功用，也大大提高了《诗经》的地位，使之成了统治者实施统治的必备工具，对后世产生了极大的影响。

（二）历史、民俗价值

首先，《诗经》的历史价值决定于它的真实性。由于秦始皇"焚书坑儒"的历史灾难，"现存先秦古籍，真赝杂糅，几乎无一书无问题"[1]。《诗经》篇幅短小，且又押韵入乐，便于记诵，因而

---

[1] 梁启超：《读书指南》，中华书局2010年版，第127页。

 上篇 遥远的回响：相遇《诗经》

被广泛应用，普及程度高，文字记载与口耳相传两条流传渠道使《诗经》得以真实、完整地流传下来。《汉书·艺文志》云："三百五篇遭秦而全者，以其讽诵，不独在竹帛故也。"① 汉代传《诗》有齐、鲁、韩、毛四家，他们对《诗》的诠释虽有出入，但就四家诗文本而言，仅仅是本字、借字之类非本质性的差异。《诗经》的真实性决定了其珍贵的史料价值，故梁启超赞曰："其真金美玉、字字可信者，《诗经》其首也。"②

其次，《诗经》的历史价值体现在它创作时代之早上。《诗经》是我国古代第一部诗歌集。诗之创作始自西周初期（前11世纪）至春秋中叶（前6世纪）。若《商颂》确为商末作品，那么，《诗经》的创作年代还要前提一二百年。在世界文化史上，就时代而言，可与《诗经》及中国古代另两部典籍《尚书》《周易》相匹敌的恐怕只有古埃及的《亡灵书》（前26世纪零星的宗教咒语）、古巴比伦的《汉谟拉比法典》（前18世纪的法律条文）。古代以色列《圣经》最古老的部分是前9世纪的作品，《荷马史诗》记述的虽是前12世纪的历史，而创作时代却是前8世纪—前6世纪，而且《荷马史诗》还更多地带有人类童年时期的宗教神学色彩，而《诗经》则更多地表现出只有理性觉醒时代才可能出现的尚实的价值取向。《诗经》不仅是中国文学、文化的源头，也是世界文学、文化的源头之一。

最后，《诗经》的历史价值体现在它内容的真实性、丰富性、广泛性上。《诗经》实际上全面反映了西周、春秋时期的历史，全方位、多侧面、多角度地记录了从西周到春秋（亦包括商代）的历史发展与现实状况，其涉及面之广，几乎包括了社会的全部方

---

① 班固：《汉书》，中华书局1998年版，第1708页。
② 梁启超：《读书指南》，中华书局2010年版，第127页。

第一章 圣贤经典

面——政治、经济、军事、民俗、文化、文学、艺术等。后世史学家在叙述这一历史阶段的状况时,相当部分依据了《诗经》的记载。如《大雅》中的《生民》等史诗,本是讴歌祖先的颂歌,属祭祖诗,记载了周民族自母系氏族社会后期到周灭商建国的历史,歌颂了后稷、公刘、太王、王季、文王、武王等的辉煌功绩。这些诗篇的历史价值是显而易见的,它们记录了周民族的产生、发展及灭商建周统一天下的历史过程,记载了这一历史发展过程中大迁徙、大战争等重要历史事件,反映了周民族的政治、经济、民俗、军事等多方面情况,给后人留下了宝贵的史料。虽然这些史料中掺杂着神话内容,但不可否认的是也包含着可以置信的史实。

《诗经》的民俗价值是显而易见的,体现在恋爱、婚姻、祭祀等多个方面。如《邶风·静女》写了贵族男女青年的相悦相爱;《邶风·终风》是男女打情骂俏的民谣;《郑风·出其东门》反映了男子对爱情的专一。这些都是从不同侧面和角度反映、表现各种婚姻情状的诗篇,综合地体现了西周春秋时期各地的民俗状况,是了解中国古代婚姻史的很好材料,从中也能了解到古代男女对待婚姻的不同态度和婚姻观。

《诗经》中不少描述祭祀场面或景象的诗篇,以及直接记述宗庙祭祀的颂歌,为后世留下了有关祭祀方面的民俗材料。如《邶风·简兮》中写到的"万舞",以及跳"万舞"时伶人的动作、舞态,告诉人们这种类似巫舞而被用之于宗庙祭祀或朝廷的舞蹈的具体状况。更多更正规地记录祭祀内容的诗篇,主要集中于《颂》诗中。如《天作》记成王祭祀岐山,《昊天有成命》为郊祀天地时所歌。这些诗章充分表现了周人对先祖、先公、上帝、天地的恭敬虔诚,以祭祀歌颂形式,作讴歌祈祷,反映了其时人民对帝王与祖先的一种良好祈愿和敬天畏命的感情,折射出上古时代人们的心态和民俗状况，是极宝贵的民俗材料。

（三）礼乐文化价值

周代文化的鲜明特征之一，是产生了不同于前代而又深刻影响后代的礼乐文化。其中的礼，融汇了周代的思想与制度，乐则具有教化功能。《诗经》在相当程度上反映、表现了周代的这种礼乐文化，成为保存礼乐文化的有价值的文献之一。例如，《小雅》中的《南有嘉鱼》《南山有台》，均为燕飨乐章，它们或宴乐嘉宾，或臣工祝颂天子；而《蓼萧》则为宴远国之君的乐歌。从中可知周朝对于四邻远国，已采取睦邻友好之礼仪政策，反映了周代礼乐应用的广泛。又如《小雅·彤弓》，记叙了天子赐有功诸侯以彤弓，说明周初以来，对于有功于国家的诸侯，周天子均要赐以弓矢，甚而以大典形式予以颁发。相比之下，《小雅·鹿鸣》的代表性更大些，此诗是王者宴群臣嘉宾之作。"周公制礼，以《鹿鸣》列于升歌之诗。"朱熹更以为它是"燕飨通用之乐歌"诗中所写，不光宴享嘉宾，还涉及了道（"示我周行"）、德（"德音孔昭"），从而显示了"周公作乐以歌文王之道，为后世法"。除燕飨之礼外，《诗经》反映的礼乐文化内容还有：《召南·驺虞》描写春日田猎的"春蒐之礼"；《小雅·车攻》《小雅·吉日》描写周宣王会同诸侯田猎；《小雅·楚茨》《小雅·甫田》《小雅·大田》等描写祭祀先祖，祭上帝及四方、后土、先农等诸神；《周颂》中有多篇祀文王、祀天地的诗作，可从中了解祭礼；《小雅·鸳鸯》颂祝贵族君子新婚，《小雅·瞻彼洛矣》展示周王会诸侯检阅六军，可分别从中了解婚礼、军礼等。

（四）文学艺术价值

对《诗经》的文学艺术价值，后人有许多概括总结，但以对中

国文化、文学的影响来看,主要表现在两个方面:

首先,《诗经》为后世文学创作提供了大量的素材、题材,成为被广泛引用的"典故"。中国古代社会向来注重文学的政教功能,因而将《诗经》作为政治"经典"加以运用;周人"采时世之诗""通情相风切"的高雅习俗积淀为借古人语言己情的表意模式;儒家"法先王"的政治观念更是直接影响了带有民族特色的征圣、宗经的思维模式;《诗经》中的大部分创作当初便是为了政教应用,编集之后便成了表意言志的恒言共语或说理论事的理论依据;经学时代的经生用之发挥儒学义理,以为其句句包含着治国经邦的大道理,句句是至理名言。其"经学之首"的地位使之成为古代学者必修必熟之课,潜移默化地影响着古代学者的政治观念、道德修养乃至文学创作。古代学者不论是说理论证,还是抒情叙事都习于引《诗》,《诗经》成为古人引用最多最普遍的典籍。先秦诸子中,《论语》记孔子言论涉及《诗经》有二十处,《孟子》记孟轲涉及《诗》有四十多次,《荀子》一书则有九十多处记述荀子引《诗》评《诗》。① 曹操《短歌行》一诗中竟两引《诗经》成句:"青青子衿,悠悠我心。"(《郑风·子衿》)"呦呦鹿鸣,食野之苹。我有嘉宾,鼓瑟吹笙"(《小雅·鹿鸣》)。张孝祥《六州歌头》(长淮望断)——"隔水毡乡,落日牛羊下",化用《诗》句:"日之夕矣,羊牛下来"(《君子于役》),等等,不仅《诗经》的诗句成为"典故"而被普遍引用,《诗经》所表达的主题及叙事、抒情、描写的方法也积淀为富有民族特色的"模式"而被广泛继承。

其次,直接影响了中国古代诗歌的创作与批评。经学是封建社会的统治思想,影响到中国传统文化的方方面面,也直接影响到中

---

① 袁长江:《先秦两汉诗经研究论稿》,学苑出版社1999年版,第123页。

 上篇　遥远的回响：相遇《诗经》

国古代文学的创作与批评。《诗经》对中国古代诗歌创作与诗歌理论的影响更是重大而深远。

经学家以文学为政治工具，原本还仅仅是部分用于政教的《诗经》，在经学家的点化之下，便将部分夸大为全部，认为《诗经》篇篇句句都关涉儒家伦理道德。在《诗经》创作时代，"诗言志"之"志"十分宽泛，还是情志合一，到战国时期，"志"就偏重于"仁义"，到经学时代则是专指有关政教的儒家之志。于是，《诗经》作者以草木虫鱼等自然景物委婉言意的方法被后人归纳为赋、比、兴。在经学家眼中，"比兴有'风化''风刺'的作用，所谓'譬'不止于是修辞，而且是'谲谏'了"[1]。比、兴是"主文而谲谏"的方法：目的是政教讽谏；方法是"引譬连类"，托物言志；效果是委婉含蓄，"言之者无罪，闻之者足以戒"（《毛诗序》）。由是而被古人推崇为"诗学之正源，法度之准则"[2]。朱光潜先生说："中国后来的诗论、文论乃至画论都是按毛苌所标的赋、比、兴加以引申和发展的。"[3]

由于《诗经》至高无上的经学地位，其所运用的赋、比、兴方法也随之身价倍增。历代政治家、诗人、文论家都极力推崇，并根据各自的政治观念、美学理想加以诠释，丰富并发展了赋、比、兴理论，使之成为中国古代诗歌理论的总纲、大法，涵盖了中国古代诗歌理论的各个方面。

---

[1] 朱自清：《诗言志辨　经典常谈》，商务印书馆2011年版，第52页。
[2] 杨载：《诗法家数·诗学正源》，何文焕辑：《历代诗话》，中华书局1981年版，第727页。
[3] 朱光潜：《中国古代美学简介》，蒋孔阳编：《中国古代美学论文集》，上海古籍出版社1981年版，第21页。

第二章 江河怀抱
——《诗经》的作者、时代、地域

《诗经》创作的时代涵括上下五六百年，又经过几次的编订修改，因而其作者是难以确定的。如果从诗的内容、体例、艺术表现方式等多方面考察，是经过周太师或具有文学修养的史官最终编定的。当然，在编定之前，《诗经》中虽有贵族的创作，但更多的是民间歌谣。《诗经》三百篇所指涉的地域是相当广阔的，有的出于周天子的国都，有的出于各诸侯统治下的广大地区，涵盖了当今大约包括现在的山东、山西、河南、河北、陕西、安徽以及湖北北部的长江流域。

一 何人为《诗》：《诗经》的作者

《诗经》的作者问题，是《诗经》阅读和研究中最难判断的。《诗经》的作者究竟是什么人？历代学者都有探讨，论说纷纭，很难有统一的意见。不过，我们注意到，在汉代的《诗序》中，已经透露了一些信息，例如《关雎》，《诗序》说："后妃之德也"；《葛覃》，《诗序》说："后妃之本也"；《卷耳》，《诗序》说："后妃之志也"；《七月》，《诗序》说："陈王业也。周公遭变，故陈后稷先公风化之所由";《鸱鸮》,《诗序》说:"周公救乱也"……在《诗序》看来,《诗经》的作者并不成问题,至少是可以寻得出大致身份的——其中以王公贵族大臣或后妃居多。《诗序》的这种推断或推断方式,遭到古往今来不少学者(特别是现代学者)的猛烈批评。如郭沫若对《诗序》关于《诗经》作者的看法批评最力,他在《十批判书·古代研究的自我批判》里这样说:

> 《诗》三百篇的时代性尤其混沌。《诗》之汇集成书当在春秋末年或战国初年,而各篇的时代性除极小部分能确定者外,差不多都是渺茫的。自来说《诗》的人虽然对于各诗也每有年代规定,特别如像传世的《毛诗》说,但那些说法差不多全不可靠。例如《七月流火》一诗,《毛诗》认为"周公陈王业",研究古诗的人大都相沿为说,我自己从前也是这样。但我现在知道它实在是春秋后半叶的作品了。就这样,一悬隔也就是上下五百年。[①]

郭沫若的这种批评代表了当代学者的一些看法。需要注意的是,如果深入分析《诗经》的具体内容,关于《诗经》的少数篇章,《诗序》的结论则并无臆断,而是言之有据,即如郭沫若在《古代研究的自我批判》里所言,《诗经》作者"极小部分能确定"。综观前贤的研究,对《诗经》的作者,可以从四个层面来认识。

(一)《诗经》中言明的作者

在《诗经》原诗中标明作者的,一共有四位,他们是:

[①] 郭沫若:《十批判书·古代研究的自我批判》,人民出版社1982年版,第5页。

1. 家父。《小雅·节南山》:"家父作诵,以究王讻。"
2. 孟子。《小雅·巷伯》:"寺人孟子,作为此诗。"
3. 吉甫。《大雅·崧高》:"吉甫作诵,其诗孔硕。"《大雅·烝民》:"吉甫作诵,穆如清风。"
4. 奚斯。《鲁颂·閟宫》:"新庙奕奕,奚斯所作,孔曼且硕,万民是若。"

这五首诗是《诗经》中仅有的几首标明作者的诗。对这几位诗人的身份和生平,典籍记载不多。其中"家父",郑玄《毛诗传笺》认为系周大夫之字,其在鲁、齐、韩三家诗中均写作"嘉父"。《汉书古今人表》著录其名,朱熹认为,其时当在周桓王之世。这里的孟子不是战国时代的儒家大思想家孟子,因为在他的前面冠有"寺人"一词,是古代宫中的阉人,《汉书古今人表》中也有其名。吉甫是《诗经》中唯一注明作有两首诗(《崧高》《烝民》)的人,为周宣王时代(前827—前782年)的尹,史称尹吉甫,即兮伯吉父。兮氏,名甲,字伯吉父(一作甫),尹是官名(辅弼大臣)。《诗经·小雅·六月》颂美他征猃狁的武功,今尚有其遗物《兮甲盘》(金文),《汉书古今人表》也有其名。但《诗序》却就此生发开来,将《大雅》中《韩奕》《江汉》的著作权也归于吉甫名下,并均以为是"美宣王"之作。由于《诗序》不能提出较为有力的证据,因此也难令后人信服。关于奚斯,理解有歧义,有人认为是说诗的作者是奚斯,有人认为是说奚斯建筑了新庙。奚斯是鲁僖公(前696—前627年)时鲁国大夫公子鱼。其事见载于《左传·闵公二年》《史记·鲁周公世家》等。

(二) 先秦典籍载明的作者

先秦典籍也有多处记载《诗经》的作者,兹列如下:

1. 许穆夫人作《载驰》。《左传·闵公二年》："许穆夫人赋《载驰》。"按，《载驰》在《鄘风》里。

2. 公子素作《清人》。《左传·闵公二年》："郑人为之赋《清人》。""郑人"指郑文公，娶江氏，生子公子素（或称公子士），《汉书古今人表》作公孙素。《左传·宣公三年》也有记载。按，《清人》在《郑风》里。

3. 卫人作《硕人》。《左传·隐公三年》："卫庄公娶于齐东宫得臣之妹，曰庄姜，美而无子，卫人所为赋《硕人》也。"按，《硕人》在《卫风》里。

4. 秦人作《黄鸟》。《左传·文公六年》："秦伯任好（按，即秦穆公）卒，以子车氏之三子奄息、仲行、鍼虎为殉，皆秦之良也。国人哀之，为之赋《黄鸟》。"《史记·秦本纪》也有类似记载。按，《黄鸟》在《秦风》里。

5. 秦哀公作《无衣》。《左传·定公四年》："秦哀公为之赋《无衣》。"《史记·秦本纪》也有记载。按，《无衣》在《秦风》里。

6. 周公作《鸱鸮》。《尚书·金縢》："武王既丧，管叔及其群弟乃流言于国……周公居东二年，则罪人斯得。于后，公乃为诗以贻王，名之曰《鸱鸮》。"按，《鸱鸮》在《豳风》里。

7. 周公或召穆公作《常棣》。《国语·周语中》记周襄王十三年（鲁僖公二十年，即前640年），周大夫富辰谏阻襄王讨伐姬姓郑国，作此诗。《左传·僖公二十四年》则记召穆公（召伯虎）作此诗。按，《常棣》在《小雅》里。

8. 卫武公作《抑》。《国语·楚语上》："昔卫武公年数九十有五矣……于是乎作《懿》戒以自儆也。"《懿》，韦昭注说："《懿》，《诗·大雅·抑》之篇也。'懿'，读之曰'抑'。"按，

《抑》在《大雅》里。

9. 周公作《文王》。《吕氏春秋·古乐》："周文王处岐……周公旦乃作诗曰：'文王在上，於昭于天。周虽旧邦，其命维新。'"按，《文王》在《大雅》里。

10. 周公作《时迈》。《国语·周语上》说，穆王将征犬戎，祭公谋父谏曰："不可。……是故周文公之《颂》曰：'载戢干戈，载櫜弓矢。我求懿德，肆于时夏，允王保之。'"《左传·宣公十二年》则将《时迈》的著作权归于周武王名下，说："武王克商，作《颂》曰：'载櫜弓矢。我求懿得，肆于时夏，允王保之。'"按，《时迈》在《周颂》里。

11. 芮良夫作《桑柔》。《左传·文公元年》载秦穆公言曰："周芮良夫之诗曰：'大风有隧，贪人败类。听言则对，诵言如醉。匪用其良，覆俾我悖。'是贪故也，孤之谓也。"按，《桑柔》在《大雅》里。

（三）汉代《诗经》学派认定的作者

汉代四家传《诗》者，对三百篇的作者也提出了不少的说法，现存的《毛诗序》标明《诗经》作者的有33篇，其中国风有11篇，雅诗有21篇，颂诗有1篇，如认为《邶风》中的《绿衣》《燕燕》《日月》皆是卫庄公所作，《鄘风·柏舟》是卫共姜所作，《小雅·何人斯》是苏共刺暴公而作，《大雅·抑》是卫武公讥刺周厉王而作，《大雅·民劳》是召穆公讽刺周厉王而作。三家诗早亡，但零星材料流传至今，其中也有一些对于诗篇作者的揭示解说文字，如韩诗认为，《邶风》之中的《燕燕》是卫国定姜所作，《柏舟》是卫宣姜自誓所作；齐诗云："卫宣公之子寿闵其兄伋之且见害，作忧思之诗，《黍离》之诗是也。"这些说法在其各自学派内部传习沿用,是否有所依据,我们已经难以考明,其基本特色是道德化、历史化与政教化,今人对其说也多持怀疑的态度。至于司马迁在《报任安书》中云:"《诗》三百篇,大抵圣贤发愤之所为作也。"此语纯为自勉,并非切合诗篇创作实际而言,不能视为严格的论断。

夏传才先生说:

> 即使以上可信或比较可信的知道作者的诗篇,仍不到305篇的十分之一,百分之九十以上诗篇的作者仍无从查考。而且即使知道了作者之名,除了个别人,我们对他们的事迹,仍然知之甚少。例如,《巷伯》是寺人孟子所作,我们也知道他是一位内府供职的小官,这和知道"为下层士吏所作"是一样的;我们知道凡伯或曹公作某诗,这和知道是公卿所作,也没有区别。逐一考查三百篇的作者是办不到的事,我们只能根据诗篇的内容和时代背景,大体上了解作者的身份,争取能了解一些作诗的本事。①

这个判断基本上是符合历史和诗篇实际的。

(四) 后世学者推论的作者

后世学者对诗篇作者的姓名和身份有不少的探讨,如北宋王安石在《字说》里曾根据《小雅·巷伯》"寺人孟子,作为此诗"句并结合许慎《说文解字》关于"诗"乃"言"与"寺"合成的象声字(形声字)之说提出:"诗为寺人之言。"南宋朱熹《诗集传》

---

① 夏传才:《诗经讲座》,广西师范大学出版社2007年版,第71页。

认为,《卫风·氓》是弃妇悔恨之辞,明代何楷《诗经世本古义》认为,《秦风·晨风》是秦穆公悔过之诗,清代崔述研读《邶风·燕燕》认为,"此诗之文,但有惜别之意,绝无感时伤遇之情,而诗称'之子于归'者,皆指女子之嫁者言之""恐系卫女嫁于南国,而其兄送之之诗";牟庭《诗切》认为,《郑风·野有蔓草》乃卫夏姬所作。

"五四"以来,学者们运用多种方法研究《诗经》,在作者问题上也有许多见解,如认为《魏风·伐檀》是伐木造车工匠所作,《唐风·杕杜》的作者可能是个乞丐,虽然持之无故,但能言之成理,给人一定的启发。今人的说解,虽也取得了一些成绩,但推测臆断的成分较多,逻辑推理也不够严密。如叶舒宪在《诗经的文化阐释》一书中,根据前人的研究,提出寺人是《雅》《颂》的主要作者,尹人也是《颂》和《雅》的作者群,盲官是《诗经》的传诵与加工者;萧甫春在《〈国风〉原是祭社诗》一文中认为,瞽工是《风》的作者队伍。值得一提的是,台湾学者李辰冬研究《诗经》数十年,著有《诗经研究》《诗经通释》《诗经研究方法论》诸书,他运用现代统计学方法去探寻尹吉甫率军东征西讨的历史足迹,"发现"《诗》三百都有史实依据可征。李辰冬更为重大的"发现"还在于:"三百篇的形式有点像民歌,实际上,作者是用民歌来表达他的内心,并不是真正的民歌,民歌无个性,而三百篇篇篇有个性。所谓个性,就是每篇都有固定的地点、固定的时间、固定的人物、固定的事件。"李辰冬因此而提出,《诗经》乃尹吉甫在从周宣王三年到周幽王七年(前825—前775年)50年间一人所作。[1] 此观点可谓惊世骇俗,不啻向《诗经》学界甩出一颗重磅

---

[1] 阿城:《轻易绕不过去》,《读书》1993年第8期。

炸弹。但由于其推测成分多于实证分析，只不过是哗众取宠、耸人视听而已，学界并没有人相信、认可其说。

因此，可以这样认为，《诗经》中的作品，有的是贵族士大夫所作，有的是朝廷乐官所作，有的出于民间，创作者来自广泛的社会阶层，作者的名姓除了诗句之中明言者外，其他难以实考，还有进一步探研的余地。

二 五百年间：《诗经》的时代

关于《诗经》，现今已经无法准确考证其创作年代。现代学者研究表明，《诗》三百篇是周诗。

周代分为西周和东周两个时期。西周从武王灭商（前1064年）到幽王亡国（前771年），历十一代十二王，据《竹书纪年》，共257年（中国历史有确实纪年是自共和元年即前841年开始的，共和以前的年代不甚可靠）。东周从平王东迁洛邑（前770年）至赧王被秦灭亡（前256年），凡二十五王，共514年。在中国历史上，东周514年之中包括春秋和战国两个时代。前722—前476年被称为春秋时代（因孔子修订鲁国编年体史书《春秋》所记的这一段时间而得名）。在春秋时代，周王室衰微，诸侯强大，王室的实际统治不出洛邑周围，春秋中叶以后更是形同虚设，名存实亡。三百篇中没有春秋中叶以后的作品。

虽然无法考证《诗经》的创作年代，现只能大致确定《诗经》中最早的诗篇创作于西周初年，最晚的创作于东周的春秋中叶，即使其中少数作品有前代的口头传诵或祭歌的传本，它们也是在周代记录加工而最后写定的，仍属于周诗。

(一) 三《颂》时代说略

《周颂》是西周王室的祭祀乐歌,主要产生在西周兴盛时期。从一些祭祀诗所反映的史实来看,《周颂》的制作时间在前 1058 年以后至昭王时代。据说,《周颂》中最早的诗是武王伐纣胜利回朝祭祀文王时制作的《大武乐章》六篇;最晚的诗是昭王祭祀武、成、康三王的《执竞》。对《周颂》作品的创作时间,我们可以确定产生在西周前期;祭祀几代周王,肯定不会是一代人所作。制作和应用的地点是在周京。周京有三处:文王始建丰邑,武王开国后建镐京,文王迁丰邑前的岐周旧京,宗庙一直保存并延续着祭祀活动。丰、镐二京仅一水之隔,相距 25 里,均在今西安市西南。

《鲁颂》四篇比《周颂》晚 9 个世纪,是春秋时期鲁国的宗庙祭祀乐歌。鲁国是周公后裔的封国,周公旦是周文王与太姒的儿子,武王姬发的同父同母的兄弟。武王死后,成王年幼,周公摄政,平定殷商残余势力的反叛,巩固西周政权,制礼作乐,其长子伯禽封于鲁,享用天子的礼乐。《鲁颂》创作在春秋时代,诗中作者署名奚斯,是鲁国大夫公子。诗产生的地点当在鲁国国都曲阜。《鲁颂》与《周颂》相距 900 年,时空差距很大,语言已有发展变化。《鲁颂》四篇的语言,不像《周颂》那样凝练沉稳,质朴厚重,而是语句生动,句法参差,音律有致,其中铺叙夸饰,夹叙夹议,运用多种修辞手法,显示出一定的艺术性。

《商颂》的时代问题,历来有"商诗"(殷商时代的诗)和"宋诗"(春秋时代宋国的诗)两说,从汉代至今,争论了 2000 多年,是诗经学上的一大学案,我们在后面还要专门讨论之。

商朝灭亡后,其后裔微子在商人兴国旧地建立宋国,都商丘,在今河南省东端接壤安徽西北角亳州一带地域。《商颂》五篇是宋国祭祀殷商先王的宗庙祭祀乐歌。

（二）二《雅》时代简述

二《雅》中《大雅》31篇、《小雅》74篇，大致是西周中期和后期的作品。《大雅》在前，《小雅》在后，《大雅》诗的时代下限大致在宣王朝（前827—前782年），宣王以后，不会产生《大雅》中的颂诗，只有三篇刺诗产生在宣王朝之后，为后来所补充。

西周经历武、成、康、昭、穆、恭、懿、孝、夷、厉、宣、幽十二王，历史学上通常以前四王为前期，中间四王为中期，后四王为后期。对诗歌创作来说，不能机械地划分，但大体上可以确定，《大雅》诗中的颂诗不会产生在宣王之后。从内容上看，31篇作品主要是颂祖德歌诗、颂时王歌诗、美刺时政歌诗三类，其产生的时间及诗篇的内容大多可考。如颂祖德歌诗，以《生民》《公刘》《绵》《皇矣》《大明》五篇周民族史诗为代表，还有《文王》《思齐》等作品。

《小雅》诗属于新兴的雅乐，诗篇幅较长，句式不局限于四言而多杂言，大致产生在西周后期。74篇中有几篇西周中期的诗，也有部分东周前期的诗。如西周中期的诗《楚茨》《信南山》《甫田》《大田》农事诗，内容与《周颂》的农事诗相近，语言不似《周颂》那样古典，不会是西周前期的诗，又不可能是宣王时期的诗，因而推断其为西周中期的诗较为合理。除了《大东》篇被学界认定是厉王时代的作品外，《小雅》中的很多作品都产生在宣王、幽王时代。

（三）《国风》时代简析

《国风》是15个国家和地区的地方乐歌。这些国家和地区的地理位置，在现在的陕西、山西、河南、河北、山东和湖北北部，包括当时中国的大部分地域，主要在黄河流域，向南扩展到江汉流域。历史上把前770年（平王东迁那一年）至前476年（赵、魏、韩三家分晋那一年）称为春秋时代，《国风》中大部分是春秋初期到中期的作品，也有一部分时间较早，是西周时期的作品。《国风》中最早的《周南》《豳风》是从西周早期流传下来的歌谣，较晚的如《陈风·株林》《邶风·击鼓》《秦风·黄鸟》，就其所咏之事，可考定产生在春秋时期。

三　山水故土：《诗经》的地域

《诗经》的地域非常广阔，历代学者也有不少的研究，根据古今学者王应麟《诗地理考》，朱熹《诗集传》，高亨《诗经今注》等的考证与解说，分述如下。

周南、召南： 西周初期，周公住在东都洛邑，负责管理东方各小国，而召公住在西都镐京（今西安市西），负责管理西方诸小国，以陕（即今河南省陕县）分界。周南属于周公治理的疆域，陕以东的南方部分，所以叫周南。它北到汝水，南到江汉流域，据高亨先生《诗经今注》，周南最南可达到今天的武汉一带。召南则是召公所治理的疆域，陕以西的南方部分，它比周南的疆域更向西南延展，到武汉以上的宜昌、江陵一带的长江流域。南方小国被楚归并后，其地乐歌称"南音"。所以《周南》和《召南》都属于周朝南方的诗。

邶风、鄘风： 春秋时期邶、鄘两地均属卫国所辖，所以邶风和鄘风都是属于卫国的民歌。起初，邶、鄘、卫所在的地域属殷商所有，殷人的首都，叫作"牧野"，或称"沫邦"，就是后来的朝歌。

周武王灭商以后，占领了朝歌一带，并三分其地，其中邶在朝歌北，今河南省汤阴县东南有邶城镇，即古代的邶城；鄘在朝歌南，今河南省新县西南有鄘城，即古代的鄘城。

卫风：卫都仍据朝歌，在今河南省淇县，因有淇水流经，故诗中多称"淇水"。卫国的地域含今河北省南部及河南省的北部，都城在朝歌（今河南省淇县东北有朝歌城），春秋时又先后迁至楚丘、帝丘。卫风中的作品多出自东周时期，因其作品多涉男女情爱，且乐调多有靡曼之声，与西周古乐不同，所以信奉西周礼乐制度的儒家常常批评所谓的"郑卫之音"是"淫声"，是"伐性之斧"。

王风：王，即王城，一般认为指东周的洛邑王城。西周末年，周幽王被杀，西周灭亡。太子宜臼被立为周平王，于平王元年（前770年）从镐京东迁到洛邑。洛邑分为成周和王城两部分，其地在今河南省洛阳市附近。

郑风：周宣王封其弟郑桓公于宗周之咸林（今西安附近），咸林被称为郑。郑桓公后来做了周幽王的司徒，与周幽王均死于犬戎之难。郑桓公的儿子郑武公辅佐周平王定都洛邑有功，得到了虢、郐等地，称为新郑，即今新郑市，为河南省郑州市所辖。由于孔子说过"郑声淫"，主张"放郑声"，所以古代学者对郑风的解释较多贬斥，今人则较多推崇。

齐风：武王克商，封太公吕望于齐，占有今山东省中部至东北部，建都于营丘（今山东省临淄县），齐国地域广大，包括今天的山东大部分地区及河北部分地区。齐诗即产生于这一地区。

魏风："魏"指的是春秋以前的古魏国。武王克商后，封魏地于同姓（姬姓），占有今山西省西南部。春秋时代，周惠王十六年（前661年），晋献公灭魏国，把魏地赐给了大臣毕万。魏地在今山西芮城县西北。

唐风：唐是晋的前身，当初，周成王封其弟姬叔虞于唐，据有今山西省中部地区，都城在今山西省冀县南。唐国南部有晋水，姬叔虞死后，其子燮改国号为晋。因此，唐、晋本一国而异名，其地在今山西中部。唐诗即产生于这一地区。

秦风：秦国祖先伯益辅佐大禹治水有功，舜赐其姓嬴。非子养马蕃育有功，周孝王赐秦地（在今甘肃省天水县）。秦庄公迁犬丘（在今陕西省兴平县）。秦襄公迁汧（在今陕西省陇县），并在平王东迁中立功，逐渐得到了岐山以西之地。

陈风：周武王封舜的后代妫满于陈，都城在宛丘（今河南省淮阳县）附近。东周敬王四十一年（前481年），为楚国所灭。

桧风：桧，也作"郐"。周初妘（yún）姓封国，国土在今河南省中部，都城在今河南省密县东北。东周初年，为郑武公所灭。可见，桧诗都是亡国前后的作品。一说桧诗即郑诗（见朱熹《诗集传》），可参考。

曹风：曹国在今山东省西南部，建都于定陶（今山东省定陶县西北），周敬王三十三年（前489年）灭于宋。

豳风：周王祖先之一公刘曾迁居于豳，其地在今陕西省旬邑和彬县一带。有关豳国始封者，学者多有歧说，《史记·周本纪》云，公刘之子庆节"国于豳"，朱熹《诗集传》谓公刘立国于豳，兹列以备考。历数代之后，太王古公亶父由豳迁于岐。西周灭亡，平王东迁，豳地赐予秦国。

《大雅》《小雅》《周颂》：二《雅》、《周颂》大都是镐京及周围地区的作品。

《鲁颂》：鲁是周公旦长子伯禽的封地，在今山东省东南部，建都于今山东省曲阜县，四篇颂诗当是京都作品。

《商颂》：由于对《商颂》的创作时代分歧很大，故五篇诗作的地域也难以确定。若以《商颂》为商代的祭祀诗,产生地域当在商朝都城朝歌,在今河南鹤壁市淇县一带。若认为《商颂》是宋诗,产生地域当在今河南商丘一带。

关于十五国风,今人编有两首次第歌,便于记诵。

其一
周南召南邶鄘卫,
继以王郑及齐魏。
唐秦陈桧与曹豳,
十五国风之次第。

其二
周召邶鄘卫王郑,
齐豳秦魏及唐陈。
桧曹同为十五国,
季札所观之旧文。

第三章　薪火相传
——《诗经》的编集、分类、流传

《诗经》中的作品从创作年代上说，包括了上下五六百年。从产生地域上说，有的出于周天子的国都，有的出于各诸侯统治下的广大地区。从作者来说，既有贵族的创作，更多的则是民间歌谣。

一　太乐留迹：《诗经》的编集

《诗经》是经过有目的地搜集整理编成的，古代关于《诗经》的编集主要有以下的观点。

（一）献诗说

先秦古籍有一些记载可以证明周王朝有让公卿列士（也就是贵族官员和文人）献诗的制度。

《国语·周语》记载召公谏厉王语说："故天子听政，使公卿至于列士献诗，瞽献曲，史献书，师箴，瞍赋，矇诵，百工谏，庶人传语。近臣尽规，亲戚补察，瞽史教诲，耆艾修之，而后王斟酌焉。是以事行而不悖。"

《左传·襄公十四年》载师旷语说："自王以下，各有父兄子弟，以补察其政。史为书，瞽为诗，工诵箴谏，大夫规诲，士传言，庶人谤，商旅于市，百工献艺。"

《国语·晋语六》载范文子语说："吾闻古之王者，政德既成，又听于民，于是乎使工诵谏于朝，在列者献诗，使勿兜；风听胪言于市，辨妖祥于谣，考百事于朝，问谤誉于路，有邪而正之，尽戒之术也。"

公卿列士献诗的主要目的是运用诗歌进行讽谏或赞颂，表达对政治的评价。《诗经》中的一些作品也为这种说法提供了内证。如：

　　王欲玉汝，是用大谏。（《大雅·民劳》）
　　家父作诵，以究王訩。（《小雅·节南山》）
　　寺人孟子，作为此诗。凡百君子，敬而听之。（《小雅·巷伯》）
　　吉甫作诵，其诗孔硕。其风肆好，以赠申伯。（《大雅·崧高》）

在《诗经》的《大雅》《小雅》《国风》中，卿士大夫政治美刺诗可能就是通过这个途径搜集而来的。

（二）采诗说

先秦古籍中并没有明确提出"采诗"的说法，但有一些与此相关的记载：

《孟子·离娄下》："王者之迹熄而《诗》亡，《诗》亡然后《春秋》作。"许慎《说文解字》："丌（"迹"之误字），古之遒人以木铎记诗言。"

《左传·襄公十四年》载师旷语："故《夏书》曰：'遒人以木

铎徇于路。官师相规，工执艺事以谏。'正月孟春，于是乎有之，谏失常也。"杜预注说："遒人，行人之官也。木铎，木舌金铃。徇于路，求歌谣之言。"（《春秋左传注》）

汉代学者明确提出采诗说，认为周代是有采诗制度的。

《礼记·王制》："天子五年一巡守（狩）。岁二月东巡守……命太史陈诗以观民风。"

《孔丛子·巡狩篇》："古者天子命史采诗谣，以观民风。"

班固《汉书·食货志》："孟春之月，群居者将散，行人振木铎徇于路以采诗，献之太师，比其音律，以闻于天子。故曰，王者不窥牖户而知天下。"

何休《春秋公羊传·宣公十五年解诂》："男女有所怨恨，相从而歌。饥者歌其食，劳者歌其事。男年六十、女年五十无子者，官衣食之，使之民间求诗。乡移于邑，邑移于国，国以闻于天子。故王者不窥牖户尽知天下所苦，不下堂而知四方。"

刘歆《与扬雄书》："诏问三代、周、秦轩车使者、遒人使者，以岁八月巡路，求代语、童谣、歌戏，欲得其最目。"（《方言》）

以上各家的说法，在采诗的时间、人员、方式方法等方面都有很大的不同，说明汉代人可能是参照汉乐府的采诗制度作出的推测，其中一些细节可能出于想象，未必符合历史原貌，但采诗之制应该是存在的，否则在交通不便、语言互异、信息不畅的情况下，遍布黄河流域、长江及汉水流域广大地区的民间之诗就难以汇集王廷。进行采诗工作的当是周王朝及各诸侯国的乐官。《小雅》《国风》中的许多诗便是靠乐官"采诗"汇集在一起的。

（三）删诗说

汉代学者除了认为《诗经》是采集而成外，还提出了"删诗"

的说法，他们认为《诗经》是经过孔子删定而成的。此说最早见于司马迁《史记·孔子世家》：

> 古者，《诗》三千余篇，及至孔子，去其重，取可施于礼义，上采契、后稷，中述殷周之盛，至幽、厉之缺，始于衽席。……三百五篇，孔子皆弦歌之，以求合韶武雅颂之音。

班固《汉书·艺文志》："孔子纯取周诗，上采殷，下取鲁，凡三百五篇。"

东汉王充《论衡·正说篇》："《诗经》旧时亦数千篇，孔子删去重复，正而存三百五篇。"

删诗说影响很大，唐代陆德明，宋代欧阳修、王应麟、马端临、邵雍，清代顾炎武等皆据此发挥解说。

赞成孔子删诗说的主要论据有：

1. 《史记》《汉书》是可信的史书，且去周未远，所记诸事不容怀疑。

2. 当时的诗绝非仅仅305篇，《书》《传》所载许多逸诗即不见于今本《诗经》。故欧阳修《诗本义》认为有删诗的可能。

3. 当时诸侯国有千余，绝非仅仅十三诸侯国及两地区才有诗，历代皆有诗，绝非《诗》之所载"六王"才有诗。

4. 《论语·子罕》载孔子语："吾自卫返鲁，然后乐正，《雅》《颂》各得其所。"

以上的理由也存在令人难以理解的地方，逐渐引起后来学者的怀疑。首先产生怀疑的是唐代的孔颖达。宋代朱熹、叶适，清代崔述、朱彝尊、方玉润，近代魏源、梁启超等学者都对此提出了质疑。他们的论据有：

1. 《左传·襄公二十九年》（前544年）记载吴国公子季札到鲁国观乐，鲁国乐工为他演奏的十五《国风》的名称与编排顺序与今传的本子基本相同，说明当时被称为"周乐"的《诗经》已基本编集成册，并已流传到鲁国，但孔子那年才八岁。

2. 《史记》说孔子删诗是在自卫返鲁之后，但据《论语》所载，孔子本人在此之前便不止一次地提到"《诗》三百"，说明在孔子之前《诗》三百就有了。

3. 根据《论语》等书记载，孔子是严守"礼义"这个原则的，而且多次对郑、卫之音表示反感，要废黜这两种乐歌（孔子虽说是从音乐方面说的，然而不能排除思想内容这个因素），但《诗》三百中仍保存着郑、卫之风，说明《诗》不是孔子删成的。

4. 各诸侯国君臣燕飨或使者相会时常常"赋诗言志"，所赋之诗绝大多数都出于今本《诗经》。"赋诗言志"之风在孔子之前早已流行，若没有通行的本子，诗何以能够成为表情达意的"恒言"？宾主双方又何以信手拈来，运用得如此娴熟得当？又何以在断章取义、牵强附会的赋诗中心领神会呢？莫说当时地位并不尊显的个人，即便某一诸侯国的删定本也不会有这么大的影响力。

我们认为，说孔子未曾删诗，指的是孔子未曾将"古者《诗》三千余篇"删至今本的305篇。我们并不否认孔子对《诗经》的文字、方言、乐谱等所做的整理修订。《论语》中已有多次明确的记载，应该说孔子对《诗经》的完善、传播和保存作出了巨大的贡献。

说孔子未曾删诗，不是说当时未删过诗，也不是说600年间只有305篇诗，被称为礼乐之邦的鲁国绝不会在几百年间连一首风诗都没有。那么，究竟是谁删定的呢？《国语·鲁语下》记载："昔正考父校商之名颂十二篇于周之太师。"《左传》言鲁国乐工为吴公子季札演奏"周乐",据此可以推知,用于祭祀和燕飨的诗可能是巫、史奉命而作,政治讽喻诗多是士大夫献的,风谣可能是周王朝及各诸侯国的乐官采集的,而最后的删选编定者当是周王朝的乐官,故称之为"周乐",正考父校商颂于"周之太师"。在当时要掌握全国各地那么多诗歌,只有周太师才有条件做到。

至今,孔子删诗说是《诗经》研究史上悬而未解的公案。关于这个问题,我们在后面的章节里还会专门进行讨论。

二 类从乐声:《诗经》的分类

关于《诗经》的分类问题,历史上有许多说法,比如"六诗""六义""四始""四诗"等。

"六诗"之说源自《周礼·春官·大师》中的一段话:"大师……教六诗,曰风,曰赋,曰比,曰兴,曰雅,曰颂。"《周礼》将《诗经》分为"六诗",然而,它关于其分类标准,依此顺序排列的理由,"六诗"之间的逻辑关系,皆未言明,引发后世学者种种推断,先后出现了六诗皆体说、三体三用说、六诗皆用说、教诗方法说、六种作用说、用诗方法说等。但这些说法都不能很好地解释《诗经》的分类问题。

"六义"说源自《毛诗序》,《毛诗序》因承《周礼》"六诗"之说:"故诗有六义焉:一曰风,二曰赋,三曰比,四曰兴,五曰雅,六曰颂。"《毛诗序》的分法与《周礼》相同,只是把"六诗"叫作"六义"而已。

"四始"说出自司马迁《史记·孔子世家》:"《关雎》之乱以为《风》始,《鹿鸣》为《小雅》始,《文王》为《大雅》始,《清庙》为《颂》始。"此四始是指《风》《小雅》《大雅》《颂》

四者的开始。《毛诗序》在解释风、小雅、大雅、颂后，也提到"四始"。

"四诗"说也称"二南独立"说。北宋苏辙《诗集传》首倡"二南独立"说，南宋王质和程大昌也赞同其说。但后世对"二南"有很多的解释，独立之说难以成立。

关于《诗经》分类，今人多从孔颖达之说："风、雅、颂者，诗篇之异体；赋、比、兴者，诗文之异辞耳。"[1] 即"风""雅""颂"是诗的内容，而"赋""比""兴"是诗的表现方法。这符合我们今天所见到的《诗经》编排体例。但风、雅、颂是按照什么标准划分的，古今也有不同的看法，归纳起来有四种：

一是以诗教功用来划分。以《毛诗序》为代表："风，风也，教也，风以动之，教以化之。……上以风化下，下以风刺上，主文以谲谏，言之者无罪，闻之者足以戒，故曰风。""是以一国之事系一人之本，谓之风。言天下大事，形四方之风，谓之雅。雅者，正也，言王政之所由废兴也。政有大小，故有小雅也焉，有大雅焉。颂者，美盛德之形容，以其成功告于神明者也。"持这种观点的人继续说明：《国风》是王政推行教化和反映地方民情以讽谏王政缺失的乐歌；《雅》诗是写天下大事，反映政治废兴的乐歌；《颂》是歌颂祖先神灵的祭祀乐歌。

二是以作者和内容来划分。以朱熹《诗集传》为代表："凡《诗》之所谓'风'者，多出于里巷歌谣之作，所谓男女相与咏歌，各言其情者也。……若夫'雅''颂'之篇，则皆成周之世，朝廷郊庙乐歌之辞，其语和而庄，其义宽而密，其作者往往圣人之徒，固所以万世法程而不易者也。"

---

[1] 孔颖达：《毛诗正义》卷一。

三是以音乐来划分。如宋代郑樵说："风土之音曰风，朝廷之音曰雅，宗庙之音曰颂。"(《通志·昆虫草木略》)清人惠周惕在《诗说》中说："风、雅、颂以音别也。"现代学者多从此说。

四是以诗歌的用途来划分。如张震泽说："《诗》在典礼上有此三用（指宗庙祭祀、朝会燕飨、日常生活之礼）。三用的意义不同，方式也不同，所以形成了颂、雅、风三体。"①

今人多认为风、雅、颂是音乐上的分类。其实"音乐"与"用途"两说并不矛盾。风、雅、颂是音乐术语，当是音乐分类。不过，不同的音乐风格乃是由于不同的用途所形成的。故用途的分类是根本的，音乐的分类则是表面的、直接的。

三 赓续不辍：《诗经》的流传

先秦书籍，在秦"焚书"和楚汉战争之后，散失很多，《诗经》由于是口头讽诵的诗，才比较完整地保存下来。《诗经》的流传有一个漫长的历史过程。

《诗经》最初被称为《诗》，战国后期始称"经"。《庄子·天运》："丘治《诗》《书》《礼》《易》《乐》《春秋》六经。"《荀子·劝学》："学恶乎始，恶乎终？曰：'其数则始乎诵经，终乎读礼。……礼之敬文也，《乐》之中和也，《诗》《书》之博也，《春秋》之微也，在天地之间者毕矣。'"唐杨倞注："经，谓《诗》《书》。"

在先秦，周人将《诗经》运用到典礼、讽谏、赋诗、言语上，其中还有一些说诗、论诗的内容，这对《诗经》的保存和流传起了

---

① 张震泽：《〈诗经〉赋、比、兴本义新探》，《文学遗产》1983 年第 3 期。

很大的作用。因为周人在重大的典礼上都要演奏诗乐，《诗经》中有些诗就是为了祭祀、燕飨典礼之用而作的，如《生民》《公刘》等。讽谏是周人诗歌创作与运用的重要目的，是周人"诗言志"观念的主要内容。

由于《诗经》本身内容丰富而深刻，语言精辟优美，且入韵入乐，便于记诵，因此流传广泛。《左传》中记载了许多赋诗言志的事例，《论语》《孟子》《荀子》等诸子中也有许多引诗论述的言论，这不仅是对《诗》的研究评论，也使《诗》的流传影响更为扩大。

两汉时期，由于尊经，经学正式形成。在西汉文帝时，《诗》首先被官方确认为"经"，被当作治国经邦的政治经典列于官学。由此，《诗经》的流传从古代被当作政治工具用于典礼、娱乐、讽谏、赋诗言志、著述引诗，到汉代的经生注诗，挖掘《诗经》的政教功能，把《诗经》当成"经夫妇、成孝敬、厚人伦、美教化、移风俗"的政治道德学说，修身养性，治国安邦。

汉代经学最突出的特征是今、古文经学之争，《诗经》的传播也深受其影响。汉代传播教授《诗经》的主要有四家，他们是鲁人申培所传《鲁诗》，齐人辕固传授的《齐诗》，燕人韩婴传授的《韩诗》，这三家为今文学派，被立为官学，也称"三家诗"。还有鲁人毛亨和赵人毛苌所传授的《毛诗》，因为晚出，属于古文经学派，未被立为官学，只能在民间传授。在这四家诗中，鲁诗创建最早，影响也最大。

《鲁诗》的特点是据《春秋》大义，采先秦杂说，以诗训诂，以诗印证周代礼乐典章制度，将诗作为《礼》的说明。《齐诗》的特点是采用阴阳五行学说，以诗解说《易》和律历。《韩诗》的特点是继承先秦说诗的传统，断章取义，割裂诗句以作为自己论文的注脚。东汉班固世习鲁诗，但他已经察觉到三家诗的比附曲解，他说，三家"或取《春秋》，采杂说，咸非其本义"。而毛诗的特点是将诗和《左传》配合起来，以诗论史。毛诗训诂简明，很少神学迷信的内容。西汉末年，王莽篡政时，毛诗一度被立为官学，王莽失败后，便被取消，直到东汉章帝时，才受到重视，允许在朝廷公开传授。东汉末年，兼通今古文经学的经学大师郑玄，集今古经学研究之大成，作《毛诗传笺》，主要为毛氏《诗故训传》作注。三家诗自此渐渐衰败。《隋书·经籍志》说："齐诗亡于魏，鲁诗亡于西晋，韩诗亡于宋。"流传到今天的《诗经》，就是毛诗。

魏晋南北朝时期，政局动荡，经学也失去了往日的辉煌。《诗经》在流传中，多宗毛、郑遗说，郑玄《毛诗传笺》融合今古文之学，被称为郑学。后又出现了三国魏人王肃以维护古文毛诗家法为名攻击郑玄的王学。郑学、王学之争，实际上是门户之见和政治地位的争夺，其学术的意义并不大。

到隋唐时期，由于科举考试有明经取士的标准要求，在唐太宗时，诏令孔颖达组织学者撰定《五经正义》，其中《毛诗正义》就成为朝廷的定本与明经科《诗经》教本，代表了当时《诗经》经学研究的最高水平，具有绝对的权威，在《诗经》研究史、流传史上是继《毛传》《郑笺》之后又一部具有里程碑意义的著作。

《诗经》在宋代，地位有些动摇。科举制度改革，考试内容变背诵经文为策论，学风发生变化，疑古思辨成为宋学的主要特征。欧阳修《诗本义》，苏辙《诗集传》，郑樵《诗辨妄》，王质《诗总闻》，王柏《诗疑》等都有批判毛、郑的倾向。而最有代表性的、影响最大的莫过于朱熹的《诗集传》。《诗集传》是宋代新说中的集大成者，一方面，朱熹对《毛序》不满意，另一方面，也是为了利用《诗》宣扬他的理学。但不可否认，朱熹《诗集传》在解释词义方面，简明扼要，克服了注疏的烦琐冗长，因此，既为统治者所欣赏，又便于士子们研习。自朱熹以后，宋人说《诗》的，多以《诗集传》为宗。

清代学者对《诗经》研究与朱熹不同，他们注重考据、训诂，和《毛诗》的注重历史、训诂的作风一致，所以把这种治学方法叫"汉学"。而注重发挥义理的朱熹之学，则被称为"宋学"。一方面，清代的"汉学"家在考据、训诂方面取得了很大的成绩，以陈启源《毛诗稽古编》，陈奂《诗毛氏传疏》，马瑞辰《毛诗传笺通释》为代表。另一方面，清代学者突破了汉、宋诸家的旧说，有许多创新的观点，这一派学者以姚际恒《诗经通论》，方玉润《诗经原始》，崔述《读风偶识》为代表。

近代以来，《诗经》的研究和传播，受到新思想、新潮流的影响，已经没有了经学的藩篱，出现了新的气象。这主要体现在《诗经》文学、文化研究上，以李大钊、鲁迅为代表的革命派，以胡适为代表的西化派，以章太炎、刘师培为代表的国粹派，以顾颉刚为代表的古史辨派和学衡派，以郭沫若为代表的史学派，以闻一多为代表的民俗学派，以及胡朴安、张西堂、傅斯年、夏传才等对《诗经》学史的研究，钱锺书对《诗经》创作艺术的评析与中西文化、文学的比较研究，后来的学者如高亨、陈子展、余冠英等，结合新时代的文化思潮和文学发展，重新诠释《诗经》，都取得了很大的成绩。

尤其值得一提的是，1993年中国诗经学会成立，它与日本诗经学会、韩国诗经学会及中国港台的《诗经》研究者一起，将《诗经》研究与传播推向了新的高度，使《诗经》研究和传播在新时期又有了更大的发展和繁荣。

《诗经》是包容了周代五六百年间诗歌创作的一部诗集，它本

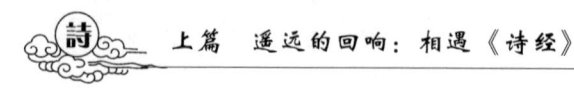

身就是一部艺术化和形象化的历史，具有多方面的文化价值，也需要我们进行多方面的研究。即便是要对它进行文学研究，脱离对《诗经》的文化研究也是不可能的。现代有些人强调要恢复《诗经》文学的本来面目，如果从破除封建经学思想和加强《诗经》的文学研究而言这一主张尚具有一定的积极意义的话，那么由此导致的对于《诗经》研究的狭隘化倾向则应该引起人们的注意。很多学者担忧，这会使这些人的《诗经》研究成了脱离周代文化背景的现代主观阐释。个别学者对于产生《诗经》的历史文化状况知之甚少或一点不知，就在那里"以意逆志"，这实在是应该纠正的错误倾向。《诗经》的性质与我们今天个人的文学、诗歌创作的性质不同，我们不能从一个政教的极端走向另一个唯美的极端。这是在谈到《诗经》的流传和当代的研究中不能不注意的问题。

第四章　弦歌历史

——《诗经》中的社会生活

我们知道，《诗经》是一部百科全书式的文化、文学经典，它的内容博大丰厚，举凡政治、经济、社会、军事、外交、重大事件、历史传说、宗教伦理、民风俚俗、爱情婚姻、天文地理、农业发展等，无不囊括其中，立体地再现了当时社会的生存环境、世态人情，是当时社会生活的多方位、多角度反映，其内容在世界古代诗歌作品中是独一无二的。《诗经》反映了当时社会生活的方方面面，其内容有时是交错夹缠的，相互之间有着千丝万缕的联系，即便是一首具体的诗，其内容也常常是丰富繁杂，关涉众多方面的，如写思妇思念征夫的《王风·君子于役》，就既可属于家庭婚姻的闺怨诗，又可属于战争徭役诗，所以现在很难找到一个固定的标准将《诗经》所反映的内容作出逻辑的分类。现在很多学者、很多著作、很多教材在讲到《诗经》内容时候，也有不同的划分。我们以为，《诗经》的内容丰富繁杂，但根据其所反映内容的侧重和对后世的影响，可以作出大致的划分：周民族的史诗、周代农业生产、爱情婚姻、战争徭役、政治美刺等。这样的划分也不是全面的，只是对《诗经》主要内容的研究，对诗篇内容主旨的认定，并参考依据了近代以来学者的研究共识。

一　玄鸟帝迹：商周历史的记忆

　　诗歌是民族记忆的重要方式，每一个民族都有对自己民族历史的尊重和继承，特别是祭祖的诗歌，更能反映民族先祖的业绩和历史功业。古人重祭祀，认为"国之大事，在祀与戎"（《左传·成公十三年》）。在《诗经》"三颂"和《大雅》中保存了不少祭祀神灵、祖先，祈福禳灾的祭歌，以及叙述部族发生、发展的历史，赞颂先公先王德业的民族史诗。

　　在《诗经》里，对《商颂》的创作时代尽管有不同的看法，但《商颂》中的《玄鸟》《长发》《殷武》无疑是祭祖的诗歌，是通过记叙英雄祖先开国建国的历史伟业赞颂祖先，也是以歌谣的形式记叙商民族英雄祖先开国建国的历史传说，同样具有"史诗"因素，也可看作商族的史诗。如《玄鸟》记叙了商民族的起源和英雄祖先的伟业；《长发》记叙了商民族的发祥史和历代英雄祖先的伟业；《殷武》记叙了武丁伐楚的历史，赞颂了武丁复兴殷道的伟业。

　　《诗经》中为人称道的是《大雅》中所保存的周民族的五大史诗，即《生民》《公刘》《绵》《皇矣》《大明》，这些诗篇的内容连贯一体，叙述了周民族发源、兴盛、迁居、创业、伐商、建周的完整历史。有的学者还提出《大雅》中的《崧高》《烝民》《韩奕》《江汉》《常武》这五篇也具有史诗的性质。

　　对于"史诗"，学界是借用了亚里士多德《诗学》的名称，但对中国诗歌的判断和衡量标准，学者们的认识是不一致的。在中国少数民族文学中，有长篇的史诗，如蒙古族的《江格尔》《嘎达梅林》，彝族的《阿细的先基》，纳西族的《创世纪》，维吾尔族的《乌古斯汗传统》，藏族的《格萨尔王传》等。在中国的汉民族文学里，有的学者认为没有史诗，没有像《荷马史诗》那样的作品，连权威的《辞海》对"史诗"下的定义也是如此：

> 史诗，指古代叙事诗中的长篇作品。反映具有重大意义的历史事件或以古代传说为内容，塑造著名英雄的形象，结构宏大，充满着幻想和神话色彩。著名史诗如古代希腊的《伊利亚特》和《奥德赛》。①

《现代汉语词典》也是这样解释的：史诗，叙述英雄传说或重大历史事件的叙事长诗。②

很显然，史诗的定义是以《荷马史诗》为标准的，对史诗的创作年代、表现方法、结构规模及内容风格都作了具体的规定。以此为标准，《诗经》中的诗篇似乎难以符合要求。但在东西方文化中，对文学的体裁、分类、表现方式、叙述内容等理解和划分的不同，并不影响我们对《诗经》中五首作品的认识，现在学界基本达成共识，认为《大雅》中的五首诗是周民族的史诗。

《生民》是一首带有神话色彩的诗篇，它叙述了周始祖后稷的诞生和发明农业、定居邰地、开创祭祀的历史。人们根据诗中所写姜嫄无夫而孕的神话，推测这篇史诗记叙的历史大致相当于母系氏族社会向父系氏族社会过渡时期。其诗曰：

> 厥初生民，时维姜嫄。生民如何？克禋克祀，以弗无子。
> 履帝武敏歆，攸介攸止，载震载夙。载生载育，时维后稷。
> 诞弥厥月，先生如达。不坼不副，无菑无害。以赫厥灵。

---

① 《辞海》（缩印本），上海辞书出版社1980年版，第725页。
② 《现代汉语词典》，商务印书馆1983年版，第1045页。

上帝不宁，不康禋祀，居然生子。

诞寘之隘巷，牛羊腓字之。诞寘之平林，会伐平林。诞寘之寒冰，鸟覆翼之。鸟乃去矣，后稷呱矣。实覃实訏，厥声载路。

诞实匍匐，克岐克嶷。以就口食。蓺之荏菽，荏菽旆旆。禾役穟穟，麻麦幪幪，瓜瓞唪唪。

诞后稷之穑，有相之道。茀厥丰草，种之黄茂。实方实苞，实种实褎。实发实秀，实坚实好。实颖实栗，即有邰家室。

诞降嘉种，维秬维秠，维糜维芑。恒之秬秠，是获是亩。恒之糜芑，是任是负。以归肇祀。

诞我祀如何？或舂或揄，或簸或蹂。释之叟叟，烝之浮浮。载谋载惟。取萧祭脂，取羝以軷，载燔载烈，以兴嗣岁。

卬盛于豆，于豆于登。其香始升，上帝居歆。胡臭亶时，后稷肇祀，庶无罪悔，以迄于今。

这首诗是周人记述自己始祖后稷灵迹和业绩的。它是关于后稷神话的最早而又最完整的记录，诗中充满了神话色彩。诗以朴实生动的笔触塑造了周人始祖后稷——既是农业之神，又是神性英雄——的形象，反映了原始社会在进入以农业为主的时期，远古人民对于发展农业生产的殷切期望。古代人民以后稷这一神异英雄作为自己的劳动楷模，鼓舞其劳动热情，向着更丰裕的生活目标奋斗前进。

全诗共八章，以"神异"二字贯穿始终。第一、二章写后稷诞生的神异。后稷的母亲姜嫄"履帝武敏"而受孕，生下一个圆球形肉体，以为不祥。第三章写后稷诞生后的神异。姜嫄在惊惧之中，只好忍痛割爱将之遗弃。然而,有牛羊哺育,禽鸟保护的后稷,神奇般地活了下来,连哭声也是极不寻常的。第四章写后稷幼时艺农的神异。他天生会稼穑,而且五谷繁茂,瓜果累累。第五、六章写后稷成人后对农业作出贡献的神异。他有耕耘之道,善选良种,勤锄杂草。他种的庄稼呈现出一副丰收的景象。第七、八章写后稷率民祭祀的神异。从祭祀的隆重、丰盛中可看出农业的丰收,它从侧面又表现了后稷稼穑的神异。

后稷是一位神异英雄,其形象体现了古代人民的美学理想。第一,运用"人神化""神人化""人神结合"的手法,使后稷身上具有人的勤劳、智慧的特点,更具有神的灵异的因素。第二,突出地表现后稷积极创造的美、劳动的美。中国古代人民历来都是将"美"和"善"联系在一起的,美是有功利目的的。第三,体现了整齐和谐、色彩鲜明、富有动态的艺术美。《生民》一诗基本上是四言体,但间杂五言。

《生民》是一首神异英雄的赞歌,是我国古代文坛上一朵瑰丽的奇葩。它体现了我国古代人民的美学理想,从多方面运用了美学原则,为我国文学艺术的创作发展,奠定了坚实的基础。

《公刘》记述了周远祖公刘率领周人自邰迁至豳地,初步定居并发展农业,为周代统治阶级的开国历史。周人这次大迁徙产生于夏末商初,即周人进入原始社会解体和开始阶级分化的阶段。

《绵》写文王祖父古公亶(dǎn)父率周人自豳迁至岐山之南的周原,营建政治机构,创业兴国,以及文王姬昌的开国历史,周人此时已进入奴隶制。

《皇矣》首先歌颂文王之祖太王、其伯太伯、其父王季的美德,然后重点叙述文王伐密、伐崇、克敌制胜的历史。

《大明》记叙周文王、武王从开国到灭商的历史。《皇矣》《大明》分别写周人奴隶制国家不断壮大和灭商的经过。

从《生民》到《大明》五篇史诗,比较完整地勾画出周人的建国史。虽然诗中都有歌颂功德的成分,充满了对上帝和祖先神的崇拜,表现了奴隶主统治者的意识,但并不像《周颂》那样只是空洞的说教,而有较多的形象描绘,诗人塑造了古代创业的英雄人物形象,体现了古代劳动人民的伟大创造力和无穷的智慧。

周民族史诗具有重要的历史价值,它记叙周民族产生、发展的历史,反映当时周人社会生活各个方面如政治、经济、军事、民俗等的情况,从《生民》中可以了解到周人的祭祀礼仪等。周民族史诗也具有突出的文学价值,它有比较浓厚的神话传说色彩,有着叙事与抒情、描写相结合的表现手法,也很讲究谋篇布局的章法结构,讲究修辞技巧,多用比喻等手法增强史诗的形象性,擅长使用叠音词来摹声摹态,不仅生动传神,还增加了诗的节奏感,具有较强的文学色彩。

二 田家乐园:远古农业的再现

中国是一个古老的农业民族。据考古发掘,早在一万多年前的新石器时代初期便已开始了农业种植活动。在前 5000 年至前 3000 年左右存在的仰韶文化,就是一种较发达的定居农耕文化遗存,主要栽培粟、黍。从出土的甲骨卜辞记载中可知,商代已知道牛耕、施肥,其时农作物有麦、稻、黍、稷,具有管理农业的官吏,农业生产的好坏乃是殷民族最为关心的大事。到了《诗经》时代,农业已成为周人的主要生产方式和主要的社会生活内容,全社会几乎所有人都与农业生产发生着直接联系,许多政治、宗教活动也都围绕农业而展开。可以说《诗经》中所有的诗都是农业社会的产物,反映了农业社会的各个不同侧面,从题材、道德观念到审美情趣都带有农业文化的性质。更重要的是,我们通过对反映劳动生活诗篇的研究,可以全面认识周代生产状况、产品分配、生产力和生产关系之间的矛盾,有助于我们了解周代的经济制度和经济思想。

周代经济以农业为主,因而《诗经》中有一些描写农村四时生产劳动和生活情况的篇章,如《周南·芣苢》描写古代妇女采摘芣苢的情状,《小雅·无羊》叙述人们放牧、蓄养牛羊的景况,《魏风·伐檀》写奴隶伐木的情景,《小雅》中的《楚茨》《信南山》《甫田》《大田》,《周颂》中的《臣工》《噫嘻》《丰年》《载芟》《良耜》等,有的是统治者祈求丰年的祭歌,有的是劝农的诰令,从广义上讲都可以看作农事诗的一部分。有的学者把《诗经》中涉及农业的诗篇,根据内容分为农业祭祀诗和农业生活诗,认为农业祭祀诗是指《诗经》中描写春夏祈谷、秋冬报赛等祭祀活动的诗歌;农业生活诗是直接描写农业生产生活的诗。代表性的作品如《小雅·楚茨》《周颂·臣工》《周颂·噫嘻》《周颂·丰年》《周颂·载芟》《周颂·良耜》《小雅·信南山》《豳风·七月》《小雅·甫田》《小雅·大田》等。而对农业生活作出最全面、细致描写的,当属《豳风·七月》。其诗曰:

  七月流火,九月授衣。一之日觱发,二之日栗烈。无衣无褐,何以卒岁?三之日于耜,四之日举趾。同我妇子,馌彼南亩,田畯至喜。

  七月流火,九月授衣。春日载阳,有鸣仓庚。女执懿筐,遵彼微行,爰求柔桑。春日迟迟,采蘩祁祁。女心伤悲,殆及公子同归。

  七月流火,八月萑苇。蚕月条桑,取彼斧斨,以伐远扬,猗彼女桑。七月鸣䴗，八月载绩。载玄载黄，我朱孔阳，为公子裳。

四月秀葽，五月鸣蜩。八月其获，十月陨萚。一之日于貉，取彼狐狸，为公子裘。二之日其同，载缵武功。言私其豵，献豜于公。

五月斯螽动股，六月莎鸡振羽。七月在野，八月在宇，九月在户，十月蟋蟀入我床下。穹窒熏鼠，塞向墐户。嗟我妇子，曰为改岁，入此室处。

六月食郁及薁，七月烹葵及菽。八月剥枣，十月获稻。为此春酒，以介眉寿。七月食瓜，八月断壶，九月叔苴，采荼薪樗，食我农夫。

九月筑场圃，十月纳禾稼。黍稷重穋，禾麻菽麦。嗟我农夫，我稼既同，上入执宫功。昼尔于茅，宵尔索绹。亟其乘屋，其始播百谷。

二之日凿冰冲冲，三之日纳于凌阴。四之日其蚤，献羔祭韭。九月肃霜，十月涤场。朋酒斯飨，曰杀羔羊。跻彼公堂，称彼兕觥，万寿无疆！

这首诗是《国风》中最长的一首，全诗八章，88句，384字。历史上对这首诗的理解存在很大的分歧，如关于《七月》的创作年代和作者，《诗序》说是西周初年周公"陈王业"之作，朱熹认为是周公作此诗，用以教诲年幼的成王懂得"稼穑之艰难"。反对者认为，这首诗不是周公所作，也不是产生于西周初年，而是作于春秋时期。如清人方玉润《诗经原始》：

《七月》一篇，所言皆农桑稼穑之事，非躬亲陇亩久于其道，不能言之亲切有味也如是。周公生长世胄，位居冢宰，岂暇为此？①

郭沫若在《青铜时代》中认为《七月》：

不是王室的诗，并也不是周人的诗……知道了中国古代并无所谓三正交替的事实，而自春秋中叶至战国中叶所实施的历法即是所谓"周正"，那么合于周正时令的《七月》一诗是作于春秋中叶以后，可以说是毫无问题了。②

对此诗的写作年代、作者和主题的争议一直到现在都没有定论，而且这种讨论或许还会继续下去。

从诗的内容来看，它不但总结了丰富的农业知识与经验，而且反映了一定的生产关系与阶级矛盾的情况。不像是出于统治者之手；从形式上看，全诗以十二月为序，按月歌咏农事和农夫生活，有似我国后来的民歌"十二月小调"之类，也不像是统治者的口气。因此，这诗当是周公居豳时，在农夫中广泛流传的农事诗，后来经过采者的加工写定，才形成现在这样的形式。

细究此诗主题与内容，当是比较真实地描述了公社农民的农事生活。全诗的基调是平和的，描述是客观的，有苦乐，有忧勤，其中不乏欢欣的描述，如"春日载阳，有鸣仓庚""春日迟迟，采蘩祁祁"，当然也有不少愁苦的叙写，如"嗟我妇子，曰为改岁，入此室处""采荼薪樗，食我农夫"。

---

① 方玉润：《诗经原始》，中华书局1986年版，第303—304页。
② 郭沫若：《青铜时代》，《郭沫若全集·历史编》（第5卷），人民出版社1982年版，第421—422页。

《七月》以农事和农夫生活为中心，以衣食为重点，全面、真实、具体地写出了周初公社农夫一年中忧勤苦乐的农事生活，犹如一部农业小百科全书。

全诗共八章，可分为三大段。第一章为第一大段，从冬寒写到春耕，提出衣食住的问题。第二大段包括六章，具体叙述"衣食"问题。第二、三章写采桑蚕织之事，主要讲"衣"的问题。第四章写冬猎，第五章讲"衣"和"住"的问题。第六、七两章写农夫采集野生植物和秋收农作物，及整修住屋，主要讲"食"的问题。第八章为第三大段，写年终宴饮，在节日的气氛中结束全诗。这种写法照顾了时令顺序，以其为脉络，不是完全按时历顺序写，而是归类写，以同类的农事和农夫生活为重点展开叙述，这样在时间上有交叉，章法结构比较灵活，无板滞单调之感，这是本诗艺术上的一大特点。

从语言上说，《七月》的句法基本上是四言句式，但其中又插用一些五言、六言、七言以至八言等句式，使得全诗的诗句既整齐又灵活，既便于叙事，又利于抒情，十分和谐自然，明显带有民歌的特点。

如果说《七月》在表现农业生活生产方面具有史料的性质，那么，还有一些农业诗就具有强烈的文学色彩了，如《周南·芣苢》：

采采芣苢，薄言采之。采采芣苢，薄言有之。
采采芣苢，薄言掇之。采采芣苢，薄言捋之。
采采芣苢，薄言袺之。采采芣苢，薄言襭之。

全诗48个字，只换了六个字，生动活泼地再现了古代妇女的劳动形象。她们三五成群地在平原旷野上，一面兴高采烈地采芣苢，一面随着劳动的韵律，唱起了欢快的歌谣。清代学者方玉润在《诗经原始》中对此诗有十分精彩的解析：

  此诗之妙，正在其无所指实而愈佳也……读者试平心静气，涵泳此诗，恍听田家妇女，三三五五，于平原绣野、风和日丽中群歌互答，余音袅袅，若远若近，忽断忽续，不知其情之何以移，而神之何以旷。则此诗可不必细绎而自得其妙焉。……今南方妇女登山采茶，结伴讴歌，犹有此遗风云。①

  他指出了这首诗的精妙之处，就是要随着诗的韵律，劳动的节奏，加上丰富的想象，才能领略诗的意境，感受诗的情感。像这样表现劳动情感的作品，还有如《魏风·十亩之间》：

  十亩之间兮，桑者闲闲兮。行与子还兮。
  十亩之外兮，桑者泄泄兮。行与子逝兮。

  这首诗描写了一群采桑女在紧张的劳动行将结束时轻松愉快的心情。诗中的女子在劳动结束时，相互打着招呼，结伴同行，款款而去，最后消失在嫩绿的桑林之间。
  这两首诗结构平淡无奇，语言质朴简拙，却以轻松欢快的笔调，完全依照当时的生活节奏，写出了真实愉快的劳动场面，反映了牧歌式的田园生活，使人获得一种纯朴的美感。
  除了直接描写农业生产、反映劳动生活的诗篇外，《诗经》中还有春夏祈谷、秋冬报赛的农业祭祀诗。周族是一个农业民族，依

---

① 方玉润：《诗经原始》，中华书局1986年版，第85页。

靠在当时处于先进地位的农业而兴国。在建立王朝之后，进一步采取解放生产力和推广农业技术等措施，大力发展农业生产，以之作为基本国策。周朝制度是周王直接拥有大片土地，由农奴耕种，称为"藉田"。每年春季，周王率群臣百官亲耕藉田，举行所谓的"藉田"之礼，就是天子率诸侯、公卿、大夫和各级农官携带农具来到周天子的"藉田"象征性地犁地，周天子用耜翻几下土，以示亲耕，目的是劝农。在履行"藉田"之礼中也祈祷神明，演唱乐歌。据西周文献，周王朝在立国之初就制定土地分配、土地管理、耕作制度的具体法规，如品种改良、土壤改良、水利建设以及轮种等耕作技术都包括在内。《周颂·载芟》所写的"侯主侯伯，侯亚侯旅，侯彊侯以"，便是指参加藉田礼的人有天子（主），有公卿（伯），有大夫（亚）、有士（旅），有强劳力（强），有老弱农夫（以）。《周颂·噫嘻》《周颂·臣工》《周颂·丰年》《周颂·良耜》等都是表现周代早春的藉田之礼，夏天的薅礼，秋冬报赛的乐歌。周代统治者认为，农业的丰收，一是靠上天庇护，二是靠官吏谨慎劝农、尽职尽责，三是靠农夫辛勤劳作，因而所有的农业祭祀之礼都是围绕这些方面进行的，诗歌很好地记载了这些生动的场景，成为研究西周农业生产的重要史料。如《周颂·臣工》：

嗟嗟臣工，敬尔在公。王釐尔成，来咨来茹。嗟嗟保介，维莫之春，亦又何求？如何新畲？於皇来牟，将受厥明。明昭上帝，迄用康年。命我众人：庤乃钱镈，奄观铚艾。

《周颂》是宗庙祭祀乐歌，"以其成功告于神明"。这一篇和另几篇农事诗，传说是周成王时代的作品。从诗的文本来看，确是周王的口气，是周王在"春祈"上的"训话"。全诗十五句，前四句

第四章 弦歌历史

训勉群臣勤谨工作，研究调度执行已经颁赐的有关农业生产的成法。接下来四句是训示农官（保介）：暮春时节，麦子快熟了，要赶紧筹划如何在麦收后整治各类田地。再接下来四句是称赞今年麦子茂盛，能获得丰收，感谢上帝赐给丰年。最后三句是说：命令我的农人们准备麦收，我要去视察收割。全诗脉络清楚，诗义十分明白，确是一首歌颂周王关心农业生产，训勉群臣勤恳工作，贯彻执行国家发展农业的政策，是感谢上天赐予丰收的乐歌。全诗反映出周王重视发展农业生产，以农业为立国之本。

《诗经》所反映的周代社会的农事活动，大概包含以下几个方面：

第一，农作物的种类多，品种齐全。《诗经》中的农作物和果品有二十多种：稻、稷、黍、粱、麦、葵、菽、桃、李、梅、枣、瓜、韭、荼、杜、椒、荠、榛、竹、桑葚、莲等，有的是粮食，有的是蔬菜，有的是瓜果，不仅反映了早期农业经济的发达，而且在栽培技术方面取得了巨大成就。

第二，与农业有密切关系的气象物候知识丰富。在《诗经》时代，人们对季节变化有了清晰的认识，其天文历法知识，是适应人们生产和生活需要而产生的，对天文历法的研究推动着农业生产的发展。顾炎武在《日知录》中说：

> 三代以上，人人皆知天文。"七月流火"，农夫之辞也；"三星在户"，妇人之语也；"月离于毕"，戍卒之作也；"龙尾伏辰"，儿童之谣也。后世文人学士，有问之而茫然不知者矣。[①]

[①] 顾炎武著，黄汝成集释：《日知录集释》（卷三十），栾保群、吕宗力校点，上海古籍出版社2006年版，第1673页。

例如《豳风·七月》中的"七月流火"诗句，其火，是星名，又称大火，属心宿。因为在周代各地存在着几种历法，有夏历、殷历、周历、豳历。此句寓意是：豳历五年黄昏，火星在天空的当中，六月里便向西倾斜，七月里火星向西而下，暑天即将过去。同时，在此诗中还出现了"一之日觱发，二之日栗烈""三之日于耜，四之日举趾"。这表明周人在历法上的重要改革还是服务于农事活动的，正是为了发展农业。

第三，大规模垦殖土地，扩大农田面积。我们从很多首农事诗中可以看到当时周人大规模的耕作方式：

噫嘻成王，既昭假尔。率时农夫，播厥百谷。骏发尔私，终三十里。亦服尔耕，十千维耦。(《周颂·噫嘻》)

诗中的"耦"即耦田，两人为一组，一人用脚踩耒入土，另一人用手拉耜拔土，合力而耕。这样先进的耕作方法省力省时，提高了垦殖效率，加快了垦田速度，大量荒地被辟为良田。从诗中我们可以看到当时耕耘的规模：在长宽各约30里的土地上，一万人在耕种，这种景象确实称得上宏大。

第四，农业工具不断更新，开始较多地使用锐利的金属工具。在《诗经》的许多诗篇里，多次出现一些带"金"字偏旁的工具名，如《周颂·臣工》："庤乃钱镈，奄观铚艾。"钱（jiǎn）：农具名，掘土用，若后世之锹。镈（bó）：农具名，除草用，若后世之锄。铚艾（zhìyì）：铚，农具名，一种短小的镰刀；艾，"刈"的借字，古代一种芟草的大剪刀。这些都以"金"为偏旁，说明当时已经在一定范围内使用了金属工具。工具的锋利坚硬，便于挖土耕地，提高了西周的生产力，有力地推动了西周农业的迅速发展。

有的学者根据《秦风·驷驖》中"驷驖孔阜""鞗车鸾镳"等句，认为人们对铁已经相当熟悉，西周及春秋可能已经使用铁器。在工具更新中，牛耕的使用是农业生产力水平提高的一个重要标志。一般认为，殷商时期已经有了牛耕但未能通行，原因在于当时的牛主要作为"牺牲"而被用于祭祀。用牛犁田地意在爱惜人力，而当时的奴隶数以万计，奴隶主视之如同牛马而不加爱惜，何必用牛耕呢？①《小雅·大田》——"以其骍黑，与其黍稷。以享以祀，以介景福"——说明周代在举行祭祀活动时，不是大规模地屠杀耕牛来做牺牲，而是只宰一头牛，另宰一两头猪或羊，同时还敬献黄米、高粱、麦子等，庆祝丰收。虽然《诗经》中多次提及农耕，但未明确说是牛耕。而孔子弟子冉伯牛名耕、司马耕字子牛，这种在名字上把"牛"与"耕"连在一起的事实有力地证明当时已经存在牛耕。②应该说，在春秋后期到战国时，牛耕便渐次普及了。

第五，除草培土，精耕细作。商代卜辞中已有耨草的记载，当时田间杂草主要有荼、蓼、莠、稂等。而后二者又是其中为害甚烈者，《诗经》中有"维莠骄骄""维莠桀桀"的描写。莠，即谷莠子，亦叫狗尾巴草；稂，即狼尾巴草，是谷田或黍田里最常见的伴生杂草。《小雅·甫田》："今适南亩，或耘或耔。黍稷薿薿。"耘，即除草；耔，即培土；薿薿，则是生长茂盛的样子，表明当时人们已经认识到，除草和培土可以使作物生长茂盛。在除草的同时，还开始了治虫。《小雅·大田》："去其螟螣，及其蟊贼，无害我田稚。田祖有神，秉畀炎火。"螟、螣、蟊、贼分别是就其为害作物的部位而言，是对害虫所作的分类。食心曰螟，食叶曰螣，食根曰

---

① 郭宝钧：《中国青铜器时代》，生活·读书·新知三联书店1963年版，第32页。
② 金景芳：《中国奴隶社会史》，上海人民出版社1983年版，第274页。

蟊，食节曰贼，这也是中国古代最早的农作物害虫分类。《诗经》中还有当时灌溉的记录，《小雅·白华》中有"滮池北流，浸彼稻田"的诗句，是有关稻田引水灌溉的最早记载。这些都是精耕细作的标志。[1]

三 河水桑间：情爱婚恋的歌咏

《诗经》中的爱情诗，作为上古时代青年男女感情生活经历的真实记录，向我们展示了人类美好、纯真的情感世界，折射出上古时代那纯正、健康的爱情观。这些诗歌不仅表现出了对人生命本体的尊崇和对人的个体价值的强烈追求，而且表现出了当时人们对爱情的高尚理解和健康的追求，感情上都是率真、诚挚、热烈、淳朴、健康的，是人类真实情感的自然流露。《诗经》歌咏的是礼制完善之初周代社会男女交往的清纯、自然和本性，表现出了对人生命本体的尊崇和对人的个体价值的强烈追求，这是中国古代文化中最光辉的思想，是最纯朴的思想。概括来说就是纯真和美好，积极和健康，坚贞不渝，理智和道德。

一部《诗经》，最有价值、影响后代最深刻的莫过于爱的诗篇，在305篇作品中，抒写男女相思相恋各种感情的诗篇，约有50首，约占《诗经》作品总数的六分之一。另外还有一些表现男女婚姻生活的诗，我们把这些诗统称为婚姻诗和爱情诗，总计大约有90首。

《诗经》中的婚姻爱情诗从内容上看，可以分为三个方面：一是反映男女之间互相悦慕、爱恋、思念的爱情诗，我们可以称之为魅力爱情诗；二是描写男女结合的婚嫁诗，我们可以称之为礼仪婚

---

[1] 陆跃升：《论〈诗经〉农事诗对西周农业的诠释》，《农业考古》2013年第6期。

嫁诗；三是表现对不幸婚姻的悲叹，我们可以称之为悲哀弃妇诗。

在魅力爱情诗中，有男女之间互相的悦慕，如《郑风·出其东门》《郑风·叔于田》等篇；有男女的欢会，如《郑风·溱洧》《邶风·静女》《鄘风·桑中》等篇；有男女之间真切深挚的相思，如《周南·汉广》《王风·采葛》《郑风·子衿》《秦风·蒹葭》等篇；有对婚姻爱情自由的追求，如《周南·关雎》《鄘风·柏舟》《郑风·将仲子》等篇。

在礼仪婚嫁诗中，有的描写结婚的仪式和场景，表达对新婚的祝贺和礼赞，如《大雅·韩奕》《周南·桃夭》《召南·鹊巢》《卫风·硕人》《鄘风·君子偕老》《齐风·东方之日》《郑风·女曰鸡鸣》等篇；也有的表达了婚嫁中的欢乐、幸福、离别等各种情感，如《唐风·绸缪》《邶风·燕燕》《邶风·泉水》《邶风·新台》等。

悲哀弃妇诗则反映了以男性为中心的社会，由于政治地位、经济地位和社会分工不同，宗法制下财产所有权等众多因素，在婚姻关系中，女性所处的地位十分低下，出现了很多妇女遭弃的婚姻悲剧，如《邶风·柏舟》《卫风·氓》《邶风·谷风》《小雅·谷风》《王风·中谷有蓷》《小雅·我行其野》等篇。

《诗经》的婚恋诗，内容丰富多彩，几乎反映了人们恋爱、婚姻生活的各个方面，同时也反映出周人的婚姻观念、审美情趣，具有很高的文化意义，并且以鲜明的形象、细腻的情感、率真的风格、多样的手法给后代文学以启迪和影响。

在《诗经》首篇《周南·关雎》里，男主人公对女子的追求和思念，是"求之不得，寤寐思服""辗转反侧"，其情真挚，感人至深。所表达的爱情实质，关键就是一个"求"字，求两性相悦，求心灵相通，求高山流水般的志同道合；而婚姻的实质，在于

两性的互相尊重，在于相濡以沫，在于平淡琐碎的生活中仍能"友之""乐之"，只有如此，爱情才能长远，婚姻才能长久，富有韧性的婚姻，才经得起岁月的侵蚀。《郑风》中的《野有蔓草》描写一名青年男子在野地里"邂逅"一位清纯的少女，并一见钟情、"与子偕臧"的故事。《召南·野有死麕》写上古青年男女在林间野外"野合"之事，"野有死麕，白茅包之"不是叙事，而是比兴，白茅包上死麕，喻示着一场追求的遂心，展示的是一幅原始生活中的随意交媾图，反映的是男女相诱、相悦而定情，充满了人类性爱的原始本能。《卫风·木瓜》里的赠答之物"木瓜""木桃""木李""琼琚""琼瑶""琼玖"，并不因为赠物轻重、价值高低而影响男女之间"报"与"爱"的情感，由此引申出社会生活、人际交往中要表达的是永远的珍重，理解他人便是最高尚的情意。《邶风·静女》则是别具一格的爱情小品，"俟我于城隅"的情人幽会，却是"爱而不见"，活泼可爱的少女形象跃然纸上；"贻我彤管""自牧归荑"，表达了女子对男子真诚的爱恋，以物达情。"匪女之为美，美人之贻。"男子也领悟了美人的爱恋之情。纵观全诗，不假比兴，敷陈其事，情节曲折有致，风格含蓄蕴藉，语言明快简洁，写人状物惟妙惟肖，感情发展颇有层次，衬托出鲜明突出的人物个性，充分体现出民间情歌的艺术特点。全文篇幅虽短，容量却大，令人惊叹于作者高度凝练的艺术笔法，具有颇高的美学价值。

在爱情追求的诗篇中，《周南·汉广》可以说是非常独特的：

南有乔木，不可休息。汉有游女，不可求思。汉之广矣，不可泳思。江之永矣，不可方思。

翘翘错薪，言刈其楚。之子于归，言秣其马。汉之广矣，

第四章 弦歌历史

不可泳思。江之永矣,不可方思。

  翘翘错薪,言刈其蒌。之子于归,言秣其驹。汉之广矣,不可泳思。江之永矣,不可方思。

  抒情主人公是一位男青年。他钟情于一位美丽的姑娘,却始终难遂心愿。情思缠绵,无以解脱,面对浩渺的汉江之水,唱出了这首动人的诗歌,倾吐了满怀惆怅的愁绪。

  关于本篇的主旨,《毛诗序》所说赞文王"德广所及也",并不足据。《文选》注引《韩诗序》云:"《汉广》,说(悦)人也。"清陈启源《毛诗稽古编》进而发挥曰:"夫说(悦)之必求之,然唯可见而不可求,则慕说益至。"对诗旨的阐释和诗境的把握,简明而精当。

  "汉有游女,不可求思",是体现诗旨的中心诗句;"汉之广矣,不可泳思。江之永矣,不可方思",重叠三叹,反复表现了抒情主人公对在水一方的"游女",瞻望勿及,企慕难求的感伤之情。鲁、齐、韩三家诗解"游女"为汉水女神,给本诗抹上了一层人神恋爱的色彩。

  从外部结构上看,全篇三章,首章似独立于后两章,而从情感表现上看,三章内容紧密相连,细腻地传达了抒情主人公由希望到失望、由幻想到幻灭的曲折情感过程。全诗三章的起兴之句,传神地暗示了作为抒情主人公的青年樵夫伐木的劳动过程。而首章八句,四曰"不可",更是把追求的无望表达得淋漓尽致、无法逆转。第二、三章一再描绘了痴情的幻境:"游女"有朝来嫁我,先把马儿喂饱;"游女"有朝来嫁我,喂饱马驹把车拉。但一回到现实,便跌入了幻灭的深渊,他依然痴情执着,诗中对"汉广""江水"的复唱,已是幻境破灭后的长歌当哭,比之首唱,真有男儿伤心不

上篇　遥远的回响：相遇《诗经》

忍听之感。故诗章前后相对独立，情感线索却历历可辨。

　　清人陈启源《毛诗稽古编》将《汉广》概括为"可见而不可求"。这也就是西方浪漫主义所谓的"企慕情境"，即表现所渴望所追求的对象在远方、在对岸，可以眼望心至却不可以手触身接，是永远可以向往但永远不能达到的境界。《诗经》中表现这一意境的以《蒹葭》为主，《汉广》为辅；前者显得空灵象征，后者具体写实。清人王士禛认为，《汉广》是中国山水文学的发轫，是《诗经》中仅有的几篇"刻画山水"的诗章之一。

　　在《汉广》诗中，"言刈其楚""言刈其蒌""言秣其马""言秣其驹"诗句，还包含着古代的婚姻民俗。清胡承珙《毛诗后笺》云："诗言婚姻之事，往往及于薪木。古者昏礼或本有薪刍之馈，盖刍以秣马，薪以供炬。《士昏礼》'执炬前马'，古烛即以薪为之。"清魏源《诗古微》云："三百篇言娶妻者，皆以析薪取兴。盖古者嫁娶必以燎炬为烛，故《南山》之析薪，《车辖》之析柞，《绸缪》之束薪，《豳风》之伐柯，皆与此错薪、刈楚同兴。"今少数民族尚于婚礼时燃柴火助兴欢乐，上古之民俗恐亦然。另有伐薪占卜婚姻大事之俗。[①]

　　不仅如此，《汉广》诗篇，还关涉了汉水女神的美丽故事，使这首爱情诗具有了深厚的文化意义。诗中有"汉有游女，不可求思"之句，齐、鲁、韩三家诗释"游女"为汉水女神。汉代刘向《列仙传》记载"江妃二女"与郑交甫的故事，似乎在讲一个人神相恋的故事，留下了"交甫解佩"的美丽故事，意味深长。《列仙传》"江妃二女"条云：

[①] 王巍：《诗经民俗文化阐释》，商务印书馆2004年版，第199—202页。

江妃二女者，不知何所人也。出游于江汉之湄，逢郑交甫。见而悦之，不知其神人也。谓其仆人曰："我欲下请其佩。"仆曰："此间之人，皆习于辞，不得，恐罹悔焉。"交甫不听，遂下与之言曰："二女劳矣。"二女曰："客子有劳，妾何劳之有？"交甫曰："橘是柚也，我盛之以笥，令附汉水，将流而下，我遵其傍，采其芝而茹之。以知吾为不逊，愿请子之佩。"二女曰："橘是柚也，我盛之以筥，令附汉水，将流而下。我遵其傍，采其芝而茹之。"遂手解佩与交甫。交甫悦受，而怀之中当心。趋去数十步，视佩，空怀无佩。顾二女，忽然不见。

灵妃艳逸，时见江湄。丽服微步，流盼生姿。

交甫遇之，凭情言私。鸣佩虚掷，绝影焉追？①

晋王嘉《拾遗记》云：

（周昭王）二十四年，涂修国献青凤、丹鹊各一雌一雄。孟夏之时，凤鹊皆脱易毛羽，聚鹊翅以为扇，缉凤羽以饰车盖也。扇一名游凤，二名条翾，三名虨光，四名仄影。时东瓯献二女，一名延娟，二名延娱，使二人更摇此扇，侍于王侧，轻风四散，泠然自凉。此二人辩口丽辞，巧善歌笑，步尘上无迹，行日中无影。及昭王沦于汉水，二女与王乘舟夹拥王身，同溺于水。故江汉之人，到今思之。立祀于江湄，数十年间，人于江之上，犹见王与二女乘舟戏于水际。②

---

① 滕修展等注译：《列仙传神仙传注译》，百花文艺出版社1996年版，第50页。
② 王嘉撰，萧绮录，王根林校点：《拾遗记》，《汉魏六朝笔记小说大观》，上海古籍出版社1999年版，第507—508页。

上篇　遥远的回响：相遇《诗经》

晋王嘉《拾遗记》关于周昭王南征与侍女延娟、延娱殒命汉水，以及楚人祭祀周王与二女的民俗风情的记载，透露了周王室与"汉阳诸姬"微妙的政治关系。

除了传说故事外，历史中也有关于汉水女神的记载。汉司马迁《史记·封禅书》："沔，祠汉中。"唐司马贞《史记索隐》注引《水经》认为："汉女，汉神也。"班固《汉书·郊祀志》也明确肯定祭祀汉水之事。魏晋和唐宋时期的地理著作又考证了如"汉神庙"在内的遗址方位，《水经注》《方舆胜览》《太平寰宇记》等地理著作是其代表。

从汉代到明清时期，文人诗赋，对汉水女神有大量的记载和歌咏，其溯源都来自《汉广》及后来的演绎。汉扬雄《羽猎赋》："汉水女潜，怪物暗冥，不可殚形。"汉王逸《九思》："周徘徊兮汉渚，求水神兮灵女。"汉张衡《南都赋》："耕父扬光于清泠之渊，游女弄珠于汉皋之曲。"三国时曹植《洛神赋》："感交甫之弃言兮，怅犹豫而狐疑。""从南湘之二妃，携汉滨之游女。"《七启》："讽汉广之所咏，觌游女于水滨。"《九咏》："感汉广兮羡游女，扬激楚兮咏湘娥。"杨修、王粲、陈琳、阮瑀、徐干、应玚等人都有《神女赋》，其中杨修、王粲、陈琳的赋见载于唐人类书《艺文类聚》之中，徐干、应玚之作已亡佚。晋阮籍《咏怀诗》："二妃游江滨，逍遥顺风翔。交甫怀环佩，婉娈有芬芳。"郭璞《江赋》："感交甫之丧佩，悲神使之缨罗。"南朝鲍照《登黄鹤矶》："泪竹感湘别，弄珠怀汉游。"唐代张九龄《杂诗五首》："汉水访游女，解佩欲谁与。"孟浩然《万山潭》："游女昔解佩，传闻于此山。求之不可得，沿月棹歌还。"《登安养城楼》："向夕波摇明月动，更疑神女弄珠来。"储光羲《同张侍御宴北楼》："水灵慷慨行泣珠，游女飘飘思解佩。"宋代欧阳修《汉水行》："沧波荡漾浴明月，疑是弄珠游美人。"苏轼《汉水诗》："文王化南国，游女俨如卿。洲中浣纱子，环佩锵锵鸣。"邹浩《泛汉江》："谁家游女戏江滨，才见舟来竞敛身。须得文王风化远，至今犹自被行人。"宋代晁补之《调笑》："当年二女出江滨，容止光辉非世人。明珰戏解赠行客，意比骖鸾天汉津。"元代虞集《张令鹿门图》："弄珠月冷识游女，沉剑潭深知卧龙。"明代李梦阳《汉滨赋》："眉疑低而复伸，唇欲启而羞回。瑳巧笑以回瞬，目盈盈而流盼。"薛瑄《泛汉江》："神女无消息，明珠久寂寥。"《登岘山》："诗传二南俗，人享百年寿。"王慎脩《汉皋别意》："夕阳帆影共徘徊，珠佩无人解赠来。欲使愁肠谁得似，江流曲处日千回。"清代吴伟业《襄阳歌》："高斋学士宜诚酒，汉皋游女铜鞮（di）曲。"等等。

　　《汉广》诗中的汉水女神，本是很崇高和贞洁的，是汉水流域人们顶礼膜拜不可侵犯的偶像，诗中表达了男主人公追求女主人公不得的惋惜。汉水女神是中国文学中最早的女神形象，比湘水女神、洛水女神、巫山神女等更早，其演绎出的"汉皋解佩"（"交甫解佩"）、"神女弄珠"（"游女弄珠"）等典故，体现了丰富的文学和文化价值。汉水女神的文学形象，展示了世界上最美好的情爱不能遂心所愿的忧伤，是中国文学中企慕追寻的相思情感和欲望的典型代表。

　　与《汉广》有异曲同工之妙的另一首爱情诗《秦风·蒹葭》，值得品读：

　　　　蒹葭苍苍，白露为霜。所谓伊人，在水一方。溯洄从之，道阻且长。溯游从之，宛在水中央。

　　　　蒹葭萋萋，白露未晞。所谓伊人，在水之湄。溯洄从之，道阻且跻。溯游从之，宛在水中坻。

上篇　遥远的回响：相遇《诗经》

蒹葭采采，白露未已。所谓伊人，在水之涘。溯洄从之，道阻且右。溯游从之，宛在水中沚。

对这首诗，汉代学者认为是讽刺诗。《毛诗序》认为此诗是讽刺秦襄公的，因为他不遵守周礼，所以将招来亡国之祸。而宋代朱熹在《诗序辨说》中指斥《毛诗序》穿凿附会，说："秋水方盛之时，所谓伊人，彼人者，乃在水之一方，上下求之而皆不可得。然不知其何所指也。"认为其诗意不确定。清代学者姚际恒认为，"伊人"是春秋时代的一位隐居水边的贤人，该诗表达了君主求贤招隐之意。清代另一位学者汪凤梧认为，这首诗描写了主人公怀友访旧而不得见的惆怅之情。现代学者余冠英认为是爱情诗。陈子展认为，"诗境颇似象征主义，而含有神秘意味"，是朦胧诗。林兴宅说："《蒹葭》所表现的企恋是人类追求真、善、美的最高境界的象征。""伊人"象征着美好的理想，这种理想可遇不可求，可望而不可即，正是这样的矛盾冲突构成了审美的境界。当代作家韩少华也持同样的看法："也许，我所企慕的文学中的美质与佳境，正如同所谓伊人在水一方，永远可望而不可即。"《蒹葭》之所以有这么多的主题看法，就在于诗具有非常高的艺术性，韵味极其深厚，其意境朦胧，含蕴不尽，扑朔迷离，引人遐想。

其实，抛开种种的推测，细绎诗意，品味诗境，不难看到，这是一首情歌，一首怀念情人的恋歌。诗中描写了对意中人的憧憬、追求和失望、怅惘的心情。由于诗歌写得扑朔迷离，意象朦胧，给人以神秘莫测之感，故先哲时贤对诗中的"伊人"和主旨众说纷纭，莫衷一是。

诗分三章，每章八句；首二句状物写景，后六句抒情写人。全诗熔写景、叙事、抒情于一炉。开篇用"叙物以言情"的赋体状物写景,展现了一副萧瑟冷落的秋景,给全诗笼罩了一层凄清落寞的情调。王国维在《人间词话》中说:"《诗·蒹葭》一篇,最得风人深致。"对此诗的艺术成就推许备至。

这首诗塑造了两位男女主人公的形象。一位在台前亮相,一位隐退帷幕后。对前者是刻意铺写,正面描摹,对后者多虚拟想象,反衬烘托。写"伊人"既不知男女性别之身份,又不知固定确切的居处,似乎"在水一方""在水之湄""在水之涘",又似乎在"水中央""水中坻""水中沚",在那虚无缥缈、云里雾里,若隐若现,神秘莫测。钟惺评曰:"异人异境,使人欲仙。"

一意三叠,层层递进。《蒹葭》的艺术结构与其他民歌一样,采用复沓叠句的形式,反复抒写"可见不可即,可求不可得"的企慕深情。方玉润说:"三章只一章,特换韵耳。其实首章已成绝唱。古人作诗多一意化为三叠,所谓一唱三叹,佳者多有余音。"

这首诗的艺术成就是多方面的。它以秋景起兴,既渲染了环境气氛,又烘托了人物行动心态,达到寓情于景、情景交融的艺术境界。造景写情,意在笔先。诗情画意,臻于妙境。故前人盛赞此诗说:"名人画本,不能到也。"(沈德潜《说诗晬语》)语言质朴,音节和谐,言近旨远,言尽意不尽。姚际恒说诗的结句:"宛在水中央",在"在"字前加一"宛"字,"遂觉点睛欲飞,入神之笔"。在三百篇中韵味独特。唐代李商隐的《无题》诗为其遗音绝响。

在两性婚姻中,任何一方的背叛,都是家庭婚姻的悲剧,而女子的被弃,又是经常发生的,特别是在夫权制度下男女不平等的社会中。"弃妇"一词,最早见于南朝徐陵编选的《玉台新咏》,但反映被遗弃妇女痛苦的诗,《诗经》中就有许多。而以《卫风·

氓》《邶风·谷风》二首为深刻，又富于故事性和表现力。《卫风·氓》：

> 氓之蚩蚩，抱布贸丝。匪来贸丝，来即我谋。送子涉淇，至于顿丘。匪我愆期，子无良媒。将子无怒，秋以为期。
>
> 乘彼垝垣，以望复关。不见复关，泣涕涟涟。既见复关，载笑载言。尔卜尔筮，体无咎言。以尔车来，以我贿迁。
>
> 桑之未落，其叶沃若。于嗟鸠兮，无食桑葚。于嗟女兮，无与士耽。士之耽兮，犹可说也。女之耽兮，不可说也。
>
> 桑之落矣，其黄而陨。自我徂尔，三岁食贫。淇水汤汤，渐车帷裳。女也不爽，士贰其行。士也罔极，二三其德。
>
> 三岁为妇，靡室劳矣。夙兴夜寐，靡有朝矣！言既遂矣，至于暴矣。兄弟不知，咥其笑矣。静言思之，躬自悼矣。
>
> 及尔偕老，老使我怨。淇则有岸，隰则有泮。总角之宴，言笑晏晏。信誓旦旦，不思其反。反是不思，亦已焉哉！

这是一首弃妇诗，大概是民间诗人所作，也可能是女主人公的自作。诗中通过女主人公叙述她与"氓"从恋爱、结婚到被虐待、被遗弃的经过，写出了她的刚烈性格和反抗精神，表达了她的怨愤之情。

全诗共六章，首章追写初恋订婚时的情况。第二章追写结婚的经过。第三章写女主人公追悔当时轻陷情网，并总结出沉痛的教训。第四章以桑为喻，从桑叶由绿嫩繁茂变成枯黄陨落，比喻女主人公容颜衰老。第五章进一步倾诉婚后的痛苦生活。第六章以悔恨交加的心情和决绝的态度作结。诗人运用回忆对比和就近取譬的手法，表达女主人公内心深沉的怨恨。

《氓》是《诗经》弃妇诗中最优秀的篇章，对后世《孔雀东南飞》等作品有着很大影响。它是一篇带有叙事性质的抒情诗，不但做到了叙事和抒情相结合，而且自然地糅进了议论，从而增强了诗的思想性，深化了主题。

《氓》最主要的艺术特色是运用回忆和对比的手法，抒发了女主人公复杂的思想感情，揭露"氓"的卑劣品质。尤其是回忆中有对比，而对比又是通过回忆展现的。其中有女主人公与"氓"的对比，"氓"前后行为的对比，女主人公前后思想感情变化的对比，使感情炽烈，性格突出。《氓》诗不仅通过对比突出人物的性格，而且写出了人物性格的发展，勾勒和塑造了两个鲜明的人物形象：一个是痴情、大胆、勤劳、善良、刚烈、理智的女主人公形象；另一个则是虚伪、狡狯、卑鄙、自私、粗暴、无义的"氓"的形象，有其一定的社会意义和认识价值。另外，就近取譬的贴切，比兴手法的使用和一些明白如话的口语，也大大增强了诗的形象性和生动性，丰富了诗的表现力。

家庭是社会组织的基本单位，在中国古代的五伦——夫妇、父子、君臣、兄弟、朋友中，以夫妇为人伦之始，也就是说，其他四伦是由夫妇关系派生出来的。《周易·序卦传》中有这样一段话："有天地，然后有万物；有万物，然后有男女；有男女，然后有夫妇；有夫妇，然后有父子；有父子，然后有君臣；有君臣，然后有上下；有上下，然后礼仪有所错。"[1] 非常明确地揭示出"家国同构"的精义：家庭就是国家的缩影，国家就是家庭的放大。所以，婚姻是人生大事，更是家庭大事。在《氓》中"子无良媒""尔卜尔筮""以尔车来"等诗句，涉及古代婚姻"六礼"中的"纳彩"

---

[1] 孔颖达：《周易正义》，阮元校刻：《十三经注疏》，中华书局1980年影印本，第96页。

"纳吉""亲迎"等仪礼，是婚姻成立的重要环节，这里有必要给予解说。

婚嫁之礼是人生的大礼，不同时代、不同阶层、不同民族都十分注重婚姻的礼仪。《礼记·昏义》云："昏礼者，将合二姓之好，上以事宗庙，而下以继后世也，故君子重之。是以昏礼，纳采、问名、纳吉、纳徵、请期，皆主人筵几于庙，而拜迎于门外。入揖让而升，听命于庙，所以敬慎重正昏礼也。"①《仪礼·士昏礼》又增加了"亲迎"的仪式。《仪礼·士昏礼》记载先秦士的婚礼仪式；《礼记·昏义》论述了婚礼的人文内涵，这两篇文献是我们了解和研究先秦婚礼的重要材料。

在上述仪式中，最重要的内容是议定婚姻，最核心的环节是亲迎，也就是今天所说的迎亲。

婚姻"六礼"的具体内容是：

纳采：是指男方请媒人送礼物到女方家，表示愿意谈婚事。

问名：即请媒人问女家的姓名和生年月日。

纳吉：男家占卜得吉兆后告诉女家，婚姻之事于是定下来。

纳徵：是男家送钱和礼物给女家，表示订婚。

请期：男家占卜得结婚吉日，征得女家同意。

亲迎：男子驾车到女家，等在庭中，女子从房中出来，其父亲执其手递给婿，婿牵妇手出来，一同上车到婿家。

"六礼"的完备记述体现在《礼记·昏义》《仪礼·士昏礼》。《诗经》反映的婚礼为"六礼"的形成奠定了基础。

婚姻"六礼"中前五个仪节都是男方派使者到女方家进行，而且都是在早晨行事；唯独亲迎是由新郎亲自前往女家，而且时间是

---

① 孔颖达：《礼记正义》，李学勤主编：《十三经注疏》（标点本），北京大学出版社1999年版，第1618页。

在"昏"时。娶妻为什么要在昏时呢？这是有缘由的。

古代"昏"是与"旦"相对的时间概念，指日没后二刻半（古人将一天的时间长度分为 100 刻，今天分 96 刻，一刻的长度很接近）。据梁启超、郭沫若等学者考证，昏时成婚，是上古时代抢婚习俗的孑遗，因为抢婚需要借助夜色的掩护。《易经·睽卦》记载："见豕负涂，载鬼一车，先张之弧，后说（脱）之弧，匪寇，婚媾。"学者认为这说的是氏族时代的抢婚。随着时代的进步，抢婚的风俗消失了，昏时成亲的习惯却被保留下来了，而儒家则赋予其新的哲学诠释：新郎到女家迎亲，新娘则随之到夫家，含有阳往阴来之意，昏时是阴阳交接之时，所以说，"必以昏者，取其阴来阳往之义"（郑玄《三礼目录》）。新婿于昏时而来，所以叫"昏"（先秦文献写作"昏"，后世写作"婚"）；新娘则因之而去，所以叫"姻"。这就是后世"婚姻"一词的来历。

婚礼的"六礼"，一直延续到唐代。到了宋代，"六礼"被简化为纳采、纳币（相当于古礼中的纳吉）、亲迎三种仪节，又相沿到清代。儒家认为，阳动阴静，而且女子羞涩，因此必须由男子主动上门娶妻。这一思想成为中国人普遍的心理定式和文化特征之一。不管时代如何变化，亲迎始终作为婚礼中最重要的仪节而被广泛遵守。

四 戎车既驾：战争岁月的记录

在遥远而漫长的岁月里，周王朝自它崛起之时，就不断地与周边部落进行着大大小小的战争，正如《左传·成公十三年》所说："国之大事，在祀与戎"，也即国家大事在于祭祀天帝百神祖先英灵和进行各类战争。特别是"戎"，它是保证国家完整，关系宗祀存

上篇　遥远的回响：相遇《诗经》

亡的必要手段，同时战争的胜负直接影响甚至决定着民族和阶级的历史命运，所以在以攻城略地为时代主流的先秦时代具有特别重要的意义。又由于围绕战争所产生的爱国主义思想和民族传统几乎毫无例外地成为一个民族的巨大精神财富，因而世界各国各民族都有自己的战争诗。《诗经》中的战争诗便以其丰富的历史内容和强烈的民族精神，自古以来就受到学者们的高度重视。

《诗经》中的战争诗，据统计有30余首，占《诗经》诗篇总数的10%左右。《诗经》中反映周代战争的诗歌主要有两种情况：一类是周天子及诸侯对外战争，即对周边部族的抵御和进袭，北方和西方有猃狁和戎狄；东南方有徐戎、淮夷，南方有荆楚，如《小雅》中的《采薇》《采苣》等，《大雅》中的《常武》《江汉》等，《秦风》中的《小戎》《无衣》等。西周自建立以来，一直受到周边部族的威胁和侵扰，这些部族大多未跨入人类文明的门槛，尚处于游牧阶段，文化水准的差异及对财帛子女的垂涎，使他们对以农业为主体的较富庶的周人时时发动进攻，《诗经》中的这类诗歌以描写抵御或进袭猃狁为主要内容。另一类是对内镇压叛乱，武王灭殷后，封商纣王的儿子武庚于殷国，并令管叔、蔡叔、霍叔监视武庚。武王死后，成王年幼，周公摄政，武庚、管叔、蔡叔及徐国、奄国相继叛乱，周公率兵东征，历经三年，最后平定了叛乱。如《豳风·破斧》就描写了这一历史事件。

由于周代战争所具有的复杂性，因此《诗经》中的战争诗，有的表现了统治阶级征战胜利的喜悦，有的表现了军士们共同御敌的豪情，有的反映了下层人民所受的战争创伤和心灵的痛苦，概括而言，战争诗所表现的思想情感主要有以下几个方面：

一是表现了周民族作为核心文明、主体民族对周边部族作战时的民族自豪感和民族自信心。这里所说的核心文明与主体民族，指的是中原地区发展较高的农业文明和在此基础上形成的华夏民族主体。中原地区作为华夏核心的文明区域，是在炎黄以来漫长的历史中形成的，它经历了尧舜时期和夏商两代，其文明程度已远较周边地区要高，从而在华夏民族文化融合中起着越来越重要的主导作用。周王朝上继夏商而来，更自视为高于周边部族的上方大国，带有较强的民族自豪感和民族自信心，从而使他们在对外的征讨或防御战争中，都带有一种必胜的信念。如《小雅·六月》就是写周宣王时大臣尹吉甫奉命北伐猃狁，终获胜利的事迹。类似这样情感的诗篇还有像《大雅·江汉》，此诗颂美了召公虎平定淮夷，开拓南疆有功，受到周宣王封赏的全过程。

二是表现将士同仇敌忾抵御外侮的战斗精神。在古代，从军远戍被看作"勤王事"的行为。所谓"王事"者，国事也。那时的忠于君王与爱国是联系在一起的，因此，参加战斗是周人必须履行的义务。《诗经》中的许多战争诗就表现了下层军士英勇杀敌的壮志和共赴国难的豪情。如《秦风·无衣》，据专家考证，此诗大约成于前771年。其时因统治集团内讧，周幽王死，周地大部沦陷，于是秦地人民纷纷起来抗击猃狁的侵略。《秦风·无衣》：

岂曰无衣，与子同袍。王于兴师，修我戈矛，与子同仇！
岂曰无衣，与子同泽。王于兴师，修我矛戟，与子偕作！
岂曰无衣，与子同裳。王于兴师，修我甲兵，与子偕行！

这是一首激昂慷慨、同仇敌忾的战歌，表现了秦国军民团结互助、共御外侮的高昂士气和乐观精神。全诗风格矫健爽朗，采用了重章迭唱的形式，抒写将士们在大敌当前、兵临城下之际，以大局为重，与周王室保持一致，一听到"王于兴师"，就磨刀擦枪，舞戈挥戟，奔赴前线共同杀敌的英雄主义气概和爱国主义精神。

《秦风·无衣》主旋律激昂奋发，爱国情感充沛，诗中的战士们参战有明显的目的，在行动上高度自觉，对战争前途充满坚定乐观的信念。这对后世诗歌创作产生了明显的影响，如先秦时期屈原的《楚辞·九歌·国殇》、魏晋南北朝时期鲍照的《代出自蓟北门行》、王褒的《关山篇》、吴均的《战城南》，都不同程度地表现出战士们的英雄气概和献身精神，唐代王昌龄和岑参的边塞诗也具有这样的主调。

三是表现了对家乡的思念、对战争的哀怨。朱熹曾对《诗经》时代的战争有过这样的评论："兵者，毒民于死也，孤人之子，寡人之妻，伤天地之和，召水旱之兴。"如果说战争在促进民族发展和壮大，维护国家统一和安定方面有重要作用的话，那么它带给人民的苦难也是巨大的。在《小雅·采薇》这样的诗里，尽管作为战争的直接参与者的诗人反对战争，但在外敌入侵的紧要关头，人民并不惧怕战争，诗人仍然勇敢地拿起武器，参加保家卫国的战斗。然而，战争使他们遭受到许多平时意想不到的艰难和危险。特别是长期从军远戍，与亲人长久分离，内心的痛苦和情感的煎熬使他们饱受战争的创伤，唱出了一首哀怨的悲歌。《小雅·采薇》：

采薇采薇，薇亦作止。曰归曰归，岁亦莫止。靡室靡家，玁狁之故；不遑启居，玁狁之故。

采薇采薇，薇亦柔止。曰归曰归，心亦忧止。忧心烈烈，载饥载渴。我戍未定，靡使归聘。

采薇采薇，薇亦刚止。曰归曰归，岁亦阳止。王事靡盬，不遑启处。忧心孔疚，我行不来！

彼尔维何？维常之华。彼路斯何？君子之车。戎车既驾，四牡业业。岂敢定居？一月三捷。

驾彼四牡，四牡骙骙。君子所依，小人所腓。四牡翼翼，象弭鱼服。岂不日戒，猃狁孔棘！

昔我往矣，杨柳依依；今我来思，雨雪霏霏。行道迟迟，载渴载饥。我心伤悲，莫知我哀！

这首诗用士兵的口吻，写其在战后归家的途中，追述戍边作战的苦况，再现了从军生活的勤苦悲伤；用痛定思痛的反思，多层次地表现了行役之苦。诗的前三章均以"采薇采薇"开头，用一唱三叹的复沓形式，反复吟咏，突出"出戍之时采薇以食，而念归期之远"（朱熹《诗集传》）。第四、五两章写从军作战的紧张战斗生活。"戎车既驾"，意味着即将开始的拼杀。第六章在全诗中别构一体，回忆与眼前情景交叉描写，充满了痛定思痛的悲哀。

《采薇》一诗，在题材上可称为边塞诗的鼻祖，征人思乡是后代边塞诗的重要主题，它曾打动了千百万读者的心弦。此诗在艺术上的一个值得称道的地方，就是它创造出千古传颂的佳句。

《采薇》在艺术上的另一个成功之处，是它创造了"以乐景写哀，以哀景写乐"的诗歌美学境界。王夫之《姜斋诗话》说："'昔我往矣，杨柳依依；今我来思，雨雪霏霏。'以乐景写哀，以哀景写乐，一倍增其哀乐。"清人方玉润说："此诗之佳全在末章，真情实景，感时伤事，别有深情，非可言喻。"（《诗经原始》）这种评价是较中肯的。

战争和徭役作为人类社会生活特定历史阶段的两大活动虽然各有其特质，但从周代社会的具体情况来看，从当时人们的观照角度来看，二者有颇为相通之处，它们被作为周代社会历史中的重要内容贯穿始终。《诗经》中的许多战争诗是与徭役联系在一起的，抒写了兵役、徭役之苦和征夫、思妇之情。《豳风·东山》：

> 我徂东山，慆慆不归。我来自东，零雨其濛。我东曰归，我心西悲。制彼裳衣，勿士行枚。蜎蜎者蠋，烝在桑野。敦彼独宿，亦在车下。
>
> 我徂东山，慆慆不归。我来自东，零雨其濛。果臝之实，亦施于宇。伊威在室，蟏蛸在户。町疃鹿场，熠耀宵行。不可畏也，伊可怀也。
>
> 我徂东山，慆慆不归。我来自东，零雨其濛。鹳鸣于垤，妇叹于室。洒扫穹室，我征聿至。有敦瓜苦，烝在栗薪。自我不见，于今三年。
>
> 我徂东山，慆慆不归。我来自东，零雨其濛。仓庚于飞，熠耀其羽。之子于归，皇驳其马。亲结其缡，九十其仪。其新孔嘉，其旧如之何？

《东山》这首诗，过去一直认为它的背景与周公东征有关，其根据是《诗序》。《诗序》说："《东山》，周公东征也。周公东征，三年而归。劳归士，大夫美之，故作是诗也。"至于作者，《诗序》认为是大夫，也有人认为是周公，但据内容来看，认为是还乡的征夫较合情理。诗共四章，第一章写征夫久戍得归悲喜交集的心情。第二章写征夫在归途中怀念家乡，对家园荒凉情景的想象。第三章写征夫设想他的妻子在家思念他的情形。第四章写征人回忆出征三年前结婚时的情景。

除前所述的开头四句重言，第二章的兴和比的手法为《诗经》所惯用手法外，这首诗感人至深的是想象丰富，景物动人；通过想象和景物的描绘，具体真实地反映出人物的心理活动。在众多表现手法的应用中尤以衬托手法的运用最为突出，每章都采用了衬托而又不相重复，一以军旅生活的痛苦反衬平民生活的安乐；二以军旅的痛苦悲哀反衬解甲归田之高兴；三以家园萧疏荒废衬托"伊可怀也"；四以妻子思念征人反衬征人自己思念妻子的深情；五以新婚之忆衬托征人急于和妻子相见的迫切心情。

由于农业生产的破坏和违背人伦之常所造成的心灵痛苦，战争徭役诗，表现了深深的思乡、念亲之情。《卫风·伯兮》《王风·君子于役》《魏风·陟岵》《唐风·鸨羽》等就是其代表。《王风·君子于役》：

君子于役，不知其期。曷至哉？鸡栖于埘，日之夕矣，羊牛下来。君子于役，如之何勿思！

君子于役，不日不月。曷其有佸？鸡栖于桀，日之夕矣，羊牛下括。君子于役，苟无饥渴！

这是妻子思念长期服役在外未归的丈夫的诗。它表达了对长期服役在外未归丈夫的深挚的怀念之情，反映了春秋时期频繁的战争所造成的夫妻离别的痛苦以及兵役和徭役给人民带来的深重灾难，是对奴隶主阶级的有力控诉。

全诗二章，每章八句。两章的内容、思想感情是一致的，分为三层：思念、感怀、挂念。诗中描写日暮黄昏的傍晚，一位妇女在家门前伫望，思念长期服役在外的丈夫，能够归来合家团圆。近看群鸡互相呼唤着回到窝里，远眺天边落日的余晖下，牛羊下山往村中走来。这使其更加触景感怀，挂念孤单在外的丈夫会不会受到饥渴的折磨。

《诗经》中的战争诗反映了周人的兵役、徭役和战争生活，是周代生活的一面镜子，我们不但能够从中看到当时历史和社会生活的真切片段，而且能感受到广大人民对于战争无奈和厌恶的态度，崇尚以礼待人、以德服人的思想观念。

五　兴观群怨：社会生活的美刺

《诗经》在表现社会生活方面，有一个值得注意的现象，就是对社会生活的强烈关注。这种关注体现在两个方面：一是卿士大夫的政治颂美诗，是对贵族阶级及其代表人物的赞美。二是卿士大夫的讽喻怨刺诗，是对统治者的讽喻规谏和社会黑暗现实的批判，这也是汉代学者们津津乐道的美刺说。

在先秦时期，孔子在论诗时说过一段很有名的话："小子何莫学夫《诗》？《诗》可以兴，可以观，可以群，可以怨。迩之事父，远之事君，多识于鸟兽草木之名。"（《论语·阳货》）孔子这段话的大意是说，《诗》可以激发人的感情，可以洞悉人的内心，可以促进人的团结，可以学得讽刺的方法。近可以明白如何侍奉父母，远可以明白如何侍奉君主，还可以多认识一些鸟兽草木的名字。具体到"兴""观""群""怨"四个字上，"兴"是指诗歌的艺术形象可以生发情感，引起联想和想象，这点主要是讲诗的文学感染力；"观"是说通过诗歌可以了解社会政治与道德风尚以及作者的思想感情；"群"表明诗歌可以使社会人群交流思想感情，统一认识，促进和谐；"怨"则强调诗歌可以表达对社会不合理现象的不满与批判。这是孔子对《诗》的社会、心理作用的高度概括。在孔子看来，诗能表达情感、认识自然，同时也能参与政治，在美学价值之外，诗还有许多更"现实"的功能。《诗经》不仅仅是一部文学作品，它也是现实社会的一面明镜，可以成为一本完美的教材。

第四章　弦歌历史

很显然,在先秦时期,对《诗经》的认识,是基于《诗经》丰富的内容而来的。孔子的评诗,也是来源于《诗经》里所赞扬和歌颂的君子的内在美德,所赞美的贵族阶级政治代表人物的政绩,所赞美的君子的外在仪容;同时,也对统治者进行讽喻和规谏,对黑暗的社会现实进行怨刺和批判。这类作品深受后世学者的重视,他们把这种精神称为讽喻精神,这种精神品格的内涵就是守礼修德的自觉意识和忧国忧民的情怀,后世的作家如屈原、杜甫等深受其影响。

我们先看《诗经》中的颂美诗。颂美诗大多产生于政治清明、国家强盛之时,即西周初中期以及宣王中兴时期。一般都是颂扬周代贵族人物的道德与仪容之美,如《大雅·泂酌》"岂弟君子,民之父母""岂弟君子,民之攸归";《大雅·假乐》"假乐君子,显显令德";《大雅·卷阿》"岂弟君子,四方为则";"岂弟君子,四方为纲";《小雅·菁菁者莪》"菁菁者莪,在彼中阿。既见君子,乐且有仪";《小雅·南山有台》"乐只君子,德音不已""乐只君子,德音是茂"。这些诗在赞美君子时,称他们是"邦家之基"。正因为道德是立国的基础,所以《诗经》里的颂美诗就盛赞君子的道德之美。

还有就是歌颂贵族统治者政治代表人物的政绩,如《大雅·崧高》《大雅·烝民》等。《烝民》赞美了王室重臣仲山甫的赫赫政绩,同时成功地塑造了一个德性完美、勤于王事的政治家形象。该诗有八章,这里截取几章,来看一下周人对贵族君子的赞美:

　　仲山甫之德,柔嘉维则。令仪令色,小心翼翼。古训是式,威仪是力。天子是若,明命使赋。
　　王命仲山甫,式是百辟,缵戎祖考,王躬是保。出纳王

上篇 遥远的回响：相遇《诗经》

命，王之喉舌。赋政于外，四方爰发。

四牡骙骙，八鸾喈喈。仲山甫徂齐，式遄其归。吉甫作诵，穆如清风。仲山甫永怀，以慰其心。

该诗对仲山甫的品德进行了多方面的赞美，既颂赞其守礼修德，又描写其形态威仪；既歌颂仲山甫的政绩，又抒发了对仲山甫的崇敬与思念之情，体现了周人的政治理想和审美价值。

讽喻怨刺的诗，大多产生于王道衰废、国家败亡之时，尤其是西周末年至平王东迁时期，是对统治者的讽喻规谏和社会黑暗现实的批判。如《大雅·板》《大雅·荡》《大雅·抑》《大雅·桑柔》《大雅·民劳》《大雅·召旻》《小雅·十月之交》《小雅·节南山》《小雅·正月》《小雅·雨无正》《小雅·巷伯》等。这些诗作被认为是卿大夫所作，他们面对政治黑暗、国家危难的现实，表现了强烈的忧患意识和忧患之情。刘熙载《艺概·诗概》说："《大雅》之变，具忧世之怀；《小雅》之变，多忧生之意。"忧世，也就是忧国忧民；忧生，也就是感慨个人遭遇。"二雅"中的这些作品，由于《大雅》的作者多为贵族中地位较高的人物，宗法血缘关系已经把他们个人的命运同周王朝的命运紧紧联系起来，他们对于国家兴衰所具有的强烈的责任感、使命感，以及由此而产生的政治参与意识，使他们对于宗周的倾圮有焚心之忧、切肤之痛，故出于这个阶层之手的诗如《大雅》中的《板》《荡》《抑》等便"具忧世之怀"，这些诗的抒情主调多表现为讽喻和规谏。《小雅》作者的地位较《大雅》为低，其血缘层次和等级身份虽使他们关注国家命运，但是在等级制度中他们之中的某些人或处于受压迫的地位，或有不幸的个人遭遇，如《小雅》中《正月》《小弁》《巷伯》《北山》等诗的作者就是这样，因此，在他们抒愤述伤的诗篇中，便会感慨个人的遭遇而每多"忧生之意",相应地,这些诗的主调也就主要表现为怨刺与批判。

《小雅·十月之交》就是这样一篇代表性的作品：

> 十月之交,朔月辛卯。日有食之,亦孔之丑。彼月而微,此日而微。今此下民,亦孔之哀。
>
> 日月告凶,不用其行。四国无政,不用其良。彼月而食,则维其常。此日而食,于何不臧。
>
> 烨烨震电,不宁不令。百川沸腾,山冢崒崩。高岸为谷,深谷为陵。哀今之人,胡憯莫惩。
>
> 皇父卿士,番维司徒。家伯维宰,仲允膳夫。棸子内史,蹶维趣马。楀维师氏,艳妻煽方处。
>
> 抑此皇父,岂曰不时?胡为我作,不即我谋?彻我墙屋,田卒汙莱。曰,予不戕,礼则然矣。
>
> 皇父孔圣,作都于向。择三有事,亶侯多藏。不慭遗一老,俾守我王。择有车马,以居徂向。
>
> 黾勉从事,不敢告劳。无罪无辜,谗口嚣嚣。下民之孽,匪降自天。噂沓背憎,职竞由人。
>
> 悠悠我里,亦孔之痗。四方有羡,我独居忧。民莫不逸,我独不敢休。天命不彻,我不敢效我友自逸。

这是周大夫作的一首内容充实而情感迸发的政治讽刺诗。全诗八章,从三个角度有力地表现了忧国的主题:前三章将日食、月食、强烈的地震同朝廷用人不善联系起来,抒发自己深沉的悲痛与忧虑;第四、五、六章回顾与揭露当时执政者的无数罪行;最后两章写诗人在天灾人祸面前的立身态度,他虽然清醒地看到了周朝的严重危机，但不逃身避害，仍然兢兢业业，尽职尽责。诗人哀叹个人的不幸，哀叹政治的腐败、黑暗与不公，实际上也就是在哀叹国家的命运。全诗具有悲壮的情怀，开屈原"伏清白以死直"精神的先河。

这首诗在创作方法上是现实主义的，它对西周末年政治的抨击大胆、直率而深刻，而且全诗叙、议结合，诗人在抒发感慨时，既写了自己的不平遭遇，又在不平遭遇中批判了现实，使人感到格外亲切和真实。值得指出的是，这首诗保存了我国关于日食的最早的文字记载。

可以说，"二雅"内容丰富，立足于社会现实，表现了特殊的文化形态，揭示了周人的精神风貌和情感世界，是中国最早的富于现实精神的诗歌，奠定了中国诗歌面向现实的传统。

第五章　泽被后世
——社会生活中的《诗经》

在中国古代社会中，没有哪一部经典像《诗经》这样，既立足社会，懂得与人交往，表达自己的思想感情，又了解别人的想法与意图，人们会运用《诗经》作为外交的工具。不仅如此，《诗经》还是儒家社会中士人进入仕途必读、必考的经典，更重要的是，作为一个有道德修养的君子、士人，《诗经》是人生必修的课程，对君王、国家的忠诚，对父母亲人的孝悌，都可以从这本书中找到答案。因此，《诗经》对后世的恩泽，永远不限于文学的领域，而是泛化于社会生活的方方面面，影响着中国人的思想、情感与行为。

一　赋诗言志：出于四方的外交辞令

在《诗经》产生以后的漫长岁月中，这部带有原始意味的抒情与审美价值的文学作品，却意外地发挥了它的实用主义作用。在春秋政治舞台上，《诗经》可以被随机运用和断章取义，在人们燕飨、订盟、聚会等外交场合，会吟诵《诗经》中的诗句来赋诗言志，用比喻和暗示的方法来表达彼此的思想和立场，进行外交活动，这是《诗经》留给后世的价值所在。

上篇 遥远的回响：相遇《诗经》

赋诗言志，在春秋时期的外交场合中是十分频繁出现的礼仪举动，仅一部《左传》记载的外交活动中的赋诗言志就有80余起，[①]可见赋诗言志是春秋时期的一种社会风尚。

怎样赋诗言志呢？赋诗言志就是在外交场合，将诗化为一种外交辞令，通过诵读《诗经》或歌唱《诗经》某一章中的几句，或某一首现成的诗，叫乐工演唱，断章取义地利用个别诗句，向对方表示自己的意见、要求和态度。虽然在春秋之际，周天子已经失去了号令天下的权威，但礼乐之风犹存，在频繁的朝聘会盟中，于雍容揖让之间，燕飨吟咏之际，常以诗句暗示自己的意象与愿望，而对方凭借对《诗经》的极为熟悉，凭借对诗句的形象与外交情势的联想与比附，就可以心领神会，达成彼此的沟通与谅解，甚至可以化干戈为玉帛，以诗篇消兵燹。因而《文心雕龙·明诗》说："春秋观志，讽诵旧章，酬酢以为宾荣，吐纳而成身文。"在各种外交场合下，赋诗言志，既可在宾主之间灵活斡旋，达到外交的目的，又可充分显示自己的才华和修养。

我们来看两个例子。

第一个是晋文公的故事。晋文公姬姓晋氏，名重耳，是中国春秋时期晋国的第二十二任君主，晋文公文治武功卓著，是春秋五霸中的第二位霸主，也是上古五霸之一，与齐桓公并称"齐桓晋文"。在没有成为君主之前，由于晋国内乱，作为公子的他在外流亡19年。《左传·僖公二十三年》记载他流亡到了秦国，秦穆公将宴请他。这次宴请实际上是一次外交性接触，它关系到重耳能否得到秦穆公的支持而重返晋国夺取政权的问题。此事关系重大，重耳的随行人员就谁陪同重耳赴宴进行了慎重的磋商。若就见识和重耳的关

[①] 易思平：《〈诗经〉与春秋外交》，《文史杂志》1995年第5期。

系而言，无疑当推重耳的舅舅子犯。但子犯说："我比不上赵衰那样善于文辞，让赵衰陪同你去吧。"在宴会上，赵衰果然不负众望。宴会一开始，秦穆公现赋《小雅·采菽》一诗，赵衰立即让重耳"降阶"，说"君以天子之命服命重耳，重耳有安志，敢不降拜？"赵衰又让重耳吟诵《黍苗》，表示欲归附及仰赖秦穆公之意，令秦穆公感叹不已。秦穆公又诵《鸠飞》，重耳答赋《河水》。《河水》一诗，晋杜预认为是逸诗，但实是《小雅》中之《沔水》，《沔水》中有"沔彼流水，朝宗于海"之句，以"海"喻秦，表示回晋后要服从秦国，秦穆公则朗诵了《六月》一诗，含希望重耳将来统治晋国之意，赵衰马上高声礼赞道："重耳拜谢秦伯的恩惠！"让重耳再次下到台阶上，行"稽首"的大礼。之所以要行大礼，是因为《六月》是咏周宣王命尹吉甫帅师伐玁狁的事，秦穆公取诗中"王于出征，以佐天子"之语，寄语对重耳的一番厚望，所以重耳拜谢。秦穆公表示不敢当。赵衰说："你提出将辅佐周天子的使命要重耳担当，重耳怎敢不拜谢你的厚意呀！"就是说重耳非拜不可，秦穆公受之，当之无愧。

这一来一往的称颂、回颂、拜谢、回答，都极为生动具体，又符合礼仪，在吟诵应对中，从容优雅地表达了双方友好的情谊和极为细腻的感情。而这次外交赋诗，可以说是大获全胜，不久秦穆公就派军队护送重耳回国，执掌了晋国大权，是为晋文公。秦穆公、晋文公都是一代霸主，而且在开疆扩土、诸侯称霸中取得了很大的成功，这都离不开智谋之士的辅佐。赵衰在宴会上应对自如，帮助重耳赋诗取得成功，从中可以看出这种赋诗外交的礼节是非常讲究的，是一种较高文化层次的颇有难度的外交方式。

第二个是许穆夫人的故事。许穆夫人是春秋时卫国公族卫昭伯的女儿，卫戴公的妹妹，长大后嫁给许国许穆公，故称许穆夫人。

上篇　遥远的回响：相遇《诗经》

她不仅是中国文学史上见于记载的第一位爱国女诗人，也是世界文学史上最早的爱国女诗人。留下的最著名的诗作是《鄘风·载驰》，也有认为《卫风·竹竿》《邶风·泉水》等诗也是她的作品，她在世界文学史上影响极大，享有极高声誉。

据《左传·闵公二年》记载，前660年，骄奢淫逸的卫懿公终于被入侵的狄人杀害，卫国灭亡。宋醒公迎卫之遗民渡过黄河，立许穆夫人之兄卫戴公于漕邑（今河南滑县东南）。不久，卫戴公死，卫文公继位。许穆夫人哀故国之亡，伤许国之小，力不能救，因而赋《载驰》一诗向大国求救："控于大邦，谁因谁极。"其意思是，"我要把国难向大邦陈诉，谁和我相亲就赶来救助"。结果感动了当时的诸侯霸王齐桓公，他派兵驻守漕邑，保卫卫国。

为什么齐国会给卫国提供援助呢？其实，这里面还有一段前缘故事。许穆夫人名义上是卫宣公与宣姜的女儿，事实上乃卫宣公之子公子顽与宣姜私通所生。她有两个哥哥：戴公和文公；两个姐姐：齐子和宋桓夫人。年方及笄，当许穆公与齐桓公慕名向她求婚时，她便以祖国为念。刘向《列女传·仁智篇》载："初，许求之，齐亦求之。懿公将与许，因其傅母而言曰：'……今者许小而远，齐大而近。若今之世，强者为雄。如使边境有寇戎之事，惟是四方之故，赴告大国，妾在，不犹豫乎？'……卫侯不听，而嫁之于许。"由此可见，她在择偶问题上曾考虑将来如何报效祖国，她的爱国情感和远见卓识在少女时期就突出地表现出来了。但卫懿公不听，还是将她嫁给了许国。她嫁给许穆公十年左右，卫国果然被狄人所灭。

这里需要说明的是，《列女传》将许穆夫人说成是卫懿公之女，似与史不符。若以父系论，她是卫懿公的妹妹，若以母系论，她就是卫懿公的姑妈。但从诗中所反映的情况来看，许、卫之间有矛盾，所以许穆夫人听到卫国有难的消息后，便要到漕邑吊唁，遭到许国人的阻拦，而她赋诗向大国求援，只有齐国伸出援助之手，想必与当初这段婚姻也有一些关系。

与此有关联的是，据《左传·襄公二十年》载，卫侯被晋国囚禁起来了，齐侯、郑伯一起到晋国为卫侯求情。宴会上，齐相国晏子赋《蓼萧》，郑相国子展赋《缁衣》。两首诗分别有"即见君子，我心写兮""适子之馆兮，还予授之之粲兮"之语，表达愿晋侯放还卫侯之意。经过这番温文含蓄的赋诗求情，晋侯终于同意放还卫侯。在这里，赋诗已不是纯粹意义上的吟诵诗句，而是作为一种外交手段，以诗言诸侯之志，言一国之志。

我们以上所举的晋公子重耳、许穆夫人的例子，旨在说明赋诗言志的社会功效，赋诗能表达情感，得到援助，获得成功。但赋诗远不止这些作用，在春秋时期，赋诗还能看出一个人的修养与能力，表明一个人将《诗经》中的思想转换成信息，又将信息还原成思想的反应能力；如果赋诗成功，可以化干戈为玉帛；如果赋诗不当，也能引起兵刃相见。赋诗还有预测作用，可以观察人的贤与不肖，或一国之盛衰，表现了当时"观人以言"的社会习俗。还有一些赋诗具有颂扬、称赞的意思，给聚会、宴饮带来欢乐和谐的气氛，《左传》中有不少的记载，在此不赘。

由于《诗经》内涵丰富，各篇内容以"中性"为多，尤其是"国风"部分，重在叙事言情，其褒贬指意并不十分明确，具有极大的"可塑性"，常常可以被假借、引申或截取，转而用来指代其他的事情，在理解上又"诗无达诂"，而赋诗的精髓在于"断章取义"，这就给赋诗者很大的随机性、灵活性，并利用诗的含蓄性，将诗意寓于诗的形象之中，使之富于隐喻暗示的趣味，在表意上起到婉转含蓄、藏而不露的审美效果，从而进行外交上的劝谏或反驳、请求或承诺，逢迎或拒绝，颂扬或恐吓，友好或嘲讽。在频繁的朝聘会盟之中，于雍容揖让之间，吟咏应对，从容优雅地完成外交使命。所以孔子说："不学诗，无以言。"（《论语·季氏》）这也是春秋时诗以致用的具体表现，体现了《诗经》独特的社会功能。

二　金榜题名：科举取士的人生通途

《诗经》在周代社会是体现贵族文化的主要标志。周代贵族君子们的一言一行，一举手、一投足，揖让进退，歌咏风吟，不仅是一种艺术，而且是贵族文化精致、文雅、细腻的情蕴。经过汉代以后，儒家温柔敦厚的"诗教"内化、沉淀在中国文人的心理结构中，形成一种温润如玉、彬彬有礼的君子风度。我们现在说一个人的气质很高雅，往往是说这个人有"书卷气"，"书卷气"就是由诗书礼乐熏陶出来的，而一个家庭被称为"诗书世家"是令人颇感自豪的。

在中国的封建社会里，有一首流传极广的《劝学诗》，相传为宋真宗所作：

富家不用买良田，书中自有千钟粟。
安房不用架高堂，书中自有黄金屋。
娶妻莫恨无良媒，书中有女颜如玉。
出门莫恨无随人，书中车马多如簇。
男儿欲遂平生志，六经勤向窗前读。

这里极其夸张地描绘了读书所带来的无数财富和无上荣光，十年寒窗，一朝中举，天下扬名，入品晋阶，衣锦还乡，享受荣华富贵。而极力倡导读的书，主要是"六经"，《诗经》为六经之首，自隋唐设科举以来，《诗经》就成为选拔人才的考试科目之一，读《诗经》做官成为封建社会士人普遍的心理，读《诗经》的政治功利性日趋明显。

关于读书做官，人们往往会提到春秋时期孔子的言论："君子谋道不谋食。耕也，馁在其中也；学也，禄在其中也。"（《论语·卫灵公》）对于这段话，一般的理解，一是说君子不谋食不是说君子不需要食，而是说这个食不需另外谋，它就在"谋道"之中。种田还可能饿肚子，而读书、学道就可以做官得俸禄，自然就有了衣食。二是说君子应有安贫乐道的生活态度，即在艰难困苦之时，颠沛流离之际，仍以仁义之道为第一要义。毋庸讳言，孔子在教导学生时，对实现做官从政的要求，比追求理想的道要倡导得多，《论语》中有关"问政""为政""为邦""从政"的言论非常之多，表明了孔子希望读书做官的迫切要求。纵观孔子的一生，他自己也有从政的经历，只不过在政治上遭受了挫折，晚年才把大部分精力投入收徒讲学和整理经典上，孔子开创的传统在汉代得到了发扬光大。

汉武帝时，置"五经博士"，《诗经》是最早被列为官学、设置博士职位的，主要是为统治者的需要而讲经释读。博士大概类似于近代的顾问和教授，还可以到地方和朝廷做官，这样就将读经与做官联系起来，为读经找到了政治上的出路。据《汉书》记载，辕固的弟子"多以《诗》显贵"，《韩诗》的弟子"皆至大官，徒众尤盛"，官至博士、太守、内史、大司马、车骑将军、御史大夫、丞相者屡见不鲜。读《诗经》做官，就成为历代读书人做官为宦的"敲门砖"。

隋炀帝大业三年（607年）开始设立科举考试，科举制度成为

上篇　遥远的回响：相遇《诗经》

我国封建社会选拔人才十分重要的政策之一，也是读书人做官为宦的必由之路。唐代的科举制度，内容很多，有进士、九经、五经、开元礼、三史、三礼、三传、学究与明经等科。《诗经》被列入考试科目，主要是考察学子对《诗经》的背诵熟悉程度和对《诗经》的注释掌握情况。在后来的宋元科举考试中，《诗经》作为进士科的主要考试科目受到重视，在乡试、会试中，《诗经》试题占比较大。据史料载，元泰定丙寅年（1326年）湖广乡试考官彭士奇在上报材料中说：他们这个考场收了近100份考卷，其中选择考《尚书》的试卷有40份，其余的都是考《诗经》的，占了一多半。

为什么会出现这种情况呢？一是宋代王安石改革考试内容，对儒家经典进行新的解释，颁布《三经新义》（即《诗经新义》《尚书新义》《周易新义》），进士考试，以"三经"为依据，罢诗赋以及"止于诵书，不识义理"的帖经、墨义，而专考经义、策论，使学子们更注重对这几部经典的记诵研读，元代也继承了宋代的考试传统。二是《诗经》的文体是诗歌，易懂好记，大部分的学子都能熟记三百篇，并理解考试的主要侧重点。元代《诗经》出题重《雅》《颂》而轻《国风》，重美刺而轻怨刺，再排除那些诗义未详、言牧事、闺情、思夫等类的诗篇，可以作为考试的诗篇约占三分之一。[①] 由此导致学子习《诗经》者甚多。

明清时期《诗经》考试科目在考试方法与形式上基本承袭了元代的制度，特别是两代均明确规定《诗经》必须以朱熹《诗集传》为主，规定考试内容是"代圣人立言"，即以古代儒家圣人的章句来立论，束缚了考生的思想，难有个人的见解。而且规定了用八股文体写作，以经义为主要内容的八股文就成为禁锢思想的文化专制

---

① 张祝平：《〈诗经〉与元代科举》，《江海学刊》1994年第1期。

主义工具。这样以经义为内容，以八股文为形式的科举考试，成为选择官吏的唯一正途。尽管清代的科举考试有一些变化，但总体上还是沿用明代的做法，除了考基础知识外，还必须牢记前代大儒们的训释，尤其是朱熹的《诗集传》。

为了更好地让考生通过考试，应试的考生们自五六岁起就在书馆、乡馆、村学、家塾、义学、社学（相当于现在的小学）中读一些介绍经学的启蒙读物，如《十一问对》，即十一部经书的介绍，还设置问题，进行解答。如关于《诗经》就有"为什么自孔夫子删《诗》之后，读《诗》的人独总毛氏一家"的问题，然后进行解答。又如《六经蒙求》将经书中的语句按类编排，编成四言一句的对偶句，这类读物触类旁通，朗朗上口，好记好背，便于对儿童进行《诗经》的启蒙教育，为士子学人进一步了解、研究《诗经》打下基础。考生们在十一二岁时，就正式读《诗》、背《诗》、解《诗》，整个青春年华，都耗费在读《诗》上，真可谓两耳不闻窗外事，一心只读圣贤书，一旦金榜题名，一部《诗经》就是他们"得第即舍之"的"敲门砖"。虽然朱熹一再强调读诗主要是为了"讲明义理，以修其身"，不为"科名爵禄之计"，但不幸的是，《诗经》恰恰成了"科名爵禄"的阶梯和手段，进而就有了"《诗》中自有黄金屋，《诗》中自有颜如玉"的社会效用和功能，整个的封建时代莫不如此。

三　言为心声："谏书"与"感孝"

在中国历史上，有半部《论语》治天下之说，也有一部《诗经》当"谏书"之说。虽然前者还有存疑，但后者确实是于史有载的。《汉书·儒林传·王式》载：王式是西汉的一个儒学大师，

上篇　遥远的回响：相遇《诗经》

他是昌邑王刘贺的老师。汉昭帝死后，刘贺继皇帝位20多天，因淫乱无度被废，昌邑群臣因此被下狱诛杀。只有中尉王吉、郎中令龚遂因多次规劝昌邑王，而被免去死罪。王式也在被诛杀之列，负责审理案件的官员责问王式："你是昌邑王的老师，为什么不进谏制止？"王式答道："我朝夕给王讲授《诗经》三百零五篇，那些教人做忠臣孝子的篇章，我都是反复讲诵；那些描述无道昏君的篇章，我都是痛心地深刻剖析，我这是用三百零五篇诗进谏啊！"官员听了他的话，觉得有道理，也免去了他的死罪。① 这个小故事说明，汉代人认为《诗经》具有一种权威，是人们作出伦理道德价值判断的依据，是可以当谏书用的。

为什么《诗经》可以当"谏书"用呢？这就涉及《诗经》的创作之意和汉代人对《诗经》的文化阐释。其实，"谏"是一个古老的观念，上古时期公卿列士有"献诗"讽谏的传统，《国语·周语》记载了邵公谏厉王"监谤"的故事。《诗经》的创作目的之一，也在于讽谏。如《诗经》里说到作诗之意的有12处，如《魏风·葛屦》："维是褊心，是以为刺。"《小雅·节南山》："家父作诵，以究王讻。"《小雅·四月》："君子作歌，维以告哀。"《大雅·民劳》："王欲玉女，是用大谏。"《大雅·崧高》："吉甫作诵，其诗孔硕，其风肆好，以赠申伯。"《大雅·烝民》："吉甫作诵，穆如清风。"其中为讽喻而作的诗有九篇，为颂美而作的只有三篇，这样看来，诗的作意不外乎是讽刺与颂扬，而讽比颂多。

《毛诗序》在解释"风"时就说："上以风化下，下以风刺上，主文而谲谏，言之者无罪，闻之者足以戒。"认为"风"即有"讽"的意思。人们用讽谏的方法来规谏、劝谕君王，即以道（仁

---

① 班固：《汉书》，中华书局1962年版，第3610页。

义之心）制势（君王的权势），并通过"正君心"以正天下。"谏"的方法很多，《白虎通·谏诤篇》说有五种，可以分为直谏和讽谏两类，其中以"讽谏"为贵。所谓"讽谏"，即《毛诗序》所说的"谲谏"。谲谏就是若即若离、委婉巧妙地谏诤，体现在《诗经》中就是多用比兴的手法。

为什么要强调这种"谲谏"之法呢？主要是为谏诤者的生命安全着想。《毛诗序》说："言之者无罪，闻之者足以戒"，特别强调谲谏者无罪，而听者引以为戒，这反映出古代道与势的紧张关系。既要以道制势，矫正君王的行为，又不能直批龙鳞，以免危及生命，最好的办法就是"托物见情"，比兴譬况，用含蓄委婉的方式表达谏者的意图，达到进谏的目的。王式以"三百篇当谏书"，巧妙地运用了《诗经》的美刺作用，不至于像先秦时期比干、伍子胥那样冒死直谏，而终免于一死。后世的儒者，一方面利用古代"诗"与"政"、"诗"与"史"相通的思想，劝谏君王，积极有为；另一方面，"道"与"势"有着微妙复杂的关系，生死荣辱，又不能把握，常常使士人陷入两难的境地。《诗经》能作为"谏书"就在于《诗》是古代的"史"，《诗》的内容可塑性大，在讽谏中常显委婉而温柔敦厚，在六经中独具讽谏使命。

《诗经》不仅有"谏书"的价值，而且具有致"孝"的作用。宋代王应麟在《困学纪闻》中讲过一段话，认为读《诗经》能启发人的情志，感发意志，促进人伦关系的和谐。

《困学纪闻》卷三曰："子挚好《晨风》《黍离》，而慈父感悟。周磐诵《汝坟》卒章，而为亲从仕。王裒读《蓼莪》而三复流涕，裴安祖讲《鹿鸣》而兄弟同食。可谓兴于《诗》矣。"[1] 这里提到

---

[1] 王应麟：《困学纪闻》（全校本），翁元圻等注，栾保群、田松青、吕宗力校点，上海古籍出版社2008年版，第352—353页。

上篇　遥远的回响：相遇《诗经》

了战国时期的魏文侯和公子击，东汉周磐，晋时王裒，南北朝时裴安祖，他们都是读《诗经》而知孝、感孝。子击事见《说苑·奉使》，周磐事见《后汉书·周磐传》，王裒事见《晋书·孝友传》，裴安祖事见《北史·裴安祖传》。

我们在这里要重点讲一下魏文侯"感孝"的故事。《说苑·奉使》载：

魏文侯封太子击于中山。三年……遣仓唐北犬，奉晨凫，献于文侯。……文侯曰："子之君何业？"仓唐曰："业《诗》。"文侯曰："于《诗》何好？"仓唐曰："好《晨风》《黍离》。"文侯自读《晨风》曰："鴥彼晨风，郁彼北林，未见君子，忧心钦钦，如何如何，忘我实多。"文侯曰："子之君以我忘之乎？"仓唐曰："不敢，时思耳。"文侯复读《黍离》曰："彼黍离离，彼稷之苗，行迈靡靡，中心摇摇，知我者谓我心忧，不知我者谓我何求？悠悠苍天，此何人哉？"文侯曰："子之君怨乎？"仓唐曰："不敢，时思耳。"文侯乃出少子挚，封中山，而复太子击。①

这里我们节选了一部分内容，从中可以看出这个故事的大致面貌。魏文侯的长子名击，次子名挚。挚年纪小，却被立为太子，魏文侯把中山之地封给击，让击做中山的君主。魏文侯和击之间，三年没有往来。击的下属赵仓唐进言说："为人子的三年不向父亲请安，不能算孝子；为人父的三年不过问自己的儿子，不能算慈父。你为什么不派人去朝见你的父亲呢？"击说："我很久就想这样做，

---

① 刘向著，向宗鲁校证：《说苑校证》，中华书局1987年版，第296—298页。亦见韩婴撰，许维遹校释《韩诗外传集释》，中华书局1980年版，第279—282页。文多异。

只是没有合适的人选。"赵仓唐说他愿意去，擊满口答应。赵仓唐又问擊魏文侯有什么嗜好，擊说："我父亲喜欢玩北方出产的狗，喜欢吃一种叫晨凫的野鸭。"赵仓唐于是找到北犬和晨凫作为礼物，去见魏文侯。

赵仓唐来到魏文侯的宫殿，没有直接进宫去晋见文侯，只是将礼物请人转呈文侯。文侯很高兴，马上召见了赵仓唐，问"擊还好吗？"仓唐只"嗯，嗯"应了两声；文侯又问"擊没有烦恼吗？"仓唐仍只"嗯，嗯"了两声，魏文侯说："你怎么不回答我的问题呢？"仓唐这才说："君侯已封长子为中山的国君，竟然直呼其名，于礼不合，所以不敢回答。"文侯吃了一惊，赶快纠正说："中山君还好吗？"仓唐说："臣来时中山君恭敬地送臣到郊外，身体很好。"文侯又问："中山君的身材大小高矮，长得比我怎样？"仓唐说："不敢和君侯相比，不过我想如果把君侯的衣服赐给中山君，他一定穿着合适。"文侯又问："中山君平常喜欢读些什么书？"仓唐回答说："《诗经》。"文侯问："喜欢读《诗经》中的哪几篇？"仓唐说："《晨风》和《黍离》。"文侯自念《晨风》道："鴥彼晨风，郁彼北林，未见君子，忧心钦钦，如何如何，忘我实多。"并问："中山君以为我忘记他了吗？"仓唐说："不敢，只是时常思念君侯而已。"文侯又诵读《黍离》道："彼黍离离，彼稷之苗，行迈靡靡，中心摇摇，知我者谓我心忧，不知我者谓我何求？悠悠苍天，此何人哉？"并问："中山君怨恨我吗？"仓唐回答说："不敢，只是时常思念君侯而已。"

魏文侯很高兴，就赐给中山君一套衣服，用盒子装好，命赵仓唐带去，并叮嘱他一定要在鸡鸣时到达。带到后，中山君跪拜受赐，打开盒子一看，上衣和下裳都颠倒地放着，中山君说："赶快备好车马，君侯召我回去！"仓唐说："臣回来时，君侯并没有说呀。"中山君说:"君侯赐我衣裳,不是为了御寒;他想召我去,不便明说,所以把衣裳故意颠倒放着,而且刚才说君侯叮嘱你在鸡鸣时到达。《诗经》里不是说'东方未明,颠倒衣裳;颠之倒之,自公召之。'这不是召我回去是什么?"

中山君前往晋谒,魏文侯大喜,马上准备酒菜招待他并宣布说:"远离贤能而亲近宠爱的人,不是国家社稷的长治久安之策。"于是就废掉太子挚,封为中山君;召击为嗣,即立为太子。

魏文侯是战国时期魏国的开国君主,著名的政治家,文治武功都有建树。魏文侯尊孔子的学生子夏为师,所以魏国上下都熟读《诗经》。这个故事说明了《诗经》的巨大作用,魏文侯受《诗经》的启发,改变了"废长立幼"的做法,任用贤能,和谐父子关系,终于成为一段佳话。

第六章　魅力永恒
——《诗经》的文化精神与艺术成就

作为中国第一部诗集，《诗经》以其丰富的生活内容，向我们展示了商周社会乃至远古时期的历史风貌。从歌颂先王业绩的祭祖颂歌里，我们看到了商周祖先创业及建国的英雄事迹；从反映农业生产的诗歌中，我们不仅看到辛勤耕作的农夫，还有农业制度、生产关系的体现；从反映战争、徭役的诗篇中，我们看到征人役夫的出征服役和对家乡亲人的思念；从卿大夫政治美刺诗篇中，我们看到优秀的政治人物关心时政、建功立业的君子品行；从爱情婚姻的诗篇中，我们看到了青年男女对爱情的追求和丰富的婚姻家庭生活；还有许多诗篇从不同方面反映了周代社会的民俗风情，等等。可以说，《诗经》是上古文化的一部形象化历史，是从远古到周代社会的文化积淀，其所包含的中华民族文化精神对后世产生了深远的影响。

一　精神家园：《诗经》的文化精神

在中国古代的文化典籍中，《诗经》不仅是一部诗集，而且是士人们寄寓的精神家园。诗中所体现的丰富内涵和文化精神，是中国古代文化思想的集中展现。

（一）《诗经》所体现的忧患意识

所谓忧患意识，是以戒惧而沉毅的心情对待社会和人生的一种精神状态，也是在理想与现实冲突中否定意志占主导地位的一种精神状态。但它决不是盲目的恐怖、绝望，也不是放弃自己的责任，而是一种敢于承担人间忧患的悲悯情怀。群体意识是它的核心，理性自觉是它的主导，强烈的时代感是它的基本特征，特别是在社会动乱时期表现得尤其充分，所以应当把忧患意识称为"时代忧患意识"，它是对国家和民族命运的自觉意识，是以天下为己任的时代使命感和社会责任感，也是完善自我、实现自我价值的强烈要求。《诗经》中的许多诗篇，正表现了诗人在这样的历史背景和社会条件下，直面现实、敢于批判的率直品行，正如司马迁在《太史公自序》中所言："诗三百篇，大抵圣贤发愤之所作也。"其执着的忧患意识，是《诗经》震撼人心、旷代不衰的奥秘所在。

为什么在周代社会会产生这样的忧患意识呢？"忧患"作为一个概念，始见于《孟子·告子下》，即"生于忧患死于安乐也"。但忧患意识形成很早，在殷末那些富有远见的人如箕子、商容、比干的言谈中都有流露，而作为一种富有深远影响的社会思潮，则正式勃兴于周初。如《尚书·周书》中的许多篇章都描写了文王、武王、周公的忧患情思。殷灭周兴，正是忧患意识萌发形成的切入点和触发点。周初的统治者以殷亡为鉴，诚惶诚恐地担忧着那些隐潜的矛盾和危机，周公、召公等一大批有远见的大臣，反复告诫后继者要居安思危，要兢兢业业地尽职尽责，要发挥最大的主观能动性，防微杜渐，避免危难的到来。然而，殷商覆亡的前车之鉴，在厉王、幽王朝重演，于是在《诗经》中出现了"忧心孔疚""忧心同悲""忧心烈烈""忧心惨惨""忧心忡忡""忧心悄悄""忧心如醉"等忧患情怀。这些忧患有哲人"忧君""忧民"之思，有诗人"忧心"之虑。哲人之思是对政权稳固与否、人民安宁与否的忧患；诗人之虑是忠君爱国之心和关注周室命运与人民苦难的体现。《小雅·正月》对周室的衰败深以为忧，诗中八处出现了"忧"字："我心忧伤""忧心京京""瘋忧以痒""忧心愈愈""忧心惸惸""心之忧矣""忧心惨惨""忧心殷殷"，上忧君国，下忧黎民，其中交织着个人的哀伤。《王风·黍离》："知我者，谓我心忧；不知我者，谓我何求。悠悠苍天，此何人哉？"诗中由黍稷引发的"黍离"之忧，尽管对其所表现的主旨有不同的说法，然而，诗中那种沉痛的忧患，震撼着每一位读者的心灵。"黍离之悲"作为亡国之思的代名词，成为古代文学的传统题材之一，对后世产生了极大的影响。

周民族是农业民族，在农业文明基础上发展起来的社会生产力与社会生产关系，直接影响着社会的发展进步。农事与天时、物候等对社会有着极大的影响，忧时怜农，渴望丰收，是许多有正义感的知识阶层的共同愿望。而且血缘宗法制度，也使很多具有良好文化修养、强烈社会责任感和政治参与意识的政治人物产生了忧患意识。因为这些知识精英是统治阶层的一部分，与周王朝的命运休戚与共，忧国忧民成为他们的自觉意识。这些忧患意识对后世知识分子的人品、人格、情操、理想的确立和健全，起到了不可估量的作用。

（二）《诗经》中孕育着深厚的乡土情结

中国是一个古老的农业民族。据考古发现，距今一万多年前就有农业种植活动，商代的甲骨文字里已经有农作物的名称，农业生

上篇 遥远的回响：相遇《诗经》

产也是商朝重要的社会内容。周代继承了前代的农业生产形式，建立了一种区域性的自然经济社会，周初分封诸侯，其主要内容是授民授疆土，诸侯在受封后，又把这些土地封赐给自己的家族和亲信以为卿大夫。诸侯和卿大夫再把自己的封国或封邑传给自己的后代，因此各封地上的人民也就世世代代被固定在一块块的土地上，形成了与外界隔离的状态。农民固守在土地上，起居有定，耕作有时，这既是农民自身的要求，也是统治者的需要。因此，安土重迁、勤劳守成是中国人固有的观念。这种观念也反映在文学作品中，这就是蕴涵在《诗经》中的乡土情结。

《诗经》是具有浓重的乡土之情的艺术。这不仅表现在周人对农业的重视及农事诗本身上，也表现在《诗经》的大部分作品中所蕴含的眷恋故土与思乡怀归之情上。它培养了周民族安分守己，不事扩张、不尚冒险的品格，这与古希腊崇尚猎奇冒险、宣传域外扩张精神、歌颂英雄主义形成鲜明对比。周人在歌颂他们的祖先后稷、公刘、古公亶父、王季、文王等的诗篇中，首先是对祖先为他们创造的和平安稳的农业生活环境的赞扬，而不是其他，如《生民》《公刘》《绵》《皇矣》《大明》等。在农业诗歌里，也表现了农夫们辛勤劳作和农业生产的丰富多样化状态，如《丰年》《载芟》《良耜》《七月》《楚茨》等。在战争徭役的诗歌里，征人戍卒不管身在何处，都对故乡家园有着浓厚的思念之情，当然也有家乡的妻子对他的思念之情，如《击鼓》《采薇》《东山》《卷耳》《君子于役》等。

《诗经》是根植于中国农业文明的艺术，农业社会塑造了国人的农业文化心态。从一定意义上说，《诗经》就是一部充分体现中国农业文化精神的诗集。这不独表现为其在思想情感上所具有的浓厚的乡土情韵，还表现在创作态度、表现方式、写作目的、审美观念等各个方面。农业劳动对象——大自然丰富活泼的生命形态刺激了"触景生情，感物而动"的直觉感发式的创作冲动；农业生产对大自然的依赖形成了天人合一的文化心态，并决定了情景交融的表现方式；农业社会自给自足的生产目的影响了传统诗歌乐志畅神、自适自足、重在表现自身价值的写作目的；在农业社会里人们效法大自然和谐的节奏秩序，因而形成了以"中和"为美的审美观念；农业周而复始的简单再生产劳动滋养了尚古意味和静观情趣。这些都构成了传统诗歌农业文化形态的基本特征，而且影响到后世的文学创作。陶渊明《桃花源记》所描写的那个质朴宁静的乌托邦世界，表达了处于乱世流离间的中国人对和平安宁的执着追求，对山水故土的无限热爱。刘禹锡《游桃源诗一百韵》和韩愈《桃源图》，尽管都极写仙家之乐，但也曲折地表达了安土乐天的意趣和对土地的依恋之情。这类一往情深地企望和平宁静的乡村生活的思想情感，在农业民族中千古不衰，所以"安民以固邦本"就成为中国传之久远的一条治国方略，热爱故土，依恋家乡的乡土情结就在世世代代的中国人中间传承不衰。

（三）《诗经》反映了周人的政治观念

《诗经》中的很多诗都产生在周代，因而，诗中体现了周人的政治观念，这主要是"敬天保民"和"敬德保民"思想，这里的"保民"集中体现了以人为本的人文精神。

在西方，神被看作人的主宰，认为上帝和众神永远控制着人类的生活和命运。以这种观念和情感进行艺术创作，是西方文学的一个重要特征。在中国文化里，并没有创造宇宙并主宰人类的"上帝"，"天"主要是指宇宙的自然力量，"天命"也并不完全代表神的意志，而是可以靠人的自身努力获得的，所谓"天命靡常，惟德是辅"也。

据统计，在《诗经》中，"天"字出现了166次，从周初的"颂天"到厉王、幽王时期的"怨天"和对"天"的否定，一方面反映出周人天命观的发展演进，另一方面也反映出周王朝兴衰的历史过程。周人从殷商覆灭中认识到只有有德的人才能得到"天"的认可和帮助，不敬德就会受到"天"的惩罚。因此，"敬天""敬德"就成为周人时刻警惕的大事，而"保民"则是农业社会存在和发展的前提。农民安居乐业，农业生产得到发展，朝廷的赋税可以收缴上来，"天下太平，朝野康宁"的"盛世"便有了保障。反之，如果以农民为主体的广大庶民失去了起码的生存条件，出现"民不聊生""民怨沸腾"的状况，"民溃""民变"就会层出不穷，"国削君亡"就难以避免。当饥寒交迫的民众"揭竿而起"时，专政手段再强大的王朝也将陷于土崩瓦解的厄运。这类现象的反复出现，使得统治阶层中富于远见的政治人物认识到民众不可侮，所谓"众怒难犯，专欲难成"（《左传·襄公二年》），基于这类考察，中国的"圣君""贤臣"们很早就提出了"知人""安民"，周人也将"保民"看作"敬德"的一个重要方面。

"德"的含义是什么呢？尽管先秦典籍里对之有不同的说法，但"德"为"得"应该是较为恰当的意义（参见《广雅·释诂》《礼记·玉藻》《乐记》等）。得天命，沟通与天的联系，得到上天的眷顾，践行至善的行为追求，最后达到敬天保民的目的。如果做不到替天养民，不仅天要惩罚统治者，民众也会对统治者加以抨击和批判。《大雅·民劳》："民亦劳止，汔可小息""民亦劳止，汔可小愒""民亦劳止，汔可小安"，诗中描写民众极度劳苦，应该让他们休息一下了。诗的每章都以"民亦劳止"开头，足见诗人对人民疾苦的同情和关心，告诫统治者要"惠此中国，以绥四方"，还应当"敬慎威仪,以近有德",多亲近有德之人,少接近狡诈邪恶之人。

《诗经》中有关祭祀的诗篇,如《周颂·访落》《周颂·敬之》等,在追念先王先公的道德业绩时,还要表达敬德保民以求国家长治久安的思想。《诗经》中有关战争的诗篇,如《大雅·江汉》《大雅·常武》等,不仅展现了在平定内乱、抵御外辱的过程中强大的军威,而且宣扬尚德的宗旨,宣扬文德,表明周天子以德服人、以德治天下,最后以不战而胜达到屈人之兵,这些思想观念被后来的儒家继承下来,成为封建社会最重要的政治思想和政治观念。

《诗经》作为我国古代第一部诗集,表现出鲜明的以人为本的民族文化特色。除《生民》《玄鸟》等少数作品在叙述始祖诞生方面略带神话因素外,多是描写世俗生活的,充满着浓郁的人情味,带有亲切的生活感。敬天保民、敬德保民的政治观念渗透在《诗经》诸多内容之中,举凡农事、燕飨、战争、徭役、恋爱、游观等各种世俗生活,都有民本的踪影。那些农夫们在田间耕耘的勤劳身影,征人们在途中跋涉的仆仆风尘形象,君子们身着狐裘的逍遥神态,武士们袒裼暴虎的矫健雄姿,情人们水边相会的深情注目,夫妻间琴瑟好和的切切心声,都将读者带入熟悉而亲切的世间,让人感觉到民生的平凡和重要,这是《诗经》政治观念给文学所赋予的强大的生命力。

(四)《诗经》反映了浓厚的宗族伦理情味和宗国情感

在《诗经》中,我们除了感受到浓厚的乡土情蕴外,还有一个突出的感受就是充满着浓厚的宗族伦理情味和宗国情感。在中国文学史上,《诗经》是最具有伦理情味的诗歌艺术,因为它产生于周

上篇 遥远的回响：相遇《诗经》

代这一具有浓厚宗族意识的农业社会里。在周代，宗族观念既是最重要的伦理观念，也是最重要的政治观念，它已经内化为周人最为真挚的社会情感，它植根于故土，寄情于亲人，升华为爱国，因而成为贯穿周代抒情诗歌的一个中心主题。人伦之情与宗国之爱，也使得《诗经》超越时代的局限，具有不朽的艺术魅力。

在《诗经》的几大主要题材类别的作品中无不贯穿着浓厚的宗族伦理情味与宗国情感。在祭祖诗中，诗人把他们开创基业的祖先奉为神明，乞求祖先神明保佑自己的部族事业昌盛，人丁兴旺。他们以拥有后稷、公刘、太王、王季、文王、武王这样的祖先英雄而自豪，以自己是这一部族群体中的一员而骄傲。共同的祖先沟通了他们相互的情感，使他们在宗族血缘的旗帜下联合起来，形成极强的宗国意识，共同抵御外侮，创造家园。在农事诗中，他们以全部族的共同劳作作为向神明敬献的厚礼，也表现出氏族兄弟的精诚团结。在像《七月》这样的诗里，尽管显现着阶级的差别和不平等现象，但温情脉脉的血缘关系仍然把他们联系在一起，在丰收后的喜庆典礼上全氏族的人都喜气洋洋地会聚公堂，共叙亲族之间的依恋之情。在战争徭役诗中，诗人们一方面表现出为保卫祖国家园而战的宗国精神，为此他们不惜抛弃个人的安定生活，如《小雅·采薇》："王事靡盬，不遑启处""靡室靡家，猃狁之故"。另一方面又表现出对父母兄弟的牵念和关心，如《唐风·鸨羽》："王事靡盬，不能蓺稷黍，父母何怙！"在燕飨礼仪诗中，诗人热情地表达对父兄朋友君臣之间的血肉亲情，对兄弟和睦、家族幸福的推崇和期望，如《小雅·常棣》："兄弟既具，和乐且孺""兄弟既翕，和乐且湛"；《小雅·伐木》："嘤其鸣矣，求其友声。相彼鸟矣，犹求友声。矧伊人矣，不求友生？"企望通过燕飨结识知心朋友，如《小雅·鹿鸣》："人之好我，示我周行"，群臣嘉宾赞美惠爱周王，向周王进谏有益的治国之道。在男女情爱诗中，诗人同样把夫妻之间的相亲相爱写得真挚动人，如《郑风·女曰鸡鸣》："宜言饮酒，与子偕老。琴瑟在御，莫不静好"；《王风·君子于役》："君子于役，不日不月，曷其有佸？""君子于役，苟无饥渴！"诗人写妻子对远行服役在外的丈夫牵肠挂肚，思念至深，感人肺腑。至于那些写怀人念旧、民俗风情等的诗，也处处都有这种浓厚的宗族伦理情味和宗国情感。

《毛诗序》曰："故正得失，动天地，感鬼神，莫近于诗。先王以是经夫妇，成孝敬，厚人伦，美教化，移风俗。"近代以来学者认为这是汉儒把《诗经》当成了教化的工具，曲解了诗意。但我们想一下，如果《诗经》本身不具备那样浓厚的人伦情味和宗国情感的话，汉代人是决不会无中生有地阐发出其所具有的巨大教化功能的。正因为《诗经》具有人伦之情和宗国情感，才使它具有感人的力量，封建社会重情重孝、爱国爱家的民族传统一直延续到当代，具有重要的文化价值。

综上所述，我们可以说，《诗经》不是一部普通的、单纯的诗歌总集，而是中国上古文化——诗的艺术升华，是中华民族历史上具有重要意义的文化典籍；《诗经》是中国古代政治伦理教科书，起到了教化万民的作用，即所谓"诗教"；《诗经》在周代社会不仅仅是一部文学总集，而是周代历史政治宗教哲学的艺术表现，是中华礼乐文化的集大成者。《诗经》中所表现出的忧国忧民的忧患意识，是中华民族自强不息的基石；《诗经》中所呈现出的"中和"为美的审美观念，是中华民族亲和力的艺术升华；《诗经》中所蕴含的深厚的爱国主义情感和浓郁的友爱亲情，是中华民族凝聚力的根本；《诗经》中所肯定的以人为本的人文精神，是中华民族创造力的源泉。

二 风雅长存：《诗经》的艺术成就

《诗经》是现实主义文学的源头，尽管"现实主义"是借用西方的名词，但从民族文化传统来看，整部《诗经》的创作者都是立足于现实，用其特殊的文化眼光去观察生活，描写生活，抒发情感和表现理想的，并形成一种特殊的民族文学创作精神。

（一）强烈的现实主义精神

《诗经》是直面现实的艺术，诗中所描写的现实世界，诸如祭天敬神、祈福消灾、捕鱼打猎、种田养蚕、修屋筑室、戍边卫国、婚恋情爱等，都是人们在现实生活中经常遇到的；而其所抒发的感情，也是人类共有的七情六欲，诸如对祖先的赞美、对灾难的恐惧、对丰收的喜悦、对亲情的渴慕、对友谊爱情的向往、对富贵不均的哀怨、对不良政治的怨恨、对人民流离失所的同情、对战争的厌恶等，都是活生生的现实生活的反映，是上古社会的形象历史。因此，《诗经》的创作是现实主义的，是我国现实主义文学的光辉典范。

《诗经》关注现实生活，关注人类命运，认识大自然的客观规律，摆脱早期自然泛神论的束缚，捕捉现实生活的各种素材，体验和观察生活，并由此进行深刻的揭示和描写。这种现实主义创作态度，使《诗经》成为反映周代社会的百科全书式的著作，也使《诗经》具有写实和质朴的特征，具有一种生活的亲切感，引导人们关注现实，热爱生活，批判社会上一切不合理的现象，激发人们不懈地追求理想生活。因此，它本身就成为一部生活教科书，具有巨大的社会教育力量。

《诗经》的这种现实主义精神，对我国后世文学产生了深远的影响。汉乐府民歌"感于哀乐，缘事而发"，描写了汉代社会的各种矛盾、各种现象，是汉代社会生活的一面镜子。曹魏时期出现的反映社会现实、抒发建功立业抱负的"建安风骨"，是现实主义时代精神的最生动体现。唐初陈子昂反对齐梁诗风，继承"风雅比兴"，倡导诗歌的现实主义传统。杜甫的诗有着丰富的社会生活、强烈的政治倾向、崇高的爱国爱民情怀，在文学史上被称为"史诗"，是我国现实主义诗歌创作的高峰。白居易、元稹等提倡和创作的"新乐府"诗，进行的"新乐府运动"，是现实主义诗歌的重要实践。之后，王禹偁、元好问、关汉卿、曹雪芹等在他们的文学创作中，将现实主义传统发扬光大，写出了许多优秀作品与文学经典，丰富了我国现实主义文学宝库。总之，《诗经》作为我国现实主义的开山之祖，培养和影响了我国一代又一代的诗人和作家。

（二）情景交融艺术境界的追求

在梳理《诗经》的艺术成就时，我们不能不注意到，作为抒情诗的《诗经》对艺术境界的创造。一般来讲，抒情诗歌的艺术境界是由意象和意境两者构成的，从宽泛的创造心理角度讲，抒情诗只要有关于客观物象的描述，就可以说具有一定的诗的意象。从原始诗歌到《诗经》，中国古人早就知道借助于客观物象以抒情，《诗经》中的抒情诗不但含有丰富的文学意象，而且已经能够借助于客观物象来创造艺术意境。

《诗经》的意象创作，具有比较深刻的原始文化因素。当代学者认为，意象的创作是要与人所抒发之情或所言之事有一种类比或象征性的联系，赵沛霖在《兴的起源》一书中曾指出，《诗经》中的鸟类兴象的起源与鸟图腾崇拜，鱼类兴象的起源与生殖崇拜，树

上篇　遥远的回响：相遇《诗经》

木兴象的起源与社树崇拜，虚拟动物的起源与祥瑞观念等有着密切的关系。①兴象系统中贮存着上古文化的原型，《诗经》中那些借景起兴的诗句，就有着丰富的意象画面。例如，《邶风·谷风》和《小雅·谷风》都使用了"谷风"和"雨""云"（阴）的起兴句，《毛传》认为，谷风与男女夫妇相关，具有原始文化的意象。《周南·桃夭》第一章言"桃之夭夭，灼灼其华"，第二章言"桃之夭夭，有蕡其实""桃之夭夭，其叶蓁蓁"。整首诗正因为有了桃的花盛、实多、叶绿的意象描写，才给人以丰富的艺术联想，意味着新嫁娘就像那棵美丽、丰产的桃树，给夫家带来欢乐，带来多子多孙的幸福。

《诗经》运用那些带有文化原型意义的起兴诗句构成简单意象，对这些意象再进行和人物情感相融合的画面描写，就产生了意境。这样的诗篇虽不多见，但仍值得我们珍视和重视。如《秦风·蒹葭》：

蒹葭苍苍，白露为霜。
所谓伊人，在水一方。
溯洄从之，道阻且长。
溯游从之，宛在水中央。

《蒹葭》是一首怀人之作。它运用暗喻、象征的手法，寓情于景，寓理于情，把现实生活中男女相恋的艰难过程融入水的文化意象之中，把人引入一个迷离惝恍、虚无缥缈的艺术境界。关于水的文化意义，傅道彬在《中国生殖崇拜文化论》中说：

---

① 赵沛霖：《兴的起源》，中国社会科学出版社1987年版，第12、24、36、48页。

第六章 魅力永恒

　　首先水限制了异性之间的随意接触,在这一点上它服从于礼义的需要和目的,于是它获得了与礼义相同的象征意味。其次也正因为水的禁忌作用,使水成为人们寄托互相思慕之情的地方。①

　　此外,假如从人类生存环境和他们征服世界的能力来看他们会知道:水始终在人类文化心理中扮演着可爱又可恨的角色。人的生活离不开水,远古的人选择住处更愿择水而居,水边也是男女相会的处所。但水又会给人带来灾难,它也是古人难以克服的交通障碍。一方面,《诗经》在描写男女相恋时多写水,孙作云先生关于古人"恋爱+春天+水边"模式有着较详细的论述。② 另一方面,水对爱情的阻隔,在《周南·汉广》《邶风·匏有苦叶》《卫风·氓》等诗中也都有或隐或显的表现。唯其如此,《蒹葭》这首诗才把男女相恋的艰难追求放入河水阻隔的意象之中进行描写,再衬托以秋天的凄凉,就创造出一个迷离扑朔、凄清感伤的艺术境界,在那秋水伊人可望而不可即的画面里,蕴含着无穷无尽的、难以言传的中国文化情韵,古往今来,不知道打动过多少读者的心。

　　从"习习谷风,以阴以雨"到"桃之夭夭,灼灼其华",再到"蒹葭苍苍,白露为霜",我们可以看出《诗经》抒情诗如何从原始文化意象的一般类比到通过它们来创造艺术境界的过程。虽然像《蒹葭》这样的诗在《诗经》里不是很多,但它代表了《诗经》抒情诗艺术境界的最高成就。它说明中国古典抒情诗创作至迟在《诗经》时代就已经开始了情境交融的艺术境界追求。

---

① 傅道彬:《中国生殖崇拜文化论》,湖北人民出版社1990年版,第310页。
② 孙作云:《诗经恋歌发微》,《诗经与周代社会研究》,中华书局1966年版,第295、331页。

（三）多样化的艺术表现手法

《诗经》不仅塑造了许多人物形象，也创造出了成功的艺术境界，这些都与其多样化的艺术表现手法分不开。

首先是赋、比、兴的表现手法。"赋、比、兴"三个名词最早出现在《周礼·春官·太师》里，其意义并不明确。汉代人对此进行了解释，后来还有多种解释，在古代成为诗歌创作艺术手法的典范，启发并指导着后代的诗歌创作。那么，什么是赋、比、兴呢？

现在人们大多采用宋代朱熹在《诗集传》中对赋、比、兴的说法：

赋者，敷陈其事而直言之也。

比者，以彼物比此物也。

兴者，先言他物以引起所咏之词也。①

简单地说，赋就是铺陈叙述，比就是比喻，兴就是借物起兴。如《氓》就采用平铺直叙的方法，记述了女子从恋爱、结婚到被弃的全过程，这样既能把事情从头至尾交代清楚，又能使弃妇与氓的形象鲜明可感。又如《卫风·硕人》形容卫庄公夫人的外表用了一连串的比喻："手如柔荑，肤如凝脂，领如蝤蛴，齿如瓠犀，螓首蛾眉，巧笑倩兮，美目盼兮。"连用六个比喻，不但写出了庄姜的容貌，而且写出了身份，一个高大丰满白肤美丽的贵妇人形象跃然纸上，这首诗被清人姚际恒誉为"千古颂美人"之绝唱。

关于起兴的手法，后人多有不同的看法。一般来说，是借一个

---

① 朱熹：《诗集传》，上海古籍出版社1980年版，第3、4、1页。

别的事物开头,然后转入正题,但所借的事物,有的与主题有关系,有的没有关系,只是起烘托作用。如《关雎》:"关关雎鸠,在河之洲。窈窕淑女,君子好逑。"雎鸠鸟的鸣叫,一方面勾勒环境,渲染气氛,另一方面,鸠鸟的雌雄呼唤,也暗含了君子求淑女的意蕴。在《诗经》的创作实践中,兴的作用较为广泛,有发端起韵的,如《王风·扬之水》《郑风·扬之水》《唐风·扬之水》等;有创设意境,烘托气氛的,如《秦风·蒹葭》《王风·黍离》《邶风·燕燕》《陈风·月出》等;有象征比拟,引起联想的,如《桃夭》等。

除了赋、比、兴之外,《诗经》中还有许多修辞手法,而且运用娴熟,为后世文学创作提供了很好的范例。有学者对《诗经》的修辞手法进行了总结概括,有21种,兹列如下:

第一,比喻;第二,比拟;第三,夸张;第四,借代;第五,对偶;第六,排比;第七,反复;第八,示现;第九,衬托;第十,摹状;第十一,顶针;第十二,倒反;第十三,设问;第十四,反诘;第十五,呼告;第十六,警策;第十七,含蓄;第十八,复叠;第十九,引用;第二十,节缩;第二十一,感叹。[1]

在每一种修辞手法里,还有具体的分类,并列举了《诗经》作品进行佐证。这些修辞手法有的我们今天还在使用,有的在今天已很少见,有的在现代修辞学里还存在不同的看法。无论怎样,《诗经》里的修辞手法,都是来源于诗人对事物、现象的细致观察和对社会生活的深入了解,表现出较强的思维能力和语言表达能力,这是值得我们重视和学习的。

作为《诗经》艺术技巧的另一重要方面,诗人还采取了各种不

---

[1] 陈铁镔:《诗经解说》,书目文献出版社1985年版,第237—256页。

同的抒情方式，有的是直接抒情，直抒胸臆，如《小雅·雨无正》开头时的仰天呼告，以抒内心不平；有的是间接抒情，如《卫风·木瓜》就委婉曲折，含蓄蕴藉；有的诗篇是行动描摹，如《周南·卷耳》，通篇都通过动作描写来抒情；有的诗篇是心理描写，如《郑风·丰》就是通过描写主人公后悔的心理来抒发感情的；有的诗篇直接叙述整个事件的经过，通过事件的叙述来达到抒情的效果，如《卫风·氓》《小雅·十月之交》等都采用了这样的抒情方式。

（四）语言艺术特征

《诗经》在语言运用上取得了突出的成就。首先是丰富多彩、精炼生动的词语。据统计，使用的单字有近3000个，若按字义计算，约有4000字。这些单字构成了众多的词汇，表述了极为丰富的生活知识。如仅以生物名词计算，就有草本植物100种，木本植物54种；关于鸟类的有38种；关于兽类的有27种；关于昆虫和鱼类的有41种。关于手的动词就有50多种。① 刘勰在《文心雕龙·物色》中曾论《诗经》语词之精美：

> 是以诗人感物，联类不穷，流连万象之际，沉吟视听之区。写气图貌，既随物以宛转；属采附声，亦与心而徘徊。故"灼灼"状桃花之鲜，"依依"尽杨柳之貌，"杲杲"为出日之容，"瀌瀌"拟雨雪之状，"喈喈"逐黄鸟之声，"喓喓"学草虫之韵。"皎日""嘒星"，一言穷理，"参差""沃若"，两字穷形：并以少总多，情貌无遗矣。虽复思经千载，将何易夺？②

---

① 杨公冀：《中国文学》（第一分册），吉林人民出版社1980年版，第258、259页。
② 刘勰著，范文澜注：《文心雕龙注》，人民文学出版社1958年版，第693—694页。

指出了《诗经》词汇的丰富多彩。

《诗经》中除了具有音乐性、形象性的联绵词外，还呈现了许多名词动词的具象化特点，它使诗的语言简洁生动且有形象性，大大加强了艺术效果。如《周南·芣苢》中对采芣苢的整个动作过程，诗人用六个不同的词语来表达，构成了鲜明生动的艺术画面。

《诗经》在语言艺术上，还有一个显著的特点，就是四言体的形式。二节拍四言诗，来源于原始劳动的协作过程，带有很强的节奏韵律感，《诗经》对原始诗歌的继承，形成了韵律整齐的形式特点。这种四言诗成为中国古代诗歌的基本样式之一，影响到后世的诗歌创作，也出现了如曹操《步出夏门行》、陶渊明《停云》等优秀作品；而且《诗经》之后的其他诗歌体裁，如汉大赋、六朝骈文等形式，可以看出都是从《诗经》四言体演化而来的。后世的五言和七言，也同样是在《诗经》体基础上新的创造和发展。《诗经》中的押韵是隔句押，一般是一韵到底，也有句句押韵的，还有奇偶交叉押韵的，对此，前人都做过研究与分析，在此不展开论说，可以参阅王力先生的《诗经韵读》等著作。

（五）诗歌艺术的创作和批评原则

我们知道，诗是中国人视为最崇高又最普通的艺术，也是他们抒发个人情感的最好的艺术工具。《诗经》在创作实践的过程中，为后世确立了具有中国文化特色的艺术创作和批评原则，就是"风雅"与"比兴"的原则。"风雅"和"比兴"由诗之"六义"中的名称变为诗歌原则，是后人对由《诗经》以来所形成的中国诗歌创作传统的理论升华。在这里，"风雅"并不是指"风雅"体裁，而是指体现在《诗经》"风""雅"中的艺术精神，即诗歌创作的高尚意义和严肃性。它引导后代文人在情感抒发上寻求一个健康向上的正确的人生观，培养良好的审美习惯和道德情操。所以，"风雅"才成为后代诗人创作所遵守的艺术原则，成为那些反对形式主义文风的最好武器。

"风雅"作为中国诗歌创作和批评的一条重要原则，侧重于情感抒发的内容方面。而"比兴"作为另一条重要的创作和批评的艺术原则，则侧重于艺术表达的形式方面。在这里，"比兴"既不同于一般的艺术表现手法，也不是一个艺术发生学上的概念，而是中国人站在特有的文化立场上对作为艺术创作手法的"比兴"的一种具有民族特色的理论性解释，是指"比兴"在诗歌创作中所具有的表现健康思想的特殊艺术功能，是把"风雅"之义艺术化的一条最佳途径。即"比兴"不仅仅是一般的"寄情于物""情景交融"，同时还要达到"托物以讽""比类切至"的目的。"比兴"作为从《诗经》中总结概括出来的一条艺术创作和批评的原则，其实包括两方面的内容：一是指借助外物以言情，二是指寄托于外物而陈情。事实上，也正是"风雅"和"比兴"这两条艺术创作和批评原则，为中国文人指出了如何走上从内容到形式、从思想到艺术完美结合的创作道路。它同时也培养了中国人的艺术审美观念，形成了中国古代诗歌既重内容的纯正文雅，又重形象的生动感人，以含蓄蕴藉、韵味深厚而见长的民族风格和美学特征。

第七章　历史回溯

——《诗经》研究史述要

　　《诗经》产生之后是如何流传的？《诗经》在每个朝代是怎样受到重视的？每个历史时期对《诗经》又是怎样解说的？出现了哪些有影响的著作和代表性的人物？每个时代《诗经》研究的特点是什么？我们今天应怎样评价《诗经》发展的历史？诸如此类的问题都是当代《诗经》学习和研究绕不开的问题。从学术研究的角度看，对《诗经》在封建社会的流传进行梳理，也是当代《诗经》学研究的必要前提之一。《诗经》作为儒家的经典，在长期的封建社会里有着特殊的社会地位，在各个历史时期，都有着不同的学术思潮和学术派别，对《诗经》的传承都有重要的影响。为了更好地了解《诗经》的发展过程，就需要对《诗经》的研究史作一个概括的介绍。本章将按朝代的顺序，对《诗经》学史作简单的梳理，试图对一些问题作出适当的评述。此外，近年来，学界已有一些《诗经》研究史著作，如夏传才的《诗经研究史概要》，洪湛侯的《诗经学史》，戴维的《诗经研究史》，赵沛霖的《现代学术文化思潮与诗经研究——二十世纪诗经研究史》，张启成的《诗经研究史论稿》等，也有一些断代史的《诗经》研究著作，这些对笔者的研究都有重要的参考作用。

一　先秦时期：用诗、赋诗与论诗

　　对《诗经》的流传和研究可以上溯至春秋时代，《左传》《国语》《战国策》《吕氏春秋》等先秦史料典籍中均有关于用《诗》的记载，其他先秦诸子的著作中也都有关于《诗》的内容。而成书于东周时期的《周礼》《仪礼》等书中也提到了《诗经》。先秦时期，周人主要运用《诗经》于典礼、讽谏、赋诗、言语，其中融有一些说诗、论诗的内容，可视为《诗经》研究的萌芽期。

　　周人在重大的典礼上都要演奏诗乐。《诗经》中的有些诗就是为了祭祀、燕飨典礼而作，如《生民》《公刘》等是为了祭祀先祖而作，《噫嘻》《丰年》是为了春夏祈谷、秋冬报赛的祭祀活动而作，《鹿鸣》是为了太子燕飨群臣而作。周人对用诗典礼有严格的规定，根据不同等级规模的典礼所规定演奏的诗乐篇目、顺序都不可错乱。这在《仪礼》等典籍中都有较详细的记载。

　　除了礼典用诗外，春秋战国时期《诗经》的实用性就是献诗陈志、赋诗言志、言语引诗等，直接作用于政治活动，如进行讽谏，或进行外交辞令，这在第五章里已经作了较详细的述评，在此不赘。

　　由于《诗经》本身内容丰富深刻，语言精辟优美，且入韵如乐，便于记诵，因此流传广泛。先秦的诸子各家也都有评论赞赏《诗经》的言论。尤其是儒家的孔子、孟子和荀子。

　　儒家先贤在"诗三百"经典化之前，就努力发掘《诗》的使用价值。《论语》中记载了20条有关用《诗》、评《诗》的言论，其中16条出自孔子。孔子说："诵《诗》三百，授之以政，不达。使于四方，不能专对，虽多，亦奚以为？"（《论语·子路》）认为学好《诗经》，才能治理好国家，只有学好《诗经》，才能出使各国，引诗赋诗，不至于被对方所绌。赋诗言志风气对后来中华民族委婉内敛文化性格的形成无疑具有重要影响，除肯定"诗三百"在外交场合的重要作用外，孔子还从多个角度阐释《诗》的价值和读法，概括起来有三层意思：一是思无邪。"《诗》三百，一言以蔽之，曰思无邪"（《论语·为政》）。二是触类旁通、敏于喻礼。《论语·八佾》载子夏问："巧笑倩兮，美目盼兮，素以为绚兮。何谓也？"子曰："绘事后素。"曰："礼后乎？"子曰："起予者商也！始可与言《诗》已矣。"三是《诗》的社会作用。"子曰：'《诗》，可以兴，可以观，可以群，可以怨。迩之事父，远之事君，多识于鸟兽草木之名'。"（《论语·阳货》）孔子通过生活日用之常极为生动地呈现了《诗》的总体思想和学《诗》的具体方法以及终极目标。孔子对《诗》的理解有一个明显的特点，即特别关注《诗》的引申义及引申价值，并不深究《诗》之本义。这种方式对后世解《诗》方法以及中国诗学的发展走向影响深远。

后来孟子在著述中以《诗》为理论依据，引《诗》明理，提出"以意逆志"和"知人论世"的观点来探寻《诗》之本义。夏传才先生认为，孟子解诗的方法，有合理的因素，对春秋战国以来流行的诗说，在方法论上是一个很大的进步。[①] 然通观孟子引《诗》，除少数几则如《小雅·北山》《大雅·云汉》等曾偶尔触及诗之本义外，多数释诗为断章取义。如与齐宣王谈论"好色"时，孟子引《大雅·绵》"古公亶父，来朝走马"数句，原诗只是说古公亶父率领周人迁居岐山，与姜氏一起视察屋宇建筑，并不能推导出"当是时也，内无怨女，外无旷夫"的结论，孟子则借此发挥，

[①] 夏传才：《诗经研究史概要》（增注本），清华大学出版社2007年版，第42页。

实乃宣扬"仁政"思想，关注的还是《诗》的使用价值。

　　荀子论《诗》，认为《诗》记录圣人之志，体现圣人之道。其用《诗》的基本模式是先述观点，再引诗句来证明或加强自己的论点。在引《诗》之后，常常加一句"此之谓也"，是最典型的"引《诗》为证"，用来体现"征圣"和"宗经"的理论。在其思想中，《诗》的本义如何尚在其次，重要的是以《诗》为论据，可以支撑、证明自己观点的正确与可靠，着眼点还是《诗》的使用价值。如《大雅·棫朴》中"追琢其章，金玉其相。勉勉我王，纲纪四方"句，本是赞美文王勤勉不懈地治理四方，与"辨贵贱而已，不求其观"不存在任何关联。但荀子大概认为这几句诗与其文中"雕琢刻镂、黼黻文章"有类似处，遂引以为证。这就给原诗赋予了新的含义，而新含义与诗之本义却越走越远。荀子在理论上明确阐述《诗》"言志""明道"的性质及修养道德、治国经邦的政教功能，其文学观经过扬雄、刘勰等人的继承，被概括为"明道""征圣""宗经"，在著述中引《诗》论证儒学之道，是长期封建社会对《诗经》及其他学术文化研究的指导理论。据古籍记载，汉代的毛诗、鲁诗、韩诗皆源于荀子。

二　两汉时期：经学昌盛

　　两汉时期，经学正式形成，《诗经》由春秋战国时期的赋诗言志演变到汉代的经生注诗，经生用《诗》发挥儒家的伦理道德学说，修身养性，治国经邦。清代皮锡瑞说："经学至汉武始昌明，而汉武时之经学为最纯正""自汉元、成至后汉，为极盛时代"[①]。

[①] 皮锡瑞：《经学历史》，中华书局2011年版，第41、65页。

第七章 历史回溯

夏传才先生将汉代《诗经》研究分为四个时期：第一个时期，是西汉初年到汉武帝以前的西汉前半期，主要是四家诗的搜集、整理和开始传授时期。第二个时期，是从汉武帝到西汉末年的西汉后半期，是今文经学和古文经学派矛盾斗争的历史时期，居于官学地位的今文学派三家诗兴盛，古文毛诗处于被压抑的地位。第三个时期，东汉初年到章帝的东汉前半期，今古文两派继续斗争，今文三家诗以齐诗最盛，以前受压抑的毛诗，实际上压倒了三家诗。第四个时期，从章帝到东汉末年，毛诗兴盛，三家诗衰落，今文经学与古文经学渐趋融合，最后在古文毛诗的基础上，吸收了今文三家诗的某些成果，由郑玄完成了汉学《诗经》研究的集大成著作——《毛诗传笺》。《毛诗传笺》行世之后，成为天下通行的传本，以前的各家传本都相继亡佚，它是我们今天能见到的最早的比较完善的《诗经》注疏本。[①]

汉初，《诗》成为"经"。鲁、齐、韩、毛四家传诗，反映汉学内部今文经学和古文经学的斗争，以毛诗为本，兼采三家的郑玄《毛诗传笺》，实现了今文、古文合流，是《诗经》研究的第一个里程碑。《毛诗传笺》对《毛传》的注释进行了充实、提高，吸纳、综合鲁、齐、韩三家诗说，完成三百篇时代世次的完整体系，对后世《诗经》研究起着重要的影响作用。

鲁、齐、韩三家《诗》各自立说，与汉代政治保持着相当紧密的一致性联系。鲁人申培所传鲁诗，其特点是据《春秋》大义，采先秦杂说，以诗训诂，以诗印证周代礼乐典章制度，将诗作为《礼》的说明。齐人辕固所传齐诗，其特点是采用阴阳五行学说，以诗解说《易》和律历。燕人韩婴所传韩诗，其特点是继承先秦说

[①] 夏传才：《诗经研究史概要》（增注本），清华大学出版社2007年版，第54—58页。

诗的传统，断章取义，割裂诗句以作自己论文的注脚。鲁人毛亨、赵人毛苌所传毛诗，其特点是将诗和《左传》配合起来，以诗论史。毛诗属于古文经学，东汉立于学官。郑玄作《毛诗传笺》后，三家诗逐渐衰败。今传《诗经》即是毛诗。齐诗亡于三国，鲁诗亡于西晋，韩诗亡于北宋，毛诗流传于今。

当此之时，习《诗》者有拜丞相，有封太尉，常不免左右时局走向，遂使得《诗》之使用价值越发彰显无遗。而此时的毛诗则言教化、论六义，自成一家。《诗大序》涉及几个非常关键的问题：第一，《诗》具有普遍的教化作用。第二，《诗》可以反映一个时代的治乱兴衰。此二者又合而为一，可以小谕大，由夫妇家庭而国家社会，"先王以是经夫妇，成孝敬，厚人伦，美教化，移风俗"是也。第三，《诗》有正变之分，变风变雅的出现是由于"王道衰，礼义废，政教失，国异政，家殊俗"，坚持的仍是《诗》反映社会治乱的观点。第四，以《诗》进谏的原则，"主文而谲谏""发乎情，止乎礼义"，同时"言之者无罪，闻之者足戒"。"发乎情，止乎礼义"即《礼记》所言之"温柔敦厚"。毛诗所主张的这些使用价值，后世经学仍难见超出其范围者。

汉末郑玄既作《诗谱》，又笺毛诗。《诗谱序》云："论功颂德，所以将顺其美。刺过讥失，所以匡救其恶。各于其党，则为法者彰显，为戒者著明。"这是讨论《诗经》不录商诗原因的一段文字。"论功颂德""刺过讥失"指风雅二诗，郑玄同样认为《诗经》具有颂美、刺过之功能；又认为文武之世，德行大盛，百姓安乐，反映在《诗》中，则"其时，《诗》有周南、召南，雅有《鹿鸣》、《文王》之属"，此为《诗》之正经。而厉、幽王之时，政教衰乱，周室大坏，反映在《诗》中，则"《十月之交》《民劳》《板》《荡》，勃尔俱作"，此为变诗。在笺《诗》过程中，郑玄高度关注

"德治"问题。如"裳裳者华，其叶湑兮"，郑玄认为，华乃喻君，叶乃喻臣，直接将诗意引向明君贤臣的政教轨道上来。整部《毛诗传笺》，郑玄不仅强调求贤的重要性，而且强调君王自身贤明的重要性。君王既要自修德行，还要礼待贤臣，泽被四方，臣要忠君、守节，等等。如此这般的问题，均指向了诗之化育社会人心的使用价值，这正是《诗》的经学核心之所在。

三 魏晋南北朝时期：郑、王之争

魏晋南北朝时期，政局动荡，南北分裂，儒学失去往日的尊严，经学的政教作用淡化，加之魏文帝之后不以经术取士，而代之以"九品中正"制。失去功名利禄的诱引，经学更是日渐式微。

魏晋南北朝时期的《诗经》学，多宗毛、郑遗说，出现了郑学、王学之争，争论的中心是如何对待古文经学的家法问题。郑玄在古文经学的基础上，打破家法而杂采今文诸家，实现了今文古文经学的融合，成为天下所宗的郑学。《郑笺》就是以《毛传》为主，吸收齐、鲁、韩三家诗说而成的，是当时最有影响力的传本。郑玄学派在这个传本基础上继续研究，陆续对疏义进行充实和发展。

王肃是曹魏时代司马氏集团的人物，在经学上，王肃为诸经作注，其《诗经》著述，据《隋书·经籍志》，有《毛诗注》三十卷、《毛诗义驳》八卷、《毛诗奏事》一卷、《毛诗问难》二卷等。王肃注毛诗，主要是申述毛诗之义，与《郑笺》之义不同。因《毛诗注》是早期的著作，在有些方面还受郑玄的影响，对《郑笺》攻击不多。而后期的《毛诗义驳》《毛诗奏事》《毛诗问难》则专为攻击郑学而作，因晋武帝司马昭是王肃的女婿，他借助皇权达到攻郑的目的。王肃学派标榜纯古文经学，创立王学，攻击郑学破坏了古文经学的家法。王肃学派专注毛诗，他们为《毛传》重新作注疏，排斥三家诗说，表现出抱残守缺的保守倾向。后来，据载是郑玄再传弟子的王基，著有《毛诗驳》等书，全力拥护郑玄之学而反对王肃，形成了两派的大论战。再后来，以陈统为代表的郑派与以孙毓为代表的王派继续进行斗争，两派斗争持续时间从魏至晋长达一个多世纪，各自凭借自己的政治后台，魏的皇帝支持郑玄，晋的皇帝支持外戚王肃，王学一度靠政治权势取得胜利。

据《隋书·经籍志》，王肃学派的主要著述，除了王肃的几部著作外，还有孙毓《毛诗异同评》等；郑玄学派的著作有陈统《难孙氏毛诗评》。此外，尚有刘璠《毛诗义》《毛诗传笺是非》，徐整《毛诗谱畅》，朱育《毛诗答杂问》，郭璞《毛诗拾遗》等，都是攻击《郑笺》的。但王学毕竟保守落后，后逐渐消亡，《郑笺》仍为儒家所传。

南北朝时期的《诗经》学，主要是南学北学之争，斗争的中心是郑学是否还要继续发展的问题。南北朝时期《诗经》传播通用《毛诗传笺》，但南北学风不同。《隋书·儒林传》说："南学约简，得其英华；北学深芜，穷其枝叶。"北学是保守派，墨守《郑笺》的成说，没有新的创造，只在章句和细枝末节上下功夫，结果训诂越来越烦琐艰深，内容僵化失去了生气。南学是自由研究派，坚持训诂简明，注重阐发义旨，以《郑笺》为本，吸取王学的一部分诗说，并兼采玄学的某些见解，开展比较自由的研究，就富有生气。据南北朝各史书《儒林传》保存的书目：北学有沈重《毛诗沈氏义》、刘献之《注毛诗序义》等；南学有何胤《毛诗统集》和《毛诗隐义》、崔灵恩《集注毛诗》、周续之《毛诗周氏注》、梁简文帝《毛诗十五国风义》等。现在只能从清人《玉涵山房辑佚书》中看到这些著述的一些面貌。

此外，魏晋南北朝时期，《诗经》研究还出现了博物学的著作，这就是陆玑所著的《毛诗草木鸟兽虫鱼疏》，开拓了《诗经》研究的新领域。魏晋时期出现了一种新思潮，即玄学，对《诗经》也产生了很大的影响：一是受玄学审美观的影响，人们对《诗经》的审美情趣发生了极大的变化，促使对其文学性的发掘；二是玄学家以玄理注《诗经》或以《诗经》为玄谈资斧，使《诗经》沦为玄学的侍婢，《晋书》《世说新语》等记载了许多相关的内容和著述，如殷仲堪《毛诗杂义》等。

四　唐宋时期：从汉学到宋学

唐代是封建社会的鼎盛时期，政局稳定，经济发达，生产力不断进步，文化事业蒸蒸日上。唐代统治者的治国方针是以传统的儒学为主，对魏晋南北朝以来的儒学进行了统一。唐代开科取士，继承隋制，立明经、进士诸科。唐太宗以儒学义疏各别，章句繁多，于贞观十四年（640年），诏命国子祭酒孔颖达，与诸儒一起撰定五经义疏，使天下士子有所取准。孔颖达死后，经过博士马嘉运的驳正，永徽四年（653年），正式颁布《五经正义》，从此天下士子都必须依准，经学至此归于一统。《毛诗正义》是《诗经》研究史上第二个里程碑，因为是由孔颖达领衔主持编撰工作，后来《毛诗正义》又简称《孔疏》，也简称《正义》。该书主要的贡献表现在如下方面：一是对《毛诗传笺》的疏解。《孔疏》采取疏不破注的原则，全部保留了《毛传》《郑笺》的注疏，给这些注疏再作注疏。它的注疏都合于毛、郑的注笺，不合毛、郑注笺的都不予采纳，所以《毛诗正义》属于严格的汉学体系，是对汉学《诗经》

研究遗产的继承和发展。二是收入了陆德明的《毛诗音义》。《毛诗音义》是陆德明《经典释文》十分重要的内容之一，是《诗经》文字音训最重要的成果，将其编入《毛诗正义》，把《诗经》训诂学提到了新的水平，为后世历代阅读和研究《诗经》文字者所本，也超越了前代《诗经》传本。三是依据颜师古《毛诗定义》对《诗经》文字进行考定。《毛诗定义》是颜师古《五经定义》之一，是《诗经》文字研究的重要成果。《毛诗正义》以颜师古考定的文字为标准本，使《诗经》从汉代以来因传抄而导致的文字不同的问题得到彻底解决。自此以后，《诗经》文字完全固定下来，不会再产生因文句不同而解释各异的弊病，这是《毛诗正义》非常突出的功绩。

《毛诗正义》相较于前代对《诗经》的研究，有着很大的进步。虽然它在疏义、训诂、文字三个方面统一了汉学，但停止了对《诗经》的自由研究，也存在很多问题，缺乏新的创见。它是汉学《诗经》学的集大成著作，又是汉学《诗经》学的终结。

宋代实施科举制度改革，考试内容变背诵经文为策论，经生们不再背诵僵死的原文注疏，而是要从经文中生发出解决社会矛盾的策论。由此学风大变，疑古思辨成为宋学的主要特征，南宋朱熹的《诗集传》为宋学之大成。

宋代以前的经学，基本上是汉学的天下。汉学强调师法，侧重考证训释，而宋学却将主要精力集中在义理的思辨上，直到朱熹完成理学的建立。宋儒对《诗经》的研究，是从属于宋学的，最后是从属于理学的，是理学化的《诗经》研究。

在宋代，《诗》学风气大变。宋人不用《诗序》，重定诗义，兼采三家，注重义理，注释简明等成一时风尚。宋代政治家、思想家按照自己的政治主张解释五经，不仅对汉学的义疏都不采信，甚至连对经文的真伪也怀疑。从经文、训诂到义疏，进行全面质疑，重新解释，破坏了汉学体系。对汉学《诗经》之学提出批评和论证，压倒了汉学。

宋代《诗经》学研究，大致分为三个时期：

第一个时期是北宋时期，值得注意的是欧阳修、苏辙、王安石的《诗经》研究。欧阳修的《毛诗本义》，对汉学《诗经》学的基础——《诗序》《毛传》《郑笺》都一一进行了指摘，指出其中的错误和相互矛盾之处，从整体上动摇了它们的权威地位。苏辙著《诗集传》，对汉学家《诗序》依托孔子、子夏所作提出质疑。他认为："其言时有反复烦重，类非一人之辞者，凡此毛氏之学，而卫宏之所集录也。"他的书只取各篇小序的首句，对首句以下的字常常加以辩驳，他揭开汉学家把《诗序》伪托为"圣人之言"的大骗局。王安石实施政治改革，在经学上作《三经新义》，其中《诗经新义》，对《诗经》训释多穿凿附会，其实是为他的变法张目。

第二个时期是南宋初到朱熹完成《诗集传》，以郑樵、王质、朱熹为代表的废序派，掀起废《诗序》的运动，朱熹完成蕴含理学精神的《诗集传》。朱熹的《诗集传》是《诗经》研究史上的里程碑之一。他早年接受汉学，后受郑樵启发，主张废序，著《诗集传》。朱熹研究的进步之处主要有如下三点：一是批判继承了汉学《诗经》的研究成果，有了重大革新和发展；二是初步用文学的观点研究《诗经》；三是以求实精神考证文字训诂，注意韵读，注疏简明扼要，体制完备。

汉学体系是传、序、笺、疏四位一体。《诗序》是每篇题解式的序言，是汉学诗经学的义疏中心，即"本序说诗"。但到了北宋时期，欧阳修、苏辙开始疑序，这受到程颐的反对。到了南宋，郑樵首倡废序，著《诗辨妄》《诗传》（已佚），王质提倡"去序言诗"，著《诗总闻》。

第三个时期是理宗定理学为官方哲学后，《诗集传》成为权威经传，突出理学，求是精神不再，宋学《诗经》研究停滞。王柏是朱熹的弟子，也是南宋后期大儒。其所著《诗疑》产生了重要影响。朱熹疑序不疑经，王柏怀疑经文，甚至要删掉三十二首爱情诗，把宋学的怀疑之风发展到顶峰，变成缺乏科学根据的主观臆断。此后，宋学《诗经》研究就从顶峰跌落下来，向它的反面发展，日益僵化和烦琐。

五　元明时期：承绪与空疏

元明两代的封建统治者都提倡宋学，宋学统治着整个元明两代，兼之著于功令，天下士子朝诵暮习，无不入其彀中。《诗经》学承宋代经学的余绪，仅是对朱熹《诗集传》的疏释补充，更无新义，《诗经》研究呈现出一种衰微的态势。

元代统治者为了缓和阶级矛盾和民族矛盾，维护自己的统治，在文化上注意吸纳汉族文化，利用汉族知识分子，科举考试采用四书五经，沿用宋代的官定传本。在《诗经》研究上，以《诗集传》为本，从各个方面对朱熹《诗集传》进行补充、发挥，使朱熹《诗集传》这一系统更加完善。其主要著述有名物方面的，如许谦的《诗集传名物钞》八卷，是继王应麟思路展开的；有专引诸儒之说以明朱熹《诗集传》的，如梁益的《诗传旁通》，今存十五卷，对朱熹的解说多有补充；有在体例上别出心裁者，如朱公迁的《诗经义疏》二十卷，卷前列有《诗经大全图》，用图的形式将诗中某些名物以及六义、诸国世次、时世等以图绘出，相当直观，这是其特色；有用问答体例的，如朱倬的《诗疑问》七卷，以问答的形式阐述诗旨，在众多体例中独出一格，对朱熹解诗进行补充；还有就一二点钻研极深，反复说明的，如刘玉汝的《诗缵绪》十八卷，对诗的比兴、用韵方面的规律、方式探讨极其精细，补充了朱熹《诗集传》的诠释。其中，值得一提的是，刘瑾的《诗传通释》二十卷，是元代辅翼朱熹《诗集传》最全面的。刘瑾在著作中将朱熹《诗集传》悉数列出，再随文作释，每篇最后殿以《毛序》以及朱子《序辨说》，完全是为羽翼朱熹《诗集传》而作，对朱《传》的文字训诂、故实考订、诗义发明都作了较详细的工作，在一系列朱《传》的羽翼著作中，可算佼佼者。后代学者认为，这部著作能严守宋学体系，对研究宋学有重要的参考价值。

明代的《诗经》学研究，基本上是继承前代的传统，以朱熹《诗集传》为正统，较为冷清，没有开发出创新的局面。明前期的70年，主要有朱善的《诗经解颐》四卷，高颐的《诗集传解》20卷，胡广等的《诗集传大全》二十卷，孙鼎的《诗义集说》四卷，其中著名的是朱善的《诗经解颐》及胡广等的《诗集传大全》。

朱善《诗经解颐》，《明史·艺文志》作《诗解颐》，就是为羽翼朱熹《诗集传》而作，较为笃实，不像明朝经学的空疏浮泛。该书解《诗》，主要从政治、道德诸方面入手，强调修身齐家治国平天下，有的地方并未遵从朱熹之说，而是自出新义，借诗抒发自己的心志，因而被认为是明代《诗经》学的"别体"。

明中晚期的社会政治、经济变化，影响到思想界的变化，宋元以来程、朱理学的统治地位转变为王阳明心学占统治地位，《诗经》、《诗经》研究也改变了恪守朱《传》的局面。主要的著述有杨守陈的《诗私抄》四卷，陈凤梧的《毛诗集解》，陆深的《俨山诗微》，湛若水的《诗厘正》，王渐逵的《读诗记》，黄佐的《诗传通解》二十五卷，潘恩的《诗经辑说》十卷，吕柟的《毛诗序说》六卷，季本的《诗说解颐》四十卷，李先芳的《读诗私记》二卷，陆垹的《诗传存疑》一卷，陈言的《诗疑》，袁仁的《毛诗或问》，屠本畯的《毛诗郑笺》二十卷，朱谋㙔的《诗故》十卷，唐汝谔的《毛诗微言》二十卷，姚舜牧的《诗经疑问》，郝敬的《毛诗原解》三十六卷《序说》八卷，何楷的《毛诗世本古义》二十八卷，张次仲的《待轩诗记》六卷。

　　这些著述都改变了明前期谨守朱《传》的原则，只是明人受王阳明心学的影响，于经学较为空疏。这里值得一提的是季本的《诗说解颐》，此书的主旨是以经文为主，就诗论诗，其实质是改变元代以及明前期的《诗经》学羽翼朱熹《诗集传》的学风，恢复以经论诗的正确方式，而不是以朱《传》论经的门户方式，所以该书有着许多不同于前儒的新义，是明代中期《诗经》学转折时期的重要著作。

　　之后，李先芳的《读诗私记》、朱谋㙔的《诗故》等对朱《传》的批评与驳斥，被后人所重视。何楷的《毛诗世本古义》以史的眼光看待《诗经》，以孟子知人论世来解说经文，在词语名物考释上也有新得，在体例编排上独出己见，虽有穿凿不实之嫌，但在同时代，他还是超出了元明诸儒，在明代《诗经》学上有一定的影响。

　　明代的《诗经》学，最被后人诟病的是出现了两部《诗》学伪书，而当时学者不辨真假，使伪书尘嚣盛行。这两部书就是《子贡诗传》（又名《诗传孔氏传》）和《申培诗说》（又名《诗说》），作者是嘉靖年间的丰坊。丰坊是嘉靖时进士，其学问和人品都非常差，他利用当时《诗》学中攻朱学的思潮，取悦朝廷，借《论语·学而》所记载的孔子弟子子贡（端木赐）向孔子问《诗》，孔子表扬子贡说"赐也，始可与言《诗》已矣"，丰坊便托名子贡，伪造《子贡诗传》一书，而且故意在文字上造成残损，以见其碑版古旧漫灭，使人误以为成书很早，这是造伪的伎俩。他还根据《汉书·艺文志》诸书中说三家诗，"鲁诗为近之"，就托名申培，伪造《申培诗说》。这些伪书极大地影响了明代《诗经》学的正常发展，反映了明代学界的空虚浅薄之风。

六　清代：守正与出新

清代的整个学术思潮都贯穿着汉学与宋学之争、古文学与今文学之争、考据与义理之争、旧学与新学之争以及各派各自内部之争。这些都是由清王朝的一系列文化政策造成的，如开科取士，举博学鸿儒，开《明史》馆，用于笼络天下士子。又大兴文字狱，残酷镇压、威慑在文化上对清廷稍有不满之人，开四库馆，征收天下之书，以清廷利益为标准，对其进行大规模删汰，使中国文化遭受了自秦始皇焚书以来最为惨重的打击。这一系列政策迫使学者潜心故纸堆中，切实地做了唐宋元明诸儒所不曾向往的学术基础工作，使文化学术达到自宋以后的又一次辉煌鼎盛。

学者们在评价清代学术时，有的称为"复古"，即汉学的复兴；有的称为"求真"，即自由研究，讲求实证。有的从地域上将清代学术分为吴派、皖派，有的从学术类别上将其分为考据派、思辨派，有的从学术流派上将其分为今文学派、古文学派，如此等等，各自都有一定的理由。在笔者看来，无论从哪个角度评述，清代的学术思潮与学术成果，都可以看作具有守正与出新的特征。所谓"守正"，就是尊毛传、尊汉学、尊宋学，以传统的训诂和解经的方法研究《诗经》；所谓"出新"，就是在某些方面突破了传统的思想方法，在思想内容、研究方法上有新的创见。"守正"的成果则多体现在训诂、考据方面，"出新"的成果则主要体现在思想、观点方面。

清儒《诗》学研究，是在继承汉学、宋学的基础上有所创新、有所发展的。清儒的《诗》学研究不论是继承还是创新其思维都必然要遵循前代的《诗》学规范：一是经学的；二是理学的；三是文学的。《诗》学经学性的研究仍沿袭汉唐，或将《诗》与历史结合，或尊《毛》或尊三家诗；《诗》学的理学性研究恪守宋代理学的路子，高谈"义理心性"；《诗》学的文学性研究主要是通过《诗经》的文本来发掘其中的文学特质。即使超越了门户偏见，能自由研究，大胆怀疑的《诗》学独立派，也无法逃脱这三种《诗》学范式。

在清代《诗》学发展中，古文《诗》学与今文《诗》学，汉学派与宋学派在争论中往往又相互渗透，最终形成了以训诂为重的"考据学派"和以阐明大义为主的"思辨学派"。

清代的《诗经》研究，如果从历史发展来看，可以分为三个历史时期：清代前期，相当于顺治康熙时期，是为汉宋兼采时期，疏释《诗经》的著作，复兴汉学。清代中期，相当于乾嘉时期，此时宋学式微，汉学大兴，特别是东汉古文毛诗的复兴，以古文经学为本的考据学派，对《诗经》的文字、音韵、训诂、名物进行了浩繁的考证。清代晚期，相当于道光以后至清朝灭亡，此时西汉三家今文学大兴，占据《诗经》学主流，辑佚研究三家诗成果丰硕。

（一）清代前期

在清初，出现了王夫之、顾炎武、黄宗羲三个大儒，他们对当时的清初思想界有很大的影响。其中王夫之、顾炎武在《诗经》学上成就甚伟。王夫之有《诗经稗疏》《诗广传》，前者注重名物训释，重义理理论，多补前人之说；后者则偏重政治、哲学、历史的论述，借《诗经》引申发挥自己的观点。顾炎武对《诗经》的研究，主要体现在他的《音学五书》上，其中《诗本音》十卷，是在明代陈第《毛诗古音考》之后，进一步研究《诗经》音韵的名著，完全推翻了宋人的"叶音"说，继续考证古今语音的不同。

这里值得重视的是陈启源的《诗经》研究。陈启源有《毛诗稽古编》，这部书在《诗经》研究史上是一部比较重要的著作。它是以复兴汉学为宗旨而写作的。《毛诗稽古编》表示在《诗经》研究中，清代汉学与宋学已经完全分开，并且致力于用汉学推翻宋学。此外，还有朱鹤龄的《诗经通义》，兼采汉宋，门户之见不深，既能得汉儒毛郑之深义，又能取宋儒朱吕之精华，是清代前期较为重要的《诗》学著作。

清代前期官方对《诗经》的态度是纯用朱《传》取士，虽说学界已经是汉宋兼采，但朱《传》仍占绝对的优势，还钳制着人们自由研究的思想，此时，有两位非常奇特的学者毛奇龄和姚际恒，他们精于经学，为人为学特异，立论不同于人，在《诗经》研究上也有相似之处。他们对这种现象不满，从而对朱《传》进行攻击，毛奇龄侧重于名物，姚际恒侧重于诗旨篇义。毛奇龄有《毛诗续传》，但已佚失，今存《白鹭洲主客说诗》一卷，专辨淫奔之诗与笙诗；《续诗传鸟名》三卷，专门训释《诗经》中的鸟类；《诗传诗说驳议》五卷，专门辨明《子贡诗传》《申培诗说》是为丰坊所伪。还有《国风省篇》《毛诗写官记》《诗札》等著述。

姚际恒的《诗经通论》，写成于康熙年间，正是汉学与宋学激烈斗争之时。他摆脱两派门户之见，论诗既不依傍《诗序》，也不附和《诗集传》，而是从诗的本义出发探求诗义，认真研究诗文，考证书史，自由立论。其书优点是大胆、新颖，反传统，有探索精神，缺点是有些论点失之于妄。

（二）清代中期

清代中期，论者都以为是清代学术极为辉煌的时期，表现在《诗经》研究上，是治学方法缜密、科学，特别是文字训诂的精到，使《诗经》汉学系统能大显于天下。当时各派林立，主要的有吴派、皖派、扬州派、常州派，它们都有突出的成就。

皖派的戴震有《毛郑诗考正》四卷，主要是在文字训诂方面有较突出的贡献。戴震的弟子段玉裁、王念孙及王念孙的儿子王引之，在文字音韵学方面的成就卓越，对《诗经》学也有重要贡献。

段玉裁以《说文解字注》最为著名，于《诗经》有《毛诗故训传定本小笺》三十卷，《诗经小学》四卷，《诗经韵谱》诸书。他的主要贡献是在训诂与音韵学上，对清中期实证学的发展产生了极大的影响。他创造的新方法，部分解决了《诗经》学上文字训读的问题，给后来的《诗经》学家以极大的启迪。

王念孙有《广雅疏证》《读书杂志》《毛诗群经楚辞古韵谱》诸书；王引之有《经义述闻》《经传释词》诸书。王氏父子对《诗经》的研究主要体现在《经义述闻》卷五至卷七的《毛诗》中，对《诗经》的文字、古音训释的贡献非常之大。

清代中期，以胡承珙、马瑞辰、陈奂为代表的汉学复古派，取得了很大的成就，对清中期的《诗经》学有重要影响。胡承珙著有《毛诗后笺》，其书主要是申述毛义，自注疏而外，于唐宋元诸说，及近人为诗学者，无不广征博引，而于名物训诂及毛诗与三家诗文之异同，都精微剖析，于诗义方面，也从前人古书中反复寻考，贯通诗义，证明毛旨，其考辨实证最见功力。

第七章 历史回溯

马瑞辰是以古文为主、今古文通学的《诗经》专家，深于文字音韵之学，积十六年之功，撰成《毛诗传笺通释》一书。从书名可知，《毛诗传笺通释》以郑玄《毛传》和郑《笺》为本，吸取乾嘉考据学的成果，通过对音韵的转变、字义的引申和假借、名物考古、训诂、世次、地理等的广泛考证，对305篇诗加以逐篇疏释，不但使《毛传》《郑笺》意义明白晓畅，更重要的是使《诗经》意旨清楚。

陈奂治学，先从江声孙江沅学，后从段玉裁学，又与王念孙、王引之、郝懿行、胡承珙诸人交游，专治《毛诗》《说文》，受段玉裁影响较大。他有多种《诗经》专著，专崇古文毛诗。著有《释毛诗音》《毛诗传义类》《郑氏笺考征》等。他前后用29年的时间撰写的《诗毛氏传疏》，是《诗经》学上宗毛最严谨最重要的代表作。《诗经》自汉唐以后，毛郑一体，成为独尊。宋学大兴，《毛传》、郑《笺》被弃，直到清初，才重新恢复毛、郑的地位，但大多还是汉宋兼采，如陈启源的《毛诗稽古编》。陈奂的《诗毛氏传疏》就是这样一种弘扬毛义的专门著述，坚守毛传之说，详加疏解，引据赅博，训释谨严，得到梁启超的盛赞，谓"常能广采旁征，以证成其意，极絜净而极通贯，真可称疏家模范"。虽然他的书中也有缺点，但从宗毛上看，成就最大，影响最深，后世研究《诗经》者，常参考借鉴。

清中期，三家诗也有复兴，范家相《三家诗拾遗》十卷，阮元《三家诗补遗》三卷，牟庭《诗切》五十卷，陈寿祺、陈乔枞《三家诗遗说考》五十卷，对三家诗的辑佚、研究贡献较大。

清中期扬州派对《诗经》的研究，除了继承吴派、皖派之长外，还能利用金石资料扩大对《诗》考订的深度和广度，在治学方法上也更加全面、科学，在目的上以训诂来阐述《诗》的义理，其

· 139 ·

代表人物是焦循和阮元。焦循有《毛诗补疏》五卷、《毛诗鸟兽虫鱼草木释》十一卷、《诗陆氏疏疏》二卷、《毛诗地理释》四卷，其中《毛诗补疏》最能代表焦循《诗经》学的成就。阮元的《诗经》学研究，主要有《诗书古训》《十三经注疏校勘记》之《毛诗校勘记》《三家诗补遗》等书。

另外，从史学角度研究《诗经》卓有成就者，当推崔述的《读风偶识》。他对《诗经》的研究，一是将《诗经》纳入史学范围，二是自由研究，能熟玩经文，不受传统的束缚，对后世探索《诗经》的真面目，具有深远的影响。

清中期还有许多大学者对《诗经》进行过训释论辩，如顾栋高《毛诗类释》二十一卷、《续编》三卷、《毛诗订诂》九卷，程廷祚《青溪诗说》二十卷、《鲁诗说》四卷。汪绂《诗经诠义》十五卷，程晋芳《诗毛郑异同考》十卷，林伯桐《毛诗通考》三十卷、《毛诗识小》三十卷，朱骏声《诗集传改错》《诗序异同汇参》《诗地理今释》等。

（三）清代晚期

清代晚期，政局动荡，学术文化衰落，今文经学占据了主流。《诗经》研究呈现出汉学复兴的势头。毛诗学继续发展，此时的研究主要是对乾嘉学者进行拾遗补漏的工作，在名物、音韵、文字训诂、诗义诸方面涌现出了一些研究者和著述，如苗夔《毛诗韵订》、曾钊《诗说》《毛郑异同辨》《毛诗经文定本小序》、许瀚《毛诗名物辨》、朱右曾《诗地理征》、马其昶《毛诗学》、刘师培《经学教科书》等。其间，对《诗经》学贡献最大的是丁晏、俞樾。

丁晏所著《毛郑诗释》四卷、《续录》一卷，对《毛诗》郑《笺》非常认同，认为《毛传》得圣贤之正，郑《笺》深得毛义而发明之，功绩最大，后人不能深究其奥蕴，误以为郑玄改字破句，为破除后人之误，作《毛郑诗释》，以还郑玄清白。丁晏对《诗谱》进行了考正，对后学者理解郑玄尤为重要。俞樾有《毛诗评议》四卷，是他《群经评议》之一种，他另有《诗名物证古》《达斋诗说》《读韩诗外传》《韩诗外传评议补录》等。最能体现其《诗经》成就的是《毛诗评议》，他继承王念孙父子的训诂学，对毛诗古文用力甚深，对《诗经》文字训诂极具影响。

  魏源是常州派今文家的主要代表，其《诗经》学力主齐、鲁、韩今文家说，他的《诗古微》是清代今文学派的一部重要著作。今文学的三家诗，自从郑玄笺毛诗以后，齐诗亡于东汉，鲁诗亡于晋，韩诗到北宋汴京之乱时散佚，只剩下一本《韩诗外传》。魏源在前人辑佚的成就上，论述三家诗和毛诗的异同，发挥三家诗的微言大义，破除了一些毛诗学派的弊病。在三家诗失传之后，并未有人在发挥三家微言方面超过他的，他对后世《诗经》学影响极大。

  在搜讨、辑佚今文《诗经》中，王先谦是一个集大成者，他的《诗三家义集疏》在搜讨三家遗言遗说方面非常完备，考释精详，不仅体现在"注"中，还注重"疏"，将零乱的遗说汇集考释，疏释诸家诗义，选择最符合诗义的采纳，在今文资料的汇辑以及今文诗义的系统阐述上成为一部划时代的著述。

  在清后期，有一个非派别的派别，其力图挣脱经学的牢笼，跳出时代的局限，专事涵泳诗文，就诗论诗，在清初有姚际恒发其轫，清中期有崔述继其绪，而在清代后期，则有方玉润踵其后，这一思潮不绝于脉，成为《诗经》学上奇特的景象。后人也称之为"思辨学派"或"独立思考派"。方玉润的《诗经原始》写成于光绪初年，当时今文学盛行，今文学派搜辑三家诗遗说，发挥微言大义，而三家诗说也远非诗的本义。方玉润受姚际恒《诗经通论》的影响，不满于流行的附会曲解，从诗的本义出发探求诗的原始意义，故书名定为《诗经原始》。他对古文学、今文学、宋学各家诗说辨析抉择，又汇集近人说诗成果，再经过自己的钻研，较多地采录了姚际恒的新说，提出一些能够打破前人成说的新见解。当代学者洪湛侯说："思辨学派作家作品不多而能量极大，他们的著作大都能够独立思考。明是非，驳正旧解，自出新意，能使人一新耳目。王夫子《诗绎》、姚际恒《诗经通论》、崔述《读风偶识》、方玉润《诗经原始》可以归并为这一类。"① 姚际恒、崔述、方玉润不为当时潮流所左右，不为传统所束缚，以求实的精神寻绎诗义，对各家注释进行辨析。他们大胆怀疑，穷原竟委，谨严自守，又自由立论，打破了前人的谬误成说，探求了一部分诗篇的本义，开拓了《诗经》研究的一种新的学风，至今仍是可以借鉴的。

七　近现代：众家纷呈

自 19 世纪中叶起，中国国门被西方列强用坚船利炮打开，同时西方科学技术也随之而进，士大夫阶层固守数千年的华夷之辨此刻颓然失去了价值。辛亥革命之后，经学已不可能继续作为维护封建专制制度的圣典，也不可能再被当作托古改制的依据，绵延两千多年的经学时代走向了衰落。自此，《诗经》研究发生了根本性的转变，从"通经致用"转向《诗经》文化学研究，开创了《诗经》研究的新纪元。

封建帝制灭亡之后的《诗经》文化学研究也存在着多种流派与观点，呈现出众多的代表人物和重要著作，如以李大钊、鲁迅为代

---

① 洪湛侯：《诗经学史》，中华书局 2004 年版，第 495 页。

表的革命派,认为经学是国家走向衰败的主要原因,要从根本上推翻封建专制政治赖以存活的思想基础,而重新评价《诗经》经学。鲁迅在《汉文学史纲要》中谈到《诗经》的性质时指出:《诗经》"是中国的最古的诗选"(《集外集·选本》)。在《且介亭杂文二集·从帮忙到扯谈》中说:"然而《诗经》是经,也是伟大的文学作品……就因为他究竟有文采。"[1] 以胡适为代表的西化派,为了抵制马克思主义在中国的传播,而主张"多研究问题,少谈些主义",提倡"整理国故",重新阐释《诗经》。尽管胡适在理论上、政治上存在偏颇,但他是《诗经》现代研究的开山人,他较早打破"经书"等概念,提出《诗经》不是圣贤遗作,也未经孔夫子编著,是"慢慢收集起来的一部古代歌谣总集",要推倒经说,将其当作古代歌谣重新研究。他认为,两千年的《诗经》研究史是"一笔糊涂账",应该进行一次清算,从异文校勘、音韵研究、字句训诂、见解序说四大项来总结。以章太炎、刘师培为代表的国粹派,则提倡"精研故训,博考事实",高扬国粹,主张于传统文化中汲取精华,鼓舞民族精神。以顾颉刚为代表的古史辨派和学衡派,则以"昌明国故,融化新知"为己任,对《诗经》进行纯学术的研究。其文《诗经在春秋战国间的地位》《论诗经所录全为乐歌》等,都收入在他编著的《古史辨》中。以郭沫若为代表的史学家,则将《诗经》作为重要的史料进行历史学的研究。1923 年郭沫若出版的《卷耳集》,是对《国风》四十首情诗的今译,也是第一本《诗经》今译。1930 年出版的《中国古代社会研究》,广泛利用诗、书、易及甲骨文、金文等材料探讨古代社会形态。《诗书时代的社会变革与其在思想上之反映》,比较系统地研究了《诗

---

[1] 《鲁迅全集》(卷六),人民文学出版社 1982 年版,第 334 页。

经》所反映的社会及意识形态的变化。1945年的《十批判书》《青铜时代》普遍征引《诗经》展开论证。1952年的《奴隶制时代》对《诗经》的史料价值和文学价值作出全面评价。以朱自清为代表的文学解读,从《诗经》篇目的训诂和解题及《诗经》的相关资料中,寻找中国诗论的源头,再从诗经学和诗文评的角度观其流变;又从歌谣的角度解读《诗经》,并试图将其成果纳入对中国歌谣历史的解读中,以构建中国歌谣的专科研究。其代表著作有《诗言志辨》《古诗歌笺释三种》之一《诗名著笺》等。

以闻一多为代表的现代文化学派,不拘泥于传统研究,而是提倡从文学史等广阔视野来考察诗歌的起源,认为诗与歌本是不同的,两者合流产生了《诗经》,在中国发挥了巨大的作用;他提出要把《诗经》当作文学作品来看,认识《诗经》的真面目,要读懂文字,要带读者到《诗经》的时代,要用文学的眼光看待之;他还开创了《诗经》新训诂学,认为"训诂学不是诗";主张用民俗学的方法研究《诗经》,采用文化人类学的方法研究《诗经》。闻一多是《诗经》研究从近代向现代转型的代表、关键性人物,其研究具有划时代的意义。他的代表性著作有《风诗类钞》《诗经新义(二南)》《诗经通义》《诗新台鸿字说》《高唐神女传说之分析》《姜嫄履大人迹考》《说鱼》《歌与诗》《文学的历史动向》《匡斋尺牍》等。

之后的《诗经》研究,如高亨、陈子展、余冠英、朱东润、程俊英等学者,都结合新时代的文化思想方法来重新诠释《诗经》,胡朴安、张西堂、夏传才等学者,则对《诗经》研究的历史进行探讨,学贯中西的钱锺书先生则侧重对《诗经》创作艺术的评析与中西文化、文学的比较。著作有:高亨《诗经选注》《诗经今注》,余冠英《诗经选》,陈子展《诗经导读》《诗经直解》《诗三百题解》，朱东润《诗三百篇探故》，程俊英《诗经译注》《诗经注析》，胡朴安《诗经学》，张西堂《诗经六论》，夏传才《〈诗经〉研究史概要》，钱锺书《管锥编》等。

进入 21 世纪，有关《诗经》学的研究，主要有夏传才《诗经研究史概要》，朱炳祥《中国诗歌发生史》，袁长江《先秦两汉〈诗经〉研究论稿》，洪湛侯《〈诗经〉学史》，戴维《〈诗经〉研究史》，刘毓庆《历代〈诗经〉著述考（先秦—元代)》，刘毓庆、贾培俊《历代〈诗经〉著述考（明代）》，扬之水《先秦诗文史》，张启成《〈诗经〉研究史论稿》，冯浩菲《历代〈诗经〉论说述评》，汪祚民《〈诗经〉文学阐释史（先秦—隋唐)》，谭德兴《宋代〈诗经〉学研究》，赵敏俐等《中国古代歌诗研究：从〈诗经〉到元曲的艺术生产史》，夏传才《二十世纪〈诗经〉学》，余正松、周晓琳编《〈诗经〉的接受与影响》，赵沛霖《兴的源起》《诗经研究反思》《现代学术文化思潮与〈诗经〉研究：二十世纪〈诗经〉研究史》，马银琴《两周诗史》，刘立志《汉代〈诗经〉学史论》，朱金发《先秦〈诗经〉学》，陈文采《清末民初〈诗经〉学史论》，魏家川《先秦两汉的诗学嬗变》，周何《〈诗经〉著述考》，寇淑慧编《二十世纪〈诗经〉研究文献目录》，何丹《〈诗经〉四言体起源探论》，刘毓庆、郭万金《从文学到经学》，牟玉亭《宋元〈诗经〉学的发展及其著述》，何海燕《清代〈诗经〉学研究》，黄忠慎《清代〈诗经〉学论稿》，朱孟庭《近代〈诗经〉白话译注的兴起与开展》，胡晓军《宋代〈诗经〉文学阐释研究》，洪涛《从窈窕到苗条：汉学巨擘与〈诗经〉楚辞的变译》等；褚斌杰《诗经全注》《〈诗经〉与〈楚辞〉》，扬之水《诗经别裁》《诗经名物新证》，夏传才、董治安《诗经要籍提要》，王长华《诗论与子论》，叶舒宪《诗经的文化阐释：中国诗歌的发生研究》，王政

《诗经文化人类学》等，还有许多研究著作，恕不一一列举了。这些著作涉及了《诗经》研究的各个方面，对推动《诗经》学研究起到了很好的作用。

第八章　迷雾重重
——《诗经》公案、谜案、悬案

从一般意义上的理解和辞典中的解释来看，公案指的是待解决的事件、案件；谜案是指没有弄清楚的或难以理解的事物；而悬案则是指长时间未能破获的案件或长期拖延未能解决的案件。以此视角观察《诗经》研究，似乎也存在这样的问题，需要破解。两千多年来，《诗经》研究者们殚精竭虑，考辨诗篇语意主旨，梳理经传意蕴，清除了不少难题和障碍。但因《诗经》产生时代久远，在流传的过程中出现了许多问题，加之文献的不足，有些问题争论颇多，至今尚未彻底澄清，形成了不少的公案、谜案和悬案，影响对《诗经》的阅读和理解。

一　《诗经》是否为民歌

（一）"《国风》民歌说"的由来

《诗经》既然是诗歌形式，那它是不是民歌？它的作者是下层劳动人民吗？对这些问题，学界至今还有不同的看法。汉代司马迁在《史记·太史公自序》里说，"三百篇，大抵圣贤发愤之所为作也"，代表了传统诗经学对《诗经》作者的看法，认为包括《国风》在内的全部《诗经》作品都是"圣贤"所作,其作者在社会身份上属于上层统治阶级。在汉学体系占统治地位的宋代以前,主流意见都认为《诗经》与下层人民无关。但需要说明的是,《礼记·王记》、何休《注春秋公羊传》在说到"采诗"问题时,将《国风》指向了民间。这一认识在宋代疑古思潮的影响下,被发扬光大,宋学的代表朱熹在《诗集传·序》里说,"凡《诗》之所谓风者,多出于里巷歌谣之作,所谓男女相与咏歌,各言其情者也",明确指出《国风》基本上是"里巷歌谣",其作者是"里巷男女"。

　　由于朱熹《诗集传》的地位,这种观点影响了后世。20世纪20年代,以胡适、顾颉刚为代表的"古史辨派",为配合其社会改革思想及其白话文运动,极力提倡平民文学,对朱熹的风诗出于"里巷歌谣"说产生强烈认同,发表了许多关于《诗经》的论文,从文学史、民俗史、音乐史各个角度努力论证《诗经》作品尤其是《国风》是民间作品。"古史辨派"在当时的学术界影响很大,"《国风》民歌说"随之深入人心,以至后来的文学史教材和许多《诗经》选注本,也都持这一观点。

(二) 对"《国风》民歌说"的质疑

　　对"《国风》民歌说",学界也提出了批评。1926年,胡怀琛在《小说世界》上发文,批评"古史辨派"的观点。但"《国风》非民歌说"的始作俑者是著名学者朱东润先生。朱东润在1935年发表《国风出于民间论质疑》一文,[①] 从《国风》作品所提到的地位、境遇、服御、仆从等各方面境况入手,指出《国风》作品凡是写到与人物身份有关的事物,都和统治阶级有关,所以,《国风》

---

① 该文后收入《诗三百篇探故》(上海古籍出版社1981年版)。

应该是统治阶级的诗歌。后来，朱东润对自己的文章又进行了补充论证。中华人民共和国成立后，胡念贻在《关于〈诗经〉大部分是否民歌的问题》一文中，驳斥了"五四"以来关于《诗经》为民歌的观点。新时期以来，学界对《诗经》研究进行了反思，袁宝泉、陈智贤在《诗经探微》一书中，收有《〈诗经〉民歌说考辨》一文，[①] 进一步发扬朱东润的观点，列出五个方面的证据，说明《诗经》全部是"圣贤"亦即贵族们的作品，"《国风》民歌说"不能成立。之后，还有雒启坤《〈诗经〉散论》[②]、扬之水《诗经名物新证》[③] 专著因涉及作者问题，对《诗经》是不是民歌进行辨析。

（三）对批评"《国风》民歌说"的反批评

20世纪后半叶，尤其是80年代以来，正式发表的论文以"《国风》非民歌说"为主流意见，各种书刊中沿袭"《国风》民歌说"的虽然并不罕见，但在正式发表的《诗经》研究论文里，很少有人明目张胆地维护"《国风》民歌说"。可是，在学界，也有学者对"《国风》非民歌说"提出了不同的意见，鲁洪生、常森是其代表。

鲁洪生在《关于〈国风〉是否民歌的讨论》[④] 一文中，首先对"民歌"的定义作了狭义和广义的划分，指出了《国风》中民歌为贵族而没有考虑"民歌"的历史含义及风、雅、颂的分类，并对朱东润的观点进行了辩驳。常森在其博士学位论文《〈诗〉的崇高与汩没：两汉〈诗经〉学研究》中，对"《国风》非民歌说"给予了

[①] 袁宝泉、陈智贤：《诗经探微》，花城出版社1987年版，第285—335页。
[②] 雒启坤：《〈诗经〉散论》，商务印书馆2002年版。
[③] 扬之水：《诗经名扬新证》，北京古籍出版社2000年版。
[④] 鲁洪生：《关于〈国风〉是否民歌的讨论》，《重庆师范学院学报》1996年第2期。

严厉的批评。结合《诗经》作品,主要是对"君子""士"等称谓,对朱东润、雒启坤、扬之水等人的观点进行了详细的辨析。

(四)"《国风》民歌说"争论的意义

对"《国风》民歌说"的争论,首先是对《诗经》内容的认识和价值判定,在不同的历史时期有不同的看法。在封建社会里,对《雅》《颂》的价值评判比对《国风》重要。但在 20 世纪 20 年代,学者们提倡白话文及进行民俗研究,对《国风》的重视占据了主流地位。自中华人民共和国成立到新时期,受阶级评价定型研究方法的影响,对《雅》《颂》加以贬低,而被认定为"民歌"的《国风》则受到极大的重视,各种《诗经》选本、文学史教材,都大量选编《国风》作品,评析《国风》民歌的意义,"《国风》民歌说"自然就占了上风,但这并不意味着民歌说符合《诗经》的实际。

这个争论还为我们如何理解"民歌"这一概念提供了可资参考的意见。尤其是钟敬文先生在《民歌文学概论》中对"民间文学"的定义,得到学界的普遍认同。论辩的双方都以此为立论的标准,只不过侧重点不同而已。以民间文学概念和《诗经》的实际衡量,《国风》很难被划为"民间文学"作品。经过论争,似乎有了这样的共识:《国风》并非都是"民歌";《国风》也并非只有用"民歌说"才能解释得好。

二 《诗经》可以入乐吗

近代以来,《诗经》皆为"乐歌"说的日渐流行与《诗经》为"诗歌集"的说法可以说是彼此呼应的。其中最著名的文章当推顾颉刚先生 1925 年 12 月在北京大学研究所《国学周刊》上发表的《论〈诗经〉所录全为乐歌》。他在文中说："乐歌是乐工为了职业而编制的，他看乐谱的规律比内心的情绪更重要；他为听者计，所以需要整齐的歌词而奏复沓的乐调。……《诗经》中一大部分是为奏乐而创作的乐歌，一小部分是由徒歌变成乐歌。当改编时，乐工为它编制若干复沓之章。"①《古史辨》第三册下编所收 20 世纪二三十年代发表的相关《诗经》与音乐关系方面的论文，论调也大都与顾颉刚先生近似。自此以后，《诗经》皆为"乐歌"说日渐流行。

1929 年 1 月，傅斯年先生在其《诗经讲义稿》中，也以《诗经》为"乐诗"这一前提解说《诗经》，如他在说到《风》《雅》《颂》之别时说："《风》为民间之乐章，《小雅》为周室大夫士阶级之乐章，《大雅》为朝廷之乐章，《颂》为宗庙之乐章"②。同年，金公亮先生在其《诗经学 ABC》一书中专设"诗与乐"一章，云："三百五篇之诗，其初是否可以入乐，不得而知。……那么孔子之后，三百五篇都已协于声律，都已可歌了。所以三百五篇之诗，都可以称为乐诗。"③

1935 年，商务印书馆出版的朱谦之的《中国音乐文学史》，是我国第一部考察中国文学与音乐关系的专著，该书第三章"论诗乐"的第一节题为"《诗经》全为乐歌论"，朱谦之开首即提出《诗经》是"我们有诗以来的第一部乐歌的总集"④。

1955 年，张西堂在其《诗经是中国古代的乐歌总集》一文开头说："现在我们大家都说，《诗经》是中国古代的一部诗歌总集，

---

① 顾颉刚：《古史辨》（第三册），上海古籍出版社 1982 年版，第 412 页。
② 傅斯年：《诗经讲义稿》，中国人民大学出版社 2004 年版，第 41 页。
③ 金公亮：《诗经学 ABC》，上海世界书局 1929 年版，第 36 页。
④ 朱谦之：《中国音乐文学史》，上海人民出版社 2006 年版，第 55 页。

上篇 遥远的回响：相遇《诗经》

这一句话不能表现出《诗经》的本来面目的。《诗经》是中国古代的一部乐歌总集，用一句话说得更明显些，《诗经》是秦汉以前的乐府"①。

20世纪后半叶以来，《诗经》"乐歌"说相继进入各种文学史、诗歌史著作。如游国恩先生主编的《中国文学史》说："《诗经》各篇都是可以合乐歌唱的。……风、雅、颂的划分也是由于音乐的不同。风是带有地方色彩的音乐，十五'国风'就是十五个地方的土风歌谣……雅是周王朝直接统治地区的音乐……颂有形容的意思，它是一种宗庙祭祀用的舞曲。"②袁行霈先生主编的《中国文学史》在论及《诗经》时说："'诗'最初都是乐歌，只是由于古乐失传，后人已无法了解风、雅、颂各自音乐上的特色了。风即音乐曲调，国风即各地区的乐调。"③

因此，我们可以说《诗经》皆为"乐歌"，已成为学术界的基本共识。那么，这一认识有无问题呢？

关于《诗经》与音乐的几种早期文献，《左传·襄公二十九年》有"吴公子札来聘，请观于周乐"，《墨子·公孟》《史记·孔子世家》等都有与音乐相关的记载。另外，据《左传》《国语》及《周礼》《仪礼》《礼记》等文献记载，周代朝会燕飨多取《诗经》某些篇章加以歌唱。

自宋代以来，关于《诗经》入乐问题可分为两派：主张《诗经》全部入乐者以郑樵为代表，主张《诗经》部分入乐者以程大昌为代表。

郑樵《通志·乐略》"乐府总序"云：

---

① 张西堂：《诗经六论》，上海商务印书馆1957年版，第1页。
② 游国恩等编：《中国文学史》，人民文学出版社1963年版，第32页。
③ 袁行霈等编：《中国文学史》，高等教育出版社1999年版，第61页。

第八章 迷雾重重

　　古之达乐三：一曰风，二曰雅，三曰颂。所谓金、石、丝、竹、匏、土、革、木，皆主此三者以成乐。礼乐相须以为用，礼非乐不行，乐非礼不举。自后夔以来，乐以诗为本，诗以声为用，八音六律为之羽翼耳。仲尼编诗，燕享祭祀之时用以歌，而非用以说义也。古之诗，今之词曲也。若不能歌之，但能诵其文而说其义可乎？……得诗而得声者"三百篇"，则系于"风""雅""颂"，得诗而不得声者则置之，谓之逸诗。①

郑樵之后，马瑞辰《毛诗传笺通释》、俞正燮《癸巳存稿》、皮锡瑞《经学通论》等均以为《诗经》全部入乐。

程大昌则认为"风"诗多为徒诗而不入乐。程大昌《考古编·诗论二》：

　　诗有"南""雅""颂"，无"国风"。其曰"国风"者，非古也。……盖"南""雅""颂"乐名也，若今乐曲之在某宫者也。……夫邶、鄘、卫、王、郑、齐、魏、唐、秦、陈、桧、曹、豳此十三国者诗，皆可采而声不入乐，则直以徒诗著之本土。故季札所见与夫周工所歌，单举国名，更无附语，知本无"国风"也。②

其后朱熹、焦竑、顾炎武等也都持与程大昌相近的看法，认为"风"诗多不入乐。顾颉刚先生《论〈诗经〉所录全为乐歌》文，也正是针对这种说法，提出"《诗经》中一大部分是为奏乐而创作的乐歌，一小部分是由徒歌变成乐歌"。

---

① 郑樵：《通志二十略》，中华书局1995年版，第83—84页。
② 程大昌：《考古编·续考古编》，中华书局2008年版，第1—2页。

自《左传》《国语》《周礼》《仪礼》《礼记》《墨子》《史记》等文献的《诗经》相关记述看，我们可以相信，春秋、战国时期《诗经》曾入乐，甚至可能全部入乐歌唱过。

但需要指出的是，《诗经》曾经入乐歌唱与《诗经》是"奏乐而创作的"或者说《诗经》一书的性质为"乐歌"是不同的两回事。这也就是说，在孔夫子时代以及后来，无论《诗经》有多少篇入乐歌唱或在不同历史时期被歌唱并非问题的关键，这正如《诗经》完全可以同时在贵族赋诗言志时被断章取义地利用或作为微言大义的经书被过度解读一样。问题的关键是：《诗经》是否一开始就是"文""乐"同体共存的？或者说其本质为"乐歌"？

这里的关键是"文"与"乐"的关系。中国式的歌唱，大都是"文"为主、"乐"为从，"乐"（歌唱）以传唱"文（辞）"为目的。从秦汉以后的情况看，中国古人创作了极其丰富的诗歌，其绝大多数是文人写作在前，诗作入唱在后。只有民间歌诗（如汉魏六朝保存的乐府民歌及明清民歌）才可能是"文""乐"一开始便是同体共存的。如果因为《诗经》曾经入乐而认定其性质为"乐歌"——这本不合事理，也无助于真正理解《诗经》这部性质复杂的书。故讨论《诗经》一书的性质，还是应从"文"入手，而不是从"乐"入手。

三 孔子是否删过诗

孔子删《诗》之说，最早见于《史记·孔子世家》，其文云："古者《诗》三千余篇，及至孔子，去其重，取可施于礼义，上采契、后稷，中述殷周之盛，至幽厉之缺，始于衽席。"其后，《汉书

·艺文志》《论衡·正说篇》均从之。但进入唐代，孔颖达对史迁之说产生了怀疑，云："如《史记》之言，则孔子之前，诗篇多矣。案书传所引之诗，见在者多，亡逸者少，则孔子所录，不容十去其九。马迁言古诗三千余篇，未可信也。"[①] 他发现典籍中存在的逸诗数量不多，进而对古诗有三千之数提出了质疑。孔颖达还没有想到要推翻孔子删《诗》之说，这个工作直到宋代才为学者所重视，争论历元、明、清几朝而未歇，直到今天依然是学界关注的焦点之一。反对者与赞同者各自立说，互相辩难，存留的文献资料极为丰富，但因为考论只能在非此即彼的二元选择之中确定一方进行，所以古往今来学人的考辨与论述往往陈陈相因，重复之处颇多。

综观《诗》学史历程，怀疑、否定孔子删《诗》说者大体从四个角度立论倡言。一是征诸孔门师生的言论，发现他们从未言及删《诗》之事，孔子倒是提到过"诗三百"几次，可见《诗》于孔子前就产生了。二是揆诸史实，《左传·襄公二十九年》记载了季札聘鲁观乐，风、雅、颂诗俱全，十五国风的次序也已紊然，其时孔子仅八岁，再者春秋时代盛行赋《诗》言志之风习，引《诗》成为人们交际与沟通的重要方式，与此相应，当时《诗》应有通行的定本，以供世人共同学习与征引。三是从诗的内容与制度方面考察，周代有条件掌握并编订全国各地众多诗歌的，只有朝廷的太师，孔子无法与之相比。又史迁言孔子的合于"礼义"为标准选古诗，而今存《诗经》中仍存有淫诗如郑、卫者，此恰可反证孔子并未删《诗》。从逸诗着手，这个论据最为有力。反对派的发论有两种逻辑思路：一是承认《诗》有逸亡之

[①] 孔颖达：《毛诗正义》，阮元校刻：《十三经注疏》，中华书局1980年影印本，第263页。

篇章，但他们辑集先秦典籍中的逸诗，发现其数量有限，朱彝尊在《经义考》中引用了叶水心的话，说："周诗及诸侯用为乐章。今载于《左氏传》者，皆史官先所采定，就有逸诗，殊少矣，疑不待孔子而后删十取一也。"①清代学者赵翼在《陔余丛考》中也指出，《国语》引《诗》31条，其中逸诗仅有1条，"是逸诗仅删存诗三十之一也"，《左传》引《诗》217条，逸诗仅占13条，"是逸诗仅删存诗二十之一也"。"若使古诗有三千余，则所引逸诗，宜多于删存诗之十倍，岂有古诗则十倍于删存诗，而所引逸诗，反不及删存诗二三十分之一？以此而推，古诗三千之说不足凭也"②。赵氏的统计与推论颇为严密。朱彝尊否认孔子曾经删《诗》，认为诗之所以逸，一者在于秦火之后口诵者偶或遗忘，一者为章句学者整齐文句所致。二是否定逸诗的存在，论定孔子之后无逸诗，从而使孔子删诗之事沦为虚妄。魏源即持如是见解，他认为今存之逸诗多有异文证明逸诗不尽为逸，认为世所谓逸诗，有的逸于孔子之前，有的出于圣门传授之外，有的系四家《诗》异同，有的为文而非诗。

　　否定派的前三种意见比较容易反驳。孔子提到过"诗三百"与他删诗并不冲突，因为"诗三百"前后可以有不同的编选版本，王权稳固之际尚可由朝廷编选并颁行各诸侯国，礼崩乐坏之后，则诸侯国或沿用旧本，或可自行辑选新本。季札观乐所见诗有十五国风，次序与今本多同，但并不是全同，如齐、豳、秦、魏诸风相连就不同于今本，再者诸国风所选录的具体诗篇今已不可考，孔子所选录之诗歌未必全同于季札所见，犹如后人编选古文读本各出己见，自定篇章，孔子删诗之际，调整次序、增删篇

---

① 朱彝尊：《经义考》，中华书局1998年影印本，第533页。
② 赵翼：《陔余丛考》，中华书局1963年版，第25页。

目也是题中应有之义。孔子周游列国多年，见闻广博，加之对乱世人文具有舍我其谁的强烈责任感，删校、编订《诗》作品用以教授生徒是再自然不过的了。孔子以"礼义"为标的选诗，后人则认同不淫即是合于礼义，实际上是偷换了概念，犯了以今拟古的错误。"不淫"与"可施于礼义"是否相同，二者相差几何，这是立论的前提，应该谨慎考察，不能一概混同。孔子所言"郑声淫"，已有诸多学者指出那是就郑风音乐繁复而言的，不是指郑诗意旨，此"淫"字并不是后人所理解的伦理范畴。另外，史迁之时，孔子尚未走上神坛，被浓墨重彩地加以神化，司马迁言及孔子删诗说应当是实事求是之语。

要反驳否定派的第四种论据则殊非易事，非借重于出土文献莫办。首先，需要指出的是，否定派使用的是归纳法，其局限显而易见，因为后人所见先秦典籍毕竟有限，《汉书·艺文志》只收录朝廷藏书，大量前代典籍被遗漏在外，马王堆汉墓简册、上博战国楚竹书即多有未见著录者；而《汉书·艺文志》所录书在后世又有大量逸亡，后人因客观条件的限制，不可能穷尽最初的先秦书籍，竭泽而渔，因此查寻得到的逸诗数量是不完备的，其统计数据不能作为确凿的论据使用。存世先秦典籍之外，新出简帛文献征引有数条逸诗。如郭店简《唐虞之道》引《虞诗》曰："大明不出，万物皆暗。圣者不在上，天下必坏。"马王堆汉墓帛书《缪和》引《诗》云："女弄不敝衣裳，士弄不敝车轮。"均为首见。上博战国楚竹书《采风曲目》残存39篇诗歌曲目，仅有《硕人》曲目同于今本《诗经》篇名，《逸诗》残简包括《交交鸣》和《多薪》两篇，亦不见于传世任何典籍。[①] 新见逸诗如此之多，可旁证孔子之时其数

---

① 马承源：《上海博物馆战国楚竹书》（四），上海古籍出版社2004年版。

量必定更为惊人,古诗三千之数未必为虚夸之辞。针对否定派对三千之数的怀疑,清儒皮锡瑞在《经学通论·诗经》中提出"孔子删诗是去其重",一如西汉刘向整理典籍去除重复,在某一著作的不同版本中进行择取。这种思路也不无可取之处。

其次,"逸诗"之"逸"尤须辩明,此"逸"字可分为三种范畴。其一是与《逸周书》之"逸"同意,指孔子编选《诗经》之时删弃未录而后来亡佚的诗篇。其二是指孔子编选时收录而后来却失传的诗歌。这种情况的产生不难理解,孔子之后,儒分为八,各传其学,时有变异。传《诗》之儒不会尽守师说而不加变通,否则汉代四家诗便无从出现了。后学传《诗》,在文字、语句、篇目诸方面多有变异。即以今本为据,传世文献毋论,先秦简帛文献所引多有出入,上文《五行篇》引《关雎》文字就有差异;上博《孔子诗论》引《大雅·皇矣》残句"怀尔明德",今本相应语句作"予怀明德",可以肯定无"尔"字。汉代四家诗同是源出先秦儒师,其篇目与次序也有差异,见于郑笺、汉石经等,兹不赘言。其三是指产生于孔子之后而世人统视为逸的诗篇。孔子之后,世变时移,风谣也会不断有新作问世并广泛流传,只是其时代难以考订,人们便统称其为逸诗。至于前引简牍新出逸诗,则分属以上三种情形,或为孔子弃置不取而亡,或为孔子录后而失传,或为孔子殁后始流传于世。诗歌逸亡之情形既殊,则依据传世少数之逸诗语句否定孔子删诗便成了无根之辞。

最后,"逸诗"之"诗"也须申明。先秦逸诗残句多有不类《诗》语者,如《吕氏春秋·原乱》引《诗》曰"毋过乱门",而《左传·昭公十九年》则作"谚曰:无过乱门",同书昭公二十二年则记载说:"有言曰惟乱门之无过",这是谚语与诗句的混同。《战国策·秦策》说"《诗》曰:木实繁者披其枝,披其枝者伤其心,大其都者危其国,尊其臣者卑其主",而《逸周书·周祝篇》有"叶之美也解其枝,柯之美也解其枝,枝之美也致其本",二语意近文异,这是史书文字与诗语的混同。对于这些异同现象,古代学者早已指出,上古之时,人们习惯上将一切韵语统称为"诗",因此行文之时不免《诗》《书》互称、诗谚通名。许多言语的思想观念早已深入民心,但具体的表述形式却可以是灵活多样的,长短不一,字数不限,甚至押韵与否也不固定。《尚书·洪范》有"无偏无党,王道荡荡,无党无偏,王道平平,无反无侧,王道正直"诸语,也见于《诗经·小雅·大东》与《墨子·兼爱下》等,字句间有出入,但文义大体相同。这种情况一则与上古民间的口头文学传统相关,一则与古人引书允许删改节引的习惯有关。诗歌的源头不一,时人引用体式并不固定,因此逸诗的存在无可怀疑。

古今学者否定孔子删诗说所提出的四个角度的反证,或有逻辑漏洞,或是解读出现了偏差,都不能成立。汉代纬书所谓孔子受命作五经,纲纪天下,为汉制法,属于经学意味的阐发,是为神道设教,我们不必附和,置之毋论,就季札观乐、古诗三千之数等诸多层面展开深入考论,目前尚无确证可以推翻司马迁的说法。

四 "六义"与"四始"

什么是"六义"?什么是"四始"?这些在《诗经》研究中经常会遇到,是《诗经》中很重要的问题,在这里作一分析。

诗六义最早出现在先秦时,指《诗经》的"六义",即"风""雅""颂""赋""比""兴",合称为六义。

"六义"最早见载于《毛诗序》:"故《诗》有六义焉:一曰风,二曰赋,三曰比,四曰兴,五曰雅。六曰颂。"在《周礼·

春官·大师》里也有"教六诗：曰风，曰赋，曰比，曰兴，曰雅，曰颂"的记载。历代学者基本上认为"六义"和"六诗"是一样的，但也划分出了不同的内涵。东汉郑玄、唐代孔颖达、近代章太炎等都认同六义与六诗的六项内容相同，注意到它们的继承性关系。

之后，对于"六义""六诗"又产生了不同的认识，出现了"三体三辞说""三用三情说""三经三纬说"等多种说法，使"六义"问题愈加复杂。

唐以前，并没有把"风""雅""颂"作为《诗经》的三种体裁，把"赋""比""兴"作为《诗经》的三种表现方法。如《毛诗序》解释"风"时就说："上以风化下，下以风刺上，主文而谲谏，言之者无罪，闻之者足以戒，故曰风。"就是既把"风"作为诗体同时也作为诗法，是体、法并用的。魏晋南北朝时期刘勰在解释"比""兴"时也是把二者既作为表现方法又作为诗体的，如说"比体云构""毛诗述传，独标兴体""起情故兴体以立"。

这表明在唐以前所谓《诗经》"六义"是既指六种体裁，又指六种表现方法的。近人章太炎曾考证，作为六种诗体，古代曾以入乐与不入乐加以区别。"风""雅""颂"是入乐的；"赋""比""兴"，则"不被管弦""不入声乐"，所以后来在孔子录诗时被删去。把"六义"严格划分为三体三法是唐代的孔颖达，他说："风雅颂者，诗篇之异体。赋比兴者，诗文之异辞耳。大小不同，而得并为六义者，赋比兴是诗之所用，风雅颂是诗之成形。用比三事，成此三事，是故同称为义，非别有篇卷也。"[①] 这种解释被普遍采用。

---

① 孔颖达：《毛诗正义》，阮元校刻：《十三经注疏》，中华书局1980年影印本，第265页。

从《诗经》的实际情况看，风、雅、颂是按《诗》不同乐调的分类，赋、比、兴是按《诗》不同表现手法的分类。

风，本是乐曲的统称。《国风》即各地区的民歌——地方风土之音。一共有 15 组，但 15 组国风并不是 15 个国家的乐曲，而是十几个地区的乐曲，包括周南、召南、邶、鄘、卫、王、郑、桧、齐、魏、唐、秦、豳、陈、曹的乐歌，共 160 篇。国风是当时当地流行的民歌，带有地方色彩。从内容上说，大多数是民歌。作者有民间歌手，也有士大夫贵族，主要反映劳动人民的思想感情和对社会生活的认识。

雅，一种观点认为是指周朝对直接统治地区的音乐，即朝廷的音乐，"雅"有"正"的意思，把这种音乐看作"正声"，意在表明和其他地方音乐的区别。也有人说"雅"与"夏"相通，夏是周朝直接统治地区的称呼。另一种观点认为，"雅"是指人人能懂的典雅音乐。《雅》共 105 篇，分为《大雅》31 篇和《小雅》74 篇。《雅》多数是朝廷官吏及公卿贵族的作品，有一小部分是民歌。有赞美诗，有讽刺诗，还有战争诗、农事诗、燕飨诗等，内容非常丰富。

颂，即祭祀和颂圣的乐曲，是祭祀鬼神、赞美统治者功德的乐曲，在演奏时要配以舞蹈，其作用，《毛诗序》说是"美圣德之形容，以其成功告于神明也"。颂分为《周颂》《鲁颂》和《商颂》，共 40 篇。其中《周颂》31 篇，认为可能是西周时的作品，多作于周昭王、周穆王以前；《鲁颂》4 篇，认为可能是鲁僖公时的作品；《商颂》5 篇则认为是春秋以前宋国的作品。

赋，按朱熹《诗集传》中的说法，"赋者，敷也，敷陈其事而直言之者也"。就是说，赋是直接铺陈叙述。这是《诗经》最基本的表现手法，即直接表达自己的感情。

比，用朱熹的解释，是"以彼物比此物"，也就是比喻之意。《诗经》中用比喻的地方很多，手法也富于变化。"赋"和"比"是一切诗歌中基本的表现手法。

兴，是《诗经》乃至中国诗歌中比较独特的手法。"兴"字的本义是"起"，因此又多称"起兴"，对于诗歌中渲染气氛、创造意境起着重要的作用。《诗经》中的"兴"，用朱熹的解释，是"先言他物以引起所咏之辞"，也就是借助其他事物为所咏之内容做铺垫。它往往用于一首诗或一章诗的开头。有时看一句诗中的句子是不是"兴"时，可用是否用于句首或段首来判断。大约最原始的"兴"，只是一种发端，同下文并无意义上的关系，表现出思绪无端地飘移联想，很难发现彼此间的意义联系。在现代歌谣中，仍可看到"兴"的表现手法。

关于"四始"，在《诗经》研究中也是一个比较复杂的问题，也有不同的说法。但现在基本上认为，"四始"以司马迁在《史记·孔子世家》中说的为原说："《关雎》之乱以为'风'始，《鹿鸣》为'小雅'始，《文王》为'大雅'始，《清庙》为'颂'始。"因司马迁是鲁诗学派的后传，所以学者认为司马迁的"四始"说代表着鲁诗学派的看法。司马迁着眼于"诗三百"篇目次第排列，在孔子时代是否就存在分歧，只说"风""小雅""大雅""颂"四类诗的开篇四首诗，并无后来演绎的内容。

而《毛诗序》也有"四始"的说法："一国之事，系一人之本，谓之'风'；言天下之事，形四方之风，谓之'雅'；雅者，正也，言王政之所由废兴也，政有大小，故有'小雅'焉，有'大雅'焉；'颂'者，美盛德之形容，以其成功告于神明者也。是谓四始，《诗》之至也。"

后来《诗纬》《齐诗翼氏学》等书，对"四始"之说，附会阴阳五行、吉凶祸福等内容，完全背离了《诗经》编排体例的实际，陷入一种虚妄穿凿的解说中。

现代学者从文化的视角研究审视，认为《诗经》的内在结构是以"四始"为中心的，体现了以《诗经》为经邦治国工具的经学观念。《关雎》为《风》之始，体现着以治家为基点进而风化天下的思想；《鹿鸣》为《小雅》始，体现着"尊尊而亲亲"的亲和意识；《文王》《清庙》分别为《大雅》《颂》之始，则具有以文王法象为典则的意义。[①] 所以，"四始"并非随意安排，而是寄寓了编排者的良苦用心和深意：把《诗经》作为明教化、行德政的教材，为巩固现行的统治秩序服务。可见，"从《诗经》的内在结构看，从它诞生伊始，便具有鲜明的经学特色"[②]。此说对于认识早期《诗经》学史特别是《诗经》的编订具有某些启示。

五 三《颂》诗成于何时

《诗经》中的三《颂》是指《周颂》《鲁颂》和《商颂》。历代学者对三《颂》有许多争论，主要集中在作者、写作年代等问题上。

（一）《周颂》之争

《周颂》是《诗经》篇章之总名，共31篇，一般认为多为西周初年的作品。但历代《诗经》学对此有不同的看法。郑玄《诗谱》、孔颖达《毛诗正义》等都认为《周颂》31篇均作于周公摄政、成王即位之初，朱熹《诗集传》、魏源《诗古微》等认为，

---

① 李笑野：《先秦文学与文化研究》，上海财经大学出版社2000年版，第156—184页。
② 李笑野：《先秦文学与文化研究》，第185页。

《周颂》一少部分诗篇作于成王、康王之后。这两种观点主要集中在对《昊天有成命》《执竞》《噫嘻》三首诗的理解上。而后世经过对诗意的解读和考证，认为《周颂》31篇的写作年代在周公摄政、成王在位前期，较为可靠。

（二）《鲁颂》之争

于《鲁颂》涉及三个问题，一是鲁国有"颂"吗？二是《鲁颂》的写作年代是何时？三是《鲁颂》的作者是谁？

关于鲁国是否有"颂"，鲁国是周成王给周公之子伯禽的封地，周公有大功德于王室，所以，历史上许多论者认为，鲁国可以作颂，可用天子之颂《清庙之什》诸篇为祭；僖公以下，去周公已远，自觉用天子乐章祭群庙为僭，欲自作颂，以示不僭之义；僖公能遵伯禽之法，有美政，鲁人尊之，臣子欲借颂之嘉称，歌颂其功德；季孙行父以此请示于周室，天子以鲁是周公之后，僖公实贤，故特许之。《鲁颂》共四篇，内容均为歌颂鲁僖公。创作时间为春秋时代，产生于春秋鲁国的首都。可分为两类，《閟宫》和《泮水》是歌颂鲁僖公（前659—前627年在位）的，风格似《雅》。《駉》和《有駜》体裁类《风》。

另一种观点认为，鲁不宜作颂，《鲁颂》四篇为僭乱之作。认为鲁僖公之德不宜有颂，四篇所颂多与《春秋》所载僖公事不合，鲁无天子之礼，如此之类，或求之过实，或未考虑史实失载情况，或于文献记载不符，或未明了文献本义，所列文献史实在此不详叙，总之，质疑甚多。还有论者认为是孔子删诗时，将《鲁颂》四篇加上"颂"的，这种说法显然不合事实与情理，不必认同。

关于《鲁颂》的写作年代，历史上，一种观点认为《鲁颂》四篇作于鲁僖公薨后，即文公时；一种观点认为四篇作于鲁僖公生前。这两种观点都有一定的道理。我们认为,《鲁颂》四篇作于鲁僖公死后比较可信。《毛诗序》谓"季孙行父请命于周,而史克作是颂",背景清楚,有名有姓,言之凿凿,说明必有依据。从传世可考文献范围来看,《鲁颂》四篇作于鲁文公时,出于不同来源的观点和资料可以相印证,具有一定的说服力。

关于《鲁颂》的作者,一种观点认为是史克所作。孔颖达"《鲁颂》谱"正义:"《駉》颂序云:'史克作是颂。'广言作颂,不指《駉》篇,则四篇皆史克所作。《閟宫》云:'新庙奕奕,奚斯所作。'自言奚斯作新庙耳。而汉世文人班固、王延寿之等,自谓《鲁颂》是奚斯作之,谬矣。故王肃云:当文时,鲁贤臣季孙行父请于周,而令史克作颂四篇以祀。是肃意以其作在文公之时,四篇皆史克所作也。"一种认为是奚斯所作。《鲁颂·閟宫》中有"奚斯所作"一句,薛君《韩诗章句》:"奚斯,鲁公子也。言其新庙奕奕然盛,是诗公子奚斯所作也。"段玉裁作《奚斯所作解》一文,也证明《閟宫》确为奚斯所作。奚斯亦名公子鱼,与鲁僖公同时人,约生于前 650 年。三家诗认为是奚斯作《鲁颂》,毛诗认为是史克作《鲁颂》,以诗句理解和史考,毛诗之说,较符合可信。

(三)《商颂》之争

《商颂》之争主要集中在写作时代上,历代论者中一种观点认为《商颂》作于殷商时期,另一种观点认为《商颂》是周代宋国的作品,甚至有人认为是春秋时代歌颂宋襄公的作品。前者以《国语》《毛诗序》为代表,后者以《史记》《观堂集林》为代表。两派都有理据,不分上下,影响很大。对一些关键问题,如对《国语·鲁语》中"昔正考父校商之名颂十二篇于周太师,以《那》为首"的理解,各家得出了不同的结论。还有对孔子七世祖正考父

上篇　遥远的回响：相遇《诗经》

的事迹考，也有不同的说法，对《周颂》《商颂》文辞，也有不同的理解，等等。因此，有的学者这样说：

说它们是商诗，不见得春秋时人没有加工或改写；说它们是宋诗，不见得没有依据前代遗留的蓝本或大部资料。事实上，从内容到形式，有前代的东西，也有春秋时代的东西。我国古籍大多这样，《尚书》中的许多文章是这样，《商书·盘庚》现公认为是比较可信的商代文献，但它仍有战国时代最后写定的痕迹。《周易》的最后写定，也类此。在不能考证确定以前代遗留为主还是后世制作为主的情况下，不能绝对化，使二者水火不容。我还认为，在真正的科学辩论中，任何一方的论证都有接近真理的认识。结论正确的，不见得所有的论点、论据全对；结论不正确的，其论点、论据不见得是杜撰、臆测，全是错误。我们通过具体分析，吸取对方论证中合理的东西，取长补短，求同存异，最后达到真理的彼岸。在尚未取得一致认识，对这个问题不得不表述时，则不妨暂时"大而化之"。[1]

所以，我们在看到一般著作、工具书介绍《商颂》的时候，都是这样兼顾两说的：《商颂》是商朝及周朝时期宋国的诗歌，产生于商朝发源及建都地、宋国国都商丘。共有五篇。前三篇《那》《烈祖》《玄鸟》为祭祀商朝祖先的乐歌，不分章，产生的时间较早，早于周朝。后两篇《长发》《殷武》是歌颂商朝武丁伐荆楚的胜利，皆分章，产生的时间较晚，晚于宋襄公时期，后被收录于

---

[1] 夏传才：《〈商颂研究〉序》，《天津师大学报》1994年第2期。

《诗经》之中。

　　几千年的研究史，经学阐释与文学解读的嬗变，不同政治立场的发论，不同时代不同学者的训诂，蒙覆在三百篇之上的历史尘埃太多，历史的、政治的、伦理的，是财富，也是障碍。许多问题，历代论说陈陈相因，积重难返，甚或久非成是。《诗经》公案、谜案、悬案的探研往往牵一发而动全身，因此其意义与影响已经远远超出了问题本身。

第九章　南国之音
——"二南"与汉水文化

　　《诗经》中的"二南",包括《周南》11篇,《召南》14篇。《周南》《召南》因其没有像其他《国风》一样被命名为"某风",而是被称为"南",与《国风》的其他篇章迥然有别,其编次又居《诗经》之首,这就造成了"二南"地域的模糊性。针对"二南"的这种特殊性,历史上很多学者曾做探讨,但至今没有作出令人信服的解释。刘毓庆说:

> 从《诗经》结集的那个时代起,人们就开始了对它的研究。经汉历宋,迄降于今,尽管每个时代所关注的问题不尽相同,文化思潮也在变化,而对于《诗经》的研究,丝毫没有减弱。在历史的峡谷中,"《诗经》学"与其他学术的发展一样,逐时而变迁。每个时代的主流文化精神与主流意识形态,皆在阐释"经典"中获得体现。[1]

　　由于时代理念的差异,历史文化思潮的影响,以及研究者学养

---

[1] 刘毓庆:《从经学到文学——明代诗经学研究》,商务印书馆2003年版,第24页。

的高低之别，自然造就了"二南"研究角度的多样化，如经学的研究、文学的研究、理学的研究。有的研究者甚至认为，一部繁复的《诗经》学术发展史，往往肇始于对"二南"的解读与研究。

"二南"的含义及地域问题，从汉代以来，各种说法纷纭，至今没有一个一致的意见，也是研究"二南"无法绕开的问题。

一 "二南"诗的地域在哪里

古代学者对"二南"的认识，可以从两个方面来看，一是把"二南"作为一个地域范畴，认为"二南"与其他十三国风一样，是十三个地域的诗歌，因此，提出了"周原说"（"岐山说"）、"周召分陕说""江汉流域说""南国说"（"小国说"）、"洛阳说"（"洛邑说"）等。二是把"二南"作为一个音乐范畴，提出了"南风说""南音说"（"乐器说"）、"诗体说"（"独立说"）等。这些说法在很大程度上是由研究者的立场、视角所决定的，有拘泥于历史环境的，有困惑于文献资料的，有受限于时代影响的，虽然每种观点都有一定的道理，但还是不够全面客观，尤其是在结合文本上还需要作进一步深入分析。

综观历代关于"二南"的讨论，一方面，无论是从地域的角度，还是从音乐的角度，都有其一定的合理性；另一方面，从《诗经》的编排体例与"二南"诗的内容来看，"二南"还是更多地带有地域性的特点，因此，从地域的角度理解"二南"，可能更符合诗歌的实际情况。而且，从今天大多数学者的观点来看，也认为"二南"具有地域的特点，具体在江汉流域。理由如下：

第一，从十五国风的编排和命名来看，除了《周南》和《召南》外，其他十三国风的命名都与具体的地名相关，"二南"既然

上篇　遥远的回响：相遇《诗经》

属于《国风》，那么为了保持体例上的一致，"二南"的命名也应该与地名有关。

第二，从地域性特征来看，假设《周南》和《召南》不与地域相关，"南"不指长江与汉水流域，而指一种"南乐"或"诗体"，那么"二南"完全应从国风中分离出来，与"风""雅""颂"并列。但考其史籍，没有资料显示"二南"是独立的，反而有资料显示，"二南"属于《国风》。如《左传·襄公二十九年》载"季札观乐"，分明把《周南》《召南》与其他诸国风诗并列。郑玄《诗谱序》也直接说："风有《周南》、《召南》，雅有《鹿鸣》、《文王》之属。"显然都未把"二南"划为《国风》之外。《吕氏春秋·音初》所谓"周公及召公取风焉，以为《周南》、《召南》"，是着眼于产生过程，指明"二南"实即周、召两公所采之"风诗"，此与《左传》、郑玄所论相一致。

第三，从"二南"产生背景来看，"二南"属于江汉流域有其一定的合理性。《周南·汉广序》云："文王之道被于南国，美化行乎江汉之域。"明代周洪谟以其亲身经历在《疑辨录》中说道："臣尝过岐周而并涉江、沱、汝、汉之水。自岐周而望江、沱、汝、汉，则见其西南极雍、梁之境，东南至荆、豫之境，信乎其化之所被者广矣。"[①] 可见，他相信"二南"产生于南国一带是有可能的。根据史籍的记载及考古的发现，周朝的势力和影响在西周时已经到达长江下游和江南地区，那么"二南"产生于江汉流域也是有可能的，因为只有周朝的统治势力到达南方，那里产生的诗歌才有可能被流传到中原，只有被广泛流传才有可能被收录到《诗经》中去。

第四，从周文化的发展影响来看，《周南》和《召南》的命名

---

① 刘毓庆等：《诗经百家别解考》，山西古籍出版社2002年版，第14页。

与南方的长江汉水流域相连，还体现了周代崇尚南向发展的文化意识。从西周的历史来看，在周初武王、成王时，周人经营的方向是东方及北方，而在中期，西周经营的方向是南方。因而说周民族的发展路径是对北方采取守势，《小雅》中的《采薇》《出车》和《六月》，都是西周以攻为守而征伐北方狁的诗；对南方则采取攻势，积极开拓经营，不遗余力。从史籍记载来看，从成康南征到昭王南征，周朝的势力已达到汉淮之间的地区，再到宣王中兴时，周室对南方的开拓已是"式辟四方""至于南海"。周王朝之所以采取这样的发展路径，是由它的经济发展所决定的。从最初的周部族（神农后稷）开始，周代就是以发展农业而不断壮大的。当中原的农业发展到了相当的程度，又加上人口不断繁殖，周室不得不向外发展以扩展周朝的势力。从地理上看，周室以北的北方苦寒，不适于农业的发展，而南方则土地膏沃，特别便于农业的发展，因此，周王朝对山清水秀的南国一带充满向往，从而形成一种南向发展的文化意识。周朝的这种南向发展的文化意识，使"二南"的命名与江汉流域一带相连，也成为一种可能。

第五，从"二南"作品的文本来看，"二南"诗歌所记载的地域、动植物、民风民俗和经济形态，都带有明显的南方文化色彩，当是产生于南方汉水流域的诗歌。

二　汉水流域的文化特色

汉水流域地处以巴蜀、荆楚为主要范围的南方之地，从"二南"诗歌诞生的那一天起，这些诗篇里流淌的就是南方文化的血液。一方面，汉水流域文化的基调就是这种追求浪漫和自由的楚文化，伴随着一代代在南国之地成长起来的南国之人而沉淀在他们民

上篇　遥远的回响：相遇《诗经》

族的血液中，融化在一首首古老的诗歌里。另一方面，汉水流域深受中原周文化的熏染。周文化集中体现为西周初年由周公为代表的统治者所建立和完善的礼乐文化上，礼乐文化是周人理性精神的集中体现，不同于在江汉流域的川泽丛林中成长起来的楚人，充满着洒脱浪漫的想象力和恣意纵情的浪漫情绪，他们将理性精神渗透到集体的思维中去，以制度的方式规定人们在日常的生活行为中应该遵守的准则。

礼乐文化对汉水流域的影响应当是多层面的。"二南"中大量的婚姻爱情诗反映了当时汉水流域的男女在婚恋行为中对礼仪的自觉遵从和对君子人格的追求与向往。"二南"中还有一些祭祀诗，这些祭祀诗是对周代礼乐文化中祭祀礼仪的集中体现，表现出浓厚的"礼"的意味。"二南"诸诗既体现了周文化，也反映了南方特有的风土人情。

但是，特殊的地理区位使汉水流域文化具有了自身独特的文化特征。

汉水流域地处中国自然地理南北过渡带，北面有强势的中原文化，南面是独具魅力的荆楚文化。"地理环境是人类从事社会生产须臾不可脱离的空间和物质—能量前提，是物质资料生产过程中不可或缺的、经常的必要条件……普列汉诺夫说：'不同类型社会的主要特征是受地理环境的影响而形成的。'"[①] 汉水流域位处两种文化圈之间，既受到自北向南的王化泽被，又必然携带着天生的荆楚文化的基因。这就使得汉水流域文化区别于跟它临近的其他文化，表现出看似矛盾实则和谐兼容的双重文化特性。梁中效在《汉水文化的特色及影响》一文中认为，汉水流域最显明的特色就在于"北

[①] 冯天瑜、何晓明、周积明：《中华文化史》（上编），上海人民出版社1990年版，第29页。

方与南方文化兼备"，这个核心特点决定了汉水流域文化的"雄山与秀水文化共存""阴柔与阳刚文化杂陈""开放与封闭文化交替""单一与多样文化并生"的特点。① 汉水文化是一种多元的文化，它融合了南北文化的特点，投射在"二南"诗歌中，是将楚人对自由精神的追求和周人对礼乐文化的恪守合而为一，使"二南"在《诗经》这部现实主义的文学经典中，表现出浪漫与现实交融合一的特色。

三 《诗经》与汉水流域历史人物

汉水流域在商周至春秋战国时期，方国林立，是周代封国最为集中的地区。在春秋早期，沿汉水及其支流，大大小小分布着约18个方国，包括汉水中上游的巴、庸、麇、绞、郜、谷、邓、卢、鄾、罗、吕、申12个方国，汉水下游支流涢水流域的唐、厉、曾（随）、贰、鄢、轸6个方国。② 在这些众多的方国中，有以庸、巴为代表的原生部落方国；有以唐、曾、鄢、轸为代表的周代姬姓封国；有以麇、罗为代表的楚系芈姓封国。以汉水为界，汉水以北是"汉阳诸姬"及众多中原方国的地盘，汉水以南为南方原生部落和楚国所占据。这种地理格局最终为楚国的自由发展构成了有利条件，汉水成为其天然屏障，楚国利用这一屏障，创造了独立发展的机会，最终由不过百里的小邦，发展成为方圆五千里的大国。

在武王伐封所率领的西戎八国中，就有庸、蜀、卢、彭、濮五国在湖北和陕西交界的南国境域之内，这是《尚书·牧誓》明文记

---

① 梁中效：《汉水文化的特色及影响》，冯天瑜主编：《汉水文化研究》，中国国际广播音像出版社2006年版，第3—8页。
② 蓝哲、龚玉华：《汉水流域古方国的类型及其构成》，《郧阳师范高等专科学校学报》2005年第5期。

载的。盖周族势力的发展，自太王迁岐开始，"后稷之孙，实维太王，居岐之阳，实始翦商"（《诗经·鲁颂·閟宫》）。至季历时，伐灭邻近戎族，"奄有四方"（《诗经·大雅·皇矣》），把国都向东南迁到毕程（今咸阳北原）。到文王时，北伐密须（甘肃灵台县），南伐崇，把国都南迁到渭水南岸的丰，《诗经·大雅》所谓："文王受命，有此武功。既伐于崇，作邑于丰"（《诗经·大雅·文王有声》），周族势力逐步向东南扩展。然终文王之世，史书不言周人势力越出岐丰之地而远达秦岭以南的江汉流域。周人势力之达于江汉地区，是在武王灭商，周朝建立以后，逐步向南国经营的。

周人经营江汉，疆理南国，从周昭王开始。新出土的《史墙盘》铭文，在叙述周初文、武、成、康、昭、穆诸王的重要功绩时，把昭王伐楚，作为西周初年的重大事件，说明昭王以前周人未尝从事南国的经营，而周人经营南国江汉地区，正是从周昭王南征荆楚开始的。据《竹书纪年》，周昭王曾两次南征江汉。第一次是"周昭王十六年，伐楚荆，涉汉，遇大兕"[1]。出师之前，曾命中"先省南国"准备行宫。《中鼎》《中觯》一并记载的南征军队所经过的地方有方（河南方城）、邓（河南邓县）、鄂师、汉中洲等地，涉过汉水而南，直接挞伐楚国。《中觯》记其"振旅"班师，胜利而归。第二次南征在"周昭王十九年，丧六师于汉"[2]。从昭王时的铜器铭文来看，昭王两次南伐荆楚，经营江汉都是胜利的。

《诗经》中与汉水流域相关的几个历史人物，主要有褒姒。有关褒姒的记载与描写主要集中在《小雅·正月》《小雅·十月之交》《大雅·瞻卬》等几篇之中。《小雅·正月》：

---

[1] 徐坚：《初学记》卷七《汉水》条下引《竹书纪年》，中华书局2004年版，第143页。
[2] 徐坚：《初学记》卷七《汉水》条下引《竹书纪年》，第143页。

赫赫宗周，褒姒灭之。

《小雅·十月之交》：

皇父卿士，番维司徒。家伯维宰，仲允膳夫。聚子内史，蹶维趣马。楀维师氏，艳妻煽方处。

《大雅·瞻卬》：

哲夫成城，哲妇倾城。

《毛诗正义》云："宗周，镐京也。褒，国也。姒，姓也。"又云："诗人见朝无贤者，言我心之忧矣。……"又云："艳妻，褒姒。美色曰艳。煽，炽也。"

又《毛传》曰："哲，知也。"《郑笺》云："哲，谓多谋虑也。城，犹国也。丈夫，阳也。阳动故多谋虑则成国。妇人，阴也。阴静故多谋虑乃乱国。"《正义》云："若然阴虑苟当则，妇人亦成国。任姒是也。谋虑理乖虽丈夫亦倾城，宰嚭无极是也，然则成败在于是非，得失不由动静，而云阴阳不同者，于时褒姒用事干预朝政，其意言褒姒有智，唯欲身求代后子图夺宗，非有益国之谋，劝王不使听动非言，妇人有智，皆将乱邦也。"《孔疏》虽在具体解释上与《郑笺》有异，但他们都站在封建礼法的立场上，认为即使有才智的妇人治国，也会乱邦覆国，这是"红颜祸水"的论调。朱《传》从根本上则承说了《毛传》《郑笺》《孔疏》的观点，在诸多问题上并没有新的看法。

从古代的注疏到今天的《诗经》研究者所秉持的看法，就是褒

上篇　遥远的回响：相遇《诗经》

姒是周幽王的宠妃，是一个亡国的坏妇人。褒姒的形象也基本上是反面的，是被否定的。这其中的缘由，除了封建社会里有极少数的后宫嫔妃由于干政而引发朝廷内乱，带来国家灾难，引发人们的憎恶外，大多数人还是出于传统观念和文化心理的因素，对妇女社会地位、社会价值的认识有偏颇倾向，因而，注《诗》也罢，评论也好，就很难有公允的立场。褒姒的遭际，其实只是一个典型的个案而已，但也需要我们进行认真的反思。

在汉水中上游交汇的湖北十堰市房县，产生了中国的第一个大诗人，周宣王的辅臣尹吉甫。据现代的学者考证，《诗经》的产地就在房县，尹吉甫还被称为"中华诗祖"。历史上尹吉甫是怎样一个人？他与《诗经》是怎样的关系？

《诗经》里不仅有他的作品，而且有歌颂他的诗篇。《大雅·崧高》："吉甫作诵，其诗孔硕。其风肆好，以赠申伯。"《大雅·烝民》："吉甫作诵，穆如清风。"这两首诗的作者是尹吉甫。另外，学者们认为《大雅·江汉》《大雅·韩奕》等诗篇，也是尹吉甫所作。

在《诗经》里，"吉甫"一词出现三次，除上面列出的《崧高》《烝民》外，还有《小雅·六月》："文武吉甫，万邦为宪。"《毛传》谓："尹吉甫也，有文有武。"还有"尹"出现了三次，"尹氏"出现了两次，《毛传》、朱熹《诗集传》都认为是尹吉甫，如《小雅·节南山》《大雅·常武》等。值得注意的是，《小雅·都人士》中有"彼都人士，充耳琇实。彼君子女，谓之尹吉"之句，《郑笺》："吉，读为姞。尹氏、姞氏，周室婚姻之旧姓也。"可知，在周代，尹氏、姞氏是周王室的姻亲。甚至有的研究者也认为《都人士》也是尹吉甫所作，其中的"谓之尹吉"句实乃吉甫公对自家后代姓氏的表述。这就是说，吉甫公的后代已不再是"兮氏"，而谓之"尹氏和吉氏"了。

关于《大雅·崧高》，《毛传》："《崧高》，尹吉甫美宣王也。天下复平，能建国亲诸侯，褒赏申伯焉。"① 朱熹《诗集传》："宣王之舅申伯出封于谢，而尹吉甫作诗以送之。"② 较为明确了诗的意旨。申伯姜姓，世代与周为婚姻关系。申姜又称"西戎"（见《国语·郑语》），其世居之地当宗周以西地区。《国语·周语》载宣王三十九年"王师败绩于姜氏之戎"，古本《竹书纪年》记同年宣王有"伐申戎"之事，可见申姜与周人之间既有战争关系，又有婚姻关系。宣王朝是一个"四夷交侵"的时代，申伯受封的谢地是周王朝防御楚国北犯的门户。封申伯于南疆既可以抵御楚人，又可以分化西申势力，消除西戎对宗周的潜在威胁，实有一箭双雕的功效。宣王中兴主要表现在团结内部力量，抗击外来侵犯上。从《崧高》中也可以明显看出宣王朝御外有方。

关于《大雅·烝民》，《毛传》："尹吉甫美宣王也。任贤使能。周室中兴焉。"朱子《诗集传》："宣王命樊侯仲山甫筑城于齐，而尹吉甫作诗以送之。"仲山甫在《国语》中由于有樊仲山父、樊穆仲、樊仲等不同称谓，于是后代有樊地地望的不同说法，有修武阳樊（今河南济源）、兖州瑕丘（今山东济宁附近）、南阳樊城（今湖北襄樊市境内）等说。关于其族姓，有虞仲后代与周王同姓、齐太公姜尚之后、鲁献公之子，以及殷商旧族等说。因史料缺乏而难以定论。但从诗中"王躬是保""出纳王命"来看，如此重大的职责，当以同姓兼任最有可能。"徂齐"是就封还是执行任务，今文学家主前者，古文学家主后者。但《诗》一则云"出纳王命"，再

---

① 孔颖达：《毛诗正义》，李学勤主编：《十三经注疏》（标点本），北京大学出版社1999年版，第1206页。

② 朱熹：《诗集传》，上海古籍出版社1980年版，第212页。

上篇　遥远的回响：相遇《诗经》

则云"式遄其归"，可以古文家言而有据。今本《竹书纪年》记宣王七年王命仲山甫城齐，或与此诗所述为同一史实。《毛传》言"徂齐"是为齐君迁邑定居。王质《诗总闻》则曰："《史记》齐本封营邱，至胡公始徙薄姑。献公杀胡公而徙临淄，则夷王之时也。再世而厉公暴虐，胡公子入齐，与齐人攻杀厉公，胡公子亦死。齐乃立厉公子子赤，是为文公，诛杀厉公者七十人，事在宣王之世。筑城之命疑在斯世，盖出定齐乱也。置君戮叛之事疑出山甫方略，史失记耳。"①

除了尹吉甫之外，《诗经》中还歌颂了周宣王时大臣仲山甫的事迹，尹吉甫所作的《烝民》，是专门颂扬仲山甫的诗歌，说他品德高尚，为人师表，不侮鳏寡，不畏强暴，总揽王命，颁布政令，天子有过，他来纠正等。据东汉史学家服虔的《史记正义》，他的封地樊是周天子给他的法定籍贯，所以后世称他为"周樊人"或"南阳樊人"。《姓氏考略》引《广韵》语："樊，望地南阳，系出姬姓，虞仲支孙仲山甫封于樊，后以封地为姓。"也说明了他是南阳樊人。南阳即修武，也属汉水流域的辐射地区。

此外，还有召伯，亦称邵公，邵，一作召。名虎，周厉王时卿士、周宣王时辅佐大臣，谥穆公。《国语·周语》记载的他劝谏厉王的事迹最为后世所称道。《召南·甘棠》云：

　　蔽芾甘棠，勿翦勿伐，召伯所茇。
　　蔽芾甘棠，勿翦勿败，召伯所憩。
　　蔽芾甘棠，勿翦勿拜，召伯所说。

---

①　王质：《诗总闻》，文渊阁《四库全书》第72册，上海古籍出版社2012年版，第702页。

第九章　南国之音

　　这首诗是周人纪念召伯的诗,汉代以来,很多学者以为诗中的"召伯"是周初成王时的燕召公姬奭。《毛传》:"《甘棠》,美召公也。召伯之教,明于南国。"但也有许多学者认为是周宣王时期的召伯虎,王充《论衡·须颂》云:"宣王惠周,《诗》颂其行;召伯述职,周歌棠树。"① 相似的论述在《法言》《说苑》《白虎通》《汉书》等文献中都有出现,只是有的用"召伯",有的用"召公"。清代牟庭对之进行了辨析:

　　　　召伯,召穆公虎也。穆公以世职为王官伯,事厉王、宣王、幽王,既老而从平王东迁,纠合宗族,作《常棣》之诗,于时国家新造,穆公劳来安定,劬劳于野,尝宿甘棠树下,其后穆公薨,而人思之,封殖其棠,以为遗爱。此诗所为作也……②

　　牟庭的辩驳具有一定的说服力。梁启超在《古书真伪及其年代》中也持同样的观点。陆侃如、冯沅君的《中国诗史》论述道:"召伯之名在三百篇中凡三见。一见于《召南》之《甘棠》,再见于《小雅》之《黍苗》……三见于《大雅》之《崧高》……这里都是指江汉征淮夷之召穆公虎,是宣王时人。……我们看了这几个例证,便知《甘棠》之召伯当然是召虎了。他到过南方,产生《甘棠》之诗是很可能的。"③ 这里提到了召伯虎与周朝南方的关系。从《诗经·大雅·江汉》中"江汉之浒,王命召虎:'式辟四方,彻我疆土'""王命召虎,来旬来宣"看,召伯虎受命南征淮

---

① 马宗祥:《论衡校注》,上海古籍出版社2013年版,第404页。
② 牟庭:《诗切》,齐鲁书社1983年版,第147—150页。
③ 陆侃如、冯沅君:《中国诗史》,人民文学出版社1956年版,第80—81页。

夷，宣布政令，厘定疆土，来到汉水流域是极其可能的。傅斯年先生说："南国称召，以召伯虎之故。召伯虎是厉王时方伯，共和行政时大臣，庇护宣王而立之人，曾有一番轰轰烈烈的功业，'日辟国百里'。"[1] 后来，高亨《诗经今注》，程俊英、蒋见元《诗经注析》等都秉续其观点。通过分析，我们是否可以这样说，《诗经》这部文学作品所反映的西周社会的历史事件及历史人物，与汉中及汉水流域也有一定的关系，而且得到其他文献资料的印证，这是我们在阅读《诗经》时，需要加以重视的。

---

[1] 傅斯年：《诗经讲义稿》，中国人民大学出版社2004年版，第58页。

第十章　诗意别证
——《诗经》跨学科多元视野

  研究模式和研究方法的更新必然会引起对作品的新一轮阐释，跨学科的《诗经》研究，极大地激发了学者们的探索精神，在20世纪80年代，出现了多视野、新角度、新方法的《诗经》研究著作，异说纷呈，新见迭出，也推动了《诗经》研究的更加深入。需要提及的是，2009年4月，香港浸会大学中文系与香港浸会大学中国传统文化研究中心邀请世界各地在《诗经》学方面有突出成绩，并且在方法学上具有跨学科视野的知名学者赴港参加"跨学科视野下的诗经研究"国际学术研讨会，以求交流学术观点，对《诗经》进行最前沿的跨学科视野下的思考。受邀学者来自中国大陆和港、台地区以及日、德、美各国，在《诗经》学方面皆极有创见和开拓力，在香港这一平台上进行多方面的学术交流，精彩互见，胜义纷呈。会后，将会议论文选编，题名为"跨学科视野下的诗经研究"，由上海古籍出版社于2010年出版。该书对《诗经》学及古典文学研究有很多启迪和思考。本章主要选取《诗经》中动植物的文化研究、出土文献与《诗经》研究、《诗经》的文化人类学研究三个方面，解读与评述跨学科视野下《诗经》研究的成绩和特点。

一　万物有灵：《诗经》中动植物的文化解读

　　《诗经》中的很多篇章都涉及了与先民生产生活及生存环境密切相关的各类物象，这些用以起兴歌咏的兴象，承载了丰富而深刻的内涵——隐藏在物象名称后面的原始观念维系着《诗经》兴象和"所咏之词"。正是残存于《诗经》时代人民头脑中的那些复杂而神秘的意念，为诗歌兴象建构搭建了广阔的平台，使"禽兽草木人物名数万象"尽入比兴，为诗歌的发展开辟了广阔的视野。

（一）灵异的动物

　　动物被古人认为是最有灵性的物种，在与人类的社会生活、宗教活动发生密切关系时，这些大小生灵因为与人类同处在一根生命链条上而靠得更近。它们不仅为人类提供衣食和助力、成为人类的朋友和伙伴，同时也是人类丰富而复杂的文化观念的重要载体。《诗经》中所涉及的动物达115种之多，在相关的诗篇中，这些动物无不以其鲜活自然、灵动多姿的形态呈现在我们眼前。动物丰富了诗的情感内涵，诗亦赋予动物以文化底蕴。先民或从动物的各种习性中了解季节的变化，或从动物的行为中认同夫妻之爱，或从动物的德行中考量人之道德坐标，抑或从动物的繁殖中惊叹生命的延续，这些对纯粹事实的直接摹写，对生活秩序的观察和思考，在自然事实和人类行为之间建立了对应关系。他们将动物作为主要的思维符号，超越了它们本身的意义，成为先民信手拈来寄予情思、引发感触的情感化表征物。它们或表现先民的生活场景，或烘托环境氛围，或借以寄托情思。诗人以动物起兴，歌咏抒怀浅吟低唱，动物兴象成为人们象征思维的产物及具有特定意义的文化表征符号。

第十章 诗意别证

  《诗经》中所描写的动物有很多，这些动物在诗中往往是以意象出现的。在这里，我们以鸟兽虫鱼四大意象作为切入点，挖掘这些意象在特定的叙事场景下、特定的抒情环境中所表达的象征性意义。通过探寻这些意象背后所隐藏的相对应的主题，洞悉动物意象背后更广阔更深层的文化背景，如鸟类兴象在诗歌中所体现出的家国意识和婚爱象征，兽类兴象的图腾崇拜意识和禽兽比德观念，虫类兴象所彰显出的生命观比照以及鱼类兴象的繁衍之象与丰年之征的寓意。把动物作为一种诗情的载体来研究，我们发现《诗经》中的动物已超越其本身的自然含义，在每一次"触物以起兴"的时刻，咏唱着更深刻的价值内涵，体现出日渐成熟的文学和文化表达。

  《荀子·王制》认为"草木无知而禽兽有知"，作为比草木更高一级，有体温有呼吸，有鲜活情感的生命形态，动物与人类的共通之处更多。古人云："物之能感人者，在天莫如月，在乐莫如琴，在动物莫如鸟，在植物莫如柳。"[①] 鸟类是原始先民在日常生活中十分常见的物候，它们翱翔于长空、自在飞翔、灵动活泼的特性尤为引人关注。《诗经》中涉及鸟类兴象的诗有很多，据不完全统计，在《诗经》305 篇中，有 50 首与鸟有关，以鸟起兴的诗篇达 23 篇。在这些诗篇中，鸟兴象的寓意传递着以下几种情感。一种是关于宗族信仰、祖先崇拜，以及由此引申出家国情怀的思归主题，如《小雅·小宛》中"宛彼鸣鸠，翰飞戾天。我心忧伤，念昔先人。明发不寐，怀此二人"。以鸠这种鸟兴象借以抒怀对先人的怀念。另一种是起兴于情爱之中，从《诗经》第一首《关雎》——"关关雎鸠，在河之洲，窈窕淑女，君子好逑"中，就以雌鸠悦耳的和鸣引发君子求女的思恋，到《邶风·匏有苦叶》——"有瀰济盈，

[①] 张潮：《幽梦影》，浙江古籍出版社 1995 年版，第 175 页。

有鷮难鸣。济盈不濡轨，雄鸣求其牡"中女子待求情郎，《诗经》艺术花园中的鸟语花香鸣唱着千古称颂的爱情主题。另外还有一部分鸟类兴象的诗篇，以鸟的贤德兴起所歌之人的高尚品行，如《秦风·黄鸟》中"交交黄鸟，止于棘。谁从穆公，子车奄息……彼苍天者，歼我良人"，述君子之言行，以禽鸟之比德。

由于动物对人类而言有着很强的亲和力，加之其在渔猎或农耕生产中与人的密切关系，因此动物，尤其是兽类动物成为图腾神的重要构成成分。正如费尔巴哈所言："动物是人不可缺少的、必要的东西，人之所以为人要依靠动物；而人的生命和存在所依靠的东西，对于人来说就是'神'。"① 于是，"一手牵着原始意象，一手牵着人文话题，脚已迈进了文明的门槛"②，图腾神升华为一种文化象征，向着《诗经》艺术丛林款款走来。

《小雅·斯干》《无羊》中有两则关于先人梦境的记载，显示出图腾崇拜存在意识的痕迹。《斯干》云："吉梦维何？维熊维罴，维虺维蛇。大人占之：'维熊维罴，男子之祥。维虺维蛇，女子之祥也'。"孙作云考证认为，梦熊生子的信仰就是从原始的周人以熊为图腾的信仰发展而来的，梦蛇生女的信仰，则是因为周人多娶姒姓女子为妻，而姒为夏人之后，原始的夏人以龙蛇为图腾，所以才产生了这种梦蛇即生女子的迷信。③

古人有一种唯心主义的天命观——符命观，它认为，帝王和国家的兴衰是联系在一起的，君王的道德品质、政治行为可以感动上天，上天便会降下种种怪异示兆于人。这种将自然现象与社会事实合而为一的思维方式，实质上是中国古代天人相感的自然价值观的

---

① [德]费尔巴哈:《费尔巴哈哲学著作选集》（下卷），荣振华等译，商务印书馆1984年版，第438—439页。
② 廖群:《诗经与中国文化》，香港东方红书社1997年版，第69页。
③ 孙作云:《诗经与周代社会研究》，中华书局1966年版，第13页。

一个具体体现，曾被广泛应用于国家政治中，成为君王施政的重要依据。祥瑞是所谓上天垂降的嘉庆臻祥之类的物象，"至诚感物，祥瑞必臻"（《诗经·周颂·载芟》笺），因此，降祥瑞成为预示太平盛世的出现或君王的道德品行符合天意的证明。麟是我们稔熟的祥瑞之物，古人视之为神物。《诗经·周南·麟之趾》是一曲对麒麟的赞歌——"麟之趾，振振公子，于嗟麟兮！麟之定，振振公姓，于嗟麟兮！麟之角，振振公族，于嗟麟兮！"诗人在此以麟为祥瑞吉兆，预示公族兴隆强盛，歌颂诸侯的后代盛德茂行。公子、公姓、公族皆是对子孙而言的，歌中将麒麟与子孙联系起来，通过赞叹麒麟表达对家族振兴的期望，带有祷告的情绪，表达求子的意愿，瑞兆的功用逐渐演化成为"通过对某一种动物的祷告而获得与此不甚相干的好报"的形式在诗歌中展现出来。[①]

《鹿鸣》是《诗经》燕飨诗中的代表作，在这首着力歌颂君臣宴饮和乐、体现礼乐文明和理想情怀的诗歌中，鹿兴象的本体内涵可谓独树诗歌之灵魂。鹿性至仁，友爱其类，觅食则呼其伴共享之。礼乐文化体制下的燕飨"乐"是必不可少的，宴与乐承载着调和人际关系的重大使命和伦理意义，"乐者为同，礼者为异，礼义立则贵同等矣，乐文同则上下和矣"（《礼记·乐记》），借鹿的"爱其类"歌颂君臣渴望和谐的情怀和理想，中正典雅，一派祥和。

《诗经》还描写了像龟、狐、马、羊等许多动物，在诗中都富于其丰富的文化内涵，展现着先民从自然物象中感知生命的真谛和生存的智慧，也从自然的感悟中获取德行参照的坐标，营造出品格修养完善的新维度，以其深刻的道德蕴涵而渐渐超越其固有的特性，成为社会群体世代沿袭的文化象征。

[①] 徐华龙：《国风与民俗研究》，中国民间艺术出版社1988年版，第120页。

上篇 遥远的回响：相遇《诗经》

《诗经》中的虫类动物在诗歌中共出现36次之多，先人以对虫类的细心观察所形成的既有经验，在起兴之时借物兴怀，匹配精准，情景熨帖。或用其本身的特性提示具体物用情况，反映生活情境，如《大雅·瞻卬》中"妇无公事，休其蚕织"，蚕可制衣，象征女人专于分内之事；"蟊贼蟊疾，靡有夷届"，蟊是吃庄稼的害虫，借比幽王之害民有如蟊虫之害稼。或用其声音表达喜悲心情、征兆物候易变，如《召南·草虫》中"喓喓草虫，趯趯阜螽"，闻草虫鸣而知时节之变，已入夏秋，征夫尚未归，草虫叫出对夫君的呼唤之情。《豳风·东山》中"蜎蜎者蠋，烝在桑野"，以蠋这种软体蠕虫蜷曲成团的样子，比拟征夫们在荒郊野外瑟缩于车下苦熬寒夜的况味。还有如螽斯表达的原始子嗣观念，蟋蟀展示出先民重视个人生命价值的端倪，蜉蝣释放出人生有限、韶光易逝的紧迫感等，诸如此类表征用意不胜枚举，《诗经》中的微微小虫在诗歌中扮演着活泼灵动的使者形象，反映着先民生命的律动。

《诗经》中以鱼起兴的篇章众多，305篇诗歌中涉及鱼兴象的有24首，占全部作品的8%，这些诗作无论是直言自然形态中的鱼抑或是借其观念意义上的特殊意蕴表情达意，鱼兴象不外乎具有两种用意：生殖崇拜的密码与丰年之符的象征。

人类早期的生存状态是择水而居，鱼因此成为人民最容易获得的食物来源，鱼有着极强的生殖能力，一娓娓一丛丛的鱼儿仿佛取之不尽，捕之不绝，源源不断地为人类提供着食物。原始先民最为艳羡鱼这种善于繁衍的生殖能力，他们希望自己的子孙能够如鱼一般绳绳不绝。半坡鱼图中的嘴角衔鱼、耳边挂鱼以及大量文物中富于变化的鱼纹，正体现了人们对于鱼的旺盛蕃衍能力和生生不已延续的向往。

闻一多先生在《说鱼》篇中曾援引诸多材料指出，中国人从上古起就以鱼象征女性,象征配偶或情侣。这一象征意义起源于鱼的繁殖力最强,而且与原始人类崇拜生殖、重视种族蕃衍直接相关。①赵国华在《生殖崇拜文化论》中指出,原始人对鱼的崇拜,源自于女子与鱼在某些功能方面的类同,"从表象上看,鱼的轮廓与女阴轮廓相似;从内涵上说,鱼腹多子,繁殖力强"②。赵沛霖在《兴的缘起——鱼类兴象的起源与生殖崇拜》中也认为,无论是"食"还是"色",在以鱼为食物来源的原始氏族中,都紧紧地系结于鱼的强大生殖能力上。这些论述揭示了《诗经》中鱼类兴象的文化内涵。例如《卫风·硕人》描写肥大的鲤鱼和鲟鱼在水里欢快的蹦跳浮沉,借此暗示庄姜夫妇如鱼得水和睦恩爱,祝福庄姜日后能够如鱼一样生育力旺盛,令卫国子嗣代代传承长久不绝。《周南·汝坟》是一首以鱼隐喻情爱的诗歌。《陈风·衡门》典型地化用了鱼与配偶、饥与爱欲的对应关系。《卫风·竹竿》和《召南·何彼秾矣》都将钓鱼与求爱联系在一起。

鱼除了可以表现生殖崇拜及衍生的爱情外,还可以表现宴饮之乐与丰年之征。《小雅·无羊》中"众维鱼矣,实为丰年",希望能够如鱼的繁衍一样获得硕大的丰收,这是人们维持生计始终如一的厚望。《小雅·南有嘉鱼》记述贵族燕飨,映衬出贵族生活的富足安康。《小雅·鱼丽》《大雅·韩奕》《小雅·鱼藻》等诗篇通过歌咏鱼得其所而乐,以喻百姓安居乐业的和谐气氛,彰显出国富民安、君民鱼水共欢乐的祥和社会气象。《小雅·采薇》《小雅·采芑》《鲁颂·駉》等诗所涉及的车、马、弓箭是当时诸侯征战中武力的象征,在这些重要的武装力量上到处可见鱼这一物象的影子,可见原始先

---

① 闻一多:《闻一多全集》(第3卷诗经编上),湖北人民出版社1993年版,第248—249页。
② 赵国华:《生殖崇拜文化论》,中国社会科学出版社1990年版,第168页。

民对鱼兆示吉祥之意的重视，以此吉物预示征战的所向披靡、无往不胜，更以鱼雄赳勃发的天性象征战士骁勇善战、勇武矫健。

（二）缘情的植物

刘勰在《文心雕龙·物色》中有言："岁有其物，物有其容；情以物迁，辞以情发。一叶且或迎意，虫声有足引心。"① 举凡人间万象，花花草草、鸟木鱼兽，即便是微小如虫，也足以牵动人心，移情于此，感物思情，具体可感的事物表达着抽象的感觉，诗歌因此更加形象逼人。

《诗经》里的植物描写，异彩纷呈，情性流溢，从植物描写中可窥见先民的欢歌情愁、人生百味，可体察他们的道德理想、生命态度，对宇宙的体认与敏锐，对生存环境的精选与审慎，对大自然的敬仰与相亲等，先民对植物的生命体验融进了绵绵情思，意境优美，情景如画，诗歌情致婉转，引起了历代文人的兴致，对其注疏、研究的卷帙浩瀚如海。

据孙作云先生统计，《诗经》中的植物约有 143 种。② 据清代学者顾栋高在《毛诗类释》中的统计，《诗经》中描写的植物数量很多，其中草 37 种，药 17 种，木 43 种，谷类 24 种，蔬菜 38 种，花果 15 种。③ 植物被大量援引入诗，不仅在于植物与当时人们的物质生活关系十分密切，而且在于古人借助植物用隐曲的方式表露着他们的精神世界。

在《诗经》研究史上，孔子最早关注《诗经》中动植物描写的功用和美学价值，他鼓励弟子，学《诗》可以"多识于草木鸟

---

① 范文澜注：《文心雕龙注》，人民文学出版社 1958 年版，第 693 页。
② 孙作云：《孙作云文集·诗经研究》，河南大学出版社 2003 年版。
③ 顾栋高：《毛诗类释》，上海古籍出版社 1995 年版。

兽之名"(《论语·阳货》)。孔子所言的"多识于草木鸟兽之名"虽不是解《诗》的主体途径,但也是一个必备之法。中国最早的一部词典《尔雅》,就有《释草》《释木》《释虫》《释鱼》《释鸟》《释兽》《释畜》等名物之诠释,但却不是针对《诗经》的,而且简短。《方言》《释名》和《说文解字》中也保存了大量的《诗经》名物。在真正意义上对《诗经》草木虫鱼进行研究的,首推三国吴国陆玑《毛诗草木鸟兽虫鱼疏》(以下简称《陆疏》)。《陆疏》是《诗经》研究史上的重要节点,是第一本专门解释《诗经》中所涉及动植物的书,记载了动植物的名称、外形、生态和使用价值,比《尔雅》要详细。《陆疏》共 142 条,卷上有 85 条,是关于草木名物的训诂,卷下有 57 条,是关于鸟兽鱼虫的训诂,末附四家诗源流考辨。全书记载草本植物 56 种,木本植物 38 种,鸟类 24 种,鱼类 11 种,虫类 21 种。对于《陆疏》的名物研究,《四库全书总目提要》给予很高的评价:"虫鱼草木,今昔异名,年代迢远,传疑弥甚。玑去古未远,所言犹不甚失真。《诗》正义全用其说。陈启源作《毛诗稽古编》,其驳正诸家,亦多以玑说为据。讲多识之学者,固当以此为最古焉。"[1]《陆疏》专门解释《诗经》名物,对《诗经》意义不予涉及,这是《陆疏》的重要特征,也是《诗经》研究方向的重要转折,开拓了《诗经》文献的研究视野,开创了《诗经》学名物派的先河。[2]

自此以后,《诗经》名物研究在各个历史时期都有重要的著作。宋元时,有宋代蔡卞《毛诗名物解》、王应麟《诗草木鸟兽鱼虫广疏》,元代徐谦《诗集传名物钞》等著作。在明代,博物学研究有

---

[1] 纪昀等撰:《四库全书总目提要》(第四册),"国学基本丛书",万有文库本,商务印书馆 1930 年版,第 5 页。

[2] 郝桂敏:《陆玑〈毛诗草木鸟兽虫鱼疏〉有关问题研究》,《盐城师范学院学报》2011年第 2 期。

上篇　遥远的回响：相遇《诗经》

了进一步的拓展，以冯复京《六家诗名物疏》、毛晋《毛诗陆疏广要》、林兆珂《毛诗多识编》、吴雨《毛诗鸟兽草木考》为代表。清代考据学盛行，对《诗经》草木虫鱼的研究蔚为大观，著述颇丰。有王夫之《诗经稗疏》、陈大章《诗经名物集览》、顾栋高《毛诗类释》、姚炳《诗识名解》、赵执信《毛诗名物疏钞》、牛应震《毛诗名物考》、多隆阿《毛诗多识》、毛奇龄《续诗传鸟名》、陈奂《毛诗九谷考》、徐士俊《三百篇鸟兽草木记》、俞樾《诗名物证古》、王仁俊《毛诗草木今释》等。上述著作主要是围绕毛诗和《陆疏》进行的，在传统的学问里，属于博物学研究的范围。当然，还有一种研究的方式，就是图说《诗经》。针对《诗经》的名物图解，有南北朝时期梁代《毛诗图》、唐代《毛诗草木虫鱼图》、宋代马和之《毛诗图》，但都已失传。现存的是清代徐鼎的《毛诗名物图说》，有图有说、辨象知物，惜略有残缺；日本学者冈元凤的《毛诗品物图说》，专意借图以考，在中国流传甚广。还有日本学者渊在宽的《古绘诗经名物》，[1] 日本学者细井徇的《诗经名物图》[2]，日本画家橘国雄为林赶秋《诗经里的那些动物》[3] 所作的插画，这种研究传统在当代也有很好的传承。用现代科学的分类方法来分析研究《诗经》中的植物是1957年陆文郁编写的《诗草木今释》，与旧时《草木疏》一类的书截然不同。2003年出版的台湾学者潘富俊所著《诗经植物图鉴》首列原诗，并就诗中的植物配以精美的彩照，从生物学知识方面进行介绍，并对相关的文学现象、文化意蕴、民俗与效用等进行简析，可读性、观赏性很强。农学家胡淼《〈诗经〉的科学解读》，以现代科学分类的方法，以图文并茂的

---

[1] ［日］渊在宽：《古绘诗经名物》，武汉大学出版社2011年版。
[2] ［日］细井徇：《诗经名物图》，浙江人民美术出版社2015年版。
[3] 林赶秋著，日本橘国雄插画：《诗经里的那些动物》，重庆大学出版社2010年版。

形式,加强了读者的直观感受,在《诗经》研究史上不仅有严谨的科学性,而且有很好的可读性。2007 年的《美人如诗草木如织——〈诗经〉里的植物》,是一本诞生于网络上的书,作者以《诗经》中的植物为线索,融入了自己对爱情、亲情、成长的温馨感悟,对植物进行性灵化、个人化的解读,而且书中配有 150 多幅精美的彩色植物照片。

《诗经》中的植物是《诗经》时代物质世界的反映,在植物上古人赋予其许多来自人类自身活动的文化内涵,从而使植物成为文化的载体。《诗经》中的植物虽然距今遥远,但它们依然保留了鲜明的传统文化印记,我们从诗篇及相关诗句里,烛幽探隐,发现与其密切相关的生产生活与社会意识,探寻《诗经》中植物所蕴含的文化内涵。

第一,实用的功能与对植物崇拜的观念。从物质生存资料方面来看,上古先民的衣、食、住、行都离不开植物,植物对先民有着非同一般的意义,人们栖身于自然中,追随植被而迁徙,植物生长的状况直接影响着人们的生存环境。人们从自然中获取生存的物质条件,对自然的依赖性使他们对自然界中的植物产生敬畏之心。

进入农耕时代后,人们开始摆脱完全依赖自然生活的境况,但采集和种植仍然是人们生活资料的重要来源。随着人类适应和征服自然能力的增强,植物与人类衣、食、住、行的关系更为密切。植物与人们的生活息息相关,人们发现可以用粗纤维植物制成麻衣抵挡风寒,植物除了可以食用之外,还可以喂养牲畜,能疗疾,能做染料,能当祭物,能当用具,能做饰物,在男女情爱中还可以作为礼物,等等。这些实用性功能,强化了人们对植物的热爱,很自然地会将熟知的植物形象作为创作原型展现在诗歌中,体现了西周农业文化的高度发达。

上篇　遥远的回响：相遇《诗经》

　　从观念认识层面来看，人类的生存繁衍发展状况在远古时代是出生率低，死亡率高，古人对种族的延续极为重视，但对生殖的认知是相当模糊的。在原始思维中，植物的叶、花、果与女性生殖器有相似之处。"从表面上说，花瓣、叶片的形状与女性生殖器形似；从内涵上说，植物开花结果，硕果累累，象征女性的生育能力。"植物文化这种生命崇拜、生殖崇拜等观念，表现在如《唐风·椒聊》《大雅·绵》《鄘风·桑中》《郑风·溱洧》《周南·桃夭》《周南·关雎》《周南·芣苢》《周南·卷耳》等诗篇以及《陈风·东门之枌》等诗篇中。赵国华先生指出："在母系氏族社会晚期和上古时期，象征女性生殖器的花卉植物，演化出象征女性的意义。这类象征在诗经中比比皆是。""以采得某种植物，作为男女恋爱婚媾的象征，成了《诗经》的一个重要表现手法。其中，花卉植物由单纯象征女性又进一步发展为象征男女情侣。"①

　　第二，植物能表达思念亲人或故乡的情感。在《诗经》中，许多植物通过"采摘"的形式表现出来，大多是围绕思念亲人或对故乡的怀念等主题展开的。由于原始人们特有的思维特征，觉得自己能够通过某种方式同自然沟通，于是看似单纯的"采摘"行为在他们的眼里实际上是有着更大的特殊功用的，即将自己的思念传达出去，能让思念的对象感受到并且把他们带回来的奇妙功能。这种行为中含着先民祈福求祥的意愿，而这些诗篇也渐渐附着了"咒与祝"的色彩。《诗经》中一些诗篇的采摘兴象就具有某种祭祀与预祝的意义。比如《周南·卷耳》中的"采采卷耳，不盈顷筐。嗟我怀人，寘彼周行"，就是一个妻子思念远行丈夫的诗。她通过采摘"卷耳"这种植物，抒发了对丈夫的思念之情。《卫风·伯兮》

---

①　赵国华：《生殖崇拜文化论》，中国社会科学出版社1990年版，第236—237页。

也描写了一位想念丈夫想得头疼，终日无心打扮的女子，期冀种植"谖草"（忘忧草），以减除她心中的痛苦，将自己的心意带给丈夫。而同样是"采摘"，《鄘风·载驰》中的女主人在内心忧愁之时"陟彼阿丘，言采其蝱"，通过采摘这种能让人忘忧的药草，以求减轻心中的思乡之愁。白川静认为，这些采摘者是想让采摘之物所表达的思念之情传给那一方的丈夫。① 当然，这些未必都是实指，但诗歌中出现的植物，是该诗具有"咒语"性质的标志。但无论是作为哪一种情况来使用，其产生根源都应该是原始巫术以及交感思维作用的结果。

第三，象征性的喻意。《诗经》中的许多诗篇，不仅表达了对植物的依赖和崇拜，通过植物来表达对亲人的思念和对故乡的眷恋，而且有的植物在诗中还有着强烈的象征意义。

《诗经》将自然景物所具有的某些特征与人的精神品貌联系在一起，从自然景物上渗透升华出人的道德内涵，将自然景物人格化，这就是我们所说的"比德"观念。比如松柏、青竹、梧桐等植物，被衍化为文学作品"比德"的象征符号。如《诗经·小雅·斯干》："秩秩斯干，幽幽南山。如竹苞矣，如松茂矣。兄及弟矣，式相好矣，无相犹矣。"用流水清清的水溪涧，长满娇翠欲滴的绿竹，林木幽幽的终南山，覆盖着茂密的青松起兴，联想到兄弟相亲相爱，家族和睦昌盛，松在这里成为昌盛的象征。《小雅·天保》："神之吊矣，诒尔多福。民之质矣，日用饮食。群黎百姓，遍为尔德。如月之恒，如日之升，如南山之寿，不骞不崩。如松柏之茂，无不尔或承。"这首祝福君主的诗，咏叹天降百福，人民安居乐业，君主施惠于下，百姓被君主道德感化，故臣子感德而颂扬君主事业

---

① ［日］白川静：《中国古代民俗》，何乃英译，陕西人民美术出版社1988年版，第92、96页。

如月初日始，小荷露尖角，身体如南山长寿，如松柏常青，极尽祝福之能，以表臣子对明君之心情。

《郑风·山有扶苏》："山有桥松，隰有游龙。不见子充，乃见狡童。"诗歌以山上的高大青松与水泽中柔弱的红草起兴，两者相映成趣，阳刚与阴柔，象征着男子与女子和谐相济。在这里松树成为刚强坚韧的男性象征。《诗经》中还有"恶草"的象征喻义。比如《齐风·甫田》《小雅·大田》中出现的"稂""莠"都是"恶草"，它们常常与农作物伴生在一起，妨碍庄稼生长，后人将"不稂不莠"比喻不成材、没有出息的人。《鄘风·墙有茨》中用"茨"这种"恶草"来揭露和讽刺卫国统治者的荒淫无耻。《小雅·我行其野》中与"樗"这种"恶木"与"蓫""葍"两种"恶草"相联系的是主人公被抛弃的婚姻悲剧。

总之，《诗经》中的植物，是先民在长期采集、耕种、治病、绿化中，在原野郊外寻觅、约会佳人中，在无数次的欢乐悲哀中，沉淀形成的共同精神的遗留，来自祖先集体的心理经验，成为文学作品中意象产生的土壤和源泉。荣格曾说："每一个原始意象中都有着人类精神和人类命运的一块碎片，都有着在我们祖先的历史中重复了无数次的欢乐与悲哀的一点残余，并且总的说来始终遵循着同样的路线。"[①] 荣格认为，许多文艺作品所表达的深层内涵源于祖先普遍的心灵情感。因而《诗经》中植物的深层内蕴源于先民共同的心理体验和一致的情感表达，也深深地影响了后代文学作品，在中国文学史上留下了光辉的一页。

[①] [瑞士] 荣格：《心理学与文学》，冯川、苏克译，生活·读书·新知三联书店 1987 年版，第 121 页。

二　别开洞天：出土文献与《诗经》研究

20世纪《诗经》研究所取得的成就与出土文献的发掘有很大关系，这是因为《诗经》所处的时代即从西周初期至春秋时代，也正是历史学、考古学等学科非常关注的时代，"夏商周断代工程"重点研究的内容，也没有脱离《诗经》的时代。《诗经》研究的内容，包括作品时代考证、文字音韵训释、名物典章等，都与甲骨文、金文等密不可分。出土文献每一次重要发现，都会对《诗经》研究起到颠覆性的作用。其影响之一在于间接方面，即对《诗经》时代社会历史和社会性质的认识；影响之二在于直接方面，指通过出土文献的成果直接解决《诗经》本身的有关问题。所以梳理出土文献，评述对《诗经》研究的价值意义是很有必要的。从《诗经》学研究本身来看，出土文献的发现，也是《诗经》研究的新视野、新路径。

20世纪以来，与《诗经》相关联的重要出土文献主要有：

1. 1900年，在中国西北敦煌莫高窟发现大量六朝至北宋的写本文献，引起学人重视，由此诞生了敦煌学。敦煌遗书中有《诗经》写本30余个，或仅存题目，或仅列白文，或标音义，或兼存传笺疏，长短不一，抄写时间为六朝至唐，与今传诸本相较，其胜义甚多，足以确证今本之脱误。《诗经》语句在敦煌遗书中的其他经史子文献中还可寻见不少。潘重规、黄瑞云、刘操南等有相关论文发表，[1] 潘重规还著有《敦煌（诗经）卷子研究论文集》一书。

---

[1] 潘重规：《巴黎藏毛诗诂训传第廿九第卅卷题记》，《东方文化》第7卷第2期。其他相关论文多收入《敦煌（诗经）卷子研究论文集》一书，新亚研究所1970年9月。黄瑞云：《敦煌古写本（诗经）校释札记》，《敦煌研究》1986年第2期；《敦煌古写本（诗经）校释札记》（二），《敦煌研究》1986年第3期；《敦煌古写本（诗经）校释札记》（三），《敦煌研究》1987年第1期。刘操南：《敦煌本毛诗传笺校录疏正》，《敦煌研究》1990年第1期。

2.1930年，吐鲁番雅尔湖旧城出土了毛诗残纸，传笺双行小字，共九条，系唐人写本。① 新中国成立后，新疆吐鲁番先后出土了大量文书，其中有《诗经》古写本，抄写时间早于敦煌所见同类文字，弥足珍贵。如《小雅·六月》前有一段相当长的"序"，《孔疏》说它叙述《小雅》"正经"22篇之精义。今本"序"下有传注云："六月言周室微而复兴，美宣王之北伐也。"《孔疏》云："集本及诸本并无此注。"吐鲁番阿斯塔那524号墓出土之《小雅》残卷，《六月序》下即无此毛传之语。胡平生先生认为，此注文不是毛传，可能是与陆德明同时代的人所加，当与毛公无关。因为按照《诗》传体例，诗小序之后，如果又有毛传，应当只限于解释序意或序文的词意，而不应再述诗义，此序下之注叠床架屋，不伦不类。②

3.1944年在国立敦煌艺术研究所后园土地祠残塑中发现六朝写本毛诗残页，苏莹辉有专文进行研究。

4.1977年8月，安徽阜阳城郊双古堆出土西汉早期《诗经》竹简，时代当在西汉文帝十五年（前165年）。凡170枚多，内容包括今本《国风》中的《周南》《召南》《邶》《鄘》《卫》《王》《郑》《齐》《魏》《唐》《秦》《曹》《陈》《豳》等残片，计有残诗65首，有的仅存篇名，《小雅》则仅存《鹿鸣》之什中四首诗即《鹿鸣》《四牡》《常棣》《伐木》的残句。每首诗之后用墨色方块标示，记右方某篇若干字。阜阳汉简《诗经》是迄今为止发现的最早的《诗经》写本，能够帮助我们了解《左传》引《诗》的古本，解决一些《诗》异文的疑难，还为《说文》古文提供了佐

---

① 虞万里：《吐鲁番雅尔湖旧城出土〈毛诗〉残纸考释》，《孔子研究》1993年第1期。
② 胡平生：《吐鲁番出土义熙写本毛诗郑笺〈小雅〉残卷的复原与考证》，《河北师范学院学报》1995年第3期。

证。胡平生等①、饶宗颐②、文幸福③诸先生均有论述，其中胡平生、韩自强于1988年出版了《阜阳汉简〈诗经〉研究》一书，集中探讨了相关问题。

5. 1993年10月湖北省荆门市博物馆在荆门市沙洋区四方乡郭店村一号战国古墓发掘一批楚国文物，其中的儒家著作《缁衣》多处引用《诗经》，涉及对诗意的理解，为研究《诗经》提供了新线索。④

6. 1979年武汉市文物商店拣选到一面汉代铜镜，铭文一周凡80余字，乃《卫风·硕人》文，与毛诗相较异文甚多。罗福颐先生认为此镜所录为鲁诗。李学勤先生也说："考虑到熹平石经用鲁诗，镜铭用之是很可能的。"

7. 2000年8月上海博物馆公布了一批战国竹简。这批竹简是上海博物馆于1994年从香港古玩市场购得的，大约1200枚，35000余字，涉及先秦古籍81种，竹简的来源据推测是从湖北荆门郭家岗墓地盗出。第一批公布的竹简大约100枚，其中31枚涉及孔子论诗，涉及篇目60篇，有十分之一是现行《诗经》中没有的，上博定其名为《竹书孔子诗论》，已由上海古籍出版社于2001年出版。上博竹简《诗经》部分内容与现行《诗经》有很大不同，已引起学术界的极大关注。上博竹简已陆续由上海古籍出版社出版。刘信芳《孔子诗论述学》、黄怀信《上海博物馆藏战国楚竹书〈诗论〉解义》等专著有专门的讨论。

---

① 胡平生、韩自强：《阜阳汉简〈诗经〉简论》，《文物》1984年第8期；胡平生：《阜阳汉简〈诗经〉异文初探》，《中华文史论丛》1986年第1期。
② 饶宗颐：《读阜阳汉简〈诗经〉》，《明报月刊》第19卷第12期。
③ 文幸福：《阜阳汉简〈诗经〉探究》，《国文学报》1986年第15期。
④ 参阅荆门市博物馆《郭店楚墓竹简》《郭店楚简研究》中的有关文章和湖北省荆门市博物馆《荆门郭店一号楚墓》，《文物》1997年第7期。

上篇　遥远的回响：相遇《诗经》

上博简《竹书孔子诗论》共有完、残简 29 支，约 1006 字。[①]竹简的内容可大致分为两类：一类论《讼》《大夏》《小夏》《邦风》等，另一类为综合的论诗篇。据《竹书孔子诗论》整理者的统计，在《竹书孔子诗论》所涉及的 60 首诗中，有 52 首和今本《诗经》篇名对应。

8. 清华简，是清华大学于 2008 年 7 月收藏的一批战国竹简。经碳 14 测定证实，清华简是战国中晚期文物，文字风格主要是楚国的，简的数量约有 2500 枚（包括少数残断简），在迄今发现的战国竹简中为数较多。从内容上看，不光有《尚书》，连《诗》《礼》《乐》的材料都有。"诗书礼乐"是流传了 2000 多年的经典，此次发现的新内容，堪比历史上的汲冢竹书。另外还有与周代历史有关的，包括楚国历史。这些内容在过去的有些书中有记载，但都语焉不详。新发现的内容则可以纠正传统误解、对周代历史的重新审视、确立都有大极的意义。由此，这批"清华简"的发现和研究，不仅是对文献本身的，还为我们打开了认识古代面貌的新视野。关于"清华简"，现已经出版了 8 辑研究成果。

9. 2015 年初，安徽大学入藏了一批战国竹简。这批竹简内容丰富，非常珍贵，是继郭店简、上博简、清华简之后战国楚简的又一次重大发现。《诗经》简完简长 48.5 厘米、宽 0.6 厘米，三道编绳，每简 27—38 字。简背有划痕，简首尾留白，简正面下部有编号。经初步清理，这组简缺失第 18、19、56—58、60—71、95—97 号共 20 支，实际存简 97 支。简文内容为《诗经》国风部分。

新发现的简本国风只涉及六国，根据简文记录和实际查验，存诗 58 篇（含残篇），包括《周南》11 篇、《召南》14 篇、《秦》10

[①] 马承源主编：《上海博物馆藏战国楚竹书》（一），上海古籍出版社 2001 年版，第 121 页。

· 198 ·

篇、《侯》6篇、《廊》7篇、《魏》(《唐》)10篇。其中《侯》与《魏》、《魏》与《唐》还存在着较复杂的关系。简本国风的次序不同于毛诗、郑玄《诗谱》，也不同于《左传》所记。①

安徽大学的《诗经》竹简，应该说是近年来最重要的文献资料，新闻媒体也给予了充分的宣传。根据《文汇报》2019年3月21日报道——《最早版本的〈诗经〉两千多年后重见天日，提供全新学术信息》：

> 作为中国先秦珍稀文献之一，战国竹简有"国之瑰宝"之称。中西书局今年承接出版的《安徽大学藏战国竹简》(以下简称"安大简")，是继郭店简、上博简和清华简之后，先秦文献的又一次重大发现。
>
> 这批竹简于2015年初入藏安徽大学，经清洗整理，共有1167个编号。竹简总体状况良好，以完简为主。长简编绳三道，短简两道，编绳为丝麻类材料，有的染成红色。简背信息比较丰富，有的留有划痕或墨痕，有的还有编号或一些其他文字。竹简出于不同抄手，字迹比较清晰。通过碳14检测认定，竹简年代约在公元前400年至公元前350年之间，属战国早中期。内容涉及经学、史学、哲学、文学和语言文字学等多个学科领域，具体包括《诗经》、孔子语录和儒家著作、楚史、楚辞以及相术等方面的作品。
>
> 安徽大学教授黄德宽带领团队在整理研究中发现，这批竹简中记载《诗经》内容的有100多支，是目前所见时代最早、数量最多的文本。其中，与现在流传于世的"毛诗"(西汉时

---

① 徐在国：《安徽大学藏战国竹简〈诗经〉诗序与异文》，《文物》2017年第9期。

上篇 遥远的回响：相遇《诗经》

鲁国毛亨和赵国毛苌所辑和注的古文《诗》，构成现存《诗经》面貌）在排序、章次上有诸多不尽相同之处，异文大量存在。相关专家认为，"安大简"提供的大量新的学术信息，将会对《诗经》研究带来重大影响。

经初步判读，"安大简"中记载楚史内容的有440多枚，不仅数量较大，而且简文内容丰富、系统，有些可与传世文献互证，有些可补历史记载的缺失。如司马迁在《史记》中一些无法厘清的楚国早期历史和近年来让专家困惑难解的新出材料，根据"安大简"的记载或可得到合理的解释。比如，楚的原始祖先是"五帝"之一颛顼的儿子老童。《山海经》中说"颛顼生老童"，这老童为什么取名叫老童？没有人知道。但"安大简"不仅记录了"颛顼生老童"，而且还描写说这个老童生下来是满头白发，像个小老头儿。颛顼卜知这个满头白发的婴儿将会子孙蕃衍兴旺，于是喜出望外，就给他起名叫老童。

这些文献多数沉埋已久，未能流传于世，两千多年后重见天日，对中国古代文明研究具有重大的价值。

出土文献资料是当年王国维先生正式提出的学术研究方法中的"二重证据法"，对历史学、考古学、文字学等有重要的意义。同样，对《诗经》学的研究也有促进作用。

一是有助于认识早期的《诗经》学情况和《诗经》文本的演变趋势。如敦煌《诗经》写卷和阜阳《诗经》汉简，能使我们知道《诗经》在古代流传的情况和范围，特别是它的书写体制所反映的经文与传、笺以及其他注释之间的关系，更可以为学术史研究提供新的线索和资料。

二是考古发现的大量异文对《诗经》校勘和诗意的理解具有很高的价值。《诗经》产生的异文，是受时代和流传影响的，也与《诗经》以音表意有很大关系，出土文献在涉及《诗经》文本时，可以与流传的文本相对比，再校勘错讹，得到较好的文本。

三是考古研究成果为认识和解决某些具体的历史问题提供了新的证据，从而为《诗经》研究扫清了障碍。这对长期有争议的问题依据出土文献论断是非，具有无可辩驳的权威性。如《商颂》的时代问题，《周颂·噫嘻》的写作时间，《周颂·臣工》所写的农业工具问题等，都是依靠出土文献得以证明的。

四是考古学研究成果为求古训通义提供了有力证据，开辟了《诗经》训诂学的新途径。20世纪出土了大量的甲骨文、金文，为《诗经》训诂提供了极大的方便，既可以参证比较，又可以根据前世材料寻根溯源，如林义光《诗经通论》就是运用这种方法研究《诗经》训解的最早论著，后来，郭沫若、闻一多、杨树达、于省吾、徐中舒、岑仲勉、高亨等学者都在此方面取得了突出的成绩。

五是考古学研究成果使《诗经》名物研究超越了传统，达到了新的发展阶段。《诗经》名物学从魏晋时期就有研究出现，历代的研究也取得了不少成绩，但出土文献资料的发掘，不但使名物研究有文可考，而且有物可据，极大地提高了名物研究的科学性和可靠性，把《诗经》研究推向了一个新的发展阶段。在这方面取得突出成绩的是于省吾的《泽螺居诗经新证》和扬之水的《诗经名物新证》，这两部著作的共同之处在于能够自觉地克服传统《诗经》名物学的严重不足，高度重视考古学研究成果，对《诗经》名物做了比较集中和深入的研究。

总之，出土文献对《诗经》研究的意义，不仅对今本《诗经》有考释补充的作用，而且对早期儒家论《诗》传《诗》风貌有很

上篇　遥远的回响：相遇《诗经》

好的展示，同时也印证了《诗》与礼乐的关系，丰富了《诗经》研究史的内容。

三　另辟蹊径：《诗经》研究的文化人类学猜想

进入 20 世纪，《诗经》研究发生了重大的改变，学者们清除了历代经学家堆积在《诗经》之上的层层"瓦砾"和"葛藤"，恢复了《诗经》文化的本来面貌，尤其是在借鉴西方文化人类学方法之后，《诗经》研究便一步步走出了以往的儒家教化的研究观念。

文化人类学的显著特征是世界性视野，多学科交叉的综合性，指导原理的普遍性。对《诗经》研究而言，文化人类学不单单是一种方法，更是一种观念——综合式的研究观念；一种目光——世界性的文化目光；一种态度——开放式的思想态度。作为中国上古文化的渊薮，《诗经》汇聚了传说、神话、巫术、礼仪、祭典、信仰、艺术原型、语言表象、名物制度、生活习俗、社会家庭组织形态等，是一部包罗万象的百科全书。从文化人类学的角度进行研究可以说范围十分广泛，内容繁杂，凭借研究者一人一时之力确实难以洞察全部，亦非一部研究著作所能涵盖。

1920 年，法国学者葛兰言的《古代中国的节庆与歌谣》开创了文学与人类学相结合的《诗经》研究方法。[①] 此后，在中外学界有胡适、郭沫若、闻一多、孙作云、赵沛霖、孙岩、叶舒宪、王政，日本学者有白川静、松本雅明、赤冢忠、家井真等，以文学与人类学相结合的方法进行了《诗经》研究，使得用人类学研究《诗经》的方法在 20 世纪《诗经》研究学术史上成果斐然。20 世

---

① ［法］葛兰言：《古代中国的节庆与歌谣》，赵丙祥、张明宏译，广西师范大学出版社 2005 年版。

纪，随着人类学的不断发展，文学人类学研究《诗经》的方法论也经历了从跨文化阐释到三重证据法的演变。

跨文化阐释方法本是英国人类学家弗雷泽在《金枝》中创造的，他在研究巫术与宗教时，把世界各地文化习俗进行类比阐释。跨文化阐释作为人类学方法论之一，可以考察时间和空间维度的文化他者，其实质是把不同时间和空间中的相似文化元素进行类比论证。此方法被葛兰言用于《诗经》研究。三重证据法则是闻一多、叶舒宪等人对王国维的二重证据法的继承与创新。20世纪20年代，王国维提出了二重证据法，在经学阐释上把"纸上之材料"（传世文献）和"地下材料"（甲骨文和金文材料）进行互证，此方法论影响深远。其后，茅盾、郭沫若、闻一多等人受此启发，在结合传世文献与甲骨文、金文的基础上，加入人类学民俗材料进行跨文化阐释，成为中国文化人类学三重证据法的滥觞。

进入20世纪80年代，《诗经》文化人类学研究取得了突出的成绩，其代表人物是赵沛霖和叶舒宪。赵沛霖《兴的源起》一书[1]，从发生学的角度探讨"兴"的起源、发展，以及"兴"产生后给诗歌艺术带来的影响。该书借鉴了"帕利—劳德"理论，尤其是美国学者王靖献运用这一理论对《诗经》所作的研究，在具体考察各种原始兴象与宗教观念内容之间关系的基础上，从微观上论证了"兴"起源的实质是宗教观念内容向艺术形式积淀的结果。叶舒宪的《诗经的文化阐释》[2]，则是用文化人类学观点和方法对《诗经》的文化蕴涵所作的全面发掘和理论阐发。该书的核心观点是"寺人作诗"，作者力主巫史与尹寺同源，认为"寺"即是原始宗教时代的祭仪主持，并由此论证作为知识分子原型的"寺"与

---

[1] 赵沛霖：《兴的源起》，中国社会科学出版社1987年版。
[2] 叶舒宪：《诗经的文化阐释》，湖北人民出版社1994年版。

"诗"的关系、儒家的"温柔敦厚"诗教脱胎于以"寺人"为本的中人伦理观。该书"自序"倡导用所谓的"三重证据法"——"用人类学新材料,以今证古"来研究《诗经》,在拓宽研究思路方面有积极意义,但其在具体问题的论述上也存在不少偏差,尤其是在训诂及文献的解读上主观随意性较大。

王政的《〈诗经〉文化人类学》[①]是近年来运用文化人类学方法解读《诗经》的力作。该书紧紧抓住《诗经》所反映的上古文化的基本要核,从原型喻象、习俗巫术、祭典三个方面,对《诗经》展开文化人类学重要视点的释读。在探究的命题上,力求把内涵描述清楚,使遗蜕之迹得到明晰的梳理。其"原型论"部分所论及的主要有鸟与婚爱、虹文化、船与婚媾、琴瑟之喻、"缠附"意象、梧桐、狐、其他喻象丛等,对于《诗经》多处涉及的这些看似平常的文化意象,给出了不同于传统的人类学诠释。其"民俗论"部分论及婚期、约会之期及"生命律动"、古医俗、古代的"誓"、神灵的听觉、视觉及眼睛巫术、秦汉以前的生态观念、风俗及巫术事象等文化群像。其"祭典论"部分则另辟蹊径,从路神祭奉、植物祭、军旅祭典、禋祭、女子参祭与禁忌、人神交流、瘗祭以及祭杂考等,广角度地考察了《诗经》祭典的各个方面,读者借此可以窥知上古祭典文明的各种特征。

文化人类学的研究方法大致可分为两种:一为跨文化比较分析,一为实物调查。早期的文化人类学家大都依据航海者、探险家、传教士记述的民族志材料,进行跨文化比较研究。至19世纪末,文化人类学家开始注重深入细致的实地调查,在这方面,美国的F. 博厄斯、英国的B. K. 马林诺夫斯基等曾作出重要贡献,实地

---

① 王政:《〈诗经〉文化人类学》,黄山书社2010年版。

第十章 诗意别证

调查已成为文化人类学获取资料的基本途径。进入新世纪，文化人类学的研究积累了众多的实物资料，大大方便了研究者的使用。王政《〈诗经〉文化人类学》一书非常注重对前代文化人类学研究成果的利用，注重对最新考古资料的使用，书中所用的各种实物资料，诸如图片、瓦当、织锦、饰品、陶器、石刻、殉葬品、古籍中的插图、壁画、岩画、画像石、其他各种出土文物等，其中有的是见于载籍的，也有的是作者从国家博物馆、上海博物院、徐州中国汉画像石艺术馆、安徽博物院等地查访之后亲自或拍摄照片，或描摹得来的，用在书中既加深了读者对于某种文化的深刻理解，又使全书图文并茂，增强了直观感受。

文化人类学对《诗经》研究的介入使《诗经》成为一个被解释的文化化石，将其中的许多文化现象尽可能地还原到初始面貌上，对于纠正唐以前的《诗经》研究一成不变地停留在"美""刺"的儒家教化模式上有功甚多。《〈诗经〉文化人类学》一书将《诗经》研究推回了人类早期社会的文化本原，作者通过实地调查材料，并与考古文物、历史文献、域外典籍等相印证，更能了解当时的物质生活和精神世界，较准确地勾画出《诗经》时代先民们所生活的社会图景。

我们对赵沛霖、叶舒宪、王政三位学者的著作进行了简单的分析，可以看到，文化人类学给《诗经》学带来的最大变化是研究目光的变化，由学术观念、学术思想和学术视野的综合所形成的认识能力和洞察能力，具有纵深两种不同的向度，在一定程度上决定着研究的性质和水平。重视《诗经》的时代历史环境并在与时代历史环境的统一中理解作品，是文化人类学对《诗经》研究的另一个重要贡献。文化人类学的研究观点和方法扩大了《诗经》研究领域，开辟了《诗经》研究的一个新方向：文化溯源与诗歌发生，开始建立关于《诗经》研究的世界观念。

  但是，不可否认，文化人类学也存在着明显的问题和不足：第一是观点问题，在对《诗经》中很多作品的把握上存在着宗教化的偏差，严重歪曲了作品的基本性质和内容。第二是方法问题，就是将汉字字源分析与文化人类学的方法结合起来，用以揭示概念的发生过程、语义生成乃至作品的意义。这种研究方法的根据，是作者确信原始的造字表象本身就已经提供了神话思维编码的某些宝贵线索。方法很新颖，确实为解决问题提供了一种途径，但存在着很多主观臆断、任意猜想的问题，直接影响到论证和结论的科学性。另外就是文化比较研究中的可比性问题，也是值得重视的。《诗经》与其他民族的作品在文化背景上并不相同，产生的历史环境也不一样，生硬的类比，会导致不科学的结论。第三是资料问题。由于文化人类学是跨学科、跨地域、跨文化的比较研究，有一定的优势，但在选择资料进行论证时，也存在着弊端：无比广泛和丰富的资料容易造成资料堆积、臃肿赘疣，以至于游离行文中心，庞杂枝蔓，降低研究成果的学术质量。如张岩的《简论汉代以来诗经学中的误解》[①]，叶舒宪的《诗经的文化阐释——中国诗歌的发生研究》，赵沛霖的《兴的源起——历史积淀与诗歌艺术》等都不同程度地存在上述问题。

  如要很好地利用文化人类学的方法研究《诗经》，就要认真研究文化人类学的科学体系和学术内涵，领悟其精神，吃透其思想方法，在具体的研究中加以科学使用，尤其是在训诂、考据、史地、名物、制度等具有《诗经》特色的研究对象上，更要对文化人类学进行本土化的适应和改造，这样才能切实对中国古代经典研究作出有益的贡献。

---

① 张岩：《简论汉代以来诗经学中的误解》，《文艺研究》1991年第1期。

第十一章　走出迷穀

——《诗经》研究的反思

《山海经》卷一《南山经》首篇《鹊山招摇山》说：

> 南山经之首曰鹊山。其首曰招摇之山，临于西海之上，多桂，多金玉。有草焉，其状如韭而青华，其名曰祝余，食之不饥。有木焉，其状如谷而黑理，其华四照，其名曰迷穀，佩之不迷。[①]

袁珂先生对此段的翻译是："南方第一列山系叫鹊山。这山系的开头一座山，叫招摇山，它雄踞在西海岸边，山上多生桂树，又多产金属矿物和玉石。有一种草，形状像韭菜，开青色花朵，名字叫祝余，吃了它可以不饥饿。有一种树，形状像构树，有黑色的纹理，它的光华照耀四方，名字叫迷穀，佩戴在身上可以不迷失道路。"[②]

迷穀是招摇山上生长的一种树木，形状很像构木但是木纹是黑色的，花放出的光华能照耀四方，所以人们把其花作为饰物佩戴在

[①] 袁珂校注：《山海经校注》，上海古籍出版社1980年版，第1页。
[②] 袁珂校译：《山海经校译》，上海古籍出版社1985年版，第12页。

上篇　遥远的回响：相遇《诗经》

身上可以防止迷路。读到这里，不禁疑惑，这迷榖究竟是真有其物，还是古人想象？其功效"佩之不迷"，更令人心生疑窦，难道它就是传说中的上古导航仪吗？市面上绝大多数白话版本的《山海经》都将"佩之不迷"译作"佩戴上就不会迷路"，坐实了迷榖树作为古导航仪的身份，不少网络文章也人云亦云，不加思考，久而久之，该解释便似乎成了定论。事实真是如此吗？

迷榖不是古人的想象，它是真实存在的植物，其原型为豆科含羞草亚科植物——合欢树。合欢树别名很多，常见的有绒花树、芙蓉树、马缨花、合昏、夜合、青裳、乌赖树等。将"佩之不迷"解释为"佩戴上就不会迷路"，是不正确的。"迷"字在这里的意思根本不是"迷路"，而是指一种疾病，一个字理解不当，整个意思就完全变了，这就是所谓的"失之毫厘，谬以千里"。

"迷"在《山海经》产生的时代根本没有迷路的意思，而是指一种精神疾病——迷症，也就是平常所说的"鬼迷心窍"中的那层意思。

《黄帝内经》云：

> 心有所喜，神有所恶，卒然相惑，则精气乱，视误，故惑，神移乃复。是故间者为迷，甚者为惑。[1]

意思是说：心有所喜好，神有所厌恶，两种相反的情绪难以调和，就会使精神紊乱，导致出现幻觉，因而产生迷惑之感，待情绪消失、神志稳定之后，就又恢复正常。这样的一些现象，轻微的叫作迷，严重的叫作惑。"不迷"就是不会得迷症，这点与合欢树的

---

[1] 姚春鹏译注：《黄帝内经》，中华书局2010年版，第1454页。

药效是相吻合的。

《神农本草经》云："安五脏，和心志，令人欢乐无忧。"① 嵇康《养生论》亦云："合欢蠲忿，萱草忘忧。"② 综上所述，"佩之不迷"最恰当的现代翻译应为"佩戴上它可以养心安神"，而不是什么"佩戴上就不会迷路"。

引用这个典故，主要是想说明《诗经》研究就像对"迷榖"的解读一样，如果理解不正确，就会像患上迷症一样，不得《诗经》之真谛。

从历史上看，对《诗经》的解读方式有经学解读、历史解读和文学解读。经学解读是传统解读方式，体现了对现实政治的观照和积极入世的精神；历史解读是一种过渡，把"五经"当作历史典籍，但是并未真正与政治解读划清界限；文学解读是近现代以来的解读方式，体现了对人生与个性的重视，反映了对文学独立性的思考。经学解读与文学解读应该结合起来，从而更全面地解读《诗经》，形成中国自己的文学研究方式。

闻一多的《诗经》研究大多写于20世纪三四十年代，主要有《风诗类钞》《诗经新义》《诗经通义》《诗经的性欲观》《诗新台鸿字说》《说鱼》《匡斋尺牍》等。闻一多在《风诗类钞甲》的序列提纲中指出"三种旧的读法：1. 经学的；2. 历史的；3. 文学的"，而"本书的读法——社会学的"。要"缩短时间距离"，用"下列方法带读者到《诗经》的时代：考古学（关于名物尽量以图画代解说）、民俗学、语言学"③。

---

① 吴普等述，孙星衍、孙冯翼辑：《神农本草经》，人民卫生出版社1963年版，第83页。
② 嵇康著，戴明扬校注：《嵇康集校注》，中华书局2014年版，第253页。
③ 闻一多：《风诗类钞甲》，《闻一多全集》第4卷诗经编下，湖北人民出版社1993年版，第456—457页。

一 蒙尘的经学

今天,几乎所有的中国文学史著作、所有的语文教材或文学通俗读物,一旦涉及《诗经》并需要对它进行说明时,总是会给出这样的定义:《诗经》是中国最早的一部诗歌总集。这个定义似乎已是天经地义的。众所周知,《诗经》是"五经"之一,在两千多年的历史中它是被作为"经"来对待的,何以突然变成了"诗歌总集"呢?这正是被今天许多学者所认定的20世纪《诗经》研究的最大贡献,即恢复了《诗经》的文学真面目。

恢复《诗经》文学真面目的不是别人,正是20世纪初有着强烈的革命热情的一批优秀学人,如顾颉刚、胡适、闻一多等。他们干着一件轰轰烈烈的大事,就是颠覆经学体系,建立新文化的大厦,而《诗经》则首当其冲。顾颉刚连载于1923年《小说月报》第三、四、五期上的大文《〈诗经〉的厄运与幸运》明确指出:"《诗经》是一部文学书。"他说《诗经》好像一座矗立于荒野的高碑,被葛藤盘满,这是它的"厄运"。然而历经险境,它流传了下来,有真相大白于世的希望,这又是它的"幸运"。顾先生声明,他要做的就是斩除"葛藤",肃清"战国以来对于《诗经》的乱说"[①]。闻一多先生在《匡斋尺牍》中更是语出惊人,他说:"汉人功利观念太深,把'三百篇'做了政治的课本;宋人稍好点,又拉着道学不放手——一股头巾气;清人较为客观,但训诂学不是诗;近人囊中满是科学方法,真厉害。无奈历史——唯物史观的与非唯物史观的,离诗还是很远。明明一部歌谣集,为什么没人认真地把

[①] 顾颉刚:《古史辨》(第三册),上海古籍出版社1982年影印本,第309页。

它当文艺看呢！"① 当时一批学人——对后人来说都是如雷贯耳的名字，如胡适、顾颉刚、郑振铎、俞平伯、刘大白、周作人、钱玄同、魏建功、朱自清、钟敬文等，都参加了讨论，并且达成了共识：《诗经》是文学，不是经。由此便为《诗经》的研究定了基调。

确实，20世纪在一批优秀学者的努力下，《诗经》研究出现了革命性的变化，大量的著作都是以"《诗经》是诗歌总集"为起点的，然而却忽略了《诗经》在建构中国文化中所起到的支柱性作用，给这部中国古代的文化经典蒙上了新的尘埃，从一个政教（经学）的极端走向另一个唯美（文学）的极端。

第一，学者们在肯定《诗经》为文学作品时，忽略了《诗经》对于建构中国文化乃至东方文化的意义。我们不否认《诗经》的本质是文学的，但同时必须清楚《诗经》的双重身份，它既是"诗"，也是"经"。"诗"是它自身的素质，而"经"则是社会与历史赋予它的文化角色。在两千多年的中国历史乃至东方历史上，它的经学意义要远大于它的文学意义。《毛诗序》说："正得失，动天地，感鬼神，莫近于诗。先王以是经夫妇，成孝敬，厚人伦，美教化，移风俗。"孔颖达说："夫诗者，论功颂德之歌，止僻防邪之训。"② 朱熹《诗集传序》说："《诗》之为经，所以人事浃于下，天道备于上，而无一理之不具也。"③ 它在中国文化史上之地位由此可见。这是作为"文学"的《诗经》绝对办不到的。作为"文学"，它传递的是先民心灵的信息；而作为"经"，它则肩负着承传礼乐文化、构建精神家园的伟大使命。一部《诗经》学史，其价

---

① 闻一多：《闻一多全集》（第3卷诗经编上），湖北人民出版社1993年版，第214页。
② 孔颖达：《毛诗正义》，中华书局1980年影印《十三经注疏》本，第270、261页。
③ 朱熹：《诗集传》，上海古籍出版社1980年版，第2页。

值并不在于它对古老的"抒怀诗集"的诠释,而在于它是中国主流文化精神与主流意识形态的演变史,是中国文学批评与文学理论的发展史。如果我们仅仅认其为"文学"而否定其经学的研究价值,那么《诗经》对于建构中国文化的意义便会丧失殆尽,中国古代的文化史与学术史,都需要重新改写了。

第二,现代学术界否定了《诗经》之为"经",也彻底否定了"旧经学",但自己却掉进了"新经学"的泥淖。20世纪初,西方思想输入大陆,批判旧的礼教、追求个性解放、婚姻自由成为时代的强音。顾颉刚编著的《古史辨》第三册,组织了50多篇讨论《诗经》的文章,而讨论最多的是《静女》《野有死麕》等几篇关于男女幽会的诗。参加讨论的十几个人,都赞美那爱情的甜美。这表面上是在研究《诗经》,实则是为当时个性解放、婚姻自由的思想文化思潮从经典中寻找理论依据。所谓《诗经》中赤裸裸地表现性生活与性感受的作品,实是研究者为适合现实需要所作的"意义开发"。20世纪五六十年代,"阶级斗争"理论风靡一时,文艺强调为人民大众服务,"人民性"成为时代文学的关键词。大批学者便从《诗经》中寻找反剥削、反压迫的作品,使《伐檀》《硕鼠》之类变成了"阶级斗争"的最佳教材;《氓》《谷风》等变成了抨击男尊女卑制度及礼教的控诉书。有学者甚至把《螽斯》(旧以为贺子孙众多)说成是劳动人民讽刺剥削者的歌子,《月出》(旧以为写男女思念)是统治者杀人的写照。[①] 配君子的淑女,变成了劳动姑娘,君臣间的劝词,变成了劳役者的怨声。[②] 改革开放以后,西方文化思潮再度冲击中国,人性解放、个性解放再度变成了关键词,用西方观念观照中国学术、规范中国学术变成了一种潮流,于

---

① 高亨:《诗经今注》,上海古籍出版社1980年版,第7、148页。
② 余冠英:《诗经选》,人民文学出版社1956年版,第4、29页。

是《诗经》中表现爱情的诗作如《关雎》《蒹葭》等，再度进入教材，以《诗经》资料支撑西方理论的著作不断出现，在一定程度上《诗经》变成了西方文化理论的图解。这种从《诗经》中为现实政治、学术思潮寻找理论根据的研究方法，不正是"经学"的一种变化形态吗？但这种"经学"变态比之旧经学，不但没有发展，反而是极大的倒退。因为旧经学关注的是人伦道德，是社会秩序的维护与和谐环境的构建；但一味服务现实政治和文化思潮的研究，则是功利的、实用主义的，不仅偏离了经学求善的价值取向，而且在观念与思潮的左右下，失去了"求真"的基本心理条件。

第三，就《诗经》而言，对历代研究成果不是作为精神产品加以继承，而是作为思想垃圾予以抛弃。就两千多年的中国历史而言，几乎没有一个文化人是没读过《诗经》的。他们面对《诗经》有两种不同的价值取向：一种是通过学习内化为自己的一部分，另一种是研究其中所蕴含的意义。后者的行为产生了大批可供后人继续研究的思想性、学术性著作，是属于经学的；而前者则或见诸行为表现，或形之于诗文与艺术创作，是属于文学的。这两方面的成果，都是极为丰富的。就所谓的《诗经》文学研究而言，明朝人即留下了数以百计的著作。他们在"经"的"思无邪"的阅读原则下，体味着《诗经》的文学情味，如戴君恩《读风臆评》自序说："爰检衣箧，得《国风》半部，展而玩之、哦之、咏之、楮之、翰之。嗟夫，此非夫天地自然之籁，颜成子游之所不得闻，南郭子綦之所不能喻，而归之其谁者耶？彼其芒乎忽乎，俄而有情，俄而有景，俄而景与情会，酝涵郁勃而啸歌形焉。当其形之为啸歌也，景有所必畅，不极其致焉不休；情有所必宣，不竭其才焉不已。或类而触，或寓而伸，或变幻而离奇，莫自而计夫声于五，莫自而计夫正于六，而长短疾徐、抑扬高下，无弗谐焉。"钟惺批点《诗经》

上篇 遥远的回响：相遇《诗经》

自序说："诗，活物也。游、夏以后，自汉至宋，无不说《诗》者。不必皆有当于《诗》，而皆可以说《诗》。其皆可以说《诗》者，即在不必皆有当于《诗》之中。非说《诗》者之能如是，而《诗》之为物不能不如是也。"[①] 明万历之后，《诗经》的文学研究一度繁荣，著作多达数百种。[②] 但由于大多数学者从概念出发，以为此前的研究全是"经"的研究，是宣扬封建的伦理道德，于是将传统的《诗经》研究，除清人的几部训诂考据的著作外，几乎全盘抛弃，封于尘埃之中，以致我们不时地发现，前人已有非常精辟之见，而今人却一无所知，还在那里左证右探，而不能中其关要。

第四，既然把《诗经》认作纯文学作品，于是便用20世纪的文学观念来研究《诗经》。而20世纪从西方引进的某种"统一"的文学观念，将文学的价值认定在了"反映生活"上，于是《诗经》研究者便配合社会的政治与文化思潮，来研究《诗经》中的婚恋生活、妇女生活、阶级斗争生活，甚至从《诗经》中寻找"奴隶社会"或"农民起义"的影子。把一部《诗经》认作周代社会生活的镜子，不但否定了《诗经》是传统文化的载体，也忽略了其作为文学展示人类心灵世界的意义。

第五，以守正为保守，以创新为荣耀。创新是这个时代的一个关键词，从课题申报到刊物发表文章，都要求"创新"。而研究者又认定前人对《诗经》的研究，都是瞎子断匾，不可信。于是不知认真总结前贤，而师心自用、锐意求奇之作随之而生。如以"王室如燬"的"王室"为女阴，以"狂童之狂也且"的"且"为阳具，以"振振君子"的"君子"为奴隶，以"雎鸠"为天鹅，以"及尔颠覆"为男女之事等，千奇百怪的观点不一而足。只知知识创

---

① 刘毓庆、贾培俊：《历代诗经著述考（明代）》，中华书局2008年版，第118、245页。
② 参见刘毓庆《从经学到文学——明代诗经学史论》（下编），商务印书馆2001年版。

第十一章 走出迷毂

新,而没有价值分析,使研究成果走向了偏离科学求实的道路,对于推进学术几乎没有意义。

钱穆先生在《中国文化史导论》中说:"《诗经》是中国一部伦理的歌咏集。中国古代人对于人生伦理的观念,自然而然地由他们最恳挚最和平的一种内部心情上歌咏出来了。我们要懂中国古代人对于世界、国家、社会、家庭种种方面的态度观点,最好的资料,无过于此《诗经》三百篇。在这里我们见到文学与伦理之凝合一致,不仅为将来中国全部文学史的源泉,即将来完成中国伦理教训最大系统的儒家思想,亦大体由此演生。"[①] 钱先生对《诗经》的这一把握是非常准确的。"文学与伦理之凝合一致",更好地说明了《诗经》的双重价值。《诗经》的经学地位虽被现代学者所否定,但在当代人的心目中,它仍然不同于一般《楚辞》《乐府诗集》之类的诗歌总集,最主要的还在于它有过的"经"的地位。《诗经》的基本素质虽是"文学"的,而它的文化血统、它的地位身份则是"经"的。"诗"是它自身所具有的,"经"则是社会、历史赋予它的殊荣。

也正因为如此,我们必须从《诗经》"文学与伦理之凝合"的性质上考虑问题,认识其经学与文学的双重价值与意义,接受百年来《诗经》学的经验与教训,调整我们的学习、研究思路。

析而言之,从"经"的角度考虑,我们不但要面对作为"元典"的《诗经》,还要正确地对待历代由《诗经》而产生的大量阐释性著作。我们要看到《诗经》与每个时代人的精神生活的联系,及其与每个时代思想文化变迁的联系,与整个中华民族思维、心理、气质、精神、性格等形成的联系;要把《诗经》作为一种文化

[①] 钱穆:《中国文化史导论》,商务印书馆1996年版,第67页。

上篇　遥远的回响：相遇《诗经》

载体来认识、理解和接受。

　　从根本上说，《诗经》是周代礼乐文明制度的产物。"礼"包括人的行为准则、道德规范、尊卑秩序以及礼仪规矩等。人的嗜欲好恶，都由礼来节制。"乐"是指音乐。"礼"负责规范人的行为，"乐"则负责调和人的性情。人的喜怒哀乐之情，都可以通过乐来表达，同时也可以在乐声中化解。所以古人说："礼所以经国家，定社稷，利人民；乐所以移风易俗，荡人之邪，存人之正。"①　"礼乐"的目的在于教化，导人向善，让社会处于"和谐"状态。孔子一生奔波、追求的目标就是"礼乐制度"的实现，即社会和谐的永恒存在。孔子编《诗》，提倡《诗》教，目的多半也在此。后儒秉承孔子之志，将礼乐文明作为一种社会理想，融入了《诗经》的诠释之中。古代文人群体"皓首穷经"的耐性，犹如成千上万只蜜蜂构筑巢穴那样，在意识形态领域，构筑起了礼乐文明的金字塔，并在一代又一代人的诗学阐释中，不断丰富着以"礼乐文明"为核心的文化思想体系，这形成了一个强大的传统，有力地规定着黄河、长江流域这个人类族群的心理结构、思维方式和价值取向。如果我们自作聪明，对旧《诗》学予以彻底否定，那么否定掉的就不只是一种诠释观点，而是一种文化传统。而这种文化传统最为特异之处就在于它"贵义贱利"，不为物欲所动，志在完善人格，构建和谐，为万世开太平。《诗经》作为"经"而存在的意义，不正在此吗？

　　从文学的角度来说，《诗经》至少有三个层面的东西需要我们认真对待。第一是语言的层面，即形式表现的层面。大量关于《诗经》语言艺术与语言风格的论著，以及关于《诗经》复叠形式的

---

① 陈奇猷：《吕氏春秋校释》，学林出版社1984年版，第191页。

第十一章　走出迷毂

研究，都是在这个层面上所做的努力。而且《诗经》作为一种与自然的韵律相合无间的语言，其所具有的魅力，是值得我们永远学习与效法的。第二是生活的层面，即在内容层面上作者着力展开的生活世界。在这个层面上，《诗经》像一幅周代社会的画卷，其丰富性与多彩性最为 20 世纪的研究者所关注。我们从中可以认识到礼乐文明制度下人们的生存状态，并从那个时代人的苦乐忧喜中，感受到文学对于生活的"保鲜"处理，不仅可以从中获取种种知识，获得快感，而且可以获取许多创作的启示。第三是心灵的层面，这个层面包括了内在于人的一切。这是《诗经》作为文学最主要的一个方面，"语言"所构织的是"生活世界"，而生活世界的素材所构织出的则是心灵图像。内在心灵支配着人的外在表现，人的行为实际上是心灵的外向化。在《诗经》所描述的"生活世界"背后，隐存着一个无限深广的心灵世界，这个时代人的情感、思想、意识、精神、思维、性格、心理、良知等诸多方面，都在这个世界中展开。人类的生活形式不断变化着，有可能会面目全非，而人心、人情却相去不远，因而在这个层面上，《诗经》所具有的那种情感力量与道德信念，最能深入人们的内心世界。而且《诗经》也正是在这个层面上与当代人发生了关系，我们可以由此而进入《诗经》的情感世界，与那时的人进行对话、交流，同时在那里发现我们昨天的影子，从而更深刻地认识我们自己。对这个层面，明清学者留意者尚多，到了 20 世纪，"反映生活""反映现实"的文学观念遮挡了人们的视野，影响了人们在这个领域的探索。这是我们今天学习、研究《诗经》时应该特别注意的。

总之，我们今天学习、研究《诗经》，绝不能忽略其作为"经"对于中国文化与文学的影响，及其所创造的文化对于当代人的意义。作为"经"，我们要看到社会与历史赋予它的"深厚"与

上篇　遥远的回响：相遇《诗经》

"博大"，及其在铸造民族礼乐文化精神中的煌煌功绩；作为"诗"，则要看到它的"鲜活"与"灵动"，感受先民心灵深处的声音。

二　诗证的历史

在经学家看来，本事和本义直接联通，觅得本事几乎就相当于确定本义，因此本事推定能激起经学家异乎寻常的兴趣。求证本事的工作本属于史料学。以学理而论，于史有证，该是最令人放心、最无隙可蹈的定谳。但这个法则行之于《诗》学却未必成其为法则。皮锡瑞说："说经必宗古义，义愈近古，愈可信据。故唐宋以后之说，不如汉人之说；东汉以后之说，又不如汉初人之说。至于说出《春秋》以前，以经证经，尤为颠扑不破。惟说《诗》则不尽然。"① 在历代《诗》学中，以诗证史的解读大致有三种：一是诗本文可为自证，即诗本身可视为"史"；二是诗的本事见于史传；三是诗本文见于史传。其对于求证本事的可靠性都难以绝对信赖。

（一）诗本文可为自证

胡适尝说："古代的书，只有一部《诗经》可算得中国最古的史料。"② 在《诗经》文本中明标姓氏，明书史迹的篇什，的确是传疏解题中问题较少的部分。例如《大雅·大明》：

> 挚仲氏任，自彼殷商。来嫁于周，曰嫔于京。
> 乃及王季，维德之行。大任有身，生此文王。

---

① 皮锡瑞：《经学通论·诗经》，中华书局1954年版。
② 胡适：《中国哲学史大纲·导言》，上海古籍出版社1997年版，第17页。

第十一章　走出迷毂

宋吕祖谦说："看《诗》即是（看）史。"①闻一多《歌与诗》指出：最初的"诗"实即后世所谓"史"，至《诗经》的部分篇什仍承担着"史"的职能。"初期的雅，尤其是《大雅》中如《绵》《皇矣》《生民》《公刘》等都是史官的手笔，是无疑问的。"学界于此大体无争，现代史学也多以《诗》为史料。但这也就意味着，这部分诗篇的实质在"史"不在"诗"，近于本事实录而有别于托于"讽谕"的文学，自然不会发生文学性的阐释困难。然而，又正是由于产生太早，诗、史一身二任相互重合带来的解释便利和可信任度就具有很大的相对性，甚至会走向反面——没有旁证就成为孤证。如果缺乏同时代史料的互证，叙事简约、表意含混多义的《诗经》文本处处都可能引起猜疑。"《诗》文殊简略，作此释亦可，作彼释亦通"②，为俞平伯所举读《诗》三大困难之一。以下这样的例子在《诗》学问题中是不少见的，如《大雅·文王》："文王在上，於昭于天。周虽旧邦，其命维新。"像这样看似明白的文本，其解释其实是举步维艰的。《诗序》释为"文王受命作周"（接受天命，称王改元）；宋郑樵指责《诗序》误信了汉刘歆《三统历》的妄言，文王实未称王；清王先谦《诗三家义集疏》指出：事实上《鲁诗》也有与《诗序》同样的说法，司马迁遵《鲁诗》而将诗义写进了历史（《史记·周本纪》）。王先谦认为，郑樵所代表的意见大概是由于孔子说过文王"三分天下有其二"仍"以服事殷"（《论语·泰伯》）的话，后儒不敢违经，"率以受命称王为不然"（崔述《读风偶识》曾考定文王在世时未曾称王）。于是又有人释"受命"之说为"受纣命"，而这一来又与诗本文"假哉天命"公

---

① 吕祖谦：《太史外传》卷五拾遗，续金华丛书本。
② 俞平伯：《读诗札记》，《论诗词曲杂著》，上海古籍出版社1983年版，第87—88页。

然相悖；这时便出现了折中者，认为既然已天下三分有其二，周的"称王"只不过是有其实无其名的事实罢了，《文王》之言，言其实也。① 文王受命改元为古今一大疑，难有定谳，究其根由，就在于争论常建立于《诗》本文的孤证之上。

(二) 诗本事见于史传

所谓本事见于史传，是指据史册所载，《诗》中某篇系为当时实在之某人某事而作。由于本事在史著中仅仅是"事迹"而诗却只是与"事"有关的"讽咏"，二者间必不可能完全重合。因而"事"与"诗"的对应关系及两者之间的差池往往就成为《诗》学讼争的题目。例如《卫风·硕人》：

> 硕人其颀，衣锦褧衣。齐侯之子，卫侯之妻。东宫之妹，邢侯之姨，谭公维私。
>
> 手如柔荑，肤如凝脂，领如蝤蛴，齿如瓠犀。螓首蛾眉，巧笑倩兮，美目盼兮。

《左传》有明文："初，卫庄公娶于齐东宫得臣之妹，曰庄姜，美而无子，卫人所为赋《硕人》也。"关于本事的解释则有两种：一是（毛诗传、序）认为"卫人所为赋《硕人》"与"美而无子"——庄姜"后事"相关涉，题旨定为"闵庄姜"（怜其薄命无子）；二是（何楷、崔述、姚际恒等）认为"诗中无闵意"，卫人赋《硕人》应是就其"美"——庄姜"初嫁时"而言，诗意当作"美庄姜"。卫人究竟是在庄姜初嫁还是当其老大或身后赋《硕

---

① 俞樾：《达斋丛说》，参见陈子展《诗三百题解》，复旦大学出版社2001年版，第909—912页。

· 220 ·

人》,无论诗或史都没有提供唯一可靠的凭据,诗、史相证的有效界阈只能到此为止。①

(三) 诗本文见于史传

这里专指史传中"赋诗""称诗""引诗""陈诗"这一类出于实用意图而援引《诗经》文本的现象。顾颉刚《诗经在春秋战国间的地位》分周代人的"用诗"为四种语境:典礼、讽谏、赋诗、言语。"诗用在典礼与讽谏上,是它本身固有的应用;用在赋诗与言语上,是引申出来的应用。引申出来的应用,全看用诗的人如何,而不在诗的本身如何。"用诗采用引申义,关于文本的解释就成为纯粹的借题发挥,成为解释者创造想象力的信天游。对于探求本事,这自然是最不着边际、近乎缘木求鱼的一种"诗义"了。但汉代解释者却对本事本义的裁定有一种"创造历史"的自信和使命感,在观念上认定每篇诗必有寄托微言大义的本事,而本事必可辗转求得。在方法上似乎受先秦用诗的暗示和启迪,使得对每一篇主题、本事的想象皆通于名教礼义,治乱兴亡,也就是把史传上的用诗之义(引申义)"当了真"。这被后儒视为根本性的倒错。

皮锡瑞《经学通论·诗经》说:

> 左氏襄二十八年传,明载卢蒲癸之言曰:"赋诗断章"。则传载当时君臣之赋诗,皆是断章取义。故杜注皆云:取某句。《左传》与《毛诗》,同出河间博士,故二书每互相援引。《左传》如卫人所为赋《硕人》,许穆夫人赋《载驰》,既有牵引之嫌。而《毛传》解诗,亦多误执引诗之说。……《毛传》

---

① 参见顾颉刚《〈硕人〉是闵庄姜美而无子吗》,《古史辨》(第三册),上海古籍出版社1982年版,第367页。

晚出，汉人不信，后人以其与《左氏传》合，信为古义，岂知毛据左氏以断章为本义，其可疑者正坐此。古义既亡，其仅存于今者又未必皆诗之本义。说诗者虽以意逆志，亦苦无征不信。安能起诗人于千载之上，而自言其义乎！[1]

这种方法上的倒错受有问题的观念引导而产生，其乖谬和非法性是显而易见的。但即使解释者自认可行，它所能解释的文本数量仍极有限，本文见于史传的诗毕竟很少。在缺少证据的情况下又不愿放弃对本义和本事的追究，便须另辟他途，于是汉儒借助了对《诗经》体制的一种假设。这种解读《诗经》之意的方法，可以看作古代重视史实的史官文化的影响。

三　回归的文学

20世纪初的"五四"学者摘下了《诗》三百的经学光环，开启了《诗经》文学研究的新时代。新时期的《诗经》学者则将《诗经》的文学研究多角度、全方位地向纵深拓展开来，分别就作家生平、作品年代、题材、语言、情节、艺术特色等方面进行了研究。

关于《诗》三百作者的考察，虽已聚讼千年，但仍在新时期的学术界引起了广泛的论争。首先是孔子删诗的问题，其次是国风作者与民歌的问题，"五四"的平民化，20世纪50年代的阶级论思潮都曾引起对该问题的相关讨论，新时期的研究则摆脱了社会影响，更多地体现了学术自由独立的现代特点。同时，"雅""颂"

---

[1] 皮锡瑞：《经学通论》，中华书局1954年版，第3页。

诗的研究也突破了 20 世纪五六十年代将《诗经》研究简化为国风研究的模式，对《诗经》的成书年代作出了更进一步的研究，《诗经》艺术的研究在新时期更加受到了研究者的关注。除了从整体上对《诗经》艺术进行宏观把握外，研究者们还对《诗经》中的优秀篇章作了个案分析。新时期的学术自由给整个学术界带来了春天，相邻学科，如文艺学等的发展，对新时期的《诗经》艺术研究也大有促进。关于赋、比、兴的研究在一定程度上已经被纳入文艺学的视野，不少研究者都在研究中借鉴和采用了文艺学的理论与眼光。在诗序、诗教、六义、四始、思无邪、兴观群怨等传统的《诗经》学问题上，新时期的学者也同样给予了关注。

除了对《诗经》本身的艺术特点进行研究外，新时期的研究者还从文学史的角度出发，对《诗经》作了进一步的考察。当代的文学史著作大都肯定了《诗经》在中国文学上的元典地位，有的学者从后世文学对《诗经》的传承角度进行研究。比较文学研究是新时期《诗经》学开拓的一个新领域，所采取的则是横向对比的思维路线。《诗》、骚关系是受关注的一个热点。

在《诗经》的普及与鉴赏方面，出现了许多新译本，如陈子展的《诗经直解》、金启华的《诗经全译》、袁梅的《诗经译注》、程俊英的《诗经译注》、褚斌杰的《诗经全注》、费振刚等的《诗经类传》、聂石樵主编的《诗经新注》、刘毓庆的《诗经图注》等均为优秀之作。除译本之外，关于《诗经》的一些介绍之作对《诗经》的普及性研究有相当的作用，如周满江的《诗经》、程俊英的《诗经漫话》、滕志贤的《诗经引论》等。而像任自斌等的《诗经鉴赏词典》、金启华等的《诗经鉴赏词典》等，则可使读者在欣赏诗作中培养研究的兴趣和发现问题的能力，从这个意义上看，鉴赏也可算作另一种方式的普及了。

一些工具书和具有工具书性质的著作的问世，如在字词释义方面有向熹编著的《诗经词典》和董治安编的《诗经词典》等；在文献索引方面，有寇淑慧的《二十世纪诗经研究文献目录》，刘毓庆的《历代诗经著述考》（先秦至元）等；具有工具书性质的，如张树波的《国风集说》，刘毓庆等的《诗经百家别解考》等，为《诗经》研究者提供了极大的方便。

在学术史研究方面，夏传才的《诗经研究史概要》是较早的一部专著；洪湛侯的《诗经学史》，则是最近的成果。夏作史论结合，洪著则史料富赡，各有特色。戴维的《诗经学史》，体例完整，内容丰富，史料充实，对历代的《诗经》研究，评述客观，时有新见。赵沛霖的《诗经研究反思》，则是以《诗经》研究中出现的具体问题为纲，就每个研究课题追踪源流、理清脉络，论析精当。另外像韩明安的《诗经研究概观》和胡念贻的《论汉代和宋代的〈诗经〉研究及其在清代的继承和发展》、程俊英的《历代〈诗经〉研究述评》等亦持论平实，从不同侧面反映了千年《诗》学的风貌。除了对两千年来的《诗经》研究史进行整体回顾外，断代研究、学者个体研究的全面展开亦体现了新时期学者可贵的学科建设理性。《诗经》研究史上的所有学者在新时期几乎都受到了关注，其中尤以古代《诗》学的奠基者孔子最受瞩目。由于《诗经》是孔子时代唯一的文学作品，故而成为孔子文艺观、美学观、诗教观等思想的观照对象，研究者于此阐发甚多，相关论文也非常之多。

经过两千多年历代学人的注疏笺释，有关《诗经》的方方面面，诸如每首诗的本义、引申义，诗中每个字的本义、寓意，能达成共识的都已达成了共识，不能达成共识的也只有各执己见，谁也难以说服谁了。也就是说，有关《诗经》的注疏笺释，在没有新的史料被发现之前，时至当代，似乎走到了尽头。于是一些《诗经》

爱好者,在研读《诗经》时,摒弃了学术思维,融进了个人的情感,有了个人生命的关照,把《诗经》作为抒发个人见解的载体。一大批冠以《诗经》名目的书,都是在随意引申发挥,加上了新潮的、网络的言语,消费着经典的内涵,成为逍遥人生的心灵鸡汤。于是,就有了这样一些吸引眼球的《诗经》书:

闫红的《〈诗经〉往事——爱在荒烟蔓草的年代》《心悦君兮:写给〈诗经〉的情书》,周云芳的《不得不爱读诗经》,陈忠涛的《一生最爱诗经》,王玉洁的《〈诗经〉:伊人如月水一方》,子梵梅的《一个人的草木〈诗经〉》,聂小晴的《最美不过〈诗经〉》,安意如的《思无邪:追绎前生的记忆》,白露宛的《一生最爱诗·国风》,黑夜精灵的《执子之手,与子偕老》,刘冬颖的《执子之手——〈诗经〉爱情往事》,鲍鹏山、王骁的《美丽诗经》,刘蟾的《诗经密码:中国人的野性与疯狂》,于江倩的《经典可以这样读·〈诗经〉》,李颜垒的《最是〈诗经〉惹情扉》,黛琪的《爱情就在桑间濮上:风情万种说〈诗经〉》,苏禾的《掩卷〈诗经〉聆听爱情》,宋书功的《诗经情诗正解》,李颜垒的《归来,美的〈诗经〉》,八月安妮的《记忆如歌过往欢宴:〈诗经〉中的似水流年》,马文戈的《桃李春风总关情:〈诗经〉中的古老爱情》,随园散人的《最深情莫如〈诗经〉》,丁云君的《莫道情深累美人:〈诗经〉里的纯爱》,李颜垒的《最美不过〈诗经〉》,夏葳的《既见君子:〈诗经〉中的君子之道》,丁立梅的《诗经里的那些事》,刘利的《〈诗经〉的秘密:那些情爱中的黑暗与甜蜜》,丁立梅的《你有蔓草,我有木瓜:在〈诗经〉里相逢》,曲黎敏的《〈诗经〉:越古老,越美好:唤醒现代人沉睡的诗性和情感》,李朝杰的《关关雎鸠:和你一起读〈诗经〉》,李安安的《在最美〈诗经〉里邂逅美的爱情》,辛然的《我生之初尚无为:〈诗经〉中的美丽与哀愁》,

上篇　遥远的回响：相遇《诗经》

杨照的《〈诗经〉：唱了三千年的民歌》，成向阳的《青春〈诗经〉：出自国风的别样花事》，邱颜的《美人谶——〈诗经〉中那些不可方物的爱情》，郭慕清的《陌上花开：和慕清一起读〈诗经〉》，钱红丽的《〈诗经〉：最古老的情歌》，等等。

无须再列，似乎一部古老的经典，在今人的眼中只有情爱一端了，唯美、唯情成了解读《诗经》的唯一通道，这是《诗经》的全部内容吗？看到这些《诗经》读物，不知应为《诗经》叫好，还是应为《诗经》悲哀！

当下的《诗经》研究，似乎面临着一个"回归"问题，即《诗经》研究"回归"到哪儿？

《诗经》是我国最早的一部诗歌总集，从汉代以来，它便被儒家奉为"经"。这貌似有违它的本真、原意，因此有论者称，现在应该是彻底"拨乱反正"的时候了，让《诗经》回归到"诗"。再就是，《诗经》中的大多数篇什都是民歌，应该"让民歌回归民歌"。

但自汉之后，《诗经》就被儒家尊奉为"经"，以此对国人进行"教化"，可是随着岁月的流逝，人们思想观念的变化，其"经"的光彩渐渐地变得暗淡了，因此便有人倡议：不能让《诗经》沦落成"诗"，把《诗经》仅仅视作"诗"便是低看了它，应该重新把《诗经》扶上"经"的圣坛，让《诗经》回归到"经"。究竟"回归"到哪儿呢？如何"回归"？似乎有两个选择：一个是让《诗经》回归到"诗"，一个是让《诗经》回归到"经"。需要注意，回归到"诗"，就要全方位地把握"诗"的内涵；回归到"经"，也不是回到古代的教化中去，而是应挖掘"诗"在当代的意义。真正的回归，是这两方面的有机结合，让"诗"具有文学和文化的价值。

综观新时期的《诗经》研究，继承旧学，借鉴西学，多元的研究取向使之全面展开，研究领域不断拓宽，在横向研究上取得了成功；而学科建设的理性和眼光则从梯队培养、机构设置、资料准备、学术史的整理等方面加深了《诗经》研究的纵向深度，二者相互促进，推动了新时期《诗经》研究的全面发展，并取得了相当的成绩。当然，研究中也存在着不少问题，如大量的重复劳动，单凭主观臆断而立论的新解新说，以量代质的不良倾向，小学功力的忽视与萎缩，对新理论不加消化的一味套用，甚至出现"水煮"经典、"戏说"经典、"消费"经典的低俗现象等，对这些问题绝不能掉以轻心，必须予以足够的重视，不断加强对《诗经》文化价值的认识，只有这样才能回归经典，走出盲区和误区。

第十二章　探赜要略
——《诗经》文献研读

自《诗经》产生以来，研究《诗经》的文献汗牛充栋，不胜枚举，历代的目录书，包括史志目录、私家目录及《诗经》专门目录也著录了很多著作，因为各种原因而不幸散佚的著作也不少。近代、现代也出现了很多有价值的著作，这些著作对《诗经》的学习和研究都有重要的作用。本章从历代的目录学著作中检索《诗经》的著录情况，为读者提供一个入读的门径，然后在众多《诗经》著作中，选择较为重要的著作作内容提要解读，最后介绍当代《诗经》研究的工具书。

一　学习门径：目录书中著录的诗类文献

《诗经》文献学研究的对象，应该归属不同意义与价值层面的诸多典籍，有字词注释、名物注释、论著目录、论文集、丛书等，也有《汉书·艺文志》《隋书·经籍志》，郑樵《通志·艺文略》，清官修《四库全书总目提要》及《中国丛书综录》等目录类的文献资料。

在历代的目录书中，有许多对《诗经》著作的著录。我们只要从最早的目录书中看一下《诗经》的著录情况，就可以看到《诗经》从先秦到汉代的流传情况。

今存最早的目录书是东汉班固的《汉书·艺文志》，它是在西汉刘向、刘歆《别录》《七略》的基础上形成的，它所著录的汉代传《诗》者有六家，共有著作416卷。

《诗经》二十八卷，鲁、齐、韩三家。《鲁故》二十五卷。《鲁说》二十八卷。《齐后氏故》二十卷。《齐孙氏故》二十七卷。《齐后氏传》三十九卷。《齐孙氏传》二十八卷。《齐杂记》十八卷。《韩故》三十六卷。《韩内传》四卷。《韩外传》六卷。《韩说》四十一卷。《毛诗》二十九卷。《毛诗故训传》三十卷。

班固还评述说：

《书》曰："诗言志，歌咏言。"故哀乐之心感，而歌咏之声发。诵其言谓之诗，咏其声谓之歌。故古有采诗之官，王者所以观风俗，知得失，自考正也。孔子纯取周诗，上采殷，下取鲁，凡三百五篇，遭秦而全者，以其讽诵，不独在竹帛故也。汉兴，鲁申公为《诗》训故，而齐辕固、燕韩生皆为之传。或取《春秋》，采杂说，咸非其本义。与不得已，鲁最为近之。三家皆列于学官。又有毛公之学，自谓子夏所传，而河间献王好之，未得立。①

---

① 班固：《汉书》，中华书局1962年版，第1707—1708页。

· 229 ·

上篇　遥远的回响：相遇《诗经》

这是在东汉前，《诗经》流传的重要著作，也是汉代传《诗》的各家流派。在这以后，最重要的史志目录《隋书·经籍志》，又著录《诗经》著作，共有39部，442卷；通计亡书，合76部，683卷。编者评述说：

《诗》者，所以导达心灵，歌咏情志者也。故曰："在心为志，发言为诗。"上古人淳俗朴，情志未惑。其后君尊于上，臣卑于下，面称为谄，目谏为谤，故诵美讥恶，以讽刺之。初但歌咏而已，后之君子，因被管弦，以存劝戒。夏、殷已上，诗多不存。周氏始自后稷，而公刘克笃前烈，太王肇基王迹，文王光昭前绪，武王克平殷乱，成王、周公化至太平，诵美盛德，踵武相继。幽、厉板荡，怨刺并兴。其后王泽竭而诗亡，鲁太师挚次而录之。孔子删诗，上采商，下取鲁，凡三百篇。至秦，独以为讽诵，不灭。汉初，有鲁人申公，受《诗》于浮丘伯，作诂训，是为《鲁诗》。齐人辕固生亦传《诗》，是为《齐诗》。燕人韩婴亦传《诗》，是为《韩诗》。终于后汉，三家并立。汉初，又有赵人毛苌善《诗》，自云子夏所传，作《诂训传》，是为《毛诗》古学，而未得立。后汉有九江谢曼卿，善《毛诗》，又为之训。东海卫敬仲，受学于曼卿。先儒相承，谓之《毛诗》。序，子夏所创，毛公及敬仲又加润益。郑众、贾逵、马融，并作《毛诗传》，郑玄作《毛诗笺》。《齐诗》，魏代已亡；《鲁诗》亡于西晋；《韩诗》虽存，无传之者。唯《毛诗郑笺》，至今独立。又有《业诗》，奉朝请业遵所注，立义多异，世所不行。[①]

[①] 魏徵等：《隋书》，中华书局1973年版，第918页。

这是在隋代之前《诗经》流传与著作的状况。在古代文献四部中，经部列有"诗类"，收录研究《诗经》的著作，可谓洋洋大观。《四库全书总目》著录《诗经》著作62部；续修《四库全书》著录《诗经》著作106部。蒋秋华、王清信纂辑的《清代诗经著述现存版本目录初稿》收录清人《诗经》研究专著527种。牟玉亭编撰的《中国历代诗经著述存佚书目》收录历代《诗经》著作1647种，现存824种。河北师范大学图书馆的寇淑慧女士编有《二十世纪诗经研究文献目录》一书，收录1900—2000年《诗经》研究之专著与论文5729条。夏传才、董治安主编的《诗经要籍提要》一书，收录历代《诗经》研究著作500多部，并对著录之书撰写了提要。这对于我们学习研究《诗经》，是极其重要的基本文献资料，是学习和研究《诗经》的前提。

二　延伸展读：《诗经》研究要籍举要

自从有了《诗经》，也便产生了《诗经》研究。屈指算来，《诗经》研究已有两千余年的历史。据不完全统计，两千多年来研究《诗经》的著作不下千余种，还不包括港台地区及国外的《诗经》学著作和已佚失而我们未知其名的著作。在这些著作中，有许多十分重要，对今天的学习研究有一定的借鉴作用。下面介绍的《诗经》研究著作，在笔者所见和拜读之后，认为对《诗经》研究很有作用，这里按时代顺序进行介绍，重点是现当代《诗经》研究著作。

（一）《毛诗传笺》

汉代郑玄著。毛诗的传人是汉代毛亨，他著有《毛诗故训传》

（简称《毛传》），是一部解释《诗经》诗义和训释字句的著作。东汉末年学者郑玄（字康成）在《毛传》的基础上加作笺注，撰《毛诗传笺》，简称《郑笺》。《郑笺》以宗毛为主，兼采其他三家诗说，对《毛传》阙疑或失误处进行补充和订正。他并不废除毛说、毛注，而是在原说原注之后笺注自己的意见。《郑笺》集中了许多汉代文字学、史学、考古学方面的新成果，把对《诗经》的研究和注释的水平提高了一大步，它至今还是我们研究《诗经》的重要参考书。

（二）《毛诗正义》

汉代毛亨传，郑玄笺，唐代孔颖达疏。按《毛诗正义》是由唐代学者孔颖达主持，由当时学者多人执笔而编撰的一部注释和解说《诗经》的书。此书以汉代郑玄《笺注》为基础，采取"疏不破注"的原则，全部保留《毛传》《郑笺》的注释，而加以补充疏解（《毛诗正义》又简称《孔疏》）。《孔疏》虽然严格遵从毛、郑体系，但它又吸收了魏晋六朝以来关于《诗经》学的许多研究成果。特别是它以颜师古所考定的《诗经》定本为依据，统一了唐以前《诗经》异文，并把陆德明《经典释文》吸收进来，大大提高了《诗经》文字的音义训诂水平。因此，此书的成就和影响又超过了《毛诗传笺》，几乎成为唐以后治《诗经》者必备之书。

（三）《诗集传》

宋代朱熹著。《诗集传》是一部影响极大的《诗经》旧注，曾成为宋以后广泛流行的《诗经》简明读本。它的主要特点：一是冲破了《毛传》以来对《诗经》的旧说，对《诗经》解释有一定的创见；二是它的注释简明扼要，通俗易懂。《毛传》注诗，多穿凿附会，《郑笺》《孔疏》又多遵循，使诗义弥而不彰。《诗集传》冲破束缚，力图探求诗之本义，并有一定的文学观点，使诗的解释较为合理。文字训释也多有创见，因而得到广泛流传。当然朱熹把《诗经》中的一些爱情诗解为"淫诗"，受到后人的批评。

（四）《毛诗稽古编》

清代陈启源著。此书以毛诗为本，反对《诗集传》等为代表的宋学，其中"总诂"部分，大体上是关于声韵、文字、名物的考证，还有一些是关于《诗经》各类基本问题的论述。有些见解，对后来的《诗经》研究起过相当重要的影响。

（五）《毛诗后笺》

清代胡承珙著。此书旨在申述《毛传》之义，对《郑笺》多加以辨析，并在内容上常能吸收宋元学者的成果，证成己说。在名物训诂及与三家诗文有异同者，务求剖析精微，折中至当，因而其《诗》学著作，颇具求实精神。有许多订正旧说之误，更多不刊之论，深受时贤和后学赞许。

（六）《毛诗传笺通释》

清代马瑞辰著。此书是以毛诗为主的今、古文通学著作，以《毛诗传笺》为本，吸取乾嘉考据学成果，重新疏释《诗经》，着重纠正《孔疏》的错误，也吸收了三家诗说。此书的主要成就在文字训诂方面，用古音古义订正讹误，用双声叠韵原理释词，用同类义例概括全书，举三家遗说以订《毛诗》，论诗时多有创见。

（七）《诗毛氏传疏》

清代陈奂著。此书是清代研究毛诗的集大成著作。此书采用注疏体方式，每篇之前，首列《毛诗序》，每章诗文之下，列《毛传》及自注之疏，逐字逐句加以训释。此书对《毛传》推崇备至，其为《毛传》作疏，训诂以《尔雅》为准，通释以《说文》佐证，专从文字、声韵、训诂、名物等方面阐发诗篇本义，引据赅博，疏证详明，是一部很有功力的著作，受到后世学者的肯定与称赞。

（八）《诗经通论》

清代姚际恒著。此书力主废序言诗，既弃毛、郑，又不随从朱子，专力自诗章本文探求意旨，解读超出毛、朱两派，有独立思考的意识和自由研究的学风。顾颉刚评价说："其以文学说经，置经文于平易近人之境，尤为直探诗人之深情，开创批评之新径。"

（九）《读风偶识》

清代崔述著。书以批判《诗序》为主旨。在崔述之前，郑樵、朱熹、姚际恒等，在崔述之后，魏源、皮锡瑞都曾指出《诗序》的不足，然而他们的着眼点都在义理方面，也就是从思想内容上作出分析，唯崔述独能用历史观点，检验它是否符合史实，从历史角度展开讨论，所以他取得的成绩也就特别大。此书对"二南"的论述最为精辟，为全书精粹所在。在其他方面也常有创见，考证精辟，自成一家，是清代《诗经》研究的重要著作。

（十）《诗经原始》

清代方玉润著。《诗经原始》著于清光绪初年，是清代《诗经》研究注释方面有特色的著作。他在《自序》中说"不顾《序》，不顾《传》，亦不顾《论》，惟其是者从而非者正"，表达了他不囿于传统旧说和流行观点，力图重新解诗的意愿。书名"原始",就是"欲原诗人始意",即摆脱历来对诗的附会曲解,独立思考,提出不少新见解。在解诗时,方氏能从诗歌艺术形象出发,涵泳全文,同其大意,窥其义旨,故能对不少诗篇作出正确的诠释,开拓了近世《诗经》研究的新学风。

(十一)《诗三家义集疏》

清代王先谦著。自宋代王应麟开辟三家诗遗说搜辑工作以来,清代三家诗遗说辑佚著述近 20 部之多。此书是清代三家诗学集大成的著作。采用注疏体例,书前有长篇《序例》,叙述三家诗传授源流,持论贬抑毛诗,力倡今文三家之学。书中所引从汉至清代典籍数百,尤其是清代学者的著述征引颇多,自书问世以来,被公认为迄今最完备之《三家诗》读本。此书的主要贡献在于网罗佚文遗说,各说并列而取其最善,互有争议而断其是非,折中异同,义据精确,尤属难能可贵。此书所加案语,精彩纷呈,颇能显示作者之学养及诗学之造诣。

(十二)《诗经研究》

谢无量著。此书是以现代社会科学的各种概念研究《诗经》的一部专著。全书包括《诗经》总论、《诗经》与当时社会之情势、《诗经》历史上的考证、《诗经》的道德观和《诗经》的文艺观五章。精彩的部分当推对《诗经》所反映的社会思想及伦理道德的研究和对《诗经》文学价值的评判。

(十三)《诗经学》

胡朴安著。此书先介绍了《诗经》的基本问题,历代《诗经》学史,又分节概述了《诗经》的文字学、文章学、礼教学、史地学、博物学等。《诗经学》的命名、独到的篇章结构以及以新的分类法系统研究《诗经》均体现了他的创新性。

(十四)《诗经讲义稿》

傅斯年著。此书是作者讲授《诗经》时的课堂讲义，融考证与注疏于一体，发幽阐微，提出许多特异的见解。虽为学术著作，但并不深奥，通俗易懂，深入浅出。作者是运用"历史语言学"观点和方法研究《诗经》的创始者，主张从《诗经》时代的历史和语言出发解读《诗经》。

(十五)《诗三百篇探故》

朱东润著。此书收录《国风出于民间论质疑》《诗大小雅说臆》《古诗说摭遗》《诗心论发凡》《诗三百篇成书中的时代精神》五篇论文。其中"绪言"部分论述了治《诗》三百五篇的观点，对于自"五四"以来，《诗经》研究从经学转向文学以及《诗经》文学观的确立，都起过相当的影响。此书在20世纪40年代以《读诗四论》出版过，后加一篇《诗三百篇成书中的时代精神》。1981年上海古籍出版社将几篇作品收集起来，改题为《诗三百篇探故》，重印出版。

(十六)《诗经与周代社会研究》

孙作云著。此书收录有关《诗经》与周代社会的论文12篇，附录三篇，是一部论文集，以史论《诗》，为范文澜提出的西周封建社会论作了进一步论证。全书大部分文章是探讨《诗经》与周代社会关系的，只有少量的论文关注《诗经》文本的研究，如《诗经恋歌发微》《诗经的错简》等，都提出了新颖的见解，对后来研究者影响很大。

（十七）《诗经六论》

张西堂著。此书是《诗经》论文的结集，共六篇论文：《诗经是中国古代的乐歌总集》《诗经的思想内容》《诗经的艺术表现》《诗经的编订》《诗经的体制》《关于毛诗序的一些问题》。其中四篇是 1931—1933 年在武汉大学讲授《诗经》时写的，两篇是 1953—1956 年在西北大学讲授《诗经》时写的。此书引证资料相当详备，如对《毛诗序》的作者，就列举了 16 种看法。关于《序》《传》违异，除引用前人所举四例以外，作者自己又补充了十个例子。书中论及的每一个专题，都详细列举诸家论述和历来争论的意见，最后作出带有总结性的小结。

（十八）《诗经新义》

闻一多著。这是一部解释《诗经》词义的专著，凡 23 节。书中释词，征引繁复，见解新颖，多有新义。此书后收入《古典新义》中。

（十九）《诗经通义》

闻一多著。此书也是解释《诗经》词义的专著，以《诗经》篇名立目，收《周南》《召南》《邶风》三部分共计 31 篇，每篇列一题或若干题，并引《诗经》其他部分的相关词语，以为类比论证。全书的解词也多有新义，与《诗经新义》相重部分，也较《新义》详细。此书后收入《古典新义》中。此外，闻一多还有很多单篇论文，如《说鱼》《诗经的性欲观》《高唐女神传说之分析》《姜嫄履大人迹考》等，有的是从文化人类学角度，有的是从民俗学的角度,有的是从语言训诂角度,对《诗经》进行了全方位的研究,很有影响,后都收入《闻一多全集》中。

(二十)《诗义会通》

吴闿生著。此书是一本注释《诗经》的著作。探讨诗旨,不拘一家,所采《诗序》《毛传》为多,在一定程度上体现了独立思考的精神。以《国风》《小雅》《大雅》《颂》分卷,体制分明。注释采用小字夹注的方法分写在有关的诗句之下,最后以按语的形式阐述诗篇大义、介绍历代学者的见解以及作者本人的断语。

(二十一)《诗经通解》

林义光著。此书是疏解《诗经》的重要著作,取前人成说之可信者从之,遇到不如意之处,就博征群书,兼及钟鼎铭文,以丰厚的文字、音韵、训诂学识,研精覃思,慎下裁断,言之凿凿,发人所未发,有许多精辟的见解,是近代《诗经》研究的一部力作。

(二十二)《诗经释义》

屈万里著。此书是一部以传统学方法研究《诗经》较有功力的著作。融会清人的研究成果、现代诗经学诸家的新解以及个人研究的创见,注释简明扼要,在训诂上也时有个人的发明。作者逝世后,其《全集》编委会又补充了他在该书所作的眉批,改名《诗经诠释》。

(二十三)《诗经今注》

高亨著。此书是对《诗经》进行全面系统注释的著作。每篇诗的诗题之下,都写有简要的题旨,注文列于全诗诗文之后,凡是需要进一步说明的问题，则列入附录，编排体例清楚，注文简明扼要，深入浅出。于诗义和文字训释多有创获，在方法上通过字音求字意为其重要特色。

（二十四）《诗经直解》

陈子展著。此书是在《国风选译》《雅颂选译》基础上撰写而成。体例包括正文、译文、章旨、今按（即解题）和简注五个部分。在每篇题目之下，列有《毛诗序》，并记章句。此书内容广泛，涉及作品的方方面面，学术性与资料性并重。在对前人主要说法的评论和分析中，提出个人新见。

（二十五）《诗经译注》

袁梅著。此书原文与译文对照，注释与考证结合，题解中注意结合作者身世、处境分析诗歌主人公的复杂感情和心理变化。前有长篇引言，全面系统介绍《诗经》并分析其思想内容和艺术成就。译文大体上都能做到自然流畅，流利上口，注释考证较为详细，采纳了不少新的研究成果。

（二十六）《诗经注析》

程俊英、蒋见元著。此书在文字注释的基础上着重诗义、主题、艺术特点以及揭示《诗经》对后世文学的影响，学术阐释和艺术鉴赏并重。显著特点是从文学的角度说解诗篇，突显作品的文学本色，是当代用文学观点评注《诗经》有代表性的一家。

（二十七）《诗经别裁》

扬之水著。此书内容体例如作者"前言"所言，兼有选与评之意。"别"者,"于公共标准之外,别存一个自己的标准";"所裁者,古人之〈诗〉评而"。全书选了《诗经》47篇而述,每一首下面都有注释,但和一般读本的不同之处是,书中总是选择作者个人认为妥帖的古注来注释诗中的文字,有时候在一处有多个解释,让读者自己选择合适的意义。此书别树一帜之处在于:一是以情心去体会,二是或正面赞美,或侧面反证,重现了《诗经》时代初民天地的美好。

(二十八)《诗经语言艺术》

夏传才著。此书是作者在大学时的讲稿,整理后由北京语文出版社出版。1990年台北云龙出版社出版的繁体字竖排版在海外发行。1998年增订,内容作了扩充,大多数章节都系重写,题名"诗经语言艺术新编",主要探讨《诗经》的语言、诗体、重章迭唱、叠字叠句、自然韵律、"六义"、赋比兴艺术、"言志"与"美刺"和民族史诗等。

(二十九)《诗经语言研究》

向熹著。此书是比较全面、系统地研究《诗经》语言以及有关问题的专著。除考察《诗经》文字、词汇、句式、语法之外,还广泛涉及音韵、章法和修辞等,在掌握大量资料的基础上得出一系列新的结论。此书与作者的《诗经词典》是姊妹篇,其中所论的问题,可以从《诗经词典》里得到更多的材料印证。

(三十)《兴的源起——历史积淀与诗歌艺术》

赵沛霖著。此书从发生学的观点探讨了中国美学史上的一个重要范畴"兴"的起源、发展,以及兴产生后给诗歌艺术带来的质的飞跃。作者在具体考察各种原始兴象与宗教观念内容之间关系的基础上，从微观上论证了兴起源的历史积淀过程，兴起源的实质是宗教观念内容向艺术形式积淀的结构，从而为我们认识美学中的重要课题——历史积淀说提供了诗歌艺术的具体例证。因研究的指向与《诗经》"兴"有密切的关系，书中的论证有大量材料来源于《诗经》，也可以作为《诗经》艺术研究的重要参考。

（三十一）《诗经的文化阐释——中国诗歌的发生研究》

叶舒宪著。此书通过"三重证据法"从整体上把握《诗经》的文化蕴含，旨在阐述中国诗歌的发生问题。作者从大量语源学资料出发，通过对《诗经》与原始文化关系的深入考辨，提出了许多新颖独到的见解；又能从宏观上着眼，富有理论色彩，给人许多启迪。

（三十二）《〈诗经〉文化人类学》

王政著。此书是从文化人类学视野研究《诗经》的一部力作。从原型喻象、习俗巫术、祭典三个方面，对《诗经》中的传说、神话、巫术、祭典、艺术原型、语言表象、名物制度、生活习俗、社会家庭组织形态等多方面进行了全方位系统的描述与梳理，并给予了充分的解读。全书涉猎广博，材料丰硕，新见迭出，是用文化人类学理论研究《诗经》的全新成果。

（三十三）《诗经的文化精神》

李山著。此书从传统本身着眼，探求《诗经》的文化精神，诸如农事诗所显示的天人关系，宴饮诗所体现的"和"的精神，战争诗所反映的文明与野蛮的冲突和周人对战争的态度，婚恋诗所揭示的礼俗的对峙及其历史动向等。书中还通过一些诗篇论证了殷周之际的观念变化等问题。

（三十四）《诗经名物考证》

扬之水著。此书主要是研究部分《诗经》作品（共 16 首）名物的专著。所涉及的名物比较广泛，如农业、建筑、天文、祭祀、礼仪、音乐、战争以及车马、服饰等日常生活用品和相关技术。本书最大的特点是密切结合考古材料加以证明，将考证与讲解、描述相结合，考证详细，资料丰富。

（三十五）《诗经植物图鉴》

潘富俊著。此书图文并茂，针对《诗经》中提及的 135 种植物，对其分布、性状和用途进行详细的介绍。配合优美摄影及专业植物学解说，探讨了《诗经》的重要性、产生地点及《诗经》时代运用植物的状况与类型，并简要说明了诗篇主旨与植物特性之间的关联。

（三十六）《〈诗经〉的科学解读》

胡淼著。此书是研究《诗经》中的动植物与自然现象的专著，试图从科学的层面深化对《诗经》的理解。据统计，《诗经》中有 141 篇 492 次提到动物，有 144 篇 505 次提到植物，有 89 篇 235 次提到自然现象。此书是《诗经》研究的另一种视角，值得关注。

（三十七）《诗经民俗文化阐释》

王巍著。此书从采集、狩猎、牧业、农业、蚕桑、纺织等物质生产民俗，交易和运输民俗，衣食住行等生活民俗，礼仪民俗，婚姻民俗，岁时节日与信仰民俗，游艺民俗等方面阐释《诗经》民俗文化，展示了《诗经》所反映的丰富多彩的民俗风情，再现了《诗经》民俗文化内涵及当时人们的审美取向。

(三十八)《金石简帛诗经研究》

于茀著。此书分为上、下两编，上编为金石简帛与四家诗异文汇考，下编为上海博物馆藏战国楚简诗论考释。上编以出土铜器铭文、简帛书、汉石经中的诗经文字与四家诗汇校，著录出土文献与四家诗相异者，考其原委，兼及郑玄改字，辨别是非。在研究方法上，是对王国维开辟的"二重证据法"的具体实践，有较好的参考价值。

(三十九)《孔子诗论述学》

刘信芳著。此书分为上、下两编。上编由六篇文章组成，着重讨论了《诗论》的作者、成书年代，分析了《诗论》思想的儒家特点，研究了出土文献文字释读的原则问题，对王国维提出的"二重证据法"进行了重新评价。下编以文字的隶定与释读为重点，以句为单位，集录了数十位学者的研究成果，加按语表达自己的观点。

(四十)《上海博物馆藏战国楚竹书〈诗论〉解义》

黄怀信著。此书对《上海博物馆藏战国楚竹书》第一册收录的《诗论》作了系统的讨论，从简支编联与复原开始，然后分章逐字逐句解其意蕴，最后译为现代汉语。解义主要是结合原诗，通过训诂而求其本义，不妄立说。

(四十一)《〈孔子诗论〉研究》

陈桐生著。此书是一部全面探讨《孔子诗论》内涵的专著。作者将战国《诗》学分为南北两派,认为《孔子诗论》是南方《诗》学的代表作,并初步考订其成书于子思之后孟子之前。作者在先秦两汉《诗》教发展史的广阔背景下,对《孔子诗论》从说《诗》方法、诗的题旨、理论倾向三个方面进行了深入研究,指出《孔子诗论》已经触及中国诗论最核心的问题。全书纵论上下几千年历史,出入传世文献与考古文物之间,视野开阔,材料翔实,立论审慎。

(四十二)《两周诗史》

马银琴著。此书通过考订两周时代诗歌作品的年代及其与礼乐制度的关系,把周代诗歌的创作结集还原为一种制度与文化的存在,将两周时代诗歌的发展历史与两周时代社会生活及其礼乐制度的发展过程结合起来。在周代社会生活、文化制度大背景下,充分利用传世文籍与考古出土的金石简帛资料,参借历史学、语言学、考古学、制度史等研究领域所取得的新成果,来追索和复现诗文本产生、存在的历史价值。

(四十三)《诗经研究史概要》

夏传才著。这是一部由单篇论文结集而成的《诗经》研究史专著。分先秦、汉学(汉至唐)、宋学(宋至明)、新汉学(清代)、"五四"及以后五个时期展开叙述。从介绍《诗经》的基本概念及《诗经》研究的基本知识入手,对各个时期《诗经》研究的各家各派及其代表作,有重点地予以评述,见解新颖,论据翔实。此书自问世后，受到海内外的广泛关注，已成为该领域的必读书目。2007年，作者对此书又进行了修订增补，题名为"诗经研究史概要（增注本）"，由清华大学出版社出版。

（四十四）《诗经学史》

洪湛侯著。这是一部《诗经》两千多年来研究史的集大成著作。此书以《诗经》学派盛衰消长为依据，分"先秦诗学"（周至秦）、"诗经汉学"（汉至唐）、"诗经宋学"（宋至明）、"诗经清学"（清）、"现代诗学"（民国至现代）五个时期。采取以史料学为基础，以史带论，史论结合，对历史上各家学说都进行了分析评述。书中注释并研究《诗经》文学观开端、延续和发展的轨迹，尤其是对近现代以来的《诗经》文学观研究，颇多新见。对历代的《诗经》学著作及作者，评论都较客观，引证材料翔实，条目非常清楚。最后作者还对《诗经》研究的反思与展望提出了自己的看法，此书是研究《诗经》学的必读书。

（四十五）《现代学术文化思潮与诗经研究：二十世纪诗经研究史》

赵沛霖著。《诗经》研究具有一千多年的历史，在步入20世纪之后，在继承前人研究成果的基础上，实现了由传统向现代的转型，走上了现代《诗经》学历史的新阶段。在取得多方面成就的同时，也存在着不足。因此面对20世纪《诗经》研究的总结与反思，已经成为摆在研究者面前的重要任务，同时也是21世纪《诗经》研究发展的迫切需要。此书采用新的学术史建构模式，从时代学术文化思潮的视角切入，以时代学术文化思潮对《诗经》的研究制约和影响为主线，在时代学术文化思潮的大视野与《诗经》学自身传统结合的框架内把握传统《诗经》学在现代条件下的嬗变过程。本书视野开阔，梳理清晰，学术评判也较客观公允，提出了自己的许多见解，不失为一部较好的学术史著作，也可以作为工具书使用。

以上所列的《诗经》研究著作，仅从内容上看，有概论、有训诂、有语音文字、有名物、有译注、有出土文献、有研究史等，涉及《诗经》研究的方方面面，是很重要的著作，而这些只是《诗经》研究著作中极小的一部分，还有许多著作，限于所见和叙述篇幅，无法一一介绍。

在最近70年间，历代有关《诗经》笺注、解读的书有的都已重印过了。大型的有：学苑出版社出版的《〈诗经〉要籍集成》，全42册；吉林出版集团出版的《钦定四库全书荟要》，其中与诗有关的典籍达20余种；齐鲁书社出版的《历代〈诗经〉版本丛刊》，全46册；中华书局出版的《毛诗集释》，全12册；现代出版社出版的《〈诗经〉集校集注集评》，全15册；中华书局出版的《日藏〈诗经〉古写本刻本汇编》，全12册，等等。对这些书籍，这里就没有介绍。

需要说明的是，对每一部书的版本及出版社、出版年代，读者可参阅书后的"参考文献"。

最后还有一个关于当代《诗经》书目评选，以备参考。

2017年4月23日"世界读书日"，中华书局公布了经专家、学者提名，结合社会影响和市场影响初选出的50种"阅读《诗经》"经典书单，并于2017年5月进行全网公投。截止到2017年6月，根据网络投票结果，最受欢迎的20种《诗经》相关著作出炉。2017年10月18日，微信公众号"中华书局1912"将投票结果公布，书目如下：

1. 《诗经注析》，程俊英、蒋见元著，中华书局，1991年10月。

2. 《诗经原始》，（清）方玉润撰，李先耕注，中华书局，1986年2月。

3. 《诗经》，王秀梅译注，中华书局，2015年9月。

4. 《诗集传》，（宋）朱熹集注，赵长征点校，中华书局，2017年1月。

5. 《毛诗传笺通释》，（清）马瑞辰撰，陈金生点校，中华书局，1989年3月。

6. 《诗经译注》，周振甫译注，中华书局，2013年7月。

7.《〈诗经〉讲义》，傅斯年著，中华书局，2015年1月。

8. 《诗经别裁》，扬之水著，中华书局，2012年2月。

9. 《诗三家义集疏》，（清）王先谦撰，吴格点校，中华书局，2011年4月。

10. 《诗经选》，余冠英选注，中华书局，2012年9月。

11. 《毛诗会笺》，[日]竹添光鸿笺注，凤凰出版社，2012年4月。

12. 《韩诗外传集释》，（汉）韩婴撰，许维遹校释，中华书局，1980年6月。

13. 《诗经今注》，高亨注，上海古籍出版社，2009年5月。

14. 《美人如诗，草木如织——诗经植物图鉴》，潘富俊著/摄影，吕胜由摄影，九州出版社，2014年1月。

15. 《诗经通解》，林义光著，中西书局，2012年9月。

16. 《历代诗经著述考（先秦—元代）》，刘毓庆著，中华书局，2005年1月。

17.《毛诗正义》，李学勤主编，北京大学出版社，1999年12月。

18.《两周诗史》，马银琴著，社会科学文献出版社，2006年12月。

19.《诗经词典（修订本）》，向熹编著，商务印书馆，2014年6月。

20.《诗经诠释》，屈万里著，上海辞书出版社，2016年8月。

这代表了当代学者和读者对《诗经》研究著作的认同，也值得读者注意。

三 检索指引：《诗经》研究工具书简介

就一般的理解而言，《诗经》研究的文献包括三大类：第一类是《诗经》原典，即三百篇白文；第二类是《诗经》原典研究，自秦汉迄于现代，数量惊人，其注释体例，古有传、笺、疏、集注、章句等，今有概说、今译、随笔等；第三类是《诗经》研究工具书。对学术研究的工具书，按其性质和作用，分类不尽相同，有解答疑难的字典词典类，有搜集史料指引线索的目录与索引，有类书等史料汇编等。还有的分为检索性工具书，包括书目、索引、文摘等；语言性工具书，包括字典、词典、百科全书等；参考性工具书，丛书、类书、汇编、图录、表谱、年鉴手册等。我们根据学者们的研究，对《诗经》工具书大致按上述分类介绍。

（一）《诗经》研究检索性工具书

此类工具书主要有目录、索引、文摘等。目录，又称书目，目指篇目，即文献的名称；录指叙录，指文献的提要。《诗经》书目主要有：

1. 清朱彝尊《经义考》，三百卷。初名《经义存亡考》，为历代经学书籍之总目及提要。《诗经》类文献二十二卷，起于先秦，迄于清初。乾隆末年，翁方纲著有《经义考补正》十二卷，纠谬1080条。

2. 郑振铎《关于诗经研究的重要书籍介绍》（论文），收入《中国文学论集》《中国文学研究》中。

3. 蒋秋华、王清信纂辑《清代经学著述现存版本目录初稿》，附于《清代诗话知见录》书后，台湾中国文哲研究所2003年版。

4. 蒋秋华编《清代诗经学考述》，附吴宏一主编《清代诗话考述》书末，台湾中国文哲研究所2007年版。

5. 韩明安编《诗经研究概况》，黑龙江教育出版社1988年版，专列《诗经研究资料编目》。

6. 赵沛霖《诗经研究反思》，天津人民出版社1989年版，书中第三部分为专著与论文提要。

7. 刘毓庆《历代诗经著作考（先秦—元代）》，中华书局2002年版。

8. 刘毓庆《历代诗经著作考（明）》，中华书局2008年版。

9. 夏传才、董治安主编《诗经要籍提要》，学苑出版社2003年版。

10. 夏传才主编《诗经学大词典》，河北教育出版社2014年版。

除此之外，还有许多《诗经》目录、索引，在此省略。需要注意的是，林庆彰先生编有《经学研究论著目录（1912—1987）》，1988年出版，1994年修订；《经学研究论著目录（1988—1992）》，

1994 年出版；《经学研究论著目录（1993—1997）》，2003 年出版。河北师范大学寇淑慧编有《二十世纪诗经研究文献目录》，学苑出版社 2001 年版。收录 1901—2000 年，专著、论文 6000 余篇（部）。此后，又补充了《2002—2007 年诗经研究论文篇目索引》，第八届《诗经》国际学术研讨会资料，收载论文篇目 2330 条。

（二）《诗经》研究词语性工具书

1. 向熹《诗经词典》（修订本），四川人民出版社 1986 年版，1997 年出第 2 版。收《诗经》单词 2826 个，收录《诗经》全部近 1000 个复词。

2. 董治安主编《诗经词典》，山东教育出版社 1989 年版。收词头 3019 个，词组 3896 个。

3. 迟文浚主编《诗经百科词典》，辽宁人民出版社 1998 年版。该书分为上、中、下三卷，正文包括译析篇、词语篇、草木篇、什器篇、史地篇和研究篇六大部分。条目清楚，解释简练，内容充分。

4. 庄穆主编《诗经综合词典》，远方出版社 1999 年版。

5. 夏传才主编《诗经学大辞典》，河北教育出版社 2014 年版。该辞典是迄今为止部头最大、内容最充实的《诗经》学大辞典。分为上、下两册，上册有"前言""基本理论卷""三百篇解题卷""诗体艺术卷""出土文献卷""历代诗经学史卷""现代诗经学卷（附台湾、香港的《诗经》研究）""世界诗经学卷""诗经文化卷"九大部分，还有一个附录《现代诗经著述目录（附台湾、香港书目）》。上册着重在《诗经》的基本原理、三百篇主要内容、学术发展概况、历代学术流派、名家著作、各种学术观点，以及研究的方法等涉及诗经学各个学科的主要内容方面，总结性地予以介绍。下册分"前言""诗经词语""诗经成语""诗经名物""诗经语言学""中国历代诗经著述存佚书目"六大部分。下册是关于《诗经》的词语释义、成语诠释、名物解释、语言性质、语法句法、修辞、音韵等的说明，以及附录历代存佚书目，和一般辞书的性质和体例相同。所谓资料性，是把一般难见难解的重要资料以及散见于各种古籍的资料，辑集汇总，以减轻研究者费力搜集之劳。兼具以上三个方面，才是名副其实的专书学术词典。

《诗经学大辞典》总括传统、现代、世界三大部分诗经学的主要内容，把它们分门别类，简明地条目化，使学习和研究者便于检阅参考，从而促进现代新文化建设，推动学术研究向先进文化的方向发展，是这部辞典编纂的宗旨。这是一部专书的学术辞典，兼具学术性、知识性、资料性，是对2500年传统诗经学的继承、革新和发展。

此外，还有一些冠名"辞典"，实为诗文赏析之汇集的著述，如任自斌等主编的《〈诗经〉鉴赏辞典》，金启华等主编的《〈诗经〉鉴赏辞典》，周啸天主编的《〈诗经〉〈楚辞〉鉴赏辞典》，姜亮夫等编的《先秦诗鉴赏辞典》，李家秀编著的《〈诗经〉鉴赏辞典》，赵逵夫等编的《〈诗经〉三百篇鉴赏辞典》，杨合鸣编的《〈诗经〉鉴赏辞典》，上海辞书出版社文学鉴赏辞典编纂中心编的《先秦诗鉴赏辞典》等，在此不作详细介绍。

（三）《诗经》研究参考性工具书

关于《诗经》参考性的工具书，主要是指丛书类文献，如《中国丛书综录》载四种：明钟惺辑《古名儒毛诗解十六种》，清陈奂撰《陈氏毛诗五种》（实存三种），清归起先辑《诗经通解》，清牟应震撰《毛诗质疑》。这类工具书除专门的学术研究外，一般人很少使用这些文献。2002 年，中国诗经学会组织专家用十年时间编纂《诗经要籍集成》，由学苑出版社出版。该书收录汉、唐、明、清《诗经》文献要籍 141 种，附录《诗经》学著作存目提要 260 种，清代及民国著作辑目 229 种。尚有《诗经要籍集成续编》在编辑中。

此外，还需要提到的是资料汇编类图书，如蔡守湘、江风辑《历代诗话论诗经楚辞》，武汉出版社 1991 年版。书中收录历代诗话著作评论诗三百和《楚辞》的资料。《诗经》研究的专业学术期刊，有中国诗经学会会刊《诗经研究丛刊》（不定期），日本诗经学会会刊《诗经研究》和韩国诗经学会会刊《诗经研究》，这些期刊登载的是最新的《诗经》研究成果，值得关注。

下 篇
永远的感动：品读《诗经》

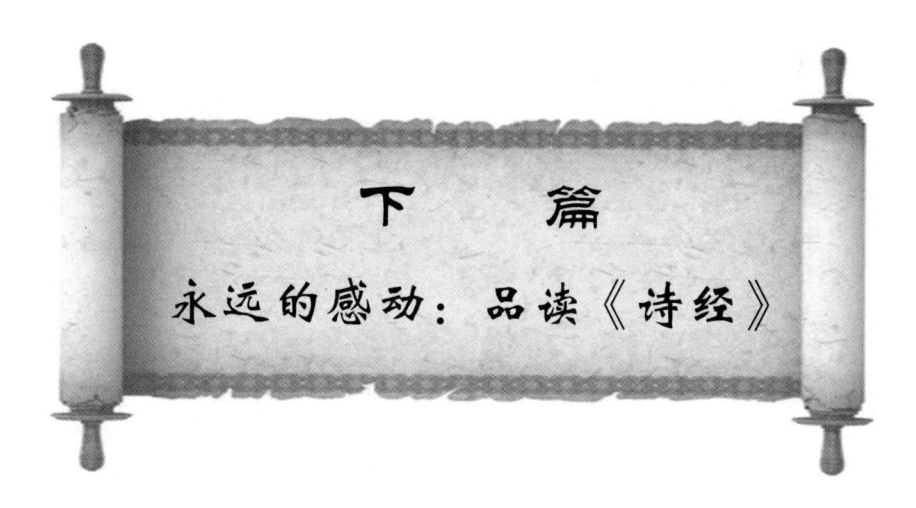

周　南

关雎

关关雎鸠①，在河之洲②。窈窕淑女③，君子好逑④。
参差荇菜⑤，左右流之⑥。窈窕淑女，寤寐求之⑦。
求之不得，寤寐思服⑧。悠哉悠哉⑨，辗转反侧⑩。
参差荇菜，左右采之。窈窕淑女，琴瑟友之⑪。
参差荇菜，左右芼之⑫。窈窕淑女，钟鼓乐之⑬。

注释

①关关：象声词，雌雄二鸟相互应和的叫声。雎鸠（jū jiū）：一种水鸟名，即王鴡。

②洲：水中的陆地。

③窈窕（yǎo tiǎo）淑女：贤良美好的女子。窈窕，身材体态美好的样子。窈，深邃，喻女子心灵美；窕，幽美，喻女子仪表美。淑，好，善良。

④好逑（hǎo qiú）：好的配偶。逑，"仇"的假借字，匹配。

⑤参差：长短不齐的样子。荇（xìng）菜：水草类植物。圆叶细茎，根生水底，叶浮在水面，可供食用。

⑥左右流之：时而向左、时而向右地择取荇菜。这里是指勉力求取荇菜，隐喻"君子"努力追求"淑女"。流，义同"求"，这里指摘取。之：指荇菜。

⑦寤寐（wù mèi）：醒和睡。指日夜。寤，醒觉。寐，入睡。又，马瑞辰《毛诗传笺注通释》说："寤寐，犹梦寐。"也可通。

⑧思服：思念。服，想。《毛传》："服，思之也。"

⑨悠哉悠哉：意为"悠悠"，就是长。这句是说思念绵绵不断。哉，语气助词。

⑩辗转反侧：翻覆不能入眠。辗，古字作"展"。辗转，即反侧。反侧，犹翻覆。

⑪琴瑟友之：弹琴鼓瑟来亲近她。琴、瑟，皆弦乐器。琴五或七弦，瑟二十五或五十弦。友：用作动词，此处有亲近之意。

⑫芼（mào）：择取，挑选。

⑬钟鼓乐之：用钟奏乐来使她快乐。乐，使动用法，使……快乐。

品读

《关雎》是《诗经》的第一篇，在中国文学史上占据着特殊的位置。在孔子看来，《关雎》可谓"乐而不淫，哀而不伤"，是表现"中庸"之德的典范。《毛诗序》认为，《关雎》是"《风》之始也，所以风天下而正夫妇也。故用之乡人焉，用之邦国焉。"有表现伦理思想的典范意义。

这首诗写一个"君子"对"淑女"的追求，写他得不到"淑女"时心里苦恼，翻来覆去睡不着觉；得到了"淑女"就很开心，叫人奏起音乐来庆贺，并以此让"淑女"快乐。作品中人物的身份十分清楚："君子"在《诗经》的时代是对贵族的泛称，而且这位

"君子"家备琴瑟钟鼓之乐，那是要有相当地位的。以前常把这首诗解释为"民间情歌"，恐怕不确切，它所描绘的应该是贵族阶层的生活。另外，说它是爱情诗当然不错，但恐怕也不是一般的爱情诗。这原来是一首婚礼上的歌曲，是男方家庭赞美新娘、祝颂婚姻美好的。从"窈窕淑女，君子好逑"，唱到"琴瑟友之""钟鼓乐之"，也是喜气洋洋的，是很合适的。

这首诗可以被当作表现夫妇之德的典范，主要是由于有这些特点：首先，它所写的爱情，从一开始就有明确的婚姻目的，最终又归结于婚姻的美满，不是青年男女之间短暂的邂逅、一时的激情。这种明确指向婚姻、表示负责任的爱情，更为社会所赞同。其次，它所写的男女双方，乃是"君子"和"淑女"，表明这是一种与美德相联系的结合。"君子"是兼有地位和德行双重意义的，而"窈窕淑女"，也是兼说体貌之美和德行之善。这里"君子"与"淑女"的结合，代表了一种婚姻理想。再次，是诗歌所写恋爱行为的节制性。细读可以注意到，这首诗虽是写男方对女方的追求，但丝毫没有涉及双方的直接接触。"淑女"固然没有什么动作表现出来，"君子"的相思，也只是独自在那里"辗转反侧"。这样一种恋爱，既有真实的颇为深厚的感情（这对情诗而言是很重要的），又表露得平和而有分寸，它让读者所产生的感动，也不至过于激烈。而孔子从中看到了一种具有广泛意义的中和之美，借以提倡他所尊奉的自我克制、重视道德修养的人生态度。

古之儒者重视夫妇之德，有其很深的道理。从第一层意义上说，家庭是社会组织的基本单元，在古代，这一基本单元的和谐稳定对于整个社会秩序的和谐稳定，意义至为重大。在第二层意义上，所谓"夫妇之德"，实际上兼指有关男女问题的一切方面。"饮食男女，人之大欲存焉"（《礼记·礼运》），孔子也知道这是人类生存的基本要求。饮食之欲比较简单，而男女之欲所引起的情绪活动要复杂、活跃、强烈得多，它对生活规范、社会秩序的潜在危险也大得多，所以一切克制、一切修养，都要从男女之欲开始。这当然是必要的，但克制到什么程度为合适，却是一个复杂的问题，这里牵涉到社会物质生产水平、政治结构、文化传统等多种因素的综合，也牵涉到时代条件的变化。《关雎》所歌颂的，是一种感情克制、行为谨慎、以婚姻和谐为目标的爱情，所以儒者觉得这是很好的典范，是"正夫妇"并由此引导广泛的德行的教材。

由于《关雎》既承认男女之爱是自然而正常的感情，又要求对这种感情加以克制，使其符合于社会的美德，后世之人往往各取所需，加以引申发挥，而反抗封建礼教的非人性压迫的人们，也常打着《关雎》的权威旗帜，来伸张满足个人情感的权利。

在艺术上，《关雎》富于想象，感情真挚动人；句式整齐短促，适应音乐演奏的需要而反复回旋，节奏和谐而明快。诗中又多用双声叠韵联绵字，极大地增强了诗歌音调的和谐和人物描写的生动性。

卷 耳

采采卷耳①，不盈顷筐②。嗟我怀人③，寘彼周行④。
陟彼崔嵬⑤，我马虺隤⑥。我姑酌彼金罍⑦，维以不永怀⑧。
陟彼高冈，我马玄黄⑨。我姑酌彼兕觥⑩，维以不永伤⑪。
陟彼砠矣⑫，我马瘏矣⑬。我仆痡矣⑭，云何吁矣⑮！

注释

①采采：茂盛。一谓采了又采。卷耳：苍耳，石竹科一年生草本植物，嫩苗可食，子可入药。

②盈：满。顷筐：斜口筐子，后高前低。一说斜口筐。

③嗟：语助词，或谓叹息声，感叹，伤叹。怀：怀想。

④寘（zhì）：同"置"，放，搁置。周行（háng）：环绕的道路，特指大道。

⑤陟：升；登。彼：指示代名词。崔嵬（wéi）：山高不平。

⑥我：想象中丈夫的自称。虺隤（huī tuí）：疲极而病。

⑦姑：姑且。酌：斟酒。金罍（léi）：青铜做的罍。罍，器名，青铜制，用以盛酒和水。

⑧维：发语词，无实义。以：以使，以便。永怀：长久思念。永，深长，深陷。

⑨玄黄：黑色毛与黄色毛相掺杂的颜色。

⑩兕觥（sì gōng）：一说野牛角制的酒杯，一说"觥"是青铜做的牛形酒器。

⑪永伤：长久思念。伤，伤怀。

⑫砠（jū）：有土的石山，或谓山中险阻之地。

⑬瘏（tú）：因劳致病，马疲病不能前行。

⑭痡（pū）：因劳致病，人过劳不能走路。

⑮云何：奈何，奈之何。云，语助词，无实义。吁（xū）：忧伤而叹。一作"盱"，张目远望。

品读

这首诗是一篇抒写怀人情感的名作。其佳妙处尤其表现在它匠心独运的篇章结构上。诗共四章，第一章是以思念征夫的妇女的口吻来写的，写思妇怀念服役的丈夫；后三章则是以思家念归的备受旅途辛劳的男子的口吻来写的，极力铺写他苦难的军旅生活和思妻念子的心情。本来是女子抒发自己对丈夫的怀念，却想象对方是如何思念自己的，诗思全从彼岸飞来，以想象贯彻全篇。想象中的感情越丰富，就越见出作者感情的深切；想象对方越周到细致，而作者的感情也越细腻。想象虽然虚幻，情感却真实深挚。不直接写自己对丈夫的思念，而思念却愈见其深长，婉转曲折，感人尤深。

怀人是世间永恒的情感主题，这一主题跨越了具体的人和事，它本身成了历代诗人吟咏的好题目。《卷耳》为中国诗歌长河中蔚为壮观的一支——怀人诗开了一个好头。其深远影响光被后世。徐陵《关山月》、张仲素《春归思》、杜甫《月夜》、王维《九月九日忆山东兄弟》、元好问《客意》等抒写离愁别绪、怀人思乡的诗歌名篇，多多少少都体现了与《周南·卷耳》一脉相承的意味。此诗突破时空限制从对方着笔的写法，对后代诗人有明显的影响。像徐陵的《关山月》："关山三五月，客子忆秦川。思妇高楼上，当窗应未眠。"前两句写客子怀乡念妻之情，后二句写思妇独守窗口长想亲人之状，表达了双方借着月光互相思念的心境。杜甫的《月夜》采用的也是这种表现手法。"今夜鄜州月，闺中只独看。遥怜小儿女，未解忆长安。"由自己的愁思生发出他想象中妻子儿女举首望月，忧愁满面，借着明月寄传思念之情。

桃　夭

桃之夭夭[①]，灼灼其华[②]。之子于归[③]，宜其室家[④]。

桃之夭夭，有蕡其实[⑤]。之子于归，宜其家室。

桃之夭夭，其叶蓁蓁[⑥]。之子于归，宜其家人[⑦]。

注释

[①]夭夭：花朵怒放，茂盛美丽，生机勃勃的样子。

[②]灼灼：花朵色彩鲜艳如火，明亮鲜艳，闪耀的样子。华：同

"花",指盛开的花。

③之子:这位姑娘。于归:姑娘出嫁。古代把丈夫家看作女子的归宿,故称"归"。于,虚词,用在动词前。

④宜:和顺、亲善。室家:家庭。此指夫家,下文的"家室""家人"均指夫家。

⑤有蕡(fén):即蕡蕡,草木结实很多的样子。此处指桃实肥厚肥大的样子。蕡,果实硕大的样子。

⑥蓁(zhēn)蓁:树叶繁密的样子。这里形容桃叶茂盛。

⑦家人:与家室义同。变换字以协韵。

品读

全诗分为三章。第一章以鲜艳的桃花比喻新娘的年轻娇媚。第二章则是表示对婚后的祝愿。第三章以桃叶的茂盛祝愿新娘家庭的兴旺发达。以桃树枝头的累累硕果和桃树枝叶的茂密成荫,来象征新嫁娘婚后生活的美满幸福,堪称最美的比喻,最好的颂辞。

全诗每章都先以桃起兴,继以花、果、叶兼作比喻,极有层次:由花开到结果,再由果落到叶盛;所喻诗意也渐次变化,与桃花的生长相适应,自然浑成,融为一体。

全诗语言极为优美,又极为精练。不仅巧妙地将"室家"变化为各种倒文和同义词,而且反复用一"宜"字。一个"宜"字,揭示了新嫁娘与家人和睦相处的美好品德,也写出了她的美好品德给新建的家庭注入新鲜的血液,带来和谐欢乐的气氛。这个"宜"字,掷地有声,简直没有一个字可以代替。

《桃夭》在历史上影响很大。当代《诗经》研究者陈子展说:"辛亥革命以后,我还看见乡村人民举行婚礼的时候,要歌《桃夭》三章。"开篇的"桃之夭夭,灼灼其华"不仅是"兴"句,而且含有"比"的意思，这个比喻对后世也有很大的影响。自此以后用花，特别是用桃花来比美人的层出不穷，如魏晋阮籍《咏怀·昔日繁华子》"夭夭桃李花，灼灼有辉光"；唐代崔护《题都城南庄》"去年今日此门中，人面桃花相映红"；北宋陈师道《菩萨蛮·佳人》"玉腕枕香腮，桃花脸上开"。他们的诗皆各有特色，无不受到《周南·桃夭》这首诗的影响，只不过影响有大小，运用有巧拙而已。古代文学作品中形容女子面貌姣好常用"面若桃花""艳如桃李"等词句，也是受到了这首《周南·桃夭》的启发，而"人面桃花"更成了中国古典诗词中的一种经典意境。

汉　广

南有乔木，不可休思①。汉有游女②，不可求思。
汉之广矣，不可泳思。江之永矣③，不可方思④。
翘翘错薪⑤，言刈其楚⑥。之子于归，言秣其马⑦。
汉之广矣，不可泳思。江之永矣，不可方思。
翘翘错薪，言刈其蒌⑧。之子于归，言秣其驹⑨。
汉之广矣，不可泳思。江之永矣，不可方思。

注释

①思：休思。休：止息也；思：语气助词，没有实义。
②汉：指汉水。游女：在汉水岸上出游的女子。
③江：指长江。永：水流很长。
④方：渡河的木排。这里指乘筏渡河。
⑤翘：众也，秀起之貌。错薪：杂乱的柴草。
⑥楚：杂薪之中尤翘翘者。
⑦秣（mò）：喂马。

⑧蒌（lóu）：草名，即蒌蒿。
⑨驹：幼马为驹。

品读

这是一首恋情诗。写一位青年男子钟情一位美丽的姑娘，却始终难遂心愿。情思缠绕，无以解脱，面对浩渺的江水，他唱出了这首动人的诗歌，倾吐了满怀惆怅的愁绪。

关于本篇的主旨，《毛诗序》所说赞文王"德广所及也"，并不足据。《文选》注引《韩诗序》云："《汉广》，说（悦）人也。"清陈启源《毛诗稽古编》进而发挥曰："夫说（悦）之必求之，然唯可见面不可求，月慕说益至。"对诗旨的阐释和诗境的把握，简明而精当。"汉有游女，不可求思"，是体现诗旨的中心诗句；"汉之广矣，不可泳思。江之永矣，不可方思"，重叠三唱，反复表现了抒情主人公对在水一方的"游女"，瞻望勿及，企慕难求的感伤之情。鲁、齐、韩三家诗解"游女"为汉水女神，后颇有从者，这给本诗抹上了一层人神恋爱的色彩。

从结构形式上看，首章似独立于第二、三两章；而从情感表现上看，前后部分紧密相连，细腻地传达了抒情主人公由希望到失望、由幻想到幻灭这一曲折复杂的情感历程。第二、三两章一再地描绘了痴情的幻境：有朝"游女"来嫁我，先把马儿喂喂饱；有朝"游女"来嫁我，喂饱驹儿把车拉。但幻境毕竟是幻境，一旦睁开现实的眼睛，便更深地跌落幻灭的深渊。他依然痴情而执着，但第二、三两章对"汉广""江永"的复唱，已是幻境破灭后的长歌当哭，比之首唱，真有男儿伤心不忍听之感。诗章前后相对独立，情感线索却历历可辨。

陈启源《毛诗稽古编》把《汉广》的诗境概括为"可见而不

可求"。这也就是西方浪漫主义所谓的"企慕情境",即表现所渴望所追求的对象在远方、在对岸,可以眼望心至却不可手触身接,是永远可以向往但永远不能到达的境界。《秦风·蒹葭》也是刻画"企慕情境"的佳作,与《汉广》比较,则显得一空灵象征,一具体写实。《蒹葭》全篇没有具体的事件、场景,连主人公是男是女都难以确指,诗人着意渲染一种追求向往而渺茫难即的意绪。《汉广》则相对要具体写实得多,有具体的人物形象,有细微的情感历程,有自然景物的描写。王士禛认为,《汉广》是中国山水文学的发轫,是《诗经》中仅有的几篇"刻画山水"的诗章之一(《带经堂诗话》),可为卓见。当然,空灵象征能提供广阔的想象空间,而具体写实却不易作审美的超越。钱锺书《管锥编》论"企慕情境"这一原型意境,在《诗经》中以《秦风·蒹葭》为主,而以《周南·汉广》为辅,其原因或许就在于此。

召　南

草　虫

喓喓草虫①，趯趯阜螽②；未见君子，忧心忡忡③。亦既见止④，亦既觏止⑤，我心则降⑥。

陟彼南山⑦，言采其蕨⑧；未见君子，忧心惙惙⑨。亦既见止，亦既觏止，我心则说⑩。

陟彼南山，言采其薇⑪；未见君子，我心伤悲。亦既见止，亦既觏止，我心则夷⑫。

注释

①喓（yāo）喓：虫鸣声。

②趯（tì）趯：昆虫跳跃之状。阜（fù）螽（zhōng）：即蚱蜢，一种蝗虫。

③忡（chōng）忡：犹冲冲，形容心绪不安。

④亦：如，若。既：已经。止：之，他。一说语助词。

⑤觏（gòu）：遇见。一说通"媾"，指男女结合。

⑥降：降下，引申为放心。

⑦陟（zhì）：升，登。登山盖托以望君子。

⑧蕨：野菜名，初生无叶时可食。

⑨惙（chuò）惙：忧，愁苦的样子。

⑩说（yuè）：通"悦"，高兴。

⑪薇：草本植物，又名巢菜，或野豌豆，似蕨，而味苦，山间之人食之，谓之迷蕨。

⑫夷：平，此指心情平静。

品读

这首诗抒写一位妇女在丈夫远出在外时的忧念及丈夫归来时的喜悦，和《周南·卷耳》一样，也有想象的意境。全诗三章，第一章写思妇秋天怀人的情景，第二、三章分别叙写来年春天、夏天怀人的情景。

首章将思妇置于秋天的背景下，头两句以草虫鸣叫、阜螽相随蹦跳起兴，她此时也许还感受到了秋风的凉意，见到衰败的秋草，枯黄的树叶，大自然所呈露的无不是秋天的氛围。秋景最易勾起离情别绪，怎奈得还有那秋虫和鸣相随的撩拨，诗人埋在心底的相思之情一下子被触动了，激起了心中无限的愁思："未见君子，忧心忡忡。"此诗构思的巧妙，就在于以下并没有循着"忧心忡忡"写去，却改用拟想，假设所思者突然出现在自己面前将会是如何的情景："亦既见止，亦既觏止，我心则降。"见，说的是会面；觏，《易》曰："男女觏精，万物化生。"故《郑笺》谓"既觏"是已婚的意思，可见"觏"当指男女情事而言。降，下的意思，指精神得到安慰，一切愁苦不安皆已消失。这里以"既见""既觏"与"未见"相对照，情感变化鲜明，欢愉之情可掬。运用以虚衬实，较之直说如何如何痛苦，既新颖、具体，又情味更浓。

第二、三章虽是重叠，与第一章相比，不仅转换了时空，拓宽了内容，情感也有发展。登高才能望远，诗人"陟彼南山"，为的是瞻望"君子"。然而从山巅望去，所见最显眼的就是蕨和薇的嫩苗，诗人无聊之极，随手无心地采着。采蕨、采薇暗示着经秋冬而今已是来年的春夏之交，换句话说，诗人"未见君子"不觉又多了一年，其相思之情自然也是与时俱增，"惙惙"表明心情凝重，几至气促；"伤悲"更是悲痛无语，无以复加。与此相应的则是与君子""见""觏"的渴求也更为迫切，她的整个精神依托、全部生活欲望、唯一的欢乐所在，几乎全系于此："我心则说（悦）""我心则夷"，多么大胆而率真的感情，感人至深。

摽有梅

摽有梅①，其实七兮②！求我庶士③，迨其吉兮④！

摽有梅，其实三兮！求我庶士，迨其今兮⑤！

摽有梅，顷筐塈之⑥！求我庶士，迨其谓之⑦！

注释

①摽（biào）：掷、抛，一说坠落、落下。有：语助词。

②七：一说非实数，古人以七到十表示多，三以下表示少。

③庶：众多。士：未婚男子。

④迨（dài）：及，趁。吉：好日子。

⑤今：现在。

⑥顷筐：斜口浅筐，犹今之簸箕；一说即倾筐。塈（jì）：取，一说给予。

⑦谓：告诉，约定；一说通"会"，聚会；一说归，嫁。

品读

这是一首反映周代风俗的诗，描写的是男女之情。暮春，梅子黄熟，纷纷坠落。一位姑娘见此情景，敏锐地感到时光无情，抛人而去，而自己青春流逝，却嫁娶无期，便不禁以梅子兴比，情意急迫地唱出了这首怜惜青春、渴求爱情的诗歌。《周礼·媒氏》曰："仲春之月，令会男女。于是时也，奔者不禁。若无故而不用令者，罚之。司男女之无夫家者而会之。"明白了这种风俗背景，对这首情急大胆的求爱诗，就不难理解了。闻一多先生在《风诗类钞》中也对此诗风俗背景作了很好的说明。

本诗从抒情主人公的主观心态上看，她面对梅子黄熟，嫁期将尽，仍夫婿无觅，不能不令人情急意迫。她通过"求我庶士"，呼唤爱情。以落梅为比，"其实七兮""其实三兮""顷筐塈之"，由繁茂而衰落，暗示"庶士"趁着好时光求爱。从树上的梅子尚多到渐少，直至全部落地，暗示着"庶士"从尚可等待——不要等待——绝不能再等待的过程，这是女子纯真的爱情心理，因此她告诉男子"迨其吉兮"——"迨其今兮"——"迨其谓之"。从诗篇的艺术结构上看，三章重唱，却一层紧逼一层，生动有力地表现了女主人公情急意迫的心理过程。这首诗写出了青春少女大胆的、炽热的、天真无邪的爱情追求。

珍惜青春，渴望爱情，是中国诗歌的母题之一。《摽有梅》作为春思求爱诗之祖，其原型意义在于建构了一种抒情模式：以花木盛衰比青春流逝，由感慨青春易逝而追求婚恋及时。从北朝民歌《折杨柳枝歌》"门前一株枣，岁岁不知老。阿婆不嫁女，那得孙儿抱"，到中唐无名氏的《金缕曲》"花枝堪折直须折，莫待无花空折枝"；从《牡丹亭》中杜丽娘感慨"良辰美景奈何天"，到《红楼梦》里林黛玉叹惜"花谢花飞飞满天"，可以说，无不是这一原型模式的艺术变奏。然而，《摽有梅》作为先民的首唱之作，却更为质朴而清新，明朗而深情。

野有死麕

野有死麕①，白茅包之②。有女怀春③，吉士诱之④。
林有朴樕⑤，野有死鹿。白茅纯束⑥，有女如玉。
舒而脱脱兮⑦！无感我帨兮⑧！无使尨也吠⑨！

注释

①麕（jūn）：同"麇"，獐子。鹿一类的兽，无角。

②白茅：草名。属禾本科，在阴历三、四月间开白花。

③怀春：思春，春心萌动。

④吉士：男子的美称。诱：挑逗。

⑤朴樕（sù）：丛生小树，灌木。

⑥纯束：捆扎，包裹。"纯"为"稇（kǔn）"的假借。

⑦舒：舒缓。脱（tuì）脱：这里指动作文雅舒缓。

⑧感（hàn）：通"撼"，动摇。帨（shuì）：佩巾，围在腰间的遮巾。

⑨尨（máng）：多毛的狗。

品读

这首诗是一首优美的爱情诗。这在五四运动后的白话文学、民间文学的倡导者们如顾颉刚、胡适、俞平伯、周作人热烈的书信探讨中已作了极大的肯定。顾颉刚说："《野有死麕》是一首情歌。"

全诗三章，前两章以叙事者的口吻旁白描绘男女之情，朴实率真；后一章全录女子偷情时的言语，活脱生动，从侧面表现了男子的情炽热烈和女子的含羞慎微。转变叙事角度的描写手法使整首诗情景交融，正面侧面相互掩映，含蓄诱人，赞美了男女之间自然、纯真的爱情。诗很短，写出了两个人物形象：勇猛强壮的猎人，他

猎到了麕和鹿，他对女子如此情长，用"白茅包之"并"诱之"，最后终于得到了甜蜜的爱情；那位"怀春"的少女，如此美貌、纯洁，是"有女如玉"，她面对这突如其来的爱情既羞怯又矜持，她说的那些话既增添了她的娇媚，又使诗蒙上了一层朦胧的美。

  诗的语言生动而隽永，这主要归功于口语、方言的使用和刻意营造音乐效果的语词的创造性运用。卒章三句由祈使句组成，纯属口语。直接采用口头语言能够最完整最准确地再现女子偷情时既欢愉急切又紧张羞涩的心理状态。而祈使句本身也提示了这样一个动作场面的微妙紧张。

邶　风

燕　燕

燕燕于飞①，差池其羽②。之子于归，远送于野。瞻望弗及③，泣涕如雨。

燕燕于飞，颉之颃之④。之子于归，远于将之⑤。瞻望弗及，伫立以泣⑥。

燕燕于飞，下上其音。之子于归，远送于南。瞻望弗及，实劳我心。

仲氏任只⑦，其心塞渊⑧。终温且惠⑨，淑慎其身⑩。先君之思⑪，以勖寡人⑫。

注释

①燕燕：即燕子。

②差（cī）池：义同"参差"，不整齐的样子。

③瞻：往前看；弗：不能。

④颉（xié）：上飞。颃（háng）：下飞。

⑤将（jiāng）：送。

⑥伫：久立等待。

⑦仲：兄弟或姐妹中排行第二者。任：诚实可信任。氏：姓

氏。只：语助词。

⑧塞（sè）：诚实。渊：深厚。

⑨终：既。温：温柔。且：又。惠：和顺。

⑩淑：善良。慎：谨慎。

⑪先君：已故的国君。

⑫勖（xù）：勉励。一作"畜"。寡人：寡德之人，国君对自己的谦称。

品读

这是一首抒写离别之情的诗。全诗四章，前三章重章渲染惜别情境，后一章深情回忆被送者的美德。全诗抒情深婉而语意沉痛，写人传神而敬意顿生。

前三章开首以飞燕起兴："燕燕于飞，差池其羽""颉之颃之""下上其音"。阳春三月，群燕飞翔，蹁跹上下，呢喃鸣唱。然而，诗人用意不只是描绘一幅"春燕试飞图"，而是以燕燕双飞的自由欢畅，来反衬同胞别离的愁苦哀伤。接着点明事由："之子于归，远送于野。"父亲已去世，妹妹又要远嫁，同胞手足今日分离，此情此景，依依难别。"远于将之""远送于南"，相送一程又一程，更见离情别绪之黯然。然而，千里相送，终有一别。远嫁的妹妹终于遽然而去，深情的兄长仍依依难舍。三章重章复唱，既易辞申意，又循序渐进，且乐景与哀情相反衬，从而把送别情境和惜别气氛，表现得深婉沉痛，不忍卒读。

四章由虚而实，转写被送者。原来二妹非同一般，她思虑切实而深长，性情温和而恭顺，为人谨慎又善良，正是自己治国安邦的好帮手。她执手临别，还不忘赠言勉励：莫忘先王的嘱托，成为百姓的好国君。这一章写人，体现了上古先民对女性美德的极高评价。在写法上，先概括描述，再写人物语言；静中有动，形象鲜活。而四章在全篇的结构上也有讲究，前三章虚笔渲染惜别气氛，后一章实笔刻画被送对象，采用了同《召南·采蘋》相似的倒装之法。

《燕燕》之后，"瞻望弗及"和"伫立以泣"成了表现惜别情境的原型意象，反复出现在历代送别诗中。"伫立以泣"的"泪"，成为别离主题赖以生发的艺术意象之一。王士禛在《分甘余话》中说此诗为"万古送别之祖"。

击鼓

击鼓其镗①，踊跃用兵②。土国城漕③，我独南行④。
从孙子仲⑤，平陈与宋⑥。不我以归⑦，忧心有忡⑧。
爰居爰处⑨？爰丧其马⑩？于以求⑪？于林之下⑫。
死生契阔⑬，与子成说⑭。执子之手，与子偕老⑮。
于嗟阔兮⑯，不我活兮⑰。于嗟洵兮⑱，不我信兮⑲。

注释

①其镗（tāng）：犹言"镗镗"，形容鼓声。

②踊跃：犹言鼓舞。一说跳跃，奋起，此为喜好的意思，是穷兵黩武的疯狂模样。兵：武器，刀枪之类。

③土：挖土筑城。国：城郭。城：修城。漕（cáo）：城墙外的护城河。一说卫国城邑，在今河南滑县境。

④南行：指出发到南方去打仗或服役。

⑤孙子仲：即公孙文仲，字子仲，出征的主将。

⑥平陈与宋：调停陈、宋两国敌对关系，使之和好。平，和，讲和。陈，春秋诸侯国，帝舜之后，都城在今河南淮阳。与，于。

宋，春秋诸侯国，为殷商遗民国家，都城在今河南商丘。

⑦不我以归："不以我归"的倒装，有家不让回。以，在此有让、使、允许的意思；一说通"与"。

⑧有忡：犹言"忡忡"，忧虑不安的样子。

⑨爰（yuán）：发声词，犹言"于是"，在这里。一说"于何"的合音，在哪里。

⑩丧其马：丢失战马，意味着难以逃离战场，有丧命之虞。丧，丧失，此处谓跑失。

⑪于以：于何，在哪里。

⑫林之下：山麓树林之下。

⑬契阔：聚散、离合的意思。契，聚合。阔，离散。

⑭子：指其妻。成说（shuō）：约定，发誓，订立誓约。

⑮偕老：一起到老。

⑯于嗟：吁嗟，叹词。于，同"吁"。阔：指远别。

⑰不我活：不和我相聚。活，通"佸"，相会，聚会。

⑱洵：遥远，久远。

⑲信：守信，守约。一说古"伸"字。

品读

这首诗反映了一个久戍不归的征夫对战争的怨恨和对家人的思念。诗人以袒露自身与主流意识的背离，宣泄自己对战争的抵触情绪。

首章总言卫人救陈，平陈宋之难，叙卫人之怨。诗的第三句言"土国城漕"者，《鄘风·定之方中》毛诗序云："卫为狄所灭，东徙渡河，野居漕邑，齐桓公攘夷狄而封之。文公徙居楚丘，始建城市而营宫室。"文公营楚丘，这就是诗所谓"土国"，到了穆公，又为漕邑筑城，故诗又曰"城漕"。"土国城漕"虽然也是劳役，犹在国境以内，南行救陈，其艰苦则更甚。第四句"我独南行"者，诗本以抒写个人愤懑为主，这是全诗的线索。

第二章写思归，为情节之过渡。为了写内心愤怨，略掉了战斗场面的描写，剪裁高妙。第三章描写戍地生活的情况，"丧其马"，蔽身"林下"，可见征夫厌战心理与戍地之苦。第四章乃诗人回忆与其结发之妻盟誓，场面何等真切感人。性命难保而思亲，乃人之常情；处困苦危难之地而写儿女情长之事，倍增其悲哀。末章的声声忧叹与其说是哀叹生死离别，不如说是对统治者的血泪控诉。

此诗对后世边塞征戍之诗影响甚大，如杜甫《兵车行》一诗的体格即从此诗脱出，可以说此诗是古代征戍诗之祖。

凯　风

凯风自南①，吹彼棘心②。棘心夭夭③，母氏劬劳④。
凯风自南，吹彼棘薪⑤。母氏圣善⑥，我无令人⑦。
爰有寒泉⑧？在浚之下⑨。有子七人，母氏劳苦。
睍睆黄鸟⑩，载好其音⑪。有子七人，莫慰母心。

注释

①凯风：和风。一说南风，夏天的风。

②棘：落叶灌木，即酸枣。枝上多刺，开黄绿色小花，实小，味酸。心：指纤小尖刺。

③夭夭：树木嫩壮貌。

④劬（qú）劳：操劳。劬，辛苦。

⑤棘薪：长到可以当柴烧的酸枣树。

⑥圣善：明理而有美德。

⑦令：善，好。

⑧爰（yuán）：何处。一说发语词，无义。寒泉：卫地水名，冬夏常冷。

⑨浚（xùn）：卫国地名。

⑩睍睆（xiàn huǎn）：犹"间关"，鸟儿宛转的鸣叫声。一说美丽，好看。黄鸟：黄雀。

⑪载：传载，载送。一说句首助词。

品读

关于本诗的背景，说法不一。《毛诗序》认为是赞美孝子的诗，说："《凯风》，美孝子也。卫之淫风流行，虽有七子之母，犹不能安其室。故美七子能尽其孝道，以慰母心，而成其志尔。"朱熹《诗集传》承其意，进一步说："母以淫风流行，不能自守，而诸子自责，但以不能事母，使母劳苦为词。婉词几谏，不显其亲之恶，可谓孝矣。"而魏源、皮锡瑞、王先谦总结今文三家遗说，认为是七子孝事其继母的诗。闻一多认为，这是一首"名为慰母，实为谏父"的诗(《诗经通义》)。还有人说这是悼念亡母的诗。现代学者一般认为，这是一首儿子歌颂母亲并自责的诗。其大致情景是，诗人在夏日感受到温暖的南风的吹拂，看到枣树在吹拂中发芽生长，联想到母亲养育儿女的辛劳，触景生情，写下了这首诗。

诗的前二章的前二句都以凯风吹棘心、棘薪，比喻母养七子。凯风是夏天长养万物的风，用来比喻母亲。棘心，酸枣树初发芽时心赤，喻儿子初生。棘薪，指酸枣树长到可以当柴烧，比喻儿子已成长。后两句一方面极言母亲抚养儿子的辛劳，另一方面极言兄弟不成才，反躬以自责。诗以平直的语言传达出孝子婉曲的心意。

诗的后二章以寒泉、黄鸟作比兴，寒泉在浚邑，水冬夏常冷，宜于夏时，人饮而甘之；而黄鸟清和宛转，鸣于夏木，人听而赏之。诗人以此反衬自己兄弟不能安慰母亲的心。

诗各章前二句，凯风、棘树、寒泉、黄鸟等兴象构成有声有色的夏日景色图。后二句反复迭唱的无不是孝子对母亲的深情。设喻贴切，用字工稳。诗中虽然没有实写母亲如何辛劳，但母亲的形象还是生动地展现出来。

谷 风

习习谷风①，以阴以雨②。黾勉同心③，不宜有怒。采葑采菲④，无以下体⑤？德音莫违⑥，及尔同死。

行道迟迟⑦，中心有违⑧。不远伊迩⑨，薄送我畿⑩。谁谓荼苦⑪？其甘如荠⑫。宴尔新昏⑬，如兄如弟。

泾以渭浊⑭，湜湜其沚⑮。宴尔新昏，不我屑以⑯。毋逝我梁⑰，毋发我笱⑱。我躬不阅⑲，遑恤我后⑳！

就其深矣，方之舟之㉑。就其浅矣，泳之游之。何有何亡㉒，黾勉求之。凡民有丧㉓，匍匐救之㉔。

不我能慉㉕，反以我为雠㉖，既阻我德，贾用不售㉗。昔育恐育鞫㉘，及尔颠覆㉙。既生既育，比予于毒㉚。

我有旨蓄㉛，亦以御冬㉜。宴尔新昏，以我御穷㉝。有洸有溃㉞，既诒我肄㉟。不念昔者，伊余来塈㊱。

注释

①习习：和舒貌。一说风连续不断貌。谷风：东风，生长之风。一说来自大谷的风，为盛怒之风。

②以阴以雨：为阴为雨，以滋润百物，以喻夫妇应该和美。一说没有晴和之意，喻其夫暴怒不止。

③黾（mǐn）勉：勤勉，努力。

④葑（fēng）：蔓菁也。叶、根可食。菲：萝卜之类。

⑤无以下体：意指要叶不要根，比喻恋新人而弃旧人。以，用。下体，指根。

⑥德音：指丈夫对她说过的好话。

⑦迟迟：迟缓，徐行貌。

⑧中心：心中。有违：行动和心意相违背。

⑨伊：是。迩：近。

⑩薄：语助词。畿（jī）：指门槛。

⑪荼（tú）：苦菜。

⑫荠：荠菜，一说甜菜。

⑬宴：快乐。昏：即"婚"。

⑭泾：水名，渭河的支流，在陕西高陵入渭河。以：由于，因为。渭：水名，黄河的最大支流。

⑮湜（shí）湜：水清见底。沚（zhǐ）：水中小洲。一说底。

⑯屑：顾惜，介意。一说洁净。以：与，友好。

⑰逝：往，去。梁：捕鱼水坝。

⑱发："拨"的假借字，搞乱。一说打开。笱（gǒu）：捕鱼的竹篓。

⑲躬：自身。阅：容纳。

⑳遑：暇，来不及。恤（xù）：忧，顾及。后：指走后的事。

㉑方：筏子，此处作动词。

㉒亡（wú）：同"无"。

㉓民：人。这里指邻人。

㉔匍（pú）匐（fú）：手足伏地而行，此处指尽力。

㉕能：乃。慉（xù）：好，爱惜。

㉖ 雠（chóu）：同"仇"，仇人。

㉗ 贾（gǔ）：卖。用：指货物。不售：卖不出。

㉘ 育：长。育恐：生于恐惧。鞫（jū）：穷。育鞫：生于困穷。

㉙ 颠覆：艰难，患难。

㉚ 于：如。毒：毒虫，毒物。

㉛ 旨蓄：蓄以过冬的美味干菜和腌菜。旨，甘美。蓄，聚集。

㉜ 御：抵挡。

㉝ 穷：窘困。

㉞ 有洸（guāng）有溃（kuì）：即"洸洸溃溃"，水流湍急的样子，此处借喻人动怒。

㉟ 既：尽。诒（yí）：通"贻"，给予。肄（yì）：劳苦的工作。

㊱ 伊：语助词。一说维。余：我。来：语助词。一说犹"是"。塈（jì）：爱。一说通"疾"，憎恨。

品读

《邶风·谷风》和《卫风·氓》被认为是《诗经》中弃妇诗的双璧。诗中的女主人公被丈夫遗弃，她满腔幽怨地回忆旧日家境贫困时，她辛勤操劳，帮助丈夫克服困难，丈夫对她也体贴疼爱；但后来生活安定富裕了，丈夫就变了心，忘恩负义地将她一脚踢开。因此她唱出这首诗谴责那个可共患难，不能同安乐的负心丈夫。

这首诗在抒情方面有几点值得注意。首先是使用对比的手法，选取了新人进门和旧人离家，突现了丈夫的无情和自己被弃的凄凉。一方面"宴尔新昏，如兄如弟"的热闹和亲密，另一方面"不远伊迩，薄送我畿"的绝情和冷淡，形成了一种高度鲜明的对比，更突出了被弃之人的无比愁苦，那种典型的哀怨气氛被渲染得十分浓烈。其次是借用生动的比喻言事表情，具有浓郁的生活气息。全诗共分六章，每章都有含蓄不尽的妙喻。如用大风、阴雨、蔓菁、萝卜、泾水、渭水等多种比喻的意象，来表现丈夫的暴怒和女子的被弃，大大增强了作品的艺术性和表现力。最后，作品的一唱三叹、反复吟诵，也是表现弃妇烦乱心绪和一片痴情的一大特色。在反复的叙写和表白中，淋漓尽致地展示了弃妇沉溺于往事旧情而无法自拔的复杂心理，更能感受到被弃带给她的精神创痛。

由此可见，《邶风·谷风》在抒写弃妇哀怨方面是很有特色的。它的出现，表明古代妇女在爱情和婚姻生活中，很早就处在弱者的地位，充当着以男子为中心的社会的牺牲品，她们的命运是值得同情的。尽管作品没有直接对负情男子作明确的谴责，但最初的信誓旦旦和最终的弃如脱靴，仍为此作了有力的点示，具有深刻的警世作用。

静　女

静女其姝①，俟我于城隅②。爱而不见③，搔首踟蹰④。
静女其娈⑤，贻我彤管⑥。彤管有炜⑦，说怿女美⑧。
自牧归荑⑨，洵美且异⑩。匪女之为美⑪，美人之贻⑫。

注释

①静女：贞静娴雅之女。马瑞辰《毛诗传笺通释》："静当读靖，谓善女，犹云淑女、硕女也。"姝（shū）：美好。

②俟（sì）：等待，此处指约好地方等待。城隅：城角隐蔽处。一说城上角楼。

③爱：通"薆"，隐蔽，躲藏。

④踟（chí）蹰（chú）：徘徊不定。

⑤娈（luán）：面目姣好。

⑥贻（yí）：赠。彤管：不详何物。一说红管的笔，一说和荑应是一物。有的植物初生时或者才发芽不久时呈红色，不仅颜色鲜亮，有的还可以吃。如是此意，就与下文的"荑"同类。但是也可能是指涂了红颜色的管状乐器等。

⑦有：形容词词头。炜（wěi）：盛明貌。

⑧说（yuè）怿（yì）：喜悦。女（rǔ）：汝，你，指彤管。

⑨牧：野外。归：借作"馈"，赠。荑（tí）：白茅，茅之始生也。象征婚媾。

⑩洵：实在，诚然。异：奇异，特殊。

⑪匪：非。

⑫贻：赠与。

品读

这是一首描写男女幽会的诗。诗的第一章是即时的场景：有一位闲雅而又美丽的姑娘，与青年男友约好在城墙角落会面，男青年早早赶到约会地点，却没有见着心爱的姑娘，于是只能抓耳挠腮，一筹莫展，徘徊原地。"爱而不见，搔首踟蹰"虽描写的是人物外在的动作，却极具特征性，很好地刻画了人物的内在心理，栩栩如生地塑造出一位恋慕至深、如痴如醉的有情人形象。

第二、三两章，从辞意的递进来看，应当是那位痴情的男子在城隅等候他的心上人时的回忆，也就是说，"贻我彤管""自牧归荑"之事是倒叙的。在章与章的联系上，第二章首句"静女其娈"与第一章首句"静女其姝"仅一字不同，次句头两字"贻我"与"俟我"结构也相似，因此这两章多少有一种重章叠句的趋向，有一定的匀称感。

第三章结尾"匪女之为美，美人之贻"两句是对恋人赠物的

"爱屋及乌"式的反应，可视为一种内心独白，既是第二章诗义的递进，又与第一章以"爱而不见，搔首踟蹰"的典型动作刻画人物的恋爱心理首尾呼应，别具真率纯朴之美。

全诗以男子的口吻写幽期密约的乐趣，语言浅显，形象生动，气氛欢快，情趣盎然。"爱而不见"，暗写少女活泼娇憨之态，"搔首踟蹰"，明塑男子心急如焚之状，描摹入神；"悦怿女美"，一语双关，富于感情色彩；"匪女之为美，美人之贻"，情意缠绵，刻画心理细腻入微，道出人与物的关系，是从人与人的关系投射出来的真理。总的来说，此诗以人人所能之言，道人人难表之情，自然生动，一片天籁。

新　台

新台有泚①，河水弥弥②。燕婉之求③，蘧篨不鲜④。
新台有洒⑤，河水浼浼⑥。燕婉之求，蘧篨不殄⑦。
鱼网之设⑧，鸿则离之⑨。燕婉之求，得此戚施⑩。

注释

①新台：台名，卫宣公为纳宣姜所筑，故址在今山东省甄城县黄河北岸。台：台基，宫基，新建的房子。有泚（cǐ）：鲜明的样子。有，语助词，作形容词词头，无实义。

②河：指黄河。弥弥：水盛大的样子。

③燕婉：指夫妇和好。燕，安；婉，顺。

④蘧篨（qú chú）：不能俯者。古代钟鼓架下兽形的柎，其兽似豕，蹲其后足，以前足据持其身，仰首不能俯视。喻身有残疾不能俯视之人，此处讥讽卫宣公年老体衰腰脊僵硬状。一说指癞蛤蟆一类的东西。鲜（xiǎn）：少，指年少。一说善。

⑤洒（cuǐ）：高峻的样子。《韩诗》作"漼"。

⑥浼浼（měi měi）：水盛大的样子。

⑦殄（tiǎn）：尽，绝。一说通"腆"，丰厚，美好。

⑧设：设置。

⑨鸿：蛤蟆。一说大雁。离：离开。一说通"丽"，附着，遭遇。一说通"罹"，遭受，遭遇，此指落网。

⑩戚施（yì）：蟾蜍，蛤蟆，其四足据地，无须，不能仰视，喻貌丑驼背之人。

品读

《新台》是卫国国人讽刺卫宣公丑行的诗。卫宣公违背天伦，在黄河边上筑造新台，截娶儿媳。根据《史记·卫康叔世家》记载，卫宣公是个淫昏的国君。他曾与其后母夷姜乱伦，生子名伋。伋长大成人后，卫宣公为他聘娶齐女，只因新娘子是个大美人，便改变主意，在河上高筑新台，把齐女截留下来，霸为己有，就是后来的宣姜。卫国人对卫宣公所作所为实在看不惯，便用歌讽刺。《毛诗序》谓："新台，刺卫宣公也。纳伋之妻，作新台于河上而要之，国人恶之而作是诗也。"朱熹《诗集传》遵从其说。现代有人以为这是一位妇女遭了媒婆欺骗，所嫁非人，因而发出的怨词；也有人认为这是一位妇女在婚姻上上当受骗后的谴怨愤懑之辞。

从此诗内容上看，第一、二章赋陈其事，第三章起兴以比。全诗三章，前两章叠咏。叠咏的两章前二句是兴语，但兴中有赋：卫宣公欲夺未婚之儿媳，先造"新台"，来表示事件的合法性，其实是障眼法。诗人大赞"新台有泚""新台有洒"，正言欲反，其兴味在于，新台是美的，但遮不住宣公干的丑事。这里是运用反形（或反衬）的修辞手法，使美愈美，丑愈丑。

诗中言"鱼网之设，鸿则离之"，意思是打鱼打了个癞蛤蟆，是非常倒霉，非常丧气，又非常无奈的事。按照闻一多《诗经通义》中的说法："《国风》中凡言鱼者，皆两性间互称其对方之虞语（隐语），无一实拾鱼者。"古今诗歌中以捕鱼、钓鱼喻男女求偶之事的民歌很多。诗中所写的就是女子对婚姻的幻想和现实的相悖，构成异常强烈的对比，产生了异乎寻常的艺术效果。

《新台》对后世的影响主要体现在对社会伦理的认识方面。"新台"一词因此诗而被用以比喻不正当的翁媳关系，揭露了封建道德的虚伪性，表达了下层人民对统治者的讽刺与憎恨。

鄘　风

柏　舟

泛彼柏舟①，在彼中河②。髧彼两髦③，实维我仪④。之死矢靡它⑤。母也天只⑥！不谅人只⑦！

泛彼柏舟，在彼河侧。髧彼两髦，实维我特⑧。之死矢靡慝⑨。母也天只！不谅人只！

注释

①泛：浮行。这里形容船在河中漂浮的样子。

②中河：河中。

③髧（dàn）：头发下垂貌。两髦（máo）：男子未行冠礼前，头发齐眉，分向两边状。

④维：乃，是。仪：配偶。

⑤之死：到死。之，到。矢靡它：没有其他。矢，通"誓"，发誓。靡它，无他心。

⑥天：或说指代父亲。只：语助词。

⑦谅：相信，体谅。

⑧特：配偶。

⑨慝（tè）：通"忒"，变更，差错，变动。也指邪恶，恶念，

引申为变心。

品读

　　此诗写一位少女自己有了意中人，却受到家长的反对，因此发出呼天呼地的悲叹。开篇以柏舟泛流起兴，写女主人公为自己的婚姻恋爱受阻而苦恼，就好比那在河中飘荡的柏木小舟一样。她自己早已相中了一个翩翩少年，他的发型很好看，透出活泼灵动的精神劲儿。这就是女主人公的心上人，她非他不嫁，至死不渝。可是她的母亲千般阻挠万般阻拦，死活不同意这门亲事。母女的意见不统一，爱情就发生了危机。女主人公一面誓死维护爱情，一面从内心发出沉重的叹息：娘呀天啊，为什么就不相信我是有眼力的呢！这一声叹息使得诗的内容变得沉甸甸的。

　　此诗只有两章，然通体直陈，直抒胸臆，感情强烈，语气决绝，读之如闻其声，如见其人。

　　此诗也反映了先秦时代汉族民间婚恋的现实状况：一方面，人们在政令许可的范围内仍享有一定的性爱自由，原始婚俗亦有传承；另一方面，普遍的情况已是"取妻如之何？必告父母""取妻如之何？非媒不得"（《齐风·南山》），礼教已通过婚俗和舆论干预生活。所以诗中女子既自行择欢，又受到母亲的制约，但诗中却表现了青年男女为了争取婚恋自由而产生的反抗意识，这是一个很新很有价值的信息。

墙有茨

　　墙有茨①，不可埽也②。中冓之言③，不可道也④。所可道也⑤，言之丑也。

　　墙有茨，不可襄也⑥。中冓之言，不可详也⑦。所可详也，言之长也⑧。

墙有茨，不可束也⑨。中冓之言，不可读也⑩。所可读也，言之辱也。

注释

①茨（cí）：植物名，蒺藜。一年生草本植物，果实有刺。
②埽（sǎo）：同"扫"。
③中冓（gòu）：内室，宫中龌龊之事。
④道：说。
⑤所：若。
⑥襄：同"攘"，除去，扫除。
⑦详：详细地说。一说借作"扬"，传扬。
⑧长：丑事远扬之意。
⑨束：捆走。这里是打扫干净的意思。
⑩读：细说，传讲，宣扬。

品读

此诗旨在揭露和讽刺卫国统治者的荒淫无耻。据史载和《毛诗序》《诗集传》等说法，卫宣公之子顽私通国母宣姜，生五子，而名分不正，卫人对这种败坏人伦的秽行，当然深恶痛绝，作歌以讽刺。

《鄘风·墙有茨》的内容与《邶风·新台》相承接，主要意思是讽刺宣姜（齐女）不守妇道，和庶子通奸，其事丑不可言。诗以墙上长满蒺藜起兴，给人的感觉是，卫公子顽与其父妻宣姜的私通，就像蒺藜一样刺痛着卫国的国体以及卫国人民的颜面与心灵。

全诗一唱三叹，"不可埽""不可襄""不可束"，增强了诗歌的讽刺力量。"所可道也""所可详也""所可读也",表明人们对宫廷丑事的议论在升级发酵,已是尽人皆知。"言之丑也""言之长也""言之辱也",写对这种宫廷丑闻的感情态度,由丢脸、气愤到感到耻辱,感觉体验深刻。

此诗三章重叠,头两句起兴含有比意,富于想象,耐人寻味。诗中的揭露点到为止,以不言为言,调侃中显露讥刺,在幽默中直见辛辣,比直露叙说更有情趣。全诗皆为俗言俚语,69个字中居然有12个"也"字,相当于今语"呀",读来节奏绵延舒缓,意味俏皮而不油滑,与诗的内容相统一。三章诗排列整齐,韵脚都在"也"字前一个字,且每章四、五句韵脚同字,这种押韵形式在《诗经》中少见。

相　鼠

相鼠有皮①,人而无仪②;人而无仪,不死何为③?
相鼠有齿,人而无止④;人而无止,不死何俟⑤?
相鼠有体⑥,人而无礼⑦;人而无礼,胡不遄死⑧?

注释

①相:视,看。

②仪:威仪,指人的举止作风大方正派,行为外表有尊严。一说为"礼仪"。

③何为:为何,为什么。

④止:节制,用礼仪来约束自己的行为。一说假借为"耻",一说为"容止",即言行举止。

⑤俟(sì):等待。

⑥体:肢体。

⑦礼：礼仪，指知礼仪，或指有教养。

⑧胡：何，为何，为什么，怎么。遄（chuán）：快，速速，赶快。

品读

《相鼠》是抨击人无威仪礼节的诗。被抨击者是贵族，而作诗者同样是贵族。因为在当时，礼只通行于贵族之间，普通庶人是谈不上用礼，更谈不上威仪的，此所谓"礼不下庶人"。此诗的创作背景，正是西周末年至春秋中晚期出现的"礼崩乐坏"局面。

此篇三章重叠，以鼠起兴，反复类比，意思并列，但各有侧重，第一章"无仪"，指外表；第二章"无止"，指内心；第三章"无礼"，指行为。三章诗重章互足，合起来才是一个完整的意思，这是《诗经》重章的一种类型。此诗尽情怒斥，通篇感情强烈，语言尖刻；每章四句皆押韵，并且第二、三句重复，末句又反诘进逼，既一气贯注，又回流激荡，增强了讽刺的力量与风趣的效果。

载　　驰

载驰载驱①，归唁卫侯②。驱马悠悠③，言至于漕④。大夫跋涉⑤，我心则忧。

既不我嘉⑥，不能旋反⑦。视尔不臧⑧，我思不远⑨。既不我嘉，不能旋济⑩。视尔不臧，我思不閟⑪。

陟彼阿丘⑫，言采其蝱⑬。女子善怀，亦各有行⑭。许人尤之⑮，众穉且狂⑯。

我行其野，芃芃其麦⑰。控于大邦⑱，谁因谁极⑲？大夫君子，无我有尤。百尔所思，不如我所之⑳。

注释

①载：语助词。驰，孔疏："走马谓之驰，策马谓之驱。"

②唁（yàn）：向死者家属表示慰问，此处不仅是哀悼卫侯，还有凭吊宗国危亡之意。《毛传》："吊失国曰唁。"卫侯：指作者之兄已死的卫戴公申。

③悠悠：形容道路悠远。

④漕（cáo）：卫国邑名。《毛传》："漕，卫东邑。"

⑤大夫：指许国赶来阻止许穆夫人去卫的许臣。跋涉：登山涉水。指许国大夫相追事。

⑥嘉：认为好，赞许。

⑦旋反：回归。反，同"返"。

⑧视：表示比较。臧：好，善。

⑨思：忧思。远：摆脱。

⑩济：止。一说渡水。

⑪閟（bì）：同"闭"，闭塞不通。

⑫阿丘：有一边偏高的山丘。

⑬言：语助词。蝱（méng）：贝母草。采蝱治病，喻设法救国。

⑭行：指道理、准则，一说道路。

⑮许人：许国的人们。尤：责怪。

⑯众：通"终"，既的意思。稺（zhì）：同"稚"，训"骄"。

⑰芃（péng）：草茂盛貌。

⑱控：往告，赴告。

⑲因：亲也，依靠。极：至，指来援者的到达。

⑳之：往，指行动。

鄘风

品读

此诗当作于卫文公元年（前659年）。《左传·闵公二年》记载："冬十二月，狄人伐卫，卫懿公好鹤，鹤有乘轩者，将战，国人受甲者，皆曰'使鹤'。……及狄人战于荥泽，卫师败绩。"当卫国被狄人占领以后，许穆夫人心急如焚，星夜兼程赶到曹邑，吊唁祖国的危亡，写下了这首诗。《毛诗序》说："《载驰》，许穆夫人作也。闵其宗国颠覆，自伤不能救也。卫懿公为狄人所灭。国人分散，露于漕邑，许穆夫人闵卫之亡，伤许之小，力不能救，思归唁其兄，又义不得，故赋是诗也。"许穆夫人是中国文学史上见于记载的第一位女诗人。

诗的第一章，交代本事。当诗人听到卫国灭亡、卫侯逝世的凶讯后。立即快马加鞭，奔赴漕邑，向兄长的家属表示慰问。此章刻画了诗人策马奔驰、英姿飒爽的形象，继而在许国大夫的追踪中展开了剧烈的矛盾冲突。

第二章便开始写诗人内心的矛盾。此时诗中出现两个主要人物："尔"，许国大夫；"我"，许穆夫人。一边是许国大夫劝她回去，一边是许穆夫人坚持赴卫，可见矛盾之激烈。然而她的爱与憎却表现得非常清楚：她爱的是娘家，是宗国；憎的是对她不予理解又不给予支持的许国大夫及其幕后指挥者许穆公。

第三章的矛盾没有前面那么激烈，"女子善怀，亦各有行"，写得委婉深沉，曲折有致，仿佛让人窥见她有一颗美好而痛苦的心灵，简直催人泪下。

第四章写夫人归途所思。"我行其野，芃芃其麦"，说明时值暮春，麦苗青青，长势正旺。所谓"控于大邦"，指向齐国报告狄人灭卫的情况。此处既写了景，又写了情，情景双绘中似乎让人看到诗人缓辔行进的形象。

最后四句，写归途中一边想向齐国求救，求救不成，又对劝阻她的许大夫心怀愤懑，反映了许穆夫人是一个颇有主张的人，她的救国之志、爱国之心始终不渝。全诗至此戛然而止，但它却留下无穷的诗意让读者咀嚼回味，真是语尽而意不尽，令人一唱而三叹。

卫 风

淇 奥

瞻彼淇奥①,绿竹猗猗②。有匪君子③,如切如磋④,如琢如磨⑤。瑟兮僩兮⑥,赫兮咺兮⑦。有匪君子,终不可谖兮⑧。

瞻彼淇奥,绿竹青青。有匪君子,充耳琇莹⑨,会弁如星⑩。瑟兮僩兮,赫兮咺兮。有匪君子,终不可谖兮。

瞻彼淇奥,绿竹如箦⑪。有匪君子,如金如锡⑫,如圭如璧⑬。宽兮绰兮⑭,猗重较兮⑮。善戏谑兮⑯,不为虐兮⑰。

注释

①瞻:看。淇:淇水,源出河南林县,东经淇县流入卫河。奥(yù):水边弯曲的地方。

②绿竹:一说绿为王刍,竹为扁蓄。猗(yī)猗:美盛、茂密的样子。

③匪:通"斐",有文采的样子。

④切、磋:本义是加工玉石骨器,引申为讨论研究学问。切,治骨曰切。磋,治象牙曰磋。

⑤琢、磨:本义是对玉石骨器的精细加工,引申为学问道德上的钻研深究。琢,治玉曰琢。磨,治石曰磨。

⑥瑟：仪容庄重的样子。僩（xiàn）：神态威严。一说宽大的样子。

⑦赫：显赫。一说光明的样子。咺（xuān）：有威仪的样子。一说心胸宽广的样子。

⑧谖（xuān）：忘记。

⑨充耳：挂在冠冕两旁的饰物，下垂至耳，一般用玉石制成。琇（xiù）莹：似玉的美石，宝石。

⑩会（kuài）弁（biàn）：鹿皮帽。会，缝隙。一作"琫"，冠缝赘玉称为"琫"。如星：皮帽缝合处所缀的玉石，如成排之星闪耀。

⑪箦（zé）："积"的假借，堆积，形容茂盛。

⑫金：黄金。一说铜。闻一多《风诗类钞》主张为铜，还说："古人铸器的青铜，便是铜与锡的合金，所以二者极被他们重视，而且每每连称。"

⑬圭：玉制礼器，上尖下方，在举行隆重仪式时使用。璧：玉制礼器，正圆形，中有小孔，在贵族朝会或祭祀时使用。圭与璧制作精细，显示佩带者身份、品德高雅。

⑭宽兮绰兮：指君子心胸宽阔。绰，旷达。一说柔和的样子。

⑮猗：通"倚"，依靠。重（chóng）较：车厢上有两重横木的车子，为古代卿士所乘。较，古时车厢两旁作扶手的曲木或铜钩。

⑯戏谑：用幽默、诙谐的话逗趣，开玩笑，言谈风趣。

⑰虐：粗暴。一说过分的玩笑，流于恣肆、刻薄。

品读

《淇奥》是赞扬一个品德高尚的君子，也有学者认为是一个贵族女子夸赞她的意中人。全诗分三章，反复吟咏。首先是外貌。这位君子相貌堂堂，仪表庄重，身材高大，衣服也整齐华美。"充耳琇莹""会弁如星"，连冠服上的装饰品也是精美的。其次是才能。"如切如磋，如琢如磨"，文章学问很好。实际上，这是赞美这位君子的行政处世能力。至于"猗重较兮""善戏谑兮"，突出君子的外事交际能力。诗歌从撰写文章与交际谈吐两方面，表达了这位君子处理内政和外事的杰出能力，突出了良臣的形象。最后，也是最重要的方面，是歌颂这位君子的品德高尚。"如圭如璧。宽兮绰兮"，意志坚定，忠贞纯厚，心胸宽广，平易近人，的确是一位贤人。正因为他是个贤人，从政就是个良臣，再加上外貌装饰的庄重华贵，更加使人尊敬。所以，第一、二两章结束之句，都是直接的歌颂："有匪君子，终不可谖兮！"从内心世界到外貌装饰，从内政公文到外事交涉，这位君子都是当时典型的贤人良臣，获得人们的称颂，是必然的了。

此诗突出了君子的形象。诗中一些句子，如"如切如磋，如琢如磨""善戏谑兮，不为虐兮"成为日后人们称许某种品德或性格的词语，影响深远。

氓

氓之蚩蚩[①]，抱布贸丝[②]。匪来贸丝，来即我谋[③]。送子涉淇[④]，至于顿丘[⑤]。匪我愆期[⑥]，子无良媒。将子无怒[⑦]，秋以为期。

乘彼垝垣[⑧]，以望复关[⑨]。不见复关，泣涕涟涟[⑩]。既见复关，载笑载言[⑪]。尔卜尔筮[⑫]，体无咎言[⑬]。以尔车来，以我贿迁[⑭]。

桑之未落，其叶沃若[⑮]。于嗟鸠兮[⑯]，无食桑葚！于嗟女兮，无与士耽[⑰]！士之耽兮，犹可说也[⑱]。女之耽兮，不可说也。

桑之落矣，其黄而陨[⑲]。自我徂尔[⑳]，三岁食贫[㉑]。淇水汤汤[㉒]，渐车帷裳[㉓]。女也不爽[㉔]，士贰其行[㉕]。士也罔极[㉖]，二三其德[㉗]。

下篇　永远的感动：品读《诗经》

　　三岁为妇，靡室劳矣㉘；夙兴夜寐，靡有朝矣㉙。言既遂矣㉚，至于暴矣。兄弟不知，咥其笑矣㉛。静言思之㉜，躬自悼矣㉝。

　　及尔偕老㉞，老使我怨㉟。淇则有岸，隰则有泮㊱。总角之宴㊲，言笑晏晏㊳。信誓旦旦㊴，不思其反㊵。反是不思㊶，亦已焉哉㊷！

注释

①氓：《说文》："氓，民也。"本义为外来的百姓，这里是男子之代称。蚩（chī）蚩：通"嗤嗤"，笑嘻嘻的样子。一说憨厚、老实的样子。

②贸：交易。抱布贸丝是指以物易物。

③"匪来"二句：那人并非真来买丝，是来找我商量事情的。所商量的事情就是结婚。匪（fēi），通"非"。即，走近，靠近。谋，商量。

④淇：卫国河名，今河南淇河。

⑤顿丘：卫地名，在淇水之南。一说泛指土丘。

⑥愆（qiān）：过失，过错，这里指延误。

⑦将（qiāng）：愿，请。无：通"毋"，不要。

⑧乘：登上。垝（guǐ）垣（yuán）：倒塌的墙壁。垝，倒塌。垣，墙壁。

⑨复关：卫国地名，指"氓"所居之地。一说指回来的车，"关"为车厢板。一说"复"是关名。

⑩涕：眼泪。涟涟：涕泪下流貌。

⑪载（zài）：动词词头，助词，无义。

⑫尔卜尔筮（shì）：烧灼龟甲的裂纹以判吉凶，叫作"卜"。用蓍草占卦叫作"筮"。

⑬体：指龟兆和卦兆，即卜筮的结果。无咎（jiù）言：就是

无凶卦。咎，不吉利，灾祸。

⑭贿：财物，指嫁妆，妆奁。

⑮沃若：犹"沃然"，像水浸润过一样有光泽。

⑯于（xū）：通"吁"，本义表示惊怪、不然、感慨等，此处与嗟皆表感慨。鸠：斑鸠。传说斑鸠吃桑葚过多会醉。

⑰耽（dān）：迷恋，沉溺，贪乐太甚。

⑱说：通"脱"，解脱。

⑲陨（yǔn）：坠落，掉下。这里用黄叶落下比喻女子年老色衰。黄：变黄。

⑳徂（cú）尔：嫁到你家。徂，往。

㉑食贫：过贫穷的生活。

㉒汤（shāng）汤：水势浩大的样子。

㉓渐（jiān）：浸湿。帷（wéi）裳（cháng）：车旁的布幔。

㉔爽：差错，过失。

㉕贰：有二心。这里指爱情不专一。

㉖罔：无，没有；极：标准，准则。

㉗二三其德：在品德上三心二意，在言行上前后不一致。

㉘靡室劳矣：言所有的家庭劳作一身担负无余。靡，无。室劳，家务劳动。

㉙夙：早。兴：起来。

㉚言：语助词，无义。既遂：愿望既然已经实现。

㉛咥（xì）：笑的样子。

㉜静言思之：静下心来好好地想一想。言，音节助词，无实义。

㉝躬自悼矣：自身独自伤心。躬，自身；悼，伤心。

㉞偕老：相伴到老。

297

㉟老：年老。

㊱隰（xí）：低湿的地方；当作"湿"，水名，就是漯河，黄河的支流，流经卫国境内。泮（pàn）：通"畔"，水边，边岸。

㊲总角：古代男女未成年时把头发扎成丫髻，称总角。这里指代少年时代。宴：快乐。

㊳晏晏：欢乐，和悦的样子。

㊴旦旦：诚恳的样子。

㊵不思其反：不曾想过会违背誓言。反，即"返"字。

㊶反是不思：违反这些。是，指示代词，指代誓言。这是重复上句的意思，变换句法为的是和下句叶韵。

㊷已：了结，终止。焉哉：语气词连用，加强语气，表示感叹。末句等于说，撇开算了罢！

品读

《氓》是一首弃妇诗。它叙述了女子和丈夫恋爱、结婚、受虐、被弃的全过程，表达了女子的悔恨和决绝。

诗的首章写女子回忆与男子相爱的经过。第二章写由相恋到结婚。第三章写女子自己后悔初婚时迷恋情爱。第四章写自己色衰而受男子厌弃。第五章写自己的劳苦和受虐的心酸。第六章写男子违背誓言而决心与之一刀两断。

诗中的女子是一个纯朴勤劳的妇女，她做少女时那样的温柔多情，她送情人一直到淇水边，劝情人不要因延迟婚期而生气，她热恋着男子，痴迷地等待着与男子约会。她怀着对未来美好生活的憧憬而结婚。新婚后爱着爱人，甚至沉溺于情爱而不能自拔。然而，由于受世道的影响，这个男人变坏了，他品德不良，感情不专，女子因色衰而爱弛。她婚后勤劳持家，却受虐待，最后她痛苦地想到男子的违背誓言，决定同他断绝关系。

诗中人物形象鲜明，这位妇女纯朴、勤劳、热情、善良，她有劳动妇女的美德。而男子则是一个忘恩负义、奸狡无耻的人，他把女子当作私有财产，加以奴役压迫，表明了社会的政治、经济不平等决定了男女在婚姻关系上的不平等，当时妇女在社会上和家庭中都没有地位。

诗采取了倒叙的写法，基本上写出了故事的全貌，已具有较强的叙事性。诗以赋为主，兼用比兴。赋以叙事，兴以抒情，比在于加强叙事和抒情的色彩。

作为中国现存最早的一首带有抒情性的叙事诗，为后世的叙事诗开了先河，或多或少地影响到其后二千余年的叙事诗。从乐府诗《孔雀东南飞》《上山采蘼芜》到白居易的《长恨歌》，无不从它那里汲取营养，直到近代姚燮的《双鸩篇》，似乎从中还可以看到它的影子。

河　广

谁谓河广①？一苇杭之②。谁谓宋远？跂予望之③。
谁谓河广？曾不容刀④。谁谓宋远？曾不崇朝⑤。

注释

①河：黄河。

②苇：用芦苇编的筏子。一说即苇叶。杭：通"航"。

③跂（qǐ）：古通"企"，踮起脚尖。予：而。一说我。

④曾：乃，竟。刀：通"舠（dāo）"，小船。曾不容刀，意为黄河窄，竟容不下一条小船。

⑤崇朝（zhāo）：终朝，自旦至食时。形容时间之短。

下篇 永远的感动：品读《诗经》

品读

《河广》全诗仅仅八句，就概括地速写了一位游子思乡的形象，和他欲归不得的迫切心情，栩栩如生。

此诗善用设问与夸张。在卫与宋国之间，横亘着壮阔无涯的黄河，此诗之开篇即从对黄河的奇特设问发端——"谁谓河广？一苇杭之！"他竟想驾着苇筏，就将这横无际涯的大河飞越——想象之大胆，因了"一苇"之夸张，而具有了石破天惊之力。

凡有奇特夸张之处，必有超乎寻常的强烈情感为之凭借。诗中的主人公之所以面对黄河会断然生发"一苇杭之"的奇想，是因为在他的内心里，此刻正升腾着无可按捺的归国之情。紧接着的"谁谓宋远？跂予望之"，正以急不可耐的思乡之情，翻涌出又一石破天惊的奇思。为滔滔黄河横隔的遥远宋国，居然在踮脚企颈中即可"望"见（那是根本不可能的），可见主人公的归国之心，已急切得再无任何障碍可阻隔。强烈的思情，既然以超乎寻常的想象力，缩小了卫、宋之间的客观空间距离，眼前的小小黄河，则可以靠一苇之筏跨越。

诗的第二章，以"谁谓河广，曾不容刀"的夸张复叠，催发了作诗者的奇思，也催发了读诗者一起去大胆想象，此时的主人公，当然已不再是隔绝在黄河这边徙倚的身影，而早以"一苇"越过"曾不容刀"的大河，化作在所牵念的家里欣然"朝食"的笑颜了。

诗人不但运用设问与夸张的语言加以渲染，而且还以排比、叠章的形式来歌唱。通过这样反复问答的节奏，就把宋国不远、家乡易达而又思归不得的内心苦闷倾诉出来了。这首诗没有丝毫矫揉造作之态，好像现在的顺口溜民歌一样，通俗易懂。但它有一种言外之意、弦外之音：宋国既然"近而易达"，那么，他为什么不回去呢？这当然有其客观环境的阻力存在，不过，这是诗人的难言之隐，诗中没有明说。这种"无声胜有声"的艺术魅力，是会引人产生各种猜想和回味的。

伯 兮

伯兮朅兮①，邦之桀兮②。伯也执殳③，为王前驱④。
自伯之东⑤，首如飞蓬⑥。岂无膏沐⑦，谁适为容⑧？
其雨其雨⑨，杲杲出日⑩。愿言思伯⑪，甘心首疾⑫。
焉得谖草⑬，言树之背⑭。愿言思伯，使我心痗⑮。

注释

①伯：兄弟姐妹中年长者称伯，此诗中系女子对丈夫的称呼。朅（qiè）：勇武高大。

②桀：同"杰"，杰出。

③殳（shū）：古兵器，杖类。长丈二无刃。

④王：诸侯在自己的地盘上也可以称王。

⑤之东：去往东方。

⑥飞蓬：头发散乱貌。

⑦膏沐：妇女润发的油脂。

⑧谁适：即对谁、为谁的意思。适，当；一说悦，喜欢。

⑨其雨：祈使句，盼望下雨的意思。

⑩杲（gǎo）：明亮的样子。出日：日出。

⑪言：而，语助词。

⑫甘心：情愿。首疾：头痛。

⑬谖（xuān）草：萱草，忘忧草。

⑭背：屋子北面。

⑮痗（mèi）：忧思成病。

品读

这首诗写出了女子对丈夫的深厚感情。首章称赞丈夫人才杰出。第二章写思念深情。第三章写渴望盼归。第四章写忧思病痛。

全诗贯穿一个思字，回环往复，此伏彼起，写出了一个思念征夫的妇女形象。写妻子怀念从军的丈夫的诗篇，通常包含两方面的内容：为丈夫而骄傲——这骄傲来自国家、来自群体的奖勉；思念丈夫并为之担忧——这种情绪来自个人的内心。

诗必须有真实的感情，否则不能打动人；但诗人的感情也并非可以尽情抒发，它常常受到社会观念的制约。从诗中看，如果一味写那位妻子为丈夫的报效国家而自豪，那会让人觉得不自然——至少是不近人情；反过来，如果一味写妻子对丈夫的盼待，乃至发展到对战争的厌恶（这在事实上绝非不可能），却又不符合当时社会的要求。诗中能将两者有机结合起来，既有经过责任感的梳理而使对亲人的强烈感情变得柔婉，又有很深的痛苦与哀愁，但并没有激烈的怨愤。

在艺术构思上，全诗采用赋法，边叙事，边抒情。紧扣一个思字，思妇先由夸夫转而引起思夫，又由思夫而无心梳妆到因思夫而头痛，进而再由头痛到因思夫而患了心病，从而呈现出一种抑扬顿挫的跌宕之势。描述逐章细致，感情逐步加深，情节层层推展，主人公的内心冲突以及冲突的辗转递升，既脉络清晰，又符合人物的心理逻辑，使人物形象具有饱满的精神内涵。

《伯兮》一诗对后世文学创作有深远的影响，诗中的"自伯之东，首如飞蓬"二句，后来成为中国古代情诗的典型表达方法，如

"自君之出矣，明镜暗不治"（徐干《室思》），"终日恹恹倦梳裹"（柳永《定风波·自春来惨绿愁红》），"起来慵自梳头"（李清照《凤凰台上忆吹箫·香冷金猊》），等等，不胜枚举。由于《伯兮》所涉及的那种社会背景在中国历史上是长期存在的，因此此诗的感情表现也就成为后世同类型诗歌（闺怨诗）的典范。

木 瓜

投我以木瓜①，报之以琼琚②。匪报也③，永以为好也。

投我以木桃④，报之以琼瑶⑤。匪报也，永以为好也。

投我以木李⑥，报之以琼玖⑦。匪报也，永以为好也。

注释

①投：赠送。木瓜：植物名，落叶灌木或小乔木，果实长椭圆形，色黄而香，蒸煮或蜜渍后供食用。

②报：回赠。琼琚（jū）：佩玉，美玉为琼。

③匪：同"非"，不是。

④木桃：果名，即楂子，比木瓜小。

⑤琼瑶：美玉名。

⑥木李：果名，即榠楂，又名木梨。

⑦琼玖（jiǔ）：美玉名。

品读

《木瓜》是男女相赠答的情诗。

"投我以木瓜（桃、李），报之以琼琚（瑶、玖）"，回报的东西的价值要比受赠的东西的价值大得多，这体现了一种人类的高尚情感（包括爱情，也包括友情）。这种情感重的是心心相印，是精神上的契合，因而回赠的东西及其价值的高低在此实际上也只具有象征性的意义，表现的是对他人对自己的情意的珍视，所以说"匪报也"。作者胸襟之高朗开阔，已无衡量厚薄轻重之心横亘其间，他想要表达的就是：珍重、理解他人的情意便是最高尚的情意。

此诗从章句结构上看，很有特色。首先，在句式上，没有《诗经》中最典型的句式——四字句，而是用五言句式造成一种跌宕有致的韵味，在歌唱时易于取得声情并茂的效果。其次，语句具有极高的重叠复沓程度。不要说每章的后两句一模一样，就是前两句也仅一字之差，并且"琼琚""琼瑶""琼玖"语虽略异义实全同，而"木瓜""木桃""木李"据李时珍《本草纲目》考证也是同一属的植物，其间的差异大致也就像橘、柑、橙之间的差异那样并不大。这样的重复，自然是由《诗经》的音乐与文学双重性决定的。

《大雅·抑》有"投我以桃，报之以李"之句，后世"投桃报李"便成了成语，比喻相互赠答，礼尚往来。比较起来，此篇虽然也有从"投之以木瓜（桃、李），报之以琼琚（瑶、玖）"生发出的成语"投木报琼"（如托名宋尤袤《全唐诗话》就有"投木报琼，义将安在"的记载），但"投木报琼"的使用频率却根本没法与"投桃报李"相提并论。可是论传诵的程度还是《木瓜》更高，它是现今传诵极广的《诗经》名篇之一。

王 风

黍 离

彼黍离离①,彼稷之苗②。行迈靡靡③,中心摇摇④。知我者,谓我心忧,不知我者,谓我何求。悠悠苍天⑤!此何人哉?

彼黍离离,彼稷之穗。行迈靡靡,中心如醉。知我者,谓我心忧,不知我者,谓我何求。悠悠苍天!此何人哉?

彼黍离离,彼稷之实。行迈靡靡,中心如噎⑥。知我者,谓我心忧,不知我者,谓我何求。悠悠苍天!此何人哉?

注释

①黍(shǔ):黍子,农作物,形似小米,去皮后叫黄米,煮熟后有黏性。离离:行列貌。一说低垂貌。

②稷(jì):古代一种粮食作物,指粟或黍属。

③行迈:行走。靡(mǐ)靡:行步迟缓貌。

④中心:心中。摇摇:心神不定的样子。

⑤悠悠:遥远的样子。

⑥噎(yē):堵塞,气逆不顺。此处以食物卡在食管比喻忧深气逆难以呼吸。

下篇　永远的感动：品读《诗经》

品读

《黍离》是东周大夫悲悯宗周灭亡之诗。《毛诗序》说："《黍离》，闵宗周也。周大夫行役，至于宗周，过故宗庙宫室，尽为禾黍。闵周室之颠覆，彷徨不忍去，而作是诗也。"平王东迁不久，朝中一位大夫行役至西周都城镐京，即所谓宗周，满目所见，已没有了昔日的城阙宫殿，也没有了都市的繁盛荣华，只有一片郁茂的黍苗尽情地生长，令诗作者不禁悲从中来，面对此情此景，故化而为诗。

诗共三章，每章十句。三章的结构相同，取同一物象不同时间的表现形式完成时间流逝、情景转换、心绪压抑三个方面的发展，在迂回往复之间表现出主人公不胜忧郁之状。

此诗在艺术上的主要特色，是用重叠的字句、回还往复的旋律来表现自己绵绵的情思，情调悲凉，沉郁顿挫。尤其是三章末四句的叠咏，深刻地传达出作者无可排遣的痛苦和忧思。而三章前四句亦为叠咏。只是每章用词稍变，一层逼近一层，时间上由夏到秋，空间上由人到物，由眼前的景物到对故国昔日繁华的怀想，无不传达、烘托着诗人的感慨和悲哀。

需要注意的是，诗中除了黍和稷是具体物象之外，都是空灵抽象的情境，抒情主体"我"具有很强的不确定性，基于这一点，阅读者可根据自己不同的遭际从中寻找到与心灵相契的情感共鸣点。诸如物是人非之感，知音难觅之憾，世事沧桑之叹，无不可借此宣泄。此诗所提供的具象，表现出一个孤独的思想者，面对虽无灵性却充满生机的大自然，对自命不凡却无法把握自己命运的人类前途的无限忧思，这种忧思只有"知我者"才会理解，可这"知我者"是何等样的人呢？这正是难以被世人所理解的对人类命运的忧思。

此诗历代流传，影响很大，后世文人写咏史怀古诗，也往往沿袭《黍离》这首诗的音调。从曹植的《情诗》到向秀的《思旧赋》，从刘禹锡的《乌衣巷》到姜夔的《扬州慢·淮左名都》，无不体现着《黍离》的兴象风神。而"黍离"一词也成了历代文人感叹亡国触景生情常用的典故。

君子于役

君子于役①，不知其期②，曷至哉③？鸡栖于埘④，日之夕矣，羊牛下来⑤。君子于役，如之何勿思⑥！

君子于役，不日不月⑦，曷其有佸⑧？鸡栖于桀⑨，日之夕矣，羊牛下括⑩。君子于役，苟无饥渴⑪！

注释

①于：往。役：服劳役。

②期：指服役的期限。

③曷（hé）：何时。至：归家。一说"曷至哉"意谓到哪儿了呢。

④埘（shí）：鸡舍。由墙壁上挖洞做成。

⑤下来：归圈。

⑥如之何勿思：如何不思。如之，犹说"对此"。

⑦不日不月：没法用日月来计算时间。

⑧有（yòu）佸（huó）：相会，来到。

⑨桀：鸡栖木。一说指用木头搭成的鸡窝。

⑩括：相会，会集。

⑪苟：且，或许。一说但愿。

下篇　永远的感动：品读《诗经》

品读

《君子于役》是一首写妻子怀念远出服役的丈夫的诗。

此诗巧妙运用对比和烘托，创造出乡村黄昏的典型环境：落日衔山，暮色苍茫，鸡栖敛翼，牛羊归圈。面对这样的情景，久别夫君的少妇心头涌起一阵阵惆怅。这种惆怅盘绕在她心中，是那样难以排遣。暮色越来越浓，而思念也越来越长。每一个这样的黄昏都成了难熬的时光。那日暮黄昏的乡村景色同思妇的孤寂和焦虑的情感融合在一起，形象鲜明而感人。

此诗的两章几乎完全是重复的，以重叠的章句来推进抒情的感动。但第二章的末句也是全诗的末句，却是完全变化了的。它把妻子的盼待转变为对丈夫的牵挂和祝愿：不归来也就罢了，但愿他在外不要忍饥受渴吧。这也是最平常的话，但其中包含的感情却又是那样善良和深挚。

《君子于役》开创的日暮怀人的典型环境以及"黄昏"意象，对后世诗歌创作有很大影响。后人无数的诗词歌赋都采用其手法，如三国时代曹植的《赠白马王彪》，晋朝潘岳的《寡妇赋》，唐代李白、白居易，宋代李清照等诗人都有同样风格的诗词作品。清代许瑶光《再读〈诗经〉四十二首》评论本诗："鸡栖于桀下牛羊，饥渴萦怀对夕阳。已启唐人闺怨句，最难消遣是昏黄。"可谓精到。

采　葛

彼采葛兮[1]，一日不见，如三月兮。
彼采萧兮[2]，一日不见，如三秋兮[3]。
彼采艾兮[4]，一日不见，如三岁兮[5]。

注释

①采：采集。葛：葛藤，一种蔓生植物，块根可食，茎可制纤维。

②萧：植物名。蒿的一种，即艾蒿。有香气，古时用于祭祀。

③三秋：三个秋季。通常一秋为一年，后又有专指秋三月的用法。这里三秋长于三月，短于三年，义同三季，九个月。

④艾：多年生草本植物，菊科，茎直生，白色，高四五尺。其叶子供药用，可制艾绒灸病。

⑤岁：年。

品读

《采葛》是一首思念情人的诗。采葛为织布，采萧为祭祀，采艾为治病，都是女子在辛勤劳动。男子思念起自己的情人来，一日不见，如隔三秋（月、年）。说一天会像三个月，三个季节，甚至三年那样长，这当然是物理时间和心理时间的区别所在。用这种有悖常理的写法，无非为了极言其思念之切，之深而已。

热恋中的情人无不希望朝夕厮守，耳鬓相磨，分离对他们是极大的痛苦，所谓"乐哉新相知，忧哉生别离"，即使是短暂的分别，在他或她的感觉中也似乎时光很漫长，以至于难以忍耐。此诗三章正是抓住这一人人都能理解的最普通而又最折磨人的情感，反复吟诵，重叠中只换了几个字，就把怀念情人愈来愈强烈的情感生动地展现出来了。第二章用"秋"而不用"春""夏""冬"来代表季节，是因为秋天草木摇落，秋风萧瑟，易生离别情绪，引发感慨之情，与全诗意境相吻合。

此诗只是直露地表白自己思念的情绪，然而却能流传千古，后人并将这一情感浓缩为"一日三秋"的成语。从科学的时间概念衡

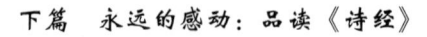

量,三个月、三个季节、三个年头与"一日"等同,当是悖理的,然而从诗抒情上看却是合理的艺术夸张,其合理性体现在热恋中的情人对时间的心理体验上,一日之别,逐渐在他或她的心理上延长为三月、三秋、三岁,这种对自然时间的心理错觉,真实地映照出他们如胶似漆、难分难舍的恋情。这一悖理的"心理时间"由于融进了他们无以复加的恋情,因此看似痴语、疯话,却能妙达离人心曲,唤起不同时代读者的情感共鸣。

郑　风

将仲子

　　将仲子兮①，无逾我里②，无折我树杞③。岂敢爱之④？畏我父母⑤。仲可怀也⑥，父母之言，亦可畏也。

　　将仲子兮，无逾我墙，无折我树桑。岂敢爱之？畏我诸兄。仲可怀也，诸兄之言，亦可畏也。

　　将仲子兮，无逾我园⑦，无折我树檀⑧。岂敢爱之？畏人之多言。仲可怀也，人之多言，亦可畏也。

注释

①将（qiāng）：愿，请。一说发语词。仲子：兄弟排行第二的称"仲"。

②逾：翻越。里：院墙。古代乡村，五家为邻，五邻为里，里外有墙。

③树杞（qǐ）：杞树，即杞柳。又名"榉"。落叶乔木，树如柳叶，木质坚实。一说树为种植之意。

④爱：吝惜，舍不得。

⑤畏：害怕。

⑥怀：思念。

⑦园：园墙，院墙。

⑧檀：常绿乔木，高大而木质坚硬。一名"紫檀"。

品读

《将仲子》是写一位热恋中的少女在礼教的束缚下，用婉转的方式请情人不要前来相会的情诗。

先秦时代的男女交往，大约经历了防范相对宽松，到逐渐森严的变化过程。《周礼·地官·媒氏》称："中春之月，令会男女，于是时也，奔者不禁。"可知在周代，还为男女青年的恋爱、婚配保留了特定季令的选择自由。但一过"中春"，再要私相交往，则会被斥为"淫奔"。到了春秋、战国之际，男女之防就严格多了。《孟子·滕文公下》说："不待父母之命，媒妁之言，钻穴隙相窥，逾墙相从，则父母、国人皆贱之。"连"钻穴隙"偷看那么一下，都要遭人贱骂，可见社会舆论已何其严厉。

《将仲子》表现的是在春秋时期社会舆论压迫下一位青年女子用拒绝的口吻提醒心上人行事小心的矛盾心理。首章开头即是突兀而发的呼告之语："将仲子兮，无逾我里，无折我树杞！"这呼告透露着一对青年男女正要私下相会。如果读者读得再深入些，当还能想见女主人公此刻因惶急而变得苍白的面容，还有"仲子"那因被拒绝而失望的神情。

这失望也为女主人公感觉到了，诗中由此跳出了一节绝妙的内心表白："岂敢爱之？畏我父母。仲可怀也，父母之言，亦可畏也。"前一句反问问得蹊跷，正显出女主人公的细心处，后三句表明，可怜的女主人公在担心之余，毕竟又给了心上人以温言软语的安慰，话语絮絮、口角传情，似乎是安慰，又似乎是求助，活脱脱画出了热恋中少女那既痴情又担忧的神态。

第二、三两章的重复，其实是情意抒写上的层层递进。从女主人公呼告的"无逾我里"，到"无逾我墙""无逾我园"，可推测出她那热恋中的"仲子"，已怎样不顾一切地翻墙逾园、越来越近。但男子可以鲁莽行动，女子却受不了为人轻贱的闲话。所以女主人公的畏惧也随之扩展，由"畏我父母"至于"畏我诸兄"，最后"畏"到左邻右舍的"人之多言"。女主人公的矛盾心理表现在爱与畏的交织上，一波三折，曲尽其致。

女曰鸡鸣

女曰鸡鸣①，士曰昧旦②。子兴视夜③，明星有烂④。将翱将翔⑤，弋凫与雁⑥。

弋言加之⑦，与子宜之⑧。宜言饮酒⑨，与子偕老⑩。琴瑟在御⑪，莫不静好⑫。

知子之来之⑬，杂佩以赠之⑭。知子之顺之⑮，杂佩以问之⑯。知子之好之⑰，杂佩以报之⑱。

注释

①鸡鸣：指天明之前。
②昧旦：又叫昧爽，指天将亮未亮的时刻。
③子：你。兴：起。视夜：察看夜色。
④明星：启明星，即金星。有烂：即"烂烂"，明亮的样子。
⑤将翱将翔：指已到了破晓时分，宿鸟将出巢飞翔。
⑥弋（yì）凫：用生丝做绳，系在箭上射鸟。凫：野鸭。
⑦言：语助词，下同。加：射中。一说"加豆"，食器。
⑧与：犹为。宜：用适当地方法烹调菜肴。
⑨言：语助词。

⑩偕：一起、一同的意思。老：变老。

⑪御：用。此处是弹奏的意思。

⑫静好：和睦安好。

⑬来（lài）：借为"赉"，慰劳，关怀。

⑭杂佩：古人佩饰，上系珠、玉等，质料和形状不一，故称杂佩。

⑮顺：柔顺，和顺，体贴。

⑯问：慰问，问候。一说赠送。

⑰好（hào）：爱恋。

⑱报：赠物报答。

品读

《女曰鸡鸣》是赞美年轻夫妇和睦的生活、诚笃的感情和美好的人生心愿的诗作，是一场家庭生活剧。诗人通过这对青年夫妇的对话，展示了三个情意融融的特写镜头。

第一个镜头：鸡鸣晨催。公鸡初鸣，勤勉的妻子便起床准备开始一天的劳作，妻子催得委婉，委婉的言辞含蕴着不少爱怜之意；"士曰昧旦"，丈夫回得直白，直决的回答显露出明显的不快之意。他似乎确实很想睡，怕妻子连声再催，便辩解地补充说道："不信你推窗看看天上，满天明星还闪着亮光。"妻子是执拗的，她想到丈夫是家庭生活的支柱，便提高嗓音提醒丈夫担负的生活职责："将翱将翔，弋凫与雁。"口气是坚决的，话语却仍是柔顺的。女子的催促声中饱含着温柔缱绻之情，男的听到再催后便作出了令妻子满意的积极反应。

第二个镜头：女子祈愿。妻子对丈夫的反应是满意的，而当他整好装束，迎着晨光出门打猎时，她反而对自己的性急产生了愧疚，便半是致歉半是慰解，面对丈夫发出了一连串的祈愿：一愿丈夫打猎箭箭能射中野鸭大雁；二愿日常生活天天能有美酒好菜；三愿家庭和睦，白首永相爱。丈夫能有如此勤勉贤惠、体贴温情的妻子，不能不充满着幸福感和满足感。男子情不自禁地在旁边感叹道："琴瑟在御，莫不静好。"恰似女的弹琴，男的鼓瑟，夫妇和美谐调，生活多么美好。

第三个镜头：男子赠佩。丈夫这一赠佩表爱的热烈举动，既出于诗人的艺术想象，也是诗歌情境的逻辑必然。深深感到妻子对自己的"来之""顺之"与"好之"，便解下杂佩"赠之""问之"与"报之"，一唱三叹之，在急管繁弦之中洋溢着恩酣爱畅之情。至此，这幕情意融融的生活小剧也达到了艺术的高潮。末章六句构成三组叠句，每组叠句易词而申意，把这位猎手对妻子粗犷而热烈的感情表现得淋漓酣畅。

此诗通篇全用对话，情景逼真，情趣盎然，交织着清新的气息和浓情蜜意，读起来令人感到轻松愉快。

子　衿

青青子衿①，悠悠我心②。纵我不往③，子宁不嗣音④？
青青子佩⑤，悠悠我思。纵我不往，子宁不来？
挑兮达兮⑥，在城阙兮⑦。一日不见，如三月兮。

注释

①青：黑色。古代青指黑颜色。子衿：周代读书人的服装。子，男子的美称，这里即指"你"。衿，即襟，衣领。

②悠悠：忧思不断的样子。

③纵：纵然，即使。

④宁（nìng）：岂，难道。嗣（sì）音：寄传音讯。嗣，通"贻"，一作"诒"，寄的意思。

⑤佩：这里指系佩玉的绶带。

⑥挑兮达（tà）兮：独自走来走去的样子。挑，也作"佻"。

⑦城阙：城门两边的观楼。

品读

《子衿》是思念情人的诗。女子热恋着一位青年，他们相约在城阙见面，但久候不至，女子望眼欲穿，焦急地来回走动，于是唱出此诗以寄托其情思。

《子衿》写一个女子在城楼上等候她的恋人。全诗三章，采用倒叙手法。前两章以"我"的口气自述怀人。"青青子衿""青青子佩"，是以恋人的衣饰借代恋人。对方的衣饰给她留下这么深刻的印象，使她念念不忘，可想见其相思萦怀之情。如今因受阻不能前去赴约，只好等恋人过来相会，可是望穿秋水，不见影儿，浓浓的爱意不由转化为惆怅与幽怨。第三章点明地点，写她在城楼上因久候恋人不至而心烦意乱，来来回回地走个不停，觉得虽然只有一天不见面，却好像分别了三个月那么漫长。

全诗五十字不到，但女主人公等待恋人时焦灼万分的情状宛然在目前。这种艺术效果的获得，在于诗人在创作中运用了大量的心理描写。诗中表现这个女子的动作行为仅用"挑""达"二字，主要笔墨都用在刻画她的心理活动上，如前两章对恋人既全无音讯又不见影儿的埋怨，末章"一日不见，如三月兮"的独白。两段埋怨之辞，以"纵我"与"子宁"对举，急盼之情中不无矜持之态，令人生出无限想象，可谓字少而意多。末尾的内心独白，则通过夸张修辞技巧，造成主观时间与客观时间的反差，从而将其强烈的心理情绪形象地表现了出来,可谓因夸以成状,沿饰而得奇。

《子衿》鲜明地体现了那个时代的女性所具有的独立、自主、平等的思想观念和精神实质,女主人公在诗中大胆表达自己的情感,即对情人的思念,这在《诗经》以后的历代文学作品中是少见的。

溱洧

溱与洧①,方涣涣兮②。士与女③,方秉蕳兮④。女曰"观乎?"士曰"既且⑤。""且往观乎⑥!"洧之外,洵訏且乐⑦。维士与女⑧,伊其相谑⑨,赠之以勺药⑩。

溱与洧,浏其清矣⑪。士与女,殷其盈兮⑫。女曰"观乎?"士曰"既且。""且往观乎!"洧之外,洵訏且乐。维士与女,伊其将谑,赠之以勺药。

注释

①溱(zhēn)、洧(wěi):郑国两条河名。

②方:正。涣涣:河水解冻后奔腾貌。

③士与女:此处泛指春游的男男女女。后文"女""士"则特指其中某青年男女。

④秉:执,拿。蕳(jiān):一种兰草。又名大泽兰,与山兰有别。

⑤既:已经。且(cú):同"徂",去,往。

⑥且:再。

⑦洵(xún)訏(xū):实在宽广。洵,实在,诚然,确实。訏,大,广阔。

⑧维:发语词。

⑨伊：发语词。相谑：互相调笑。
⑩勺药：即"芍药"，一种香草，与今之木芍药不同。
⑪浏：水深而清之状。
⑫殷：众多。盈：满。

品读

《溱洧》是描写郑国三月上巳日青年男女在溱水和洧水岸边游春的诗。当时郑国的风俗，三月上巳日这天，人们要在东流水中洗去宿垢，祓除不祥，祈求幸福和安宁。薛汉《韩诗薛君章句》云："郑国之俗，三月上巳之日，此两水（溱水、洧水）之上，招魂续魄，拂除不祥。"男女青年也借此机会互诉心曲，表达爱情。来自民间的歌手满怀爱心和激情，讴歌了这个春天的节日，记下了人们的欢娱，肯定和赞美了纯真的爱情。

《溱洧》就像是写了一个古代的情人节，或大的相亲场面。诗中交代了时间，初春，春水涌流的时节；地点，溱洧之外。

从大处写起，"殷其盈矣"，参加欢会的青年人之多，不可胜数，可谓熙熙攘攘，人海茫茫。这是一对情人相会的大背景。

从小处落笔，"维士与女，伊其相谑"，从这一对少男少女的偶然相识，到二人相约同行，再到相谑，相赠爱情花，把相亲相爱的全过程进行了艺术化的忠实记录。

这首诗很美，美在春天，美在爱情。尤其美的是两枝花的俏丽出现："蕑（兰）"与"勺药"。凭借着这两种芬芳的香草，作品完成了从风俗到爱情的转换，从自然界的春天到人生的青春的转换，也完成了从略写到详写的转换，从"全镜头"到"特写镜头"的转换。要之，兰草与芍药，是支撑起全诗结构的两个支点。

诗分二章，仅换数字，这种回环往复的叠章式，是民歌特别是

"诗三百"这些古老民歌的常见形式,有一种纯朴亲切的风味,自不必言。各章皆可分为两层,前四句是一层,落脚在"蕳";后八句为一层,落脚在"勺药"。前一层内部其实还包含一个小转换,即从自然向人的转换,从风景向风俗的转换。诗人以寥寥四句描绘了一幅风景画,也描绘了一幅风俗画,二者息息相关,因为古代社会风俗的形成大多与自然节气有关。

齐　风

鸡　鸣

鸡既鸣矣，朝既盈矣①。匪鸡则鸣②，苍蝇之声。

东方明矣，朝既昌矣③。匪东方则明，月出之光。

虫飞薨薨④，甘与子同梦⑤。会且归矣⑥，无庶予子憎⑦。

注释

①朝：朝堂。一说早集。盈：满。此指大臣上朝。

②匪：同"非"，不是。则：犹"之"。

③昌：盛，人多的样子。

④虫：即上文所说的苍蝇。薨（hōng）薨：犹言"轰轰"，飞虫的振翅声。

⑤甘：愿，甘心。

⑥会：朝会，上朝。且：将。归：归去，犹言"散会"。

⑦无庶：同"庶无"。庶，幸，希望。予子憎：恨我、你，代词宾语前置。

品读

《鸡鸣》是写丈夫恋妻贪睡不愿早朝和妻子对他的劝慰。此诗表现一对贵族夫妇私生活的情趣。全诗以夫妇间对话展开，构思新颖，好像一出小品，活画出一个贪恋床衾的官吏形象，在《诗经》中是别开生面的。本来这对夫妇的对话是非常质朴显露的，谈不上有什么诗味妙语，只因为有的类似傻话、疯话，叫人会心发笑，包含着"无理见趣"之妙。此诗开头写妻子提醒丈夫"鸡既鸣矣，朝既盈矣"，丈夫回答"匪鸡则鸣，苍蝇之声"。想来鸡啼、苍蝇飞鸣古今不会大变，若非听觉失灵，不至二者不分。从下面第二、三章妻子所云"东方明矣""会且归矣"，可知当是鸡鸣无疑。而丈夫把"鸡鸣"说成"苍蝇之声"，是违背生活常识的，当然"无理"。但如果换一角度理解，将其看作丈夫梦中被妻子唤醒，听见妻子以"鸡鸣"相催促，便故意逗弄妻子说：不是鸡叫，是苍蝇的声音，表现了他们夫妇间的生活情趣，也是别有滋味。虽"反常"却合乎夫妇情感生活之"道"。下两章的时间由鸡鸣至天亮，官员由已上朝至快散朝，丈夫愈拖延愈懒起，故意把天明说成"月光"，贪恋衾枕，缠绵难舍，竟还想与妻子同入梦乡，而妻子则愈催愈紧，最后一句"无庶予子憎"已微有嗔意。表现夫妇私生活，可谓活灵活现。

此诗的章法与《郑风·女曰鸡鸣》相似，而通篇以对话形式写出，尤为生动，写景言情，俱臻绝妙，真情实景，写来活灵活现。句式以四言为主，杂以五言，句式错综，接近散文化，押韵亦富有变化。

东方未明

东方未明，颠倒衣裳①。颠之倒之，自公召之②。

东方未晞③，颠倒裳衣。倒之颠之，自公令之。

折柳樊圃④，狂夫瞿瞿⑤。不能辰夜⑥，不夙则莫⑦。

注释

①衣裳：古时上衣叫"衣"，下衣叫"裳"。

②公：公家。一说指齐国君主。

③晞（xī）："昕"的假借，破晓，天刚亮。

④樊：即"藩"，篱笆。圃：菜园。

⑤狂夫：指监工。一说狂妄无知的人。瞿瞿：瞪视貌。一说疑惑貌。

⑥不能辰夜：指不能掌握时间。辰，借为"晨"，指白天。

⑦夙：早。莫（mù）：古"暮"字，晚。

品读

《东方未明》全诗三章，是描写士大夫苦于差役的诗。

此诗并没有用很多笔墨去铺叙具体的劳动场面，或者诉说劳动如何艰辛，而是巧妙地抓住一瞬间出现的难堪而苦涩的场面来写：当一批劳累的人们正酣睡之际，突然响起了公家监工的吆喝声，催促着他们去上工。这时东方还没有一丝亮光，原来寂静的夜空，一下子被这叫喊声打破，劳工们一个个被惊醒过来，黑暗中东抓西摸，手忙脚乱，有的抓着裤管套上胳膊，有的撑开衣袖伸进双腿。一时间，乱作一堆，急成一团，真可谓洋相出尽。监工的叫喊竟然让劳工们吓得如此手脚失措，不消说，这是他们长久以来受到残酷压迫的结果，日常只要稍不留意就会遭到公家的处罚，受皮肉之苦乃是寻常之事。因此尽管还是黑夜，监工的一声吆喝，没有人敢怠慢一步。诗人正是抓住了这一特殊的时刻，突出"颠倒衣裳"这一在特定环境下发生的典型细节，在两章诗中反复叙写，一再渲染。通过这一强化，既画出了这伙苦力慑于淫威的惧怕心理，又写出了他们所受的非人待遇，像牲口一样被驱使，没日没夜为主人劳作，却得不到丝毫人身自由。这两章看似平静的叙述，实际上已蕴藏着劳工们的不平之鸣，两章末句"自公召之""自公令之"，正透露出这些被劳役者已开始意识到——他们受苦受难的根源来自"公"。

紧接着第三章便从他们当下的劳作写起。原来他们半夜被驱赶出来是砍柳枝编菜园篱笆，监工正瞪着可怕的大眼监视着。"狂夫"的称谓隐含着被劳役者对监工凶狠面貌的揭露和怨恨。末两句"不能辰夜，不夙则莫"，则是"东方未明"的延伸，点出这些被劳役的人们不但要起早，而且还要摸黑；这也不是偶然的一朝一夕的事，而是穷年累月莫不如是。诗人由此拓展了此篇的内容，也暗示了被劳役者胸中的不满与反抗。

卢　令

卢令令①，其人美且仁②。
卢重环③，其人美且鬈④。
卢重鋂⑤，其人美且偲⑥。

注释

①卢：黑毛猎犬。令令：即"铃铃"，猎犬颈下套环发出的响声。
②其人：指猎人。仁：仁慈和善。
③重（zhòng）环：大环套小环，又称子母环。
④鬈（quán）：勇壮。一说形容头发卷曲的样子。
⑤重鋂（méi）：一个大环套两个小环。
⑥偲（cāi）：多才多智。一说须多而美。

品读

《卢令》是为赞美猎人而作，意在描写打猎人的本领和美德。

其人带着猎犬出猎，品德仁慈，卷发美髯，具有长者之相。作者是以羡慕的眼光，对猎人的外在英姿和内在美德进行夸赞。

打猎是古代农牧社会习以为常的事。猎者除获得生活所需之物外，还有健身习武的好处。古人认为，国家要强盛，离不开文治武功。体魄强健，好勇善战，体现了国人的尚武精神。仁爱慈善，足智多谋，体现了国人的文明精神。因此，文武并崇，刚柔兼济，在古代形成一种风尚，一种共识。在这种风气的影响下，人们往往把能文能武作为衡量一个人有出息的重要标准。在日常生活中，人们也常常以这种标准与眼光来衡量和观察各种人物，一旦有这样的人物出现，就倍加赞赏，此诗中的猎者就是其中一例。作者选取狩猎这一常见习俗，对猎人的善良、勇敢、能干和美姿进行赞誉，既是情理中事，又是诗人审美眼光独到之处。

此诗采用了由犬及人、由实到虚的写法。全诗共三章，每章的第一句均以实写手法写犬；每章的第二句均以虚写手法写人。"令令""重环""重鋂"，是写犬，不仅描绘其貌，而且描摹其声。由此可以想见当时的情景：黑犬在猎人跟前的受宠貌和兴奋貌，猎犬在跑动中套环发出的响声，等等，这就从一个侧面烘托出狩猎时的气氛。未见其人，先闻其"卢令令"之声。后面才走出诗中的主人公。"美且仁""美且鬈""美且偲"，则是写人，在夸赞猎人英姿的同时，又夸赞猎人的善良、勇敢和才干。这样看来，诗中所赞美的猎人，是个文武双全、才貌出众的人物，以致引起旁观者（包括作者）的羡慕、敬仰和爱戴。从感情的角度来看是真实的，从当时所崇尚的民风来看，也是可信的。

全诗仅 24 字，就勾勒出一个壮美、仁爱、勇武、多才的年轻猎人带着心爱的猎犬打猎的情景，文字简练，形象生动。

魏 风

陟 岵

陟彼岵兮①,瞻望父兮。父曰②:嗟!予子行役③,夙夜无已④。上慎旃哉⑤!犹来无止⑥!

陟彼屺兮⑦,瞻望母兮。母曰:嗟!予季行役⑧,夙夜无寐⑨。上慎旃哉!犹来无弃⑩!

陟彼冈兮⑪,瞻望兄兮。兄曰:嗟!予弟行役,夙夜必偕⑫。上慎旃哉!犹来无死⑬!

注释

①陟(zhì):登上。岵(hù):有草木的山。

②父曰:这是诗人想象他父亲说的话。下文"母曰""兄曰"同。

③予子:歌者想象中其父对他的称呼。

④夙(sù)夜:日夜。夙:早。

⑤上:通"尚",希望。旃(zhān):之,作语助词。

⑥犹来:还是归来。犹,可。无:不要。止:停留。

⑦屺(qǐ):无草木的山。

⑧季:兄弟中排行第四或最小。

⑨无寐：没时间睡觉。

⑩无弃：不要把性命丢在外头。一说不要弃家不归的意思。

⑪冈：山脊。

⑫偕（xié）：俱，随从，在一起，不要掉队的意思。

⑬无死：不要死在异乡。

品读

《陟岵》是征人思家的诗。写一个远在他乡服役的征人，想象他的父母兄长在家乡正在思念他，抒发了主人公思念家乡的情怀。

全诗重章迭唱，每章开首两句直接抒发思亲之情。常言：远望可以当归，长歌可以当哭。人子行役，倘非思亲情急，不会登高望乡。此诗开篇，登高远望之旨便一意三复：登上山顶，远望父亲；登上山顶，远望母亲；登上山顶，远望兄长。言之不足而长言申意，思父思母又思念兄长。开首两句，便把远望当归之意、长歌当哭之情，抒发得痛切感人。

此诗的妙处和独创性，不在于开首的正面直写己之思亲之情，而在于接下来从对面设想亲人之念己之心。抒情主人公进入了这样的一个幻境：在他登高思亲之时，家乡的亲人此时此刻也正登高念己，并在他耳旁响起了亲人们一声声体贴艰辛、提醒慎重、祝愿平安的嘱咐和叮咛。当然，这并非诗人主观的刻意造作，而是情至深处的自然表现。在这一声声亲人念己的设想语中，包含了多少嗟叹，多少叮咛，多少希冀，多少盼望，多少爱怜，多少慰藉。真所谓笔以曲而愈达，情以婉而愈深。千载以后读之，仍足以令羁旅之人望白云而起思亲之念。

这种从对面设想的幻境，在艺术创作上有两个特点。

其一，幻境的创造，是想象与怀忆的融会。前人把"父曰"

"母曰"和"兄曰",解释为征人望乡之时追忆当年临别时亲人的叮咛。此说初看可通,深究则不然;诗人造境不只是追忆,而是想象和怀忆的融合。钱锺书曾指出《陟岵》是"据实构虚,以想像与怀忆融会而造诗境"(《管锥编》),很有见地,也符合思乡人的心理规律,因而为历代思乡诗不断承袭。

其二,亲人的念己之语,体现出鲜明的个性。《毛传》曾评此诗"父尚义""母尚恩""兄尚亲"。这虽带有经生气息,却已见出了人物语言的个性特点。从诗篇来看,父亲的"犹来无止",嘱咐他不要永远滞留他乡,这语气纯从儿子出发而不失父亲的旷达;母亲的"犹来无弃",叮咛儿子不要抛弃亲娘,这更多地从母亲这边出发,表现出难以割舍的母子之情,以及"娘怜少子"的深情;兄长的"犹来无死",直言祈愿他不要尸骨埋他乡,这脱口而出的"犹来无死",强烈表现了手足深情,表现了对青春生命的爱惜和珍视。在篇幅短小、语言简古的《诗经》中,写出人物的个性,极为不易,而能从对面设想的幻境中写出人物的特点,更为难能可贵。

十亩之间

十亩之间兮①,桑者闲闲兮②。行与子还兮③。
十亩之外兮,桑者泄泄兮④。行与子逝兮⑤。

注释

①十亩之间:指郊外所受场圃之地。十亩,这里形容地很大,不一定是确数。
②桑者:采桑的人。闲闲:宽闲、悠闲貌。
③行:走。一说且,将要。
④泄(yì)泄:和乐的样子;一说人多的样子。

⑤逝：还，返回；一说往，离去。

品读

  《十亩之间》是一首劳动青年向采桑姑娘表达情爱所唱的歌。诗中勾画出一派清新恬淡的田园风光，抒写了采桑女轻松愉快的劳动心情。

  夕阳西下，暮色欲上，牛羊归栏，炊烟渐起。夕阳斜晖，透过碧绿的桑叶照进一片宽大的桑园。忙碌了一天的采桑女，准备回家了。顿时，桑园里响起一片呼伴唤友的声音。爱慕采桑女的男青年来接她，与她一起回家，她们的说笑声和歌声却袅袅不绝地在桑园里回旋。这就是《十亩之间》展现的一幅桑园晚归图。

  以轻松的旋律表达愉悦的心情，是《十亩之间》最鲜明的审美特点。首先，这与语气词的恰当运用有关。全诗六句，重章复唱。每句后面都用了语气词"兮"字，这就很自然地拖长了语调，表现出一种舒缓而轻松的心情。其次，更主要的是它与诗境表现的内容相关。诗章表现的是劳动结束后，姑娘们呼伴唤友相偕回家，采桑女的男友与她同行的情景。因此，这"兮"字里，包含了紧张的劳动结束后轻松而舒缓的喘息，包含了面对一天的劳动成果满意而愉快的感叹，也包含了青年男女情深爱浓的表露。诗句与诗境、语调与心情，达到了完美的统一。

  此篇与《周南·芣苢》都是写劳动的场景和感受，但由于它刻画的劳动场景不同，诗歌的旋律节奏和审美情调也不同。《芣苢》写的是一群女子采摘车前子的劳动过程，它通过采摘动作的不断变化和收获成果的迅速增加，表现姑娘们娴熟的采摘技能和欢快的劳动心情。在结构上，四字一句，隔句缀一"之"字，短促而有力，从而使全诗的节奏明快而紧凑。《十亩之间》与《周南·芣苢》，形成了鲜明的对照，并成为《诗经》中在艺术风格上最具可比性的两首劳动歌谣。

硕 鼠

　　硕鼠硕鼠①，无食我黍②！三岁贯女③，莫我肯顾④。逝将去女⑤，适彼乐土⑥。乐土乐土，爰得我所⑦。

　　硕鼠硕鼠，无食我麦！三岁贯女，莫我肯德⑧。逝将去女，适彼乐国⑨。乐国乐国，爰得我直⑩？

　　硕鼠硕鼠，无食我苗！三岁贯女，莫我肯劳⑪。逝将去女，适彼乐郊。乐郊乐郊，谁之永号⑫？

注释

①硕鼠：大老鼠。一说田鼠，土耗子。这里用来比喻贪得无厌的剥削统治者。

②无：毋，不要。黍：黍子，也叫黄米，谷类，是重要的粮食作物之一。

③三岁贯女（rǔ）：侍奉你多年。三岁，多年，说明时间久。三，非实数。贯，借作"宦"，侍奉，也有纵容、忍让的意思。女，同"汝"，你，指统治者。

④莫我肯顾："莫肯顾我"的倒装。顾，顾惜、照顾的意思。

⑤逝：通"誓"，表态度坚决的词。去：离开。女：一作"汝"。

⑥适：往。乐土：安居乐业的地方。

⑦爰：乃，于是，在那里。所：处所，此指可以正当生活的地方。

⑧德：加恩，施惠，感激。

⑨国：域，即地方。

⑩直：同"值"，价值，报酬。一说通"职"，所，处所。王引之《经义述闻》说："当读为职，职亦所也。"

⑪劳：慰劳。

⑫谁之：一说即唯以。之，其，表示诘问语气。一说以。永号（háo）：长叹，长歌呼号，永远叫苦。号，呼喊。

品读

《硕鼠》是一首控诉剥削者的诗歌。全诗三章，每章意思相同。三章都以"硕鼠硕鼠"开头，直呼奴隶主剥削阶级为贪婪可憎的大老鼠、肥老鼠，并以命令的语气发出警告："无食我黍（麦、苗）!"老鼠形象丑陋又狡黠，性喜窃食，借来比拟贪婪的剥削者十分恰当，也表现了诗人对其的愤恨之情。第三、四句进一步揭露剥削者贪得无厌而寡恩："三岁贯女，莫我肯顾（德、劳）。"诗中以"汝""我"对照："我"多年养活"汝"，"汝"却不肯给"我"照顾，给予恩惠，甚至连一点安慰也没有，揭示了"汝""我"关系的对立。这里所说的"汝""我"，都不是单个的人，应扩大为"你们""我们"，所代表的是一个群体或一个阶层，提出的是谁养活谁的大问题。后四句更以雷霆万钧之力喊出了他们的心声："逝将去女，适彼乐土。乐土乐土，爰得我所!"诗人既认识到"汝我"关系的对立，便公开宣布"逝将去女"，决计反抗，不再养活"汝"。一个"逝"字表现了诗人决断的态度和坚定的决心。尽管他们要寻找的安居乐业、不受剥削的人间乐土，只是一种幻想，在现实社会中是不存在的，但却代表着他们对美好生活的憧憬，也是他们在长期生活和斗争中所产生的社会理想，更标志着他们的觉醒。正是这一美好的生活理想，启发和鼓舞着后世劳动人民为挣脱压迫和剥削而不断斗争。

　　这首诗纯用比体，比喻精当，把剥削者比喻为人人憎恶的大老鼠，非常贴切，增强了诗的感染力和说服力，生动形象地突出了主题，一波三折，语尽意存。

唐　风

山有枢

山有枢①，隰有榆②。子有衣裳③，弗曳弗娄④。子有车马，弗驰弗驱⑤。宛其死矣⑥，他人是愉⑦。

山有栲⑧，隰有杻⑨。子有廷内⑩，弗洒弗埽⑪。子有钟鼓，弗鼓弗考⑫。宛其死矣，他人是保⑬。

山有漆⑭，隰有栗⑮。子有酒食，何不日鼓瑟⑯？且以喜乐⑰，且以永日⑱。宛其死矣，他人入室。

注释

①枢（shū）：刺榆，一说臭椿树。

②隰（xí）：低湿之地。榆：白榆，落叶乔木。

③衣裳（cháng）：古时衣指上衣，裳指下裙。《毛传》："上曰衣，下曰裳。"

④弗曳（yì）弗娄：有好衣裳而不穿。曳，拖；娄，搂的借字，牵拉。古时裳长拖地，需提着走。

⑤驱：车马疾走。

⑥宛：宛如，假如。一说通"苑"，枯萎。

⑦愉：快乐，享受。一说音偷，取。

⑧栲（kǎo）：山樗，落叶小乔木。

⑨杻（niǔ）：檍树。一说菩提树。

⑩廷：同"庭"，庭院。内：厅堂和内室。

⑪埽（sào）：同"扫"，打扫。

⑫考：敲击。

⑬保：占有，持有。

⑭漆：漆树，其汁液可做涂料。

⑮栗：落叶乔木。

⑯瑟：一种似琴的拨弦乐器，一般有二十五弦。

⑰且：姑且。

⑱永日：指整天享乐。

品读

《山有枢》是下级官吏劝贵族长官及时行乐的诗。

此诗分三章，每章起首两句都用"山有……隰有……"起兴，以引起后面所咏之词。有些诗的起兴与所咏之词有一定的关联，但此诗的起兴与所咏的对象则没有什么必然联系，这与现代许多即兴式的民歌相似。

首章言人有衣服车马，但没有耗费使用，作者以为应该用"曳""娄""驰""驱"的方式，尽情享用它们，否则自己死去之后，只能留给别人。这里的"曳""娄"，是一种非同一般的穿衣打扮方式，不同于日常，"驰""驱"所指的也并不是寻常意义上的赶路，而是郊游等娱乐活动，代表一种安闲的生活方式。

第二章与第一章相似. 只是把笔触转向房屋钟鼓，说它们需要"洒埽""鼓考"。可见主人虽然家资殷富，但没有享乐的时间和闲心。

第三章是整首诗篇的重点，关键四句为"子有酒食，何不日鼓瑟？且以喜乐，且以永日"。前面都是口语，而这里"喜乐"和"永日"两个词内涵深远。这两个词将诗的意志和内涵提升到一个非常高的高度，使得通篇口语和直接言死的粗俗得到了一定程度的缓和。

三章诗句文字基本相近，只改换个别词汇。第一章的衣裳、车马，第二章的廷内、钟鼓，第三章的酒食、乐器，概括了贵族的生活起居、吃喝玩乐。诗歌讽刺的对象热衷于聚敛财富，却舍不得耗费使用，可能是个悭吝成性的守财奴，一心想将家产留传给子孙后代，所以诗人予以辛辣的讽刺。

绸　缪

绸缪束薪①，三星在天②。今夕何夕，见此良人③。子兮子兮④，如此良人何！

绸缪束刍⑤，三星在隅⑥。今夕何夕，见此邂逅⑦。子兮子兮，如此邂逅何！

绸缪束楚⑧，三星在户⑨。今夕何夕，见此粲者⑩。子兮子兮，如此粲者何！

注释

①绸（chóu）缪（móu）：缠绕，捆束。犹缠绵也。束薪：喻夫妇同心，情意缠绵，后成为婚姻礼。薪：《诗经》中大部分关于男女婚事常言及"薪"，如《汉广》"翘翘错薪"，《南山》"析薪如之何"。

②三星：即心星，主要由三颗星组成。

③良人：丈夫，指新郎。

④子兮（xī）：你呀。

⑤刍（chú）：喂牲口的青草。

⑥隅（yú）：指东南角。

⑦邂（xiè）逅（hòu）：即解媾，解，悦也。原意指男女和合爱悦，这里指志趣相投的人。

⑧楚：荆条。

⑨户：门。

⑩粲（càn）：漂亮的人，指新娘。

品读

《绸缪》是庆贺新婚的诗。首章戏新娘，第二章戏新夫妇，第三章戏新郎。三章相合则浑然一体，突出了喜庆新婚的主旨。诗人借洞房花烛夜的欢愉之情，表达出了男女之间非常温馨、甜蜜的情爱。

每章头两句是起兴，"在天""在隅""在户"是以三星移动表示时间推移，三章合起来可知婚礼进行时间——从黄昏至半夜。后四句是以玩笑的话来调侃这对新婚夫妇："今夕何夕，见此良人（粲者）。子兮子兮，如此良人（粲者）何！"问他或她在这千金一刻的良宵，见着自己的心上人，将会如何亲昵对方，尽情享受这幸福的初婚的欢乐。

此诗每小节的后四句颇值得玩味，诗人以平淡之语，写常见之事，抒普通之情，却使人感到神情逼真，似乎身临其境，亲见其人，领受到闹新房的欢乐滋味，见到了无法用语言形容的美丽的新娘，以及陶醉于幸福之中几至忘乎所以的新郎，这充分显示了民间诗人的创造力。

从整体上看，这首诗好像洞房花烛夜新婚夫妻在逗趣，具有祝福调侃的意味，非常温馨、甜蜜。语言活脱风趣，极富生活气息。特别是"今夕何夕"之问，含蓄而俏皮，表现出由于一时惊喜，竟至忘乎所以，连日子也记不起了的心理状态。

杕　杜

有杕之杜①，其叶湑湑②。独行踽踽③。岂无他人？不如我同父④。嗟行之人⑤，胡不比焉⑥？人无兄弟，胡不佽焉⑦？

有杕之杜，其叶菁菁⑧。独行睘睘⑨。岂无他人？不如我同姓⑩。嗟行之人，胡不比焉？人无兄弟，胡不佽焉？

注释

①杕（dì）：树木独特、孤独貌。杜：木名。棠梨，赤棠。

②湑（xǔ）：形容树叶茂盛。

③踽踽（jǔ jǔ）：单身独行、孤独无依的样子。

④同父：指同胞兄弟；一说同祖父的族昆弟。

⑤嗟：悲叹声。行之人：道上行路之人。

⑥比：亲近。

⑦佽（cì）：资助，帮助。

⑧菁菁（jīng jīng）：树叶茂盛状。

⑨睘睘（qióng qióng）：同"茕茕"，孤独无依的样子。

⑩同姓：同一祖先，同族兄弟。一说一母所生的兄弟。

品读

《杕杜》是一个孤独的流浪者感叹无人相亲相助的哀歌。诗的背景或是战争使骨肉离散，沦为难民；或是灾荒使百姓失所，乞食四方。不管哪种情况，这都是一首抒写心灵感受的流浪者之歌。

诗的开篇以孤立生长的棠梨树起兴,对照流浪者的孤单。棠梨还有繁茂树叶,葱葱郁郁,主人公却是孤苦无依、毫无慰藉,令人顿生"人不如树"的凄凉感。

接下来"独行踽踽"四字独立成句,音节凝重,显得既厚实又有余韵。它一并交代了事件过程、人物状态和整篇主旨,似简实丰,以少驭多,给人无限的想象空间。

其后,作者笔锋转移,由外到内,着力写流浪者之思:"岂无他人,不如我同父。"路上风尘仆仆的行人径直走过,对自己不闻不问,令人顿感世态炎凉。流浪者不禁想到自己的父母兄弟,他们才是无可替代的。但如今她举目无亲、孤立无援,其境遇真正到了山穷水尽的地步。

面对此情此景,流浪者终于承受不住,发出了长长的叹息和怨诉:"嗟行之人,胡不比焉?人无兄弟,胡不佽焉?"

此诗对字词的描写是很有功底的,例如一"嗟"字,有无奈,也有不甘。同时之后复唱四句,连问两声,直贯最末,使情感显得悠长而激越。这首流浪者之歌,以点盖面,真切地反映出当时的社会现实和百姓的疾苦生活,向后世展示了一幅真实的古代难民流亡图,给人强烈的震撼。

鸨羽

肃肃鸨羽①,集于苞栩②。王事靡盬③,不能蓺稷黍④。父母何怙⑤?悠悠苍天!曷其有所⑥?

肃肃鸨翼,集于苞棘⑦。王事靡盬,不能蓺黍稷。父母何食?悠悠苍天!曷其有极⑧?

肃肃鸨行⑨,集于苞桑。王事靡盬,不能蓺稻粱。父母何尝⑩?

悠悠苍天！曷其有常⑪？

注释

①肃肃：鸟翅扇动的响声。鸨（bǎo）：鸟名，似雁而大，群居水草地区，性不善栖木。

②集：栖落。苞栩：丛密的柞树。苞，草木丛生。栩，栎树，一名柞树。

③王事：国家差事。靡：无，没有。盬（gǔ）：休止。

④蓻（yì）：种植。稷：高粱。黍：黍子，黄米。

⑤怙（hù）：依靠，凭恃。

⑥曷（hé）：何。所：住所。

⑦棘：酸枣树，落叶灌木，实较枣小，供药用。

⑧极：终了，尽头。

⑨行：行列。一说鸨腿；一说翅根，引申为鸟翅。

⑩尝：食，吃。

⑪常：正常的生活。

品读

《鸨羽》是一首征人控诉繁重无休止的徭役给人民带来灾难的诗。关于诗的意旨背景，古今认识比较一致，都以为是晋国政治黑暗，无休止的徭役使农民终年在外疲于奔命，根本无法安居乐业，赡养父母妻子，因而发出呼天怨地的声音，强烈抗议统治者的深重压迫。如朱熹《诗集传》云："民从征役而不得养其父母，故作是诗。"方玉润《诗经原始》云："《鸨羽》，刺征役苦民也。"

全诗三章，首句均以大鸨这种鸟本不会在树上栖息，却反常地栖息在树上来比喻成群的农民反常的生活——长期在外服役而不能在家安居务农养家糊口，其苦情可见一斑。因为鸨鸟是属于雁类的飞禽，其爪间有蹼而无后趾，生性只能浮水，奔走于沼泽草地，不能抓握枝条在树上栖息。而今鸨鸟居然飞集在树上，犹如让农民抛弃务农的本业常年从事徭役而无法过正常的生活。这是一种隐喻的手法，正是诗人独具匠心之处。王室的差事没完没了，回家的日子遥遥无期，大量的田地荒芜失种。老弱妇孺饿死沟壑，这正是春秋战国时期各国纷争、战乱频仍的现实反映，所以诗人以极其怨愤的口吻对统治者提出强烈的抗议与控诉，甚至呼天抢地，表现出人民心中正燃烧着熊熊的怒火，随时随地都会像炽烈的岩浆冲破地壳的裂缝喷涌而出，掀翻统治阶级的宝座。

此诗三章语言大同小异，这是民间歌谣的共同点。至于三章分别举出栩、棘、桑三种树木，则纯粹是信手拈来，便于押韵，别无其他深意。

葛　生

葛生蒙楚①，蔹蔓于野②。予美亡此③，谁与独处④。
葛生蒙棘⑤，蔹蔓于域⑥。予美亡此，谁与独息⑦。
角枕粲兮⑧，锦衾烂兮⑨。予美亡此，谁与独旦⑩。
夏之日，冬之夜⑪。百岁之后⑫，归于其居⑬！
冬之夜，夏之日。百岁之后，归于其室⑭！

注释

①葛生：葛藤出生。葛，藤本植物，茎皮纤维可织葛布，块根可食，花可解酒毒。蒙楚：葛的枝叶蔓延在荆棘上。蒙，覆盖。楚，灌木名，即牡荆。

②蔹（liǎn）：攀缘性多年生草本植物，根可入药，多生长在

田野岩石的边缘，有白蔹、赤蔹、乌蔹等。

③予美：美好的人，意即爱人。亡此：死于此处。此指死后埋在那里。

④谁与：谁和他在一起。一说谁，唯；与，以。唯以，只有的意思。独处：独自居住。

⑤棘：酸枣，有棘刺的灌木。

⑥域：坟茔地。

⑦独息：意同"独处"。

⑧角枕：牛角做的枕头。一说方形枕头，有八角。粲：同"灿"，灿烂。

⑨锦衾：锦缎被褥。闻一多《风诗类钞》："角枕、锦衾，皆敛死者所用。"一说思念者身边之物。烂：光彩貌。

⑩独旦：一个人独自到天亮。一说旦释为安，闻一多《风诗类钞》："旦，坦。""坦，安也。"

⑪"夏之日"二句：夏之日长，冬之夜长，言时间长。一说冬夏日夜时时思念之意。

⑫百岁：即百年。

⑬居：即坟墓。

⑭室：指冢坑。

品读

《葛生》是妇女悼亡丈夫的诗。

全诗五章，每章四句，从结构上看，可分两大部分：前一部分为有"予美亡此"句的三章，后一部分为有"百岁之后"句的两章。开头"葛生蒙楚（棘），蔹蔓于野（域）"两句，互文见义，既有兴起整章的作用，也有以藤草之生各有托附比喻情侣相亲相爱关系的意思，又有对眼前所见景物的真实描绘，可以说是"兴而比而赋"。这一开篇即兴、比、赋兼而有之的意象，设置了荒凉凄清、冷落萧条的规定情境，显示出一种悲剧美作。接着，"予美亡此，谁与独处"两句，是对去世的配偶表示哀悼怀念之情。其比兴意义是：野外蔓生的葛藤莜茎缠绕覆盖着荆树丛，就像爱人那样相依相偎，而诗中主人公却是形单影只，孤独寂寞，好不悲凉。第三章"予美亡此，谁与独旦"，其意义又较"独处""独息"有所发展，通宵达旦，辗转难眠，其思念之深，悲哀之重，几乎无以复加。

后两章，语句重复尤甚于前三章，仅"居""室"两字不同，而这两字意义几乎无别。可它又不是简单的重章叠句，"夏之日，冬之夜"颠倒为"冬之夜，夏之日"，体现了诗中主人公日复一日、年复一年永无终竭的怀念之情，闪烁着一种追求爱的永恒的光辉。而"百岁之后，归于其居（室）"的感慨叹息，也表现出对荷载着感情重负的生命之旅最终归宿的深刻认识，与所谓"生命的悲剧意识"这样的现代观念似乎也非常合拍。

《葛生》作为中国传世文学作品中最早的悼亡诗，对后世的悼亡作品有较大影响，被认为是古代诗歌中悼亡诗之祖。

秦　风

蒹　葭

蒹葭苍苍①，白露为霜。所谓伊人②，在水一方③。溯洄从之④，道阻且长。溯游从之⑤，宛在水中央⑥。

蒹葭凄凄⑦，白露未晞⑧。所谓伊人，在水之湄⑨。溯洄从之，道阻且跻⑩。溯游从之，宛在水中坻⑪。

蒹葭采采⑫，白露未已⑬。所谓伊人，在水之涘⑭。溯洄从之，道阻且右⑮。溯游从之，宛在水中沚⑯。

注释

①蒹（jiān）葭（jiā）：芦苇。蒹，没长穗的芦苇。葭，初生的芦苇。苍苍：青苍，老青色。

②伊人：那个人，指所思慕的对象。

③一方：另一边。

④溯洄（huí）：逆流而上。洄，弯曲的水道。从：追寻。

⑤溯游：顺流而下。游，一说指直流的水道。

⑥宛：宛然，好像。

⑦凄凄：同"萋萋"，茂盛的意思。

⑧晞（xī）：干。

⑨湄（méi）：水和草交接的地方，也就是岸边。

⑩跻（jī）：登，升高。

⑪坻（chí）：水中的小高地。

⑫采采：茂盛的样子。

⑬已：止，干。

⑭涘（sì）：水边。

⑮右：弯曲，迂回，形容道路曲折迂回。

⑯沚（zhǐ）：水中的小块陆地。

品读

《蒹葭》是抒写思慕、追求意中人而不可得的诗。

在一个深秋的清晨，诗人来到河边，为的是追寻那思慕的人，而出现在眼前的是弥望的茫茫芦苇丛，呈现出冷寂与落寞，诗人只知道所苦苦期盼的人在河水的另外一边。从下文看，这不是一个确定性的存在，诗人根本就不明伊人的居处，这种毫无希望但却充满诱惑的追寻在诗人脚下和笔下展开，"溯洄""溯游"的追寻，依然没有结果。伊人仿佛在河水中央，周围流淌着波光，依旧无法接近。"可见而不可求"，可望而不可即，加深了追寻者渴慕的程度。诗中"宛"字表明伊人的身影是隐约缥缈的，若实若虚，若即若离，若隐若现，给人驰骋想象的空间。

后两章只是对首章文字略加改动而成，这种仅对文字略加改动的重章迭唱是《诗经》中常用的手法。这种改动形成各章内部韵律协和而各章之间韵律参差的效果，也造成了语义的往复推进。如"白露为霜""白露未晞""白露未已"——夜间的露水凝成霜花，霜花因气温升高而融为露水，露水在阳光照射下蒸发——表明了时间的延续。

此诗意境飘逸，神韵悠长，措辞婉秀，音节流美。作者将其思想中准确的意念象征性地表现出来，形成一种空灵朦胧的艺术境界，使人领略不尽，回味无穷。"在水一方"形成的企慕象征，影响后世的"蒹葭之思"（省称"葭思"）、"蒹葭伊人"甚至成为旧时书信中怀人的套语。而当代通俗小说家琼瑶的一部言情小说就叫作《在水一方》，同名电视剧的主题歌就是以此诗为本改写的。

晨　风

鴥彼晨风①，郁彼北林②。未见君子，忧心钦钦③。如何如何④，忘我实多！

山有苞栎⑤，隰有六驳⑥。未见君子，忧心靡乐⑦。如何如何，忘我实多！

山有苞棣⑧，隰有树檖⑨。未见君子，忧心如醉。如何如何，忘我实多！

注释

①鴥（yù）：鸟疾飞的样子。晨风：鸟名，即鹯（zhān）鸟，属于鹞鹰一类的猛禽。

②郁：郁郁葱葱，形容茂密。北林：树林之名。

③钦钦：忧思难忘的样子。

④如何：奈何，怎么办。

⑤苞：丛生的样子。栎（lì）：树名。

⑥隰（xí）：低洼湿地。六驳（bó）：木名，梓榆之属，因其树皮青白如驳而得名。

⑦靡乐：不快乐。

⑧棣（dì）：唐棣，也叫郁李，果实色红，如梨。

⑨树：直立的样子。檖（suì）：豆梨，又名赤罗、山梨。

品读

《晨风》是一首女子被男子抛弃后所作的诗，即弃妇诗。

首章用鹯鸟归林起兴，也兼有赋的成分。鸟倦飞而知返，还会回到自己的窝里，而人却忘了家，不想回来。这位女子望得情深意切。起首两句，从眼前景切入心中情，又是暮色苍茫的黄昏，仍瞅不到意中的"君子"，心底不免忧伤苦涩。再细细思量，越想越怕。她想："怎么办啊怎么办？那人怕已忘了我！"不假雕琢，明白如话的质朴语言，表达出真挚的感情，使人如闻其声，如窥其心，这是《诗经》语言艺术的一大特色。从"忘我实多"可以揣测出他们之间有过许许多多的花间月下、山盟海誓的情事，忘得多也就负得深，这位"君子"是无情无义的负心汉，不过诗意表达得相当蕴藉。

后两章用"山有……隰有……"起兴，用以比况物各得其宜。上古时代先民物质生活尚不丰富，四望多见山峦坑谷正是历史的必然。那颙望着的女子瞥见晨风鸟箭样掠过飞入北林后，余下所见就是山坡上茂密的栎树和洼地里树皮青白相间的梓榆。第三章则换了两种树：棣和檖。换这两种树的主要作用怕是在于换韵脚。万物各得其所，独有自己无所适从，那份惆怅和凄凉可想而知，心里自然不痛快。三章诗皆似怨似诉，语质而情深，在表达"忧心"上是层层递进的。"钦钦"形容忧而不忘；"靡乐"，不再有往事和现实的欢乐；"如醉"，如痴如醉精神恍惚。而三章皆以"如何如何，忘我实多"最是耐人寻味。

无 衣

岂曰无衣？与子同袍①。王于兴师②，修我戈矛③，与子同仇④！
岂曰无衣？与子同泽⑤。王于兴师，修我矛戟，与子偕作⑥！
岂曰无衣？与子同裳⑦。王于兴师，修我甲兵⑧，与子偕行⑨！

注释

①袍：长袍，即今之斗篷。
②王：此指秦君。一说指周天子。于：语助词。兴师：起兵。
③修：整治。
④同仇：同伴。仇，匹偶。一说共同对敌。
⑤泽：通"襗"，贴身内衣，如今之汗衫。
⑥偕作：一起行动。
⑦裳：下衣，此指战裙。
⑧甲兵：铠甲与兵器。
⑨行：往。

品读

《无衣》是秦国战士互勉同心战斗的战歌。据今人考证，秦襄公七年（周幽王十一年，前771年），周王室内讧，导致戎族入侵，攻进镐京，周王朝土地大部沦陷，秦国靠近王畿，与周王室休戚相关，遂奋起反抗。此诗似在这一背景下产生。

这首诗充满了激昂慷慨、豪迈乐观及热情互助的精神，表现出同仇敌忾、舍生忘死、英勇抗敌、保卫家园的勇气，其独具的矫健而爽朗的风格正是秦人爱国主义精神的反映。

首先，诗的每章开头都采用了问答式的句法。一句"岂曰无衣"，似自责，似反问，洋溢着不可遏止的愤怒与愤慨，仿佛在人们复仇的心灵上点上一把火，于是无数战士同声响应："与子同袍！""与子同泽！""与子同裳！"

其次，是语言富有强烈的动作性："修我戈矛！""修我矛戟！""修我甲兵！"使人想象到战士们磨刀擦枪、舞戈挥戟的热烈场面。这样的诗句表现了慷慨激昂的爱国精神。

诗共三章，采用了重叠复沓的形式。每一章句数、字数都相等，但结构的相同并不意味着简单的、机械的重复，而是不断递进，有所发展的。如首章结句"与子同仇"，是情绪方面的，说的是他们有共同的敌人。第二章结句"与子偕作"，作是起的意思，这才是行动的开始。第三章结句"与子偕行"，行训往，表明诗中的战士们将奔赴前线共同杀敌了。这种重叠复沓的形式固然受到乐曲的限制，但与舞蹈的节奏起落与回环往复也是紧密结合的，而构成诗中主旋律的则是一股战斗的激情，激情的起伏跌宕自然形成乐曲的节奏与舞蹈动作。

《无衣》的主旋律激昂奋发，诗中战士们的参战是有明显目的的，在行动上高度自觉，对战争前途充满着坚定乐观的信念。这对后世诗歌创作产生了明显的影响，如屈原的《国殇》、鲍照的《代出自蓟北门行》、王褒的《关山篇》、吴均的《战城南》，都不同程度地表现出战士们的英雄气概和献身精神，唐代王昌龄和岑参的边塞诗也具有这样的主调。

渭　阳

我送舅氏，曰至渭阳①。何以赠之？路车乘黄②。
我送舅氏，悠悠我思③。何以赠之？琼瑰玉佩④。

注释

①曰：发语词。渭阳：渭水的北边。水之北曰阳。

②路车：古代诸侯乘坐的车。

③悠悠：思绪长久。我思：自己思念舅舅。一说是在送舅舅时，联想到自己的母亲。

④琼瑰：玉一类的美石。

品读

《渭阳》是一首表达甥舅情谊的诗。《毛传》及《鲁诗》《韩诗》等皆认为诗的作者是秦穆公太子，后来的秦康公。而所送之人则是晋文公重耳，即后来的晋文公。后世学者多从之。如果可信，此诗当作于鲁僖公二十四年晋文公在秦穆公的帮助下入主晋国之时。

诗开头两句"我送舅氏，曰至渭阳"，在交代诗人和送别者的关系的同时，选择了一个极富美学意味和心理张力的场景：从秦都雍出发的秦康公送舅氏重耳（晋文公）回国就国君之位，来到渭水之阳，即将分别。"何以赠之，路车乘黄"，四匹黄马的大车，既有送舅氏快快回国之意，也有无限祝福寄寓其间，更深一层的是，这表明了秦晋两国政治上的亲密关系。

第二章由惜别之情转向念母之思。康公之母秦姬生前曾盼望她的弟弟重耳能够及早返回晋国，但这愿望却未能实现；今天当希望成为现实的时候，秦姬已经离开人世，所以诗人在送舅氏归国之时，不能不由舅氏而念及其母，由希望实现时的高兴转为怀念母亲的哀思。"我送舅氏，悠悠我思"，这两句既完成了章法上和情绪上的前后转换，又为这一首短诗增加了丰厚的蕴涵。甥舅之情本源于母，而念母之思更加深了甥舅情感。"何以赠之，琼瑰玉佩"，这些纯洁温润的玉器，不仅是赞美舅氏的道德人品，也祈愿舅舅不要忘记母亲曾有的深情厚谊，当然也不要忘记秦国对他重返晋国继君位所作的诸多努力的含义。

  全诗虽然只有两章八句，但章法变换、情绪转移都有可圈点处。在形式上，两章结构相同，用韵有别，诗歌的整体气氛由高昂至抑郁，变化有致。在格调上，古朴沉郁，情意真挚缠绵，言语含蕴委婉，抒写了王公贵族的惜别之情，清人方玉润在《诗经原始》中认为此诗是"后世送别之祖"。后世以"渭阳"表示甥对舅之情谊和作为舅氏的代称，亦可见此诗影响之大。

陈　风

月　出

月出皎兮①，佼人僚兮②。舒窈纠兮③，劳心悄兮④。
月出皓兮，佼人懰兮⑤。舒忧受兮⑥，劳心慅兮⑦。
月出照兮⑧，佼人燎兮⑨。舒夭绍兮⑩，劳心惨兮⑪。

注释

①皎：谓月光洁白明亮。《毛传》："皎，月光也。"
②佼（jiāo）人：即美人。佼，同"姣"，美好。僚：同"嫽"，娇美。
③舒：舒徐，舒缓，指从容娴雅。窈纠：同"窈窕"，行步舒缓的样子。
④劳心：忧心。悄：忧愁状。
⑤懰（liǔ）：妩媚。
⑥忧（yǒu）受：舒迟、舒缓的样子。
⑦慅（cǎo）：忧愁，心神不安。
⑧照：照耀（大地）。
⑨燎：明也。一说姣美。
⑩夭绍：柔美，动态委婉的样子。

⑪慘（cǎo）：焦躁貌。《诗集传》："慘当作懆，忧也。"

品读

《月出》是写月下思慕美人之情。

此诗采用反复咏唱的形式，比较集中地表现了青年男性对意中人的悉心赞美和热烈追求，倾吐其抑制不住的爱的情感和追求幸福生活的强烈愿望，给人以美的感受。

《月出》的意境是迷离的。抒情主人公思念他的情人，是从看到冉冉升起的皎月开始的。主人公的心上人，此刻也许就近在咫尺，但在这朦胧的月光下，又似乎离得很远很远，诗人"虚想"着她此刻姣好的容颜，她月下踟蹰的婀娜倩影，时而分明，时而迷茫，如梦，似幻。

《月出》的情调是惆怅的。全诗三章中，如果说各章前三句都是从对方设想，末后一句的"劳心悄兮""劳心慅兮""劳心慘兮"，则是直抒其情。这忧思，这愁肠，这纷乱如麻的方寸，都是在前三句的基础上产生的，都是由"佼人"月下的情影所诱发，充满着可思而不可见的怅恨。其实，这怅恨也已蕴含在前三句中：在这静谧的永夜，"佼人"在月下独自长久地徘徊，一任夜风拂面，一任夕露沾衣，也是在苦苦地思念着自己。

与迷茫的意境和惆怅的情调相适应，《月出》的语言是柔婉缠绵的。通篇各句皆以感叹词"兮"收尾，声调柔婉、平和，连续运用，正与无边的月色、无尽的愁思相协调，使人觉得一唱三叹，余味无穷。另外，形容月色的"皎""皓""照"，形容容貌的"僚""懰""燎"，形容体态的"窈纠""懮受""夭绍"，形容心情的"悄""慅""慘"，犹如通篇的月色一样和谐。其中"窈纠""懮受""夭绍"俱为叠韵词，尤显缠绵婉约。

《月出》是中国古典诗歌中最早写月下怀人的篇章，后世望月思亲、月下怀人之作，无不受此诗的影响。

株　林

胡为乎株林①？从夏南②！匪适株林③，从夏南！
驾我乘马④，说于株野⑤。乘我乘驹⑥，朝食于株⑦！

注释

①为：为什么。株：陈国邑名，在今河南柘城县。林：郊野。一说株林是陈大夫夏徵舒的食邑。

②从：跟，与，此指找人。一说训为因。夏南：即夏姬之子夏徵舒，字子南。

③匪：非，不是。适：到，往。

④乘（shèng）马：四匹马。古以一车四马为一乘。

⑤说（shuì）：通"税"，停车解马。株野：株邑之郊野。

⑥乘（chéng）我乘（shèng）驹：驹，马高五尺以上、六尺以下称"驹"，大夫所乘；马高六尺以上称"马"，诸侯国君所乘。此诗中"乘马"者指陈灵公，"乘驹"者指陈灵公之臣孔宁、仪行父。

⑦朝食：吃早饭。古人常用"食"作为男女之间性行为的隐语。

品读

《株林》是《陈风》中本事可考的一篇，是国人讽刺陈灵公和夏姬淫乱的诗。

据《左传》宣公九年、十年记载，夏姬是郑穆公之女，陈国大夫夏御叔之妻，生子夏徵舒，字子南，即诗中提到的"夏南"。夏姬貌美，陈灵公及其大臣孔宁、仪行父都和她私通。后来陈灵公被夏徵舒杀死，陈国也被楚国所灭。陈灵公被杀于鲁宣公十年（前599年）。此诗应作于这之前。

  诗之开篇，大抵正当陈灵公及其大臣孔宁、仪行父出行之际。辚辚的车马正喜滋滋地驰向夏姬所居的株林，路边的百姓早知陈灵公君臣的隐秘，却故作不知地大声问道："胡为乎株林（他们到株林干什么去）？"另一些百姓立即心领神会，却又故作神秘地应道："从夏南（那是去找夏南的吧）！"问者即装作尚未领会其中奥妙，又逼问一句："匪适株林（不是到株林去）？"应者笑在心里，却又煞有介事地坚持道："从夏南（只是去找夏南）！"明明知道陈灵公君臣所干丑事，却佯装不知而接连探问，问得也未免太过仔细。明明知道他们此去找的是夏姬，却故为掩饰地说找的是"夏南"，答得也未免欲盖弥彰。发问既不知好歹，表现着一种似信还疑的狡黠；应对则极力挣扎，模拟着做贼心虚的难堪。这样的讽刺笔墨，实在胜于义愤填膺的直揭。它的锋芒简直能透入这班衣冠禽兽的灵魂。

  第二章换了一副笔墨。辚辚的车马，终于将路人可恶的问答摆脱；遥遥在望的株邑眼看就到了，陈灵公君臣总算松了口气。"驾我乘马，说于株野"——这里模拟的是堂堂国君的口吻，所以连驾车的马，也是颇可夸耀的四匹。到了"株野"就再不需要"从夏南"的伪装，想到马上就有美貌的夏姬相陪，陈灵公能不眉飞色舞地高唱："说于株野！"但若从陈灵公此刻的心情来看，解为"悦"也不为不可。"说（悦）于株野"，也许更能传达出这位放荡之君隐秘不宣的喜悦。"乘我乘驹，朝食于株"——大夫只能驾驹，这自然又是孔宁、仪行父的口吻了。对于陈灵公的隐秘之喜，两位大

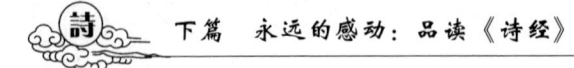

夫更是心领神会，所以马上笑眯眯地凑趣道："到株野还赶得上朝食解饥呢！""朝食"在当时常用作隐语，暗指男女间的性爱。那么，它正与"说于株野"一样，又语带双关，成为这班禽兽通淫夏姬的无耻自供了。寥寥四句，恰与首章的矢口否认遥相对应，使这桩欲盖弥彰的丑事，一下子变得昭然若揭。妙在用的又是第一人称（我）的口吻，就使这幕君臣通淫的得意唱和，带有了不知羞耻的自供意味，可见此诗的讽刺笔墨非常犀利。

桧　风

隰有苌楚

隰有苌楚①，猗傩其枝②。夭之沃沃③，乐子之无知④！
隰有苌楚，猗傩其华⑤。夭之沃沃，乐子之无家⑥！
隰有苌楚，猗傩其实⑦。夭之沃沃，乐子之无室⑧！

注释

①隰（xí）：低湿的地方。苌（cháng）楚：蔓生植物，今称阳桃，又叫猕猴桃。

②猗（ē）傩（nuó）：同"婀娜"，茂盛而柔美的样子。

③夭（yāo）：少，此指苌楚处于茁壮成长时期。一说嫩美的样子。沃沃：形容叶子润泽的样子。

④乐：喜，这里有羡慕之意。子：指苌楚。

⑤华（huā）：同"花"。

⑥无家：没有家庭。家，谓婚配。《左传·桓公十八年》："女有家，男有室。"

⑦实：果实。

⑧无室：没有家室，指妻。

下篇　永远的感动：品读《诗经》

品读

《隰有苌楚》是女子对男子表示爱情的歌。

诗以低湿之地枝条婀娜的阳桃起兴，比兴女子的优美身姿；以阳桃美丽的繁华和多而美的果子比兴女子将婚嫁、生子。而"夭之沃沃"一句，既是比兴的延伸，又是单独的比喻，它比喻女子正值妙龄，健壮美丽；这样一来，就把诗从起兴过渡到实际内容上来。这种由比兴再延伸而比喻，使比兴由虚到实，又似实而非实，造成一种若即若离的状态，大大增加了诗的美感。

而全诗只有每一章最后一句是实写，而这三句又都是"高兴的是你还没有妻"之意。为什么"我"高兴"你"没有妻呢？人们可以推测，下句话应是："我"正可做"你"的妻。全诗极委婉含蓄，恰恰适合于少女充满青春爱情而又娇羞矜持的隐隐约约的心理状态。这样的歌的确只能唱给"知音"听呢！

需要说明的是，此诗还有不同的解读，如认为是悲观厌世的诗，还有认为此诗是人自叹不如草木快乐等，都带有阶级内容，纵观诗的内容，以情诗说似符合诗的主旨。

曹　风

蜉　蝣

蜉蝣之羽①，衣裳楚楚②。心之忧矣，於我归处③。
蜉蝣之翼，采采衣服④。心之忧矣，於我归息。
蜉蝣掘阅⑤，麻衣如雪⑥。心之忧矣，於我归说⑦。

注释

①蜉（fú）蝣（yóu）：一种昆虫，寿命只有几个小时到一周左右。蜉蝣之羽：以蜉蝣之羽形容衣服薄而有光泽。

②衣裳：比喻蜉蝣的羽翼如衣服一样。楚楚：鲜明貌，蜉蝣的翅膀极薄而透明。一说整齐干净。

③於（wū）：通"乌"，何，哪里。归处：即死后的归依之处。古代死人谓之归人。

④采采：光洁鲜艳貌。

⑤掘阅（xué）：挖穴而出。阅：通"穴"。一说改变容貌。一说鲜明的样子。

⑥麻衣：古代诸侯、大夫等统治阶级日常衣服，用白麻皮缝制。此处比喻蜉蝣的羽翼。

⑦说（shuì）：通"税"，止息，住，居住。

下篇　永远的感动：品读《诗经》

品读

　　这是一首自我叹息生命短暂、光阴易逝的诗。

　　蜉蝣是一种生命短暂的昆虫，相传朝生暮死，所以常被古人用作人命危浅的比喻，也被当作浑浑噩噩、不知死期将至的眼光短浅者的象征。诗借蜉蝣这种朝生暮死的小虫，写出了脆弱的人生在消亡前的短暂美丽和对于终须面临消亡的困惑。

　　全诗三章，每章四句，三章的结构都是一样的，前两句写蜉蝣自炫其衣裳的鲜明华丽，后两句吐露诗人惶惶不知所终的内心感受。前后的次序是由物触情，景与情交融，一种珍惜生命、把握现在的紧迫感油然而生。第二章的意思大致相同。第三章描述蜉蝣的初生，刚刚破土而出的时候，麻衣如雪，那薄如麻丝的翅羽好像初雪一样洁白柔嫩。但它很快就飞翔起来，尽情挥舞着生命的光彩。相比之下，人当然要学习蜉蝣精神，生之光华，死之绚烂。

　　这首诗的内容虽然简单，却有很强的表现力。变化不多的诗句经过三个层次的反复以后给人的感染是浓重的：蜉蝣小小翅膀的美丽经过这样的处理，便有了一种不真实的艳光，那小虫的一生竟带上了铺张的华丽；但因这种描写相和着对人生忧伤的深深感喟，所以对美的赞叹描画始终伴随着对消亡的无奈，那种昙花一现、浮生如梦的感觉就分外强烈。整首诗情调敏感脆弱，充满着感伤情绪，精于比喻，意象鲜明，富含哲理。

豳 风

七 月

七月流火①，九月授衣②。一之日觱发③，二之日栗烈④。无衣无褐⑤，何以卒岁⑥。三之日于耜⑦，四之日举趾⑧。同我妇子⑨，馌彼南亩⑩，田畯至喜⑪。

七月流火，九月授衣。春日载阳⑫，有鸣仓庚⑬。女执懿筐⑭，遵彼微行⑮，爰求柔桑⑯。春日迟迟⑰，采蘩祁祁⑱。女心伤悲，殆及公子同归⑲。

七月流火，八月萑苇⑳。蚕月条桑㉑，取彼斧斨㉒，以伐远扬㉓，猗彼女桑㉔。七月鸣䴗㉕，八月载绩㉖。载玄载黄㉗，我朱孔阳㉘，为公子裳。

四月秀葽㉙，五月鸣蜩㉚。八月其获，十月陨萚㉛。一之日于貉㉜，取彼狐狸，为公子裘。二之日其同㉝，载缵武功㉞，言私其豵㉟，献豜于公㊱。

五月斯螽动股㊲，六月莎鸡振羽㊳，七月在野，八月在宇，九月在户，十月蟋蟀入我床下。穹窒熏鼠㊴，塞向墐户㊵。嗟我妇子，曰为改岁㊶，入此室处。

六月食郁及薁㊷，七月亨葵及菽㊸，八月剥枣㊹，十月获稻，为此春酒㊺，以介眉寿㊻。七月食瓜，八月断壶㊼，九月叔苴㊽，采荼薪樗㊾，食我农夫。

九月筑场圃㊿，十月纳禾稼㉛。黍稷重穋㉜，禾麻菽麦㉝。嗟我农夫，我稼既同，上入执宫功㉞。昼尔于茅，宵尔索绹㉟。亟其乘屋㊱，其始播百谷。

二之日凿冰冲冲㊲，三之日纳于凌阴㊳。四之日其蚤㊴，献羔祭韭㊵。九月肃霜㊶，十月涤场㊷。朋酒斯飨㊸，曰杀羔羊。跻彼公堂㊹，称彼兕觥㊺，万寿无疆㊻。

注释

①七月流火：火：或称大火，星名，即心宿。流：流动。每年夏历五月，黄昏时候，这星当正南方，也就是位于正中和最高的位置。过了六月就偏西向下了，这就叫作"流"。

②授衣：将裁制冬衣的工作交给女工。九月丝麻等事结束，所以在这时开始做冬衣。

③一之日：十月以后第一个月的日子。为豳历纪日法。觱(bì)发：大风触物声。

④栗烈：或作"凛冽"，形容天气寒冷。

⑤褐：粗布衣。

⑥卒岁：终岁。

⑦于耜(sì)：修理耒耜（耕田起土之具）。于：犹"为"。

⑧举趾：举脚而耕。趾：足。

⑨妇子：妻子和小孩。

⑩馌(yè)：馈送食物。亩：指田身。田耕成若干垄，高处为亩，低处为畎。田垄东西向的叫作"东亩"，南北向的叫作"南亩"。

⑪田畯(jùn)：农官名，又称农正或田大夫。

360

⑫春日：指二月。载：始。阳：温暖。

⑬仓庚：鸟名，就是黄莺。

⑭懿（yì）：深。

⑮微行：小径，小路。

⑯爰（yuán）：语词，犹"曰"。柔桑：初生的桑叶。

⑰迟迟：天长的意思。

⑱蘩（fán）：菊科植物，即白蒿。古人用于祭祀，女子在嫁前有"教成之祭"。一说用蘩"沃"蚕子，则蚕易出，所以养蚕者需要它。其法未详。祁祁：众多（指采蘩者）。

⑲殆及公子同归：是说怕被公子强迫带回家去。一说指怕被女公子带去陪嫁。殆：将要。及：与。公子：公侯之子。

⑳萑（huán）苇：芦苇。八月萑苇长成，收割下来，可以做箔。

㉑蚕月：指夏历三月。条桑：修剪桑树。

㉒斨（qiāng）：方孔的斧头。

㉓远扬：指长得太长而高扬的枝条。

㉔猗（yǐ）：《说文》《广雅》作"掎"（jǐ），牵引。"掎桑"是用手拉着桑枝来采叶。女桑：小桑。

㉕鵙（jú）：鸟名，即伯劳。

㉖绩：纺织。

㉗玄：黑而赤的颜色。玄、黄指丝织品与麻织品的染色。

㉘朱：赤色。阳：鲜明。

㉙秀葽（yāo）：言远志结实。葽：植物名，今名远志。

㉚蜩（tiáo）：蝉。

㉛陨萚（tuò）：落叶。

㉜于貉：《郑笺》："于貉，往博貉以自为裘也。"貉（hé）：哺

361

乳动物。外貌像狐狸，昼伏夜出。

㉝同：聚合，言狩猎之前聚合众人。

㉞缵（zuǎn）：继续。武功：指田猎。

㉟私其豵（zōng）：言小兽归猎者私有。豵：一岁小猪，这里用来代表比较小的兽。

㊱豜（jiān）：三岁的猪，代表大兽。大兽献给公家。

㊲斯螽（zhōng）：虫名，蝗类，即蚱蜢、蚂蚱。动股：言斯螽发出鸣声。旧说斯螽以两股相切发声。

㊳莎鸡：虫名，今名纺织娘。振羽：言鼓翅发声。

㊴穹窒（zhì）：言将室内满塞的角落搬空，搬空了才便于熏鼠。穹：穷尽，清除；一说空隙。窒：堵塞。

㊵向：朝北的窗户。墐（jìn）：用泥涂抹。贫家门扇用柴竹编成，涂泥使它不通风。

㊶曰：《汉书》引作"聿"，语词。改岁：旧年将尽，新年快到。

㊷郁：植物名，唐棣之类。树高五六尺，果实像李子，赤色。薁（yù）：植物名，果实大如桂圆。一说为野葡萄。

㊸葵：菜名，即冬葵。菽（shū）：豆的总名，多指大豆。

㊹剥（pū）：通"扑"，打，击。

㊺春酒：冬天酿酒经春始成，叫作"春酒"。枣和稻都是酿酒的原料。

㊻介：祈求。眉寿：长寿，人老眉间有豪毛，叫秀眉，所以长寿称眉寿。

㊼壶：葫芦。

㊽叔：拾。苴（jū）：秋麻之籽，可以吃。

㊾荼（tú）：菜名，即苦菜。薪樗（chū）：言采樗木为薪。樗：

木名，臭椿。

(50)场：打谷的场地。圃：菜园。春夏做菜园的地方秋冬就做成场地，所以场圃连成一词。

(51)纳：收进谷仓。稼：古读如“故”。禾稼：谷类通称。

(52)重（tóng）：即“穜”，是早种晚熟的谷。穋（lù）：即“稑”（lù），稑是后种先熟的谷。

(53)禾：此处专指一种谷，即今之小米。

(54)宫功：指建筑宫室，或指室内的事。功：事。

(55)索绹（táo）：打绳子。索：动词，指制绳。绹：绳索。

(56)亟：急。乘屋：盖屋。茅和绳都是盖屋需用的东西。

(57)冲冲：凿冰之声。

(58)凌：指聚集的水。阴：指藏冰之处。

(59)蚤：取。一说通“早”，古代的一种祭祖仪式。

(60)献羔祭韭：用羔羊和韭菜祭祖。《礼记·月令》说仲春献羔开冰，四之日正是仲春。

(61)肃霜：犹“肃爽”，深秋清凉的样子。

(62)涤场：清扫场地。一说即“涤荡”，草木摇落无余。

(63)朋酒：两樽酒。

(64)跻（jī）：登。公堂：或指公共场所，不一定是国君的朝堂。

(65)称：举起。兕（sì）觥（gōng）：角爵。古代用兽角做的酒器。

(66)万：大。无疆：无穷。

品读

《七月》是《国风》中最长的一首诗。此诗反映了周部落一年四季的劳动生活，涉及衣食住行各个方面，从各个侧面展示了当时社会的风俗画，凡春耕、秋收、冬藏、采桑、染绩、缝衣、狩猎、建房、酿酒、劳役、燕飨，无所不写，具有重要的史料价值。

诗从七月写起，按农事活动的顺序，以平铺直叙的手法，逐月展开各种画面。诗中使用的是周历。周历以夏历（今之农历，一称阴历）的十一月为正月，七月、八月、九月、十月以及四月、五月、六月，皆与夏历相同。"一之日""二之日""三之日""四之日"，即夏历的十一月、十二月、一月、二月。

首章以鸟瞰式的手法，概括了劳动者全年的生活，"衣""食"问题贯穿全篇。九月里妇女"桑麻之事已毕，始可为衣"。十一月以后便进入朔风凛冽的冬天，农夫们连粗布衣衫也没有一件，怎么能度过年关，故而发出"何以卒岁"的哀叹。可是春天一到，他们又要整理农具到田里耕作。老婆孩子则到田头送饭，田官见他们劳动很卖力，不由得面露喜色。

诗的第二、三章情调逐渐昂扬，色调逐渐鲜明。明媚的春光照着田野，莺声呖呖。背着筐儿的妇女，结伴儿沿着田间小路去采桑。她们在劳动时似乎很愉快，但心中不免怀有隐忧："女心伤悲，殆及公子同归。"姑娘们的美貌使她们担心人身的不自由；姑娘们的灵巧和智慧，也使她们担心劳动果实为他人所占有："八月载绩。载玄载黄，我朱孔阳，为公子裳。"她们织出五颜六色的丝绸，都成了公子身上的衣裳。

第四、五两章以"秀葽""鸣蜩"起兴，但重点写狩猎。他们打下的狐狸，要"为公子裘"；他们打下的大猪，要贡献给豳公，自己只能留下小的吃。第五章着重写昆虫以反映季节的变化，由蟋蟀依人写到寒之将至，笔墨工细，绘声绘色，饶有诗意。"穹窒熏鼠"以下四句，写农家打扫室内，准备过冬。

第六、七、八章表现了农家朴素而安详的生活：在六、七月里他们"食郁（郁李）及薁""亨（烹）葵（葵菜）及菽（豆子）"。七、八月里，他们打枣子，割葫芦。十月里收下稻谷，酿制春酒，给老人祝寿。可是粮食刚刚进仓，又得给老爷们营造公房，与上面所写的自己居室的破烂简陋形成鲜明对比。"筑场圃""纳禾稼"，写一年农事的最后完成。第八章，诗人用较愉快的笔调描写了这个村落宴饮称觞的盛况。

中国古代诗歌一向以抒情诗为主，叙事诗较少。这首诗却以叙事为主，在叙事中写景抒情，形象鲜明，诗意浓郁。通过诗中人物娓娓动听的叙述，真实地展示了当时的劳动场面、生活图景和各种人物的面貌，以及农夫与公家的相互关系，构成了西周早期社会一幅男耕女织的风俗画。《诗经》的表现手法有赋、比、兴三种，这首诗正是采用赋体，"敷陈其事""随物赋形"，反映了生活的真实。

鸱鸮

鸱鸮鸱鸮[①]，既取我子[②]，无毁我室[③]。恩斯勤斯[④]，鬻子之闵斯[⑤]。

迨天之未阴雨[⑥]，彻彼桑土[⑦]，绸缪牖户[⑧]。今女下民[⑨]，或敢侮予[⑩]？

予手拮据[⑪]，予所捋荼[⑫]。予所蓄租[⑬]，予口卒瘏[⑭]，曰予未有室家[⑮]。

予羽谯谯[⑯]，予尾翛翛[⑰]，予室翘翘[⑱]。风雨所漂摇[⑲]，予维音哓哓[⑳]！

注释

①鸱鸮（chī xiāo）：猫头鹰一类的鸟。

②子：指幼鸟。

③室：此处指鸟巢。

④恩：爱。《鲁诗》作"殷"，尽心之意。斯：语助词。

⑤鬻（yù）：通"育"，养育。闵：病困，累病。

⑥迨（dài）：及，趁着。

⑦彻：通"撤"，取。桑土：桑根。土，通"杜"，根。《韩诗》作"桑杜"。

⑧绸缪（móu）：缠缚，密密缠绕。牖（yǒu）：窗。户：门。

⑨女（rǔ）：通"汝"，你。下民：下面的人。

⑩或敢：谁敢。或，不定指代词。

⑪拮据（jié jū）：手病，此指鸟脚爪劳累。

⑫捋（luō）：成把地摘取。荼（tú）：白茅。

⑬蓄：积聚。租：通"苴"，茅草。

⑭卒瘏（cuì tú）：患病。卒，通"悴"。

⑮曰：语助词。室家：指鸟窝。

⑯谯谯（qiáo qiáo）：羽毛疏落貌。

⑰翛翛（xiāo xiāo）：羽毛枯敝无泽貌。

⑱翘翘（qiáo qiáo）：危而不稳貌。

⑲漂摇：同"飘摇"，摇晃摆动。

⑳哓哓（xiāo xiāo）：惊恐的叫声。

品读

《鸱鸮》是一首寓言诗。《诗序》认为是周公所作，不足为信。

寓言是一种借说故事以寄寓人生感慨或哲理的特殊表现方式。此诗以母鸟的口吻，诉说了育子的艰辛和目前处境的危险。

诗的开始"鸱鸮鸱鸮，既取我子，无毁我室"，即以突发的呼号，表现了母鸟目睹"飞"来横祸时的极度惊恐和哀伤。此章的展开正是未见其影先闻其"声"，在充斥诗行的怆然呼号中，幻化出母鸟飞归、子去巢破的悲惨画境。当母鸟仰对高天，发出凄厉呼号之际，人们能体会到它此刻是怎样毛羽愤竖、哀怒交集啊！但鸱鸮之强梁，又不是孤弱的母鸟所可惩治的。怆怒的呼号追着鸱鸮之影远去，留下的便只有"恩斯勤斯，鬻子之闵斯"的伤心呜咽了。这呜咽传自寥廓无情的天底，传自风高巢危的树顶，而凝聚在两行短短的诗中，产生令人战栗的效果。

诗的第二章"迨天之未阴雨，彻彼桑土，绸缪牖户"，它要趁着天晴之际，赶快修复破巢。这仍以母鸟自述的口吻展开，但因为带有叙事和描摹，使诗歌恍如镜头摇转式的特写画面：哀伤的母鸟急急忙忙，忽而飞落在桑树林间，啄剥着桑皮根须；忽而飞返树顶，口衔着韧须细细缠缚窠巢。"彻彼"叙其取物之不易，"绸缪"状其缚结之紧密。再配上"啾啾"啼鸣的几声"画外音"，那便是母鸟忙碌之后所发出的既警惕又自豪的宣言："今女下民，或敢侮予！"那是对饱经骚扰的下民往事的痛愤回顾，更是对缚扎紧密的鸟巢的骄傲自许，当然也包含着对时或欺凌鸟儿的"下民"的严正警告。

第三、四两章是母鸟辛勤劳作后的痛定思痛，更是对无法把握自身命运的处境的凄凄泣诉，"予手拮据""予口卒瘏""予羽谯谯""予尾翛翛"：遭受奇祸的母鸟终于重建了自己的巢窠，充满勇气地活了下来。但是，这坚强的生存对于孤弱的母鸟来说，是付出了无比巨大代价的。

它的鸟爪拘挛了，它的喙角累病了，至于羽毛、羽尾，也全失去了往日的细密和柔润，而变得稀疏、枯槁。这些怆楚的自怜之语，发之于面临奇灾大祸，而挣扎着修复鸟巢的万般艰辛之后，正如潮水之汹涌，表现着一种悲从中来的极大伤痛。然而更令母鸟恐惧的，还是挟带着自然威力的"风雨"：鸱鸮的进犯纵然可以凭非凡的勇气去抵御，但对这天地间之烈风疾雨，小小的母鸟却无回天之力了。"予室翘翘。风雨所漂摇，予维音哓哓！"诗之结句，正以一声声"哓哓"的鸣叫，穿透着摇撼天地的风雨，喊出了不能掌握自身命运的母鸟之哀伤。

《鸱鸮》堪称一首代鸟写悲的杰作，全篇用了母鸟的"语言"，逼真地传写出了既丧爱雏、复遭巢破的鸟禽之伤痛，塑造了一头虽经灾变却仍不折不挠地重建"家室"的可敬的母鸟形象。诗篇将鸟人格化，这是《诗经》中首次出现的新的形式，它是我国寓言诗的源头。

这首寓言诗，与其说是代鸟写悲，不如说是借鸟写人，那母鸟所受恶鸮的欺凌而丧子破巢的遭遇，以及在艰辛生存中面对不能把握自身命运的深深恐惧，正是下层人民悲惨情状的形象写照。由此反观全诗，则凶恶的"鸱鸮"、无情的"风雨"，便全可在人世中显现其所象征的真实身份。而在母鸟那惨怛的呼号和凄怆的哀诉中，正传达着久远以来受欺凌、受压迫人们的无尽痛愤。诗中两种对立的人：强权暴虐者和力量弱小的受害者，可以说跟当时社会两个对立阶级相似。此诗有强烈的寄托意义，寓意十分深刻。

东　山

我徂东山[1]，慆慆不归[2]。我来自东，零雨其濛[3]。我东曰归，我心西悲[4]。制彼裳衣，勿士行枚[5]。蜎蜎者蠋[6]，烝在桑野[7]。敦彼独宿[8]，亦在车下。

我徂东山，慆慆不归。我来自东，零雨其濛。果臝之实[9]，亦施于宇[10]。伊威在室[11]，蟏蛸在户[12]。町畽鹿场[13]，熠耀宵行[14]。不可畏也,伊可怀也⑮。

我徂东山,慆慆不归。我来自东,零雨其濛。鹳鸣于垤⑯,妇叹于室。洒扫穹窒⑰,我征聿至⑱。有敦瓜苦⑲,烝在栗薪⑳。自我不见,于今三年。

我徂东山,慆慆不归。我来自东,零雨其濛。仓庚于飞㉑,熠耀其羽。之子于归㉒,皇驳其马㉓。亲结其缡㉔,九十其仪㉕。其新孔嘉㉖,其旧如之何㉗!

注释

①徂(cú):去,往,到。东山:指兵士远征之地。一说东山在今山东省曲阜境内,亦名蒙山。当时为鲁境。

②慆慆(tāo tāo):长久的样子。

③零雨:细雨。其濛:即"蒙蒙"。

④西悲:西归的愁思。

⑤士:通"事"。行枚:行军时衔在口中以保证不出声的竹棍。

⑥蜎蜎(yuān yuān):幼虫蜷曲的样子;一说虫子蠕动的样子。蠋(zhú):一种长在桑树上的虫,即野蚕。

⑦烝(zhēng):久。

⑧敦:团状。

⑨果臝(luǒ):蔓生葫芦科植物,一名栝楼。臝,裸的异体字。

⑩施(yì):蔓延。

⑪伊威:土鳖虫,喜欢生活在潮湿的地方。

⑫蟏蛸(xiāo shāo):蟢子,一种长脚蜘蛛。

⑬町畽(tǐng tuǎn):有禽兽践踏痕迹的空地。

⑭熠(yì)耀:闪闪发光貌。宵行:磷火。宵,夜。行,指

流动。

⑮伊：指示代词，指荒芜了的家园。怀：恋。

⑯鹳：水鸟名，形似鹤。垤（dié）：小土丘。

⑰穹窒：堵塞漏洞。

⑱聿：语气助词，有将要的意思。

⑲瓜苦：犹言瓜瓠，瓠瓜，一种葫芦。古俗在婚礼上剖瓠瓜成两张瓢，夫妇各执一瓢盛酒漱口。

⑳栗薪：犹言蓼薪，束薪。

㉑仓庚：鸟名，即黄莺。

㉒之子：这个姑娘。归：出嫁。

㉓皇驳：马毛淡黄的叫皇，淡红的叫驳。

㉔亲：此指女方的母亲。结缡（lí）：将佩巾结在带子上，古代婚仪。缡，佩巾。

㉕九十：言其多。

㉖新：指新妇。孔：很。嘉：善，美。

㉗旧：久别。意谓三年之后变成了"旧"妻。

品读

《东山》是东征归乡的兵士叙述战争带来的苦难，抒发思念故乡亲人之情的诗歌。

诗的首章写归乡的心情和露宿之苦。在秋雨蒙蒙之时，连年征战、久别家乡的士兵从东方长途跋涉归来。人从东归，本应欢喜，可他却是"我心西悲"，这悲正是"慆慆不归"引发的痛苦。这种写法与《小雅·采薇》末章"昔我往矣，杨柳依依；今我来思，雨雪霏霏"相近。王夫之说"以乐景写哀，复以哀景写乐，一倍增其哀乐"，这里既是"以哀景写乐"，又不全是。士兵思家，在雨雪纷飞之际会倍感凄迷，虽然是"荣归"，但还是像那桑间的野蚕一样蜷成一团睡在车下。由此可以想见在战争中他所经历的该是何等困苦的生活。这一章就为全诗定下了思念家乡亲人的基调，也为后面的章节叙事设下了一个颇富感染力的背景。

  第二章写归途所见和思念之情。归途中他看到由于战争灾难，人民死亡逃散殆尽，一片荒凉；瓜蒌蔓爬到了屋檐，潮虫在屋里乱爬，门上结了蛛网；甚至整个村落都变成了野鹿活动的场地，晚上没有灯光只有萤火闪闪。这样的惨景，在他看来是"不可畏也"，因为战争浩劫遍地疮痍，他对这些实在是司空见惯；而这惨景却更引起了他对家乡的思念，他的家乡又会怎样呢？

  第三章写思家之情。归乡心切，赶路急迫，他离家愈近了。他想象着自己的妻子像那久立于土堆上等着游鱼的鹳鸟一样眼巴巴地盼着自己归来而唉声叹气；她大概收拾好了屋子就等自己回来，而他匆匆征行走近了家门。他仔细辨认着家：如同过去一样，那柴堆边的葫芦长得圆圆的。景物如旧，恍如昨日，然后猛然一醒，自己已离家三年。

  第四章写想念妻子之情。在家门前，他马上就要见到妻子了。他忆想当年妻子出嫁时，像那飞翔着的美丽的黄莺，他驾着迎亲的马车去接她。母亲为新娘结佩巾，她的姿容真是十全十美。他们的新婚太美好了，可是新婚后即被征役当兵，如今一别数年，夫妻相见会是怎样的呢？新婚不如久别，他们久别相逢，定会胜过新婚，诗到这里戛然而止，给人留下想象和回味的余地。

  诗将写景抒情很好地结合起来，做到了景中有情，情因景生，情景交融。特别是丰富的想象，包括幻想、推理式的想象，再现、追忆了"道途之远、岁月之久、风雨之凌犯、饥渴之困顿、裳衣之久而垢敝、室庐之久而荒废、室家之久而怨思"的种种情貌，全景式地将战争给人民带来的灾难与士兵对家乡亲人的思念,淋漓尽致地表现出来,塑造了征人的形象,深化了主题,是《诗经》中反映战争徭役的经典篇章。

伐　柯

伐柯如何①?匪斧不克②。取妻如何③?匪媒不得。
伐柯伐柯,其则不远④。我觏之子⑤,笾豆有践⑥。

注释

①伐柯:砍取做斧柄的木料。伐:击,砍;柯:斧柄。
②匪:同"非"。克:能。
③取:通"娶"。
④则:原则、方法。此处指按一定方法才能砍伐到斧子柄。
⑤觏(gòu):通"遘",遇见。
⑥笾(biān)豆有践:在古时家庭或社会举办盛大喜庆活动时,用笾豆等器皿,放满食品,整齐地排列于活动场所,叫作笾豆有践。此处指迎亲礼仪有条不紊。笾,竹编礼器,盛果脯用。豆,木制、金属制或陶制的器皿,盛放腌制食物、酱类。践,整齐排列貌。

品读

《伐柯》是一首有关婚姻的诗,描写了男子的新婚宴尔,反映了他婚姻的美满。

诗的首章言:"取妻如何?匪媒不得",就明白地告诉读者,媒妁是使两人好合的人。男女双方的结合,要有媒人从中料理,婚姻才得以成功，其道理就像做个斧柄那样简单明白，兴中有比，比喻浅显易懂。

诗的第二章赞扬娶妻时能遵行"法则"，行娶妻之礼："笾豆有践"，达到"宜其室家"。这些都从侧面反映出封建的伦理观念、宗法观念已经渗透到婚姻生活中，成为衡量爱情是否美满的准则了。

此诗在表意上有两重意义：一是文本的表层语义，以砍伐一支合适的斧头柄子做比喻，说男子找一个心目中的妻子，如斧头找一个合适的柄子一般，要有一定的方法程序，也要有媒人、迎亲礼等基本的安排。在古代诗歌中，常以谐音示意。"斧"字谐"夫"字，柄子配斧头，喻妻子配丈夫。

二是作为引申隐喻的深层语义，重点在"伐柯伐柯，其则不远"这两句诗上。伐柯已经不是丈夫找妻子那样狭义的比喻，而是广义地比喻两种事物的协调关系：砍伐树枝做斧头柄，有斧与柄的协调关系；做其他事情，也有两方面的协调关系。要协调两方面的关系做到好的柄子配上好的斧头，那就不能背离基本的原则方法（"其则不远"）。这个比喻就有了广泛的意蕴，启示了一个事物发展的共同规律：按一定原则才能协调。后人常用"伐柯伐柯，其则不远"，来表示有原则的协调关系，来引指社会政治、经济、文化的活动，就是从广义的比喻性来理解这两句诗的。

此诗采取了设问的方式，从最浅显的比喻入手，言简意赅，形象鲜明，把娶妻必须行媒的道理说得很明确、很具体，给人一种不可置疑的印象。由于此诗说到娶妻要有媒妁之言，再加上"伐柯"的比喻朴素明朗，浅显易懂，后世遂以"伐柯""伐柯人"称作媒人，称替人做媒为"作伐""伐柯""执柯"。

小　雅

鹿　鸣

呦呦鹿鸣①，食野之苹②。我有嘉宾③，鼓瑟吹笙④。吹笙鼓簧⑤，承筐是将⑥。人之好我，示我周行⑦。

呦呦鹿鸣，食野之蒿⑧。我有嘉宾，德音孔昭⑨。视民不恌⑩，君子是则是效⑪。我有旨酒⑫，嘉宾式燕以敖⑬。

呦呦鹿鸣，食野之芩⑭。我有嘉宾，鼓瑟鼓琴。鼓瑟鼓琴，和乐且湛⑮。我有旨酒，以燕乐嘉宾之心。

注释

①呦（yōu）呦：鹿的叫声。

②苹：藾蒿。陆玑《毛诗草木鸟兽虫鱼疏》："藾蒿，叶青色，茎似箸而清脆，始生香，可生食。"

③宾：受招待的宾客，或本国之臣，或诸侯使节。

④瑟：古代弦乐，"八音"中属"丝"。笙：古代吹奏乐，属"八音"之"匏"。

⑤簧：笙上的簧片。笙是用几根有簧片的竹管、一根吹气管装在斗子上做成的。

⑥承筐：指奉上礼品。承，双手捧着。将：送，献。

⑦周行（háng）：大道，引申为大道理。
⑧蒿：又叫青蒿、香蒿，菊科植物。
⑨德音：美好的品德声誉。孔：很。昭：明。
⑩视：同"示"。恌（tiāo）：同"佻"，轻薄，轻浮。
⑪则：法则，楷模，此作动词。
⑫旨：甘美。
⑬式：语助词。燕：同"宴"。敖：同"遨"，嬉游。
⑭芩（qín）：草名，蒿类植物。
⑮湛（dān）：深厚。《毛传》："湛，乐之久。"

品读

这是周王宴会群臣和嘉宾的宴饮诗，它反映了周人重礼又重德的社会习尚，同时还表达了周王礼遇贤才的真诚愿望。

全诗三章，每章八句，均以鹿鸣起兴，营造了一个热烈而和谐的欢乐氛围，奠定了全诗轻快的基调，给读者以强烈的感染。同曹操的《短歌行》相比，曹诗开头有"人生苦短"之叹，后段有"忧从中来，不可断绝"之悲，唯有中间所引的"鹿鸣"四句显得欢乐顺畅，可见《诗经》的作者对人生的领悟远不如曹操深刻。也许因为这是一首宴饮之诗，不容许杂以一点哀音吧。《鹿鸣》作为早期的宴会乐歌，后来成为贵族宴会或举行乡饮酒礼、燕礼等宴会的乐歌，在唐宋科举考试后举行的宴会上，也歌唱《鹿鸣》之章，称为"鹿鸣宴"，可见此诗影响之深远。

这首诗音调和谐，节奏明快，语言流畅，基调健康，不愧为一首优美的宴饮诗，特别是其"礼贤下士，思贤若渴"的题旨，对后世的影响颇为深远，不仅对历代的统治者有过约束和启迪作用，而且给一些进步士子抨击专制政治和不礼贤下士提供了思想武器。

伐 木

伐木丁丁①，鸟鸣嘤嘤②。出自幽谷，迁于乔木。嘤其鸣矣，求其友声。相彼鸟矣③，犹求友声。矧伊人矣④，不求友生？神之听之⑤，终和且平⑥。

伐木许许⑦，酾酒有藇⑧。既有肥羜⑨，以速诸父⑩。宁适不来⑪，微我弗顾⑫。於粲洒埽⑬，陈馈八簋⑭。既有肥牡⑮，以速诸舅⑯。宁适不来，微我有咎⑰。

伐木于阪，酾酒有衍⑱。笾豆有践⑲，兄弟无远。民之失德⑳，乾餱以愆㉑。有酒湑我㉒，无酒酤我㉓。坎坎鼓我㉔，蹲蹲舞我㉕。迨我暇矣㉖，饮此湑矣。

注释

①丁丁（zhēng）：砍树的声音。

②嘤嘤：鸟叫的声音。

③相：审视，端详。

④矧（shěn）：况且。伊：你。

⑤神之：即慎之。听之：听到此事。

⑥终：既；且：又。

⑦许许（hǔ）：砍伐树木的声音。

⑧酾酒：筛酒。酾（shī），过滤。有藇：即"藇藇"，酒清澈透明的样子。藇（xù），甘美，或释为"溢貌"。

⑨羜（zhù）：小羊羔。

⑩速：邀请。诸父：指本族的长辈。

⑪宁：宁可。适：恰巧。

⑫微：非。弗顾：不顾念。

⑬於（wū）：叹词。粲：光明、鲜明的样子。埽：同"扫"。

⑭陈：陈列。馈（kuì）：食物。簋（guǐ）：古时盛放食物用的圆形器皿。

⑮牡：雄畜，诗中指公羊。

⑯诸舅：异姓亲友。

⑰咎：过错。

⑱有衍：即"衍衍"，满溢的样子。

⑲笾（biān）豆：盛放食物用的两种器皿。践：陈列。

⑳民：人。

㉑乾餱（hóu）：干粮。愆（qiān）：过错，过失。

㉒湑（xǔ）：滤酒。

㉓酤：买酒。

㉔坎坎：鼓声。

㉕蹲蹲：舞姿。

㉖迨（dài）：等待。

品读

《伐木》是贵族燕飨亲友的乐歌。从诗的内容上看，似是宣王初立之时王族辅政大臣为安定人心、增进亲友情谊而作。

诗共三章，除首章外，都集中笔墨写宴饮。诗开篇以"丁丁"的伐木声和"嘤嘤"的鸟鸣声，幻化出一个远离现实政治、借以寄托内心苦闷的超然之境。这一境界是诗人内心的人生理想在潜意识中迂回曲折的表露。随着这一比兴手法的完结，作为政治家的诗人终于强迫自己面对这冷酷的现实世界："相彼鸟矣，犹求友声。矧伊人矣，不求友生？"号召人们起来改变现实，叙亲情，笃友谊，一切从头开始。然后又申之以"神之听之，终和且平"。

第二章全然是写人的活动，也就是"求友生"之具体表现，除用"伐木许许"一句外，其余是备办筵席的热闹场面：酒是甘美的，菜肴中有肥嫩的羊羔，还有许多其他可口的食物，屋子也打扫得干干净净，可以看出主人的诚心诚意，因为宴请客人，不仅是出于礼仪，更是为了寻求友情。被邀请的客人都是长者，有同姓的（诸父），也有异姓的（诸舅）。诗人希望他们全都光临。"宁适不来，微我弗顾。""宁适不来，微我有咎。"这是他的担心。由于希望甚殷，就生怕它落空。这种"患得患失"的情绪是真实的，也是感人的。它表明主人的态度十分诚恳，对友情的追求坚定不移。

第三章的前半部分是第二章的延续和发展，依然写设宴请客，不过用笔极简。"笾豆有践，兄弟无远！"这次邀请的是同辈，但酒菜之丰盛，礼节之周到不减于前。后半部分是尾声，似乎由众人合唱，表达了欢乐的情绪与和睦亲善的愿望。三方面的人（主人、来宾和受邀而未至者）团结一致，气氛和谐，令人鼓舞。

此诗在表现宴饮上，一是首章的比兴部分不仅构成比较鲜明的画面，而且有生动的情节，它既是独立的，又与主题部分联系紧密。二是把被邀的客人分别用"诸父""诸舅"和"兄弟"来指代，覆盖面大，而又意象分明，对表达诗歌的题旨起着重要的作用。三是结尾表现的场面色彩浓丽，节奏明快，全然是就筵席写筵席，没有穿插"点题"笔墨，却成功地渲染出团结友善的醉人气氛。

此诗产生了"嘤鸣"一词，对友情的歌颂给后世留下了极为深远的影响，以致"嘤鸣"一词常被人用作朋友间同气相求或意气相投的比喻，诗中"嘤其鸣矣，求其友声"被后人广泛传诵。

采 薇

采薇采薇①，薇亦作止②。曰归曰归③，岁亦莫止④。靡室靡家⑤，猃狁之故⑥。不遑启居⑦，猃狁之故。

采薇采薇，薇亦柔止⑧。曰归曰归，心亦忧止。忧心烈烈⑨，载饥载渴⑩。我戍未定⑪，靡使归聘⑫。

采薇采薇，薇亦刚止⑬。曰归曰归，岁亦阳止⑭。王事靡盬⑮，不遑启处⑯。忧心孔疚⑰，我行不来⑱！

彼尔维何？维常之华⑲。彼路斯何⑳？君子之车㉑。戎车既驾㉒，四牡业业㉓。岂敢定居㉔，一月三捷㉕。

驾彼四牡，四牡骙骙㉖。君子所依㉗，小人所腓㉘。四牡翼翼㉙，象弭鱼服㉚。岂不日戒㉛？猃狁孔棘㉜。

昔我往矣㉝，杨柳依依㉞。今我来思㉟，雨雪霏霏㊱。行道迟迟㊲，载渴载饥。我心伤悲，莫知我哀！

注释

①薇：豆科野豌豆属的一种，学名荒野豌豆，又叫大巢菜，种子、茎、叶均可食用。

②作：指薇菜冒出地面。止：句末助词，无实义。

③曰：句首、句中助词，无实义。

④莫（mù）：通"暮"，此指年末。

⑤靡（mǐ）室靡家：没有正常的家庭生活。靡，无。室，与"家"义同。

⑥猃（xiǎn）狁（yǔn）：中国古代少数民族名。

⑦不遑（huáng）：不暇。遑，闲暇。启居：跪、坐，指休息、休整。启，跪、跪坐。居，安坐、安居。古人席地而坐，两膝着席，跪坐时腰部伸直，臀部与足离开；安坐时臀部贴在足跟上。

379

⑧柔：柔嫩。与"作"相比，"柔"指"薇"更进一步生长。指刚长出来的薇菜柔嫩的样子。

⑨烈烈：炽烈，形容忧心如焚。

⑩载（zài）饥载渴：则饥则渴，又饥又渴。载，又。

⑪戍：防守，这里指防守的地点。

⑫聘（pìn）：问候的音信。

⑬刚：坚硬。

⑭阳：农历十月，小阳春季节。今犹言"十月小阳春"。

⑮靡：无。盬（gǔ）：止息，了结。

⑯启处：休整，休息。

⑰孔：甚，很。疚：病，苦痛。

⑱我行不来：我不能回家。一说我从军出发后还没有人来慰问过。

⑲常：常棣（棠棣），既苯苡，植物名。

⑳路：高大的战车：斯何，犹言维何。斯，语气助词，无实义。

㉑君子：指将帅。

㉒戎：车，兵车。

㉓牡：雄马。业业：高大的样子。

㉔定居：犹言安居。

㉕捷：胜利。谓接战、交战。一说邪出，指改道行军。此句意谓，一月多次行军。

㉖骙（kuí）：雄强，威武。这里的骙骙是指马强壮的意思。

㉗依：依凭，乘载。

㉘小人：指士兵。腓（féi）：庇护，掩护。

㉙翼翼：整齐的样子。谓马训练有素。

㉚象弭（mǐ）：以象牙装饰弓端的弭。弭，弓的一种，其两端饰以骨角。一说弓两头的弯曲处。鱼服：鲨鱼鱼皮制的箭袋。

㉛日戒：日日警惕戒备。

㉜孔棘（jí）：很紧急。棘，急。

㉝昔：从前，文中指出征时。往：当初从军。

㉞依依：形容柳丝轻柔、随风摇曳的样子。

㉟思：用在句末，没有实在意义。

㊱雨（yù）雪：下雨。雨，这里作动词。霏（fēi）霏：雪花纷落的样子。

㊲迟迟：迟缓的样子。

品读

《采薇》是一首出征的兵士叙写思家、征战、归来之事的哀怨之歌。

这首诗描写了一位归乡的兵士在阴雨霏霏、雪花纷纷的时节里，行进在崎岖的道路上，又饥又渴；他遥望家乡，抚今追昔，不禁思绪纷繁，百感交集。艰苦的军旅生活，激烈的战斗场面，无数次的登高望归情景，一幕幕在眼前重现。

全诗六章，可分三个部分。既是归途中的追忆，故用倒叙手法写起。前三章为第一部分，追忆思归之情，叙述难归原因。这三章的前四句，以重章之叠词申意并循序渐进的方式，抒发思家盼归之情。首句以采薇起兴，但兴中兼赋，反映了戍边士卒的生活苦况。"薇亦作止""薇亦柔止""薇亦刚止"，循序渐进，形象地刻画了薇菜从破土发芽，到幼苗柔嫩，再到茎叶老硬的生长过程，它同"岁亦莫止"和"岁亦阳止"一起，喻示了时间的流逝和戍役生活的漫长。岁初而暮，物换星移，"曰归曰归"，却久戍不归；这对时时有生命之虞的士卒来说，不能不"忧心烈烈"。后四句对为什么戍役难归的问题作了层层说明：远离家园，是因为狁之患；戍地不定，是因为战事频频；无暇休整，是因为王差无穷。其根本原因则是"狁之故"。对于狁之患，士卒有戍役之责。这样，一方面是怀乡情结，另一方面是战斗意识。前三章的前后两层，同时交织着恋家思亲的个人情和为国赴难的责任感，这是两种互相矛盾又同样真实的思想感情。

第四、五章为第二部分，追述行军作战的紧张生活，写出了军容之壮，戒备之严，其情调也由忧伤的思归之情转而为激昂的战斗之情。第四章前四句，诗人自问自答，以"维常之华"，兴起"君子之车"，流露出军人特有的自豪之情。接着围绕战车描写了两个战斗场面："戎车既驾，四牡业业。岂敢定居，一月三捷。"这概括地描写了威武的军容、高昂的士气和频繁的战斗。"驾彼四牡，四牡骙骙。君子所依，小人所腓。"这又进而具体描写了在战车的掩护和将帅的指挥下，士卒们紧随战车冲锋陷阵的场面。最后，由战斗场面又写到将士的装备："四牡翼翼，象弭鱼服。"战马强壮而训练有素，武器精良而战无不胜。将士们天天严阵以待，只因为狁实在猖狂，"岂不日戒，狁孔棘"，既反映了当时边关的形势，又再次说明了久戍难归的原因。从全诗表现的矛盾情感来看，这位戍卒既恋家又识大局，似乎不乏国家兴亡匹夫有责的责任感。

末章为最后一部分，戍卒从追忆中回到现实，随之陷入更深的悲伤之中。"昔我往矣，杨柳依依。今我来思，雨雪霏霏。"这是写景记时，更是抒情伤怀。用对比的手法，将出征的依依惜别和久役归来的凄苦心情全用景物写出来，引发人们的想象与感慨，是寓情于景的妙笔。王夫之在《姜斋诗话》中评论说："以乐景写哀，以哀景写乐，一倍增其哀乐。"它成为千百年来脍炙人口的名句。

此诗所具有的深刻意义在于，诗中不仅抒发了戍边将士的战斗之情，而且将王朝与蛮族的战争冲突置于个人情感之中，通过归途的追述集中表现士卒们久戍难归、忧心如焚的复杂情感，具有较强的感染力。

六　月

六月栖栖①，戎车既饬②。四牡骙骙③，载是常服④。狁孔炽⑤，我是用急⑥。王于出征，以匡王国⑦。

比物四骊⑧，闲之维则⑨。维此六月，既成我服⑩。我服既成，于三十里⑪。王于出征，以佐天子。

四牡修广⑫，其大有颙⑬。薄伐狁，以奏肤公⑭。有严有翼⑮，共武之服⑯。共武之服，以定王国。

狁匪茹⑰，整居焦获⑱。侵镐及方⑲，至于泾阳。织文鸟章⑳，白旆央央㉑。元戎十乘㉒，以先启行。

戎车既安，如轾如轩㉓。四牡既佶㉔，既佶且闲㉕。薄伐狁，至于大原㉖。文武吉甫，万邦为宪㉗。

吉甫燕喜，既多受祉㉘。来归自镐，我行永久。饮御诸友㉙，炰鳖脍鲤㉚。侯谁在矣㉛？张仲孝友㉜。

注释

①栖栖：忙碌紧急的样子。

②饬（chì）：整顿，整理。

③骙（kuí）骙：马很强壮的样子。

④常服：军服。

⑤狁（xiǎn）狁（yǔn）：古代北方游牧民族。孔：很。炽（chì）：势盛。

下篇　永远的感动：品读《诗经》

⑥是用：是以，因此。

⑦匡：扶助。

⑧比物：把力气和毛色一致的马套在一起。

⑨闲：训练。则：法则。

⑩服：指出征的装备，戎服，军衣。

⑪于：往。三十里：古代军行三十里为一舍。

⑫修广：指战马体态高大。修，长；广，大。

⑬颙（yóng）：大头大脑的样子。

⑭奏：建立。肤功：大功。

⑮严：威严。翼：整齐。

⑯共：通"恭"，严肃地对待。武之服：打仗的事。

⑰匪：同"非"。茹：柔弱。

⑱焦获：泽名，在今陕西泾阳县北。

⑲镐（hào）：地名，通"鄗"，不是周朝的都城镐京。方：地名。

⑳织文鸟章：指绘有凤鸟图案的旗帜。

㉑旆（pèi）：旌旗末端形如燕尾的垂旒飘带。央央：鲜明的样子。

㉒元戎：大的战车。

㉓如轾（zhì）如轩：车身前俯后仰。

㉔佶（jí）：整齐。

㉕闲：驯服的样子。

㉖大原：地名，在今宁夏固原一带。

㉗宪：榜样。

㉘祉（zhǐ）：福。

㉙御：进献。

· 384 ·

㉚炰（páo）：蒸煮。脍（kuài）鲤：切成细条的鲤鱼。
㉛侯：维，语助词。
㉜张仲：周宣王卿士。

品读

《小雅·六月》是一首记述和赞美周宣王大臣尹吉甫北伐猃狁取得胜利的诗歌。

此诗叙写尹吉甫北伐猃狁的战争全程。全诗六章，前四章主要叙述这次战争的起因、时间，以及周军在主帅指挥下所做的迅速勇猛的应急反应。诗一开首，作者就以追述的口吻，铺写在忙于农事的六月里战报传来时，刀出鞘、箭上弦、人喊马嘶的紧急气氛（"栖栖""孔炽""用急"）。第二、三章作者转向对周军训练有素、应变迅速的赞叹。以"四骊"之"维则"、"修广""其大有颙"的强健，以"既成我服"的及时，"有严有翼，共武之服"的严明及"以奏肤功"的雄心，从侧面烘托出主将的治军有方。第四章作者以对比之法，先写"猃狁匪茹，整居焦获。侵镐及方，至于泾阳"的凶猛来势；次写车坚马快、旌旗招展的周军先头部队"元戎十乘，以先启行"的军威。一场恶战即将开始，至此，紧张的气氛达到了顶峰。

第五章作者并没有被时空逻辑的局限所束缚，凌空纵笔，接连使用了三个"既"字（"戎车既安，如轾如轩。四牡既佶，既佶且闲"），描写己方军队以无坚不克之凛然气势将来犯之敌击退至靠近边界的大原，很自然地从战果辉煌的喜悦之中流露出对主帅的赞美和叹服。从紧张的战斗过渡到享受胜利的平和喜悦，文势为之一变，如飞瀑落山，又如河过险滩，浩荡而雄阔。最末一章，作者由对记忆的描绘转向眼前共庆凯旋的欢宴。"来归自镐"是将记忆与眼前之事联系起来，而"我行永久"说明作者也曾随军远征，定国安邦，与有荣焉。然而自己的光荣之获得，又与主帅的领导有关，可谓自豪与赞扬俱在其中。

从审美的角度统观全诗，这种以追忆开始，以现实作结的方法，使得原本平淡的描写平添了几分回味和余韵。同时，此诗在行文的节奏上，第一、二、三章铺垫蓄势，第四章拔至高潮，第五章舒放通畅，第六章归于宁静祥和，也使诗歌产生了富于变化的节奏感、灵动感。

鹤　鸣

鹤鸣于九皋[1]，声闻于野。鱼潜在渊[2]，或在于渚[3]。乐彼之园[4]，爰有树檀[5]，其下维萚[6]。他山之石，可以为错[7]。

鹤鸣于九皋，声闻于天。鱼在于渚，或潜在渊。乐彼之园，爰有树檀，其下维榖[8]。他山之石，可以攻玉[9]。

注释

[1]九皋：皋为沼泽中由高地围成的小沼泽，九表示虚数，言泽之深广。一说九折泽，泽中水溢出称一折，九折指极远处。一说九皋山，又名鸣皋山，位于洛阳伊川、嵩县、汝阳三县交界处，是伊川古迹名胜十六景之一。

[2]潜：沉潜。渊：深水，潭。

[3]渚：水中小洲，此处当指水滩。

[4]乐：此处有可爱之意。

[5]爰（yuán）：于是。檀（tán）：古书中称檀的木很多，时无定指。常指豆科的黄檀，紫檀。这里用来比喻贤人。

[6]萚（tuò）：酸枣一类的灌木。一说低矮的树木，一说枯落的

枝叶。这里用来比喻小人。

⑦错：琢玉的石头，必取自他山，以其硬度不同。一说一种琢磨玉器的工具。

⑧榖（gǔ）：树木名，即楮树，其树皮可做造纸原料。这里用来比喻小人。

⑨攻玉：谓将玉石琢磨成器。攻，加工，雕刻。朱熹《诗集传》："两玉相磨不可以成器，以石磨之，然后玉之为器，得以成焉。"

品读

此诗是一首奏议性质的哲理诗，其意在告诫君王求用贤人。今人程俊英在《诗经译注》中据《毛传》《郑笺》之说而加以发展，指出："这是一首通篇用借喻的手法，抒发招致人才为国所用主张的诗，亦可称为'招隐诗'。"

此诗共二章，每章九句。诗首以鹤处深处而鸣声传于高远，喻贤人身隐而声名显著。鹤鸣求其类，其类循声以求，诗作者之意在于告诉统治者当依其声名而求用贤人。诗次以良鱼潜渊、小鱼游渚比喻贤人不易见，而不贤庸人之辈实为多见常见。鱼乃人之所求，良鱼远胜小鱼，作者之意在于告诉统治者不要忘记那些深隐的贤人，而他们常是超常的人才。诗又以园中有檀树而枯叶、楮树在其下比喻贤人可贵而庸恶之人当居下位。园之可爱就在檀树高大而卑劣的落叶、楮树居其下而不显，作者意在告诫统治者当敬重贤人使居高位，而卑其不贤、平庸乃至恶小之人。诗最后以他山之石乃琢玉必需，比喻治国必用贤人良才。石虽不贵而且在他山，然琢玉非其不可，诗作者意在告诫统治者要善于使用人才而治国。

这首哲理诗通篇皆以借喻写出，因而表意甚为委婉含蓄，其形式甚为雅致,这种给君王看的托意之诗,已有"奏议宜雅"的味道。诗中所选的比喻之物都很合体适度,如吉祥不易见之鸟——鹤,以喻身隐贤人;良鱼潜渊,以喻难求之贤人;高大檀树,以喻高才贤人;他山琢玉之石,喻平凡而当用之贤人。诗作者为了寓理,还设立了对立的比喻物,如潜渊之鱼和在渚之鱼,檀树和其下落叶、楮树,石和玉等。所以这些事物十分和谐地组成了这首哲理诗,艺术手段是高明的。

无 羊

谁谓尔无羊①?三百维群②。谁谓尔无牛?九十其犉③。尔羊来思④,其角濈濈⑤。尔牛来思,其耳湿湿⑥。

或降于阿⑦,或饮于池,或寝或讹⑧。尔牧来思⑨,何蓑何笠⑩,或负其餱⑪。三十维物⑫,尔牲则具⑬。

尔牧来思,以薪以蒸⑭,以雌以雄⑮。尔羊来思,矜矜兢兢⑯,不骞不崩⑰。麾之以肱⑱,毕来既升⑲。

牧人乃梦,众维鱼矣⑳,旐维旟矣㉑。大人占之㉒:众维鱼矣,实维丰年。旐维旟矣,室家溱溱㉓。

注释

①尔:指放牧牛羊者。

②三百:与下文"九十"均为虚指,形容牛羊众多。维:为。

③犉(chún):大牛,牛生七尺曰"犉"。

④思:语助词。

⑤濈(jí)濈:一作"戢戢",群角聚集貌。

⑥湿湿:摇动的样子。

⑦阿(ē):丘陵。

⑧讹（é）：同"吪"，动，醒。

⑨牧：放牧。

⑩何：同"荷"，负，戴。蓑（suō）：草制雨衣。

⑪餱（hóu）：干粮。

⑫物：毛色。

⑬牲：牺牲，用以祭祀的牲畜。具：备。

⑭以：取。薪：粗柴。蒸：细柴。

⑮以雌以雄："飞曰雌雄"，此句言猎取飞禽。

⑯矜（jīn）矜：小心翼翼。兢（jīng）兢：谨慎紧随貌，指羊怕失群。

⑰骞（qiān）：损失，此指走失。崩：散乱。

⑱麾（huī）：挥。肱（gōng）：手臂。

⑲毕：全。既：尽。升：登。

⑳众：蝗虫。古人以为蝗虫可化为鱼，旱则为蝗，风调雨顺则化鱼。

㉑旐（zhào）：画有龟蛇的旗，人口少的郊县所建。旟（yǔ）：画有鹰隼的旗，人口众多的州所建。

㉒大人：太卜之类官。占：占梦，解说梦之吉凶。

㉓溱（zhēn）溱：同"蓁蓁"，众盛貌。

品读

这是一首歌咏牛羊蕃盛的诗。诗之作者大抵为熟悉放牧生活的文士，诗中的"尔"，则是为贵族放牧牛羊的劳动者。

第一章描述所牧牛羊之众多，开章劈空两问，问得突兀。前人常指"尔"为"牛羊的所有者"，似理解不妥。"所有者"既有牛羊，竟还会有"谁"疑其"无羊"。倘指为奴隶主放牧的奴隶，则问得不仅合理，还带有了诙谐的调侃意味。奴隶只管放牧，牛羊原本就不属于他。但诗人一眼看到那么多牛羊，就情不自禁高兴地与牧人扯趣："谁说你没有羊哪？看看，这一群就是三百！"极为自然。劈空两问，问得突兀，却又诙谐有情，将诗人乍一见到众多牛羊的惊奇、赞赏之情，表现得极为传神。但此诗作者不满足于此类平庸的比喻，他巧妙地选择了牛羊身上颇富特征的耳、角，以"濈濈""湿湿"稍一勾勒，那（羊）众角簇立、（牛）群耳耸动的奇妙景象，便逼真地展现在了读者眼前。这样一种全不借助比兴，而能够"状难写之景如在目前"（梅尧臣语）的直赋笔墨，确是很高超的。

第二、三章集中描摹放牧中牛羊的动静之态和牧人的娴熟技艺，堪称全诗写得最精工的篇章。"或降""或饮""或寝""或讹"四者写散布四近的牛羊何其自得：有的在山坡上缓缓"散步"，有的下水涧俯首饮水，有的躺卧草间似乎睡着了，但那耳朵的陡然耸动、嘴角的细咀慢嚼，说明它们正醒着。此刻的牧人正肩披蓑衣、头戴斗笠，或砍伐着柴薪，或猎取着飞禽。一时间蓝天、青树、绿草、白云、山上、池边、羊牛、牧人，织成了一幅无比清丽的放牧图景。图景是色彩缤纷的，诗中用的却纯是白描，而且运笔变化无端：先分写牛羊、牧人，节奏舒徐，轻笔点染，表现出一种悠长的抒情韵味。待到"麾之以肱，毕来既升"两句，笔走墨移间，披蓑戴笠的牧人和悠然在野的牛羊，霎时汇合在了一起。画面由静变动，节奏由缓而骤，牧人的臂肘一挥，满野满坡的牛羊，便全都争先恐后地奔聚身边，紧随着牧人升登高处。真是物随人欲、挥斥自如，放牧者那娴熟的牧技和畜群的训习有素，只以"麾之"二语尽收笔底。

第四章收尾之奇，在于全然撇开牛羊，而为放牧者安排了一个出人意料的"梦"境：牧人忽然梦见数不清的蝗子，恍惚间全化作了欢蹦乱跳的鱼群；而飘扬于远处城头的"龟蛇"之旗（"旐"旗），又转眼间变成了"鸟隼"飞舞的"旟"旗——诗人写梦，笔下正是这样迷离恍惚，令人读去，果真是个飘忽、断续的"梦"。"大人占之：众维鱼矣，实维丰年。旐维旟矣，室家溱溱。"随着占梦者欣喜的解说，充塞画面的鱼群和旟旗，即又幻化成漫山遍野的牛羊（这正是放牧者的"丰收"年景）；村村落落，到处传来婴儿降生的呱呱喜讯（这正是"室家"添丁的兴旺气象）。诗境由实变虚、由近而远，终于在占梦之语中淡出、定格，只留下牧人梦卧时仰对的空阔蓝天，而引发读者的无限遐想。

此诗的写法，不借比兴而全用赋法，体物入微、逼真传神，创造出了高妙的诗境。诗不仅描摹精妙，而且笔底蕴情，在展现放牧牛羊的动人景象时，又强烈地透露着诗人的惊异、赞美之情，表现着美好的展望和祈愿。

正　月

　　正月繁霜①，我心忧伤。民之讹言②，亦孔之将③。念我独兮，忧心京京④。哀我小心，癙忧以痒⑤。

　　父母生我，胡俾我瘉⑥？不自我先，不自我后。好言自口，莠言自口⑦。忧心愈愈，是以有侮。

　　忧心惸惸⑧，念我无禄⑨。民之无辜，并其臣仆。哀我人斯，于何从禄？瞻乌爰止⑩？于谁之屋？

　　瞻彼中林，侯薪侯蒸⑪。民今方殆，视天梦梦。既克有定，靡人弗胜。有皇上帝，伊谁云憎？

　　谓山盖卑⑫，为冈为陵。民之讹言，宁莫之惩⑬。召彼故老，讯之占梦⑭。具曰予圣⑮，谁知乌之雌雄！

谓天盖高，不敢不局⑯。谓地盖厚，不敢不蹐⑰。维号斯言，有伦有脊⑱。哀今之人，胡为虺蜴⑲？

瞻彼阪田⑳，有菀其特㉑。天之扤我㉒，如不我克。彼求我则㉓，如不我得。执我仇仇㉔，亦不我力㉕。

心之忧矣，如或结之。今兹之正，胡然厉矣？燎之方扬㉖，宁或灭之㉗？赫赫宗周㉘，褒姒灭之㉙！

终其永怀㉚，又窘阴雨。其车既载，乃弃尔辅㉛。载输尔载㉜，将伯助予㉝！

无弃尔辅，员于尔辐㉞。屡顾尔仆㉟，不输尔载。终逾绝险，曾是不意㊱。

鱼在于沼，亦匪克乐。潜虽伏矣，亦孔之炤㊲。忧心惨惨㊳，念国之为虐！

彼有旨酒，又有嘉肴。洽比其邻，婚姻孔云㊴。念我独兮，忧心殷殷㊵。

佌佌彼有屋㊶，蔌蔌方有谷㊷。民今之无禄，天夭是椓㊸。哿矣富人㊹，哀此惸独。

注释

①正（zhēng）月：正阳之月，夏历四月。

②讹（é）言：谣言。

③孔：很。将：大。

④京京：忧愁深长。

⑤瘋（shǔ）：忧闷。瘅：病。

⑥俾：使。瘳：病，指灾祸、患难。

⑦莠（yòu）言：坏话。

⑧惸（qióng）：忧郁不快。

⑨无禄：不幸。

⑩乌：周家受命之征兆。爰（yuán）：语助词，犹"之"。止：栖止。此下二句言周朝天命将坠。

⑪侯：维，语助词。薪、蒸：木柴。

⑫盖（hé）：通"盍"，何。

⑬惩：警戒，制止。

⑭讯：问。

⑮具：通"俱"，都。

⑯局：弯曲。

⑰蹐（jǐ）：轻步走路。

⑱伦、脊：条理，道理。《毛传》："伦，道；脊，理也。"

⑲虺（huǐ）蜴（yì）：毒蛇与蜥蜴，古人把无毒的蜥蜴也视为毒虫。

⑳阪（bǎn）田：山坡上的田。

㉑菀（guān）：蒲草，水葱一类的植物。

㉒杌（wù）：动摇。

㉓则：语尾助词，通"哉"。

㉔执：执持，指得到。仇（qiú）仇：慢怠。

㉕力：用力。

㉖燎：放火焚烧草木。扬：盛。

㉗宁：岂。或：有人。威（miè）：即"灭"。

㉘宗周：西周。

㉙褒姒（sì）：周幽王的宠妃。褒，国名。姒，姓。

㉚终：既。怀：忧伤。

㉛辅：车两侧的挡板。

㉜载（zài）输尔载（zài）：前一个"载"，虚词，及至。后一

个"载",所载的货物。输,丢掉。

㉝将:请。伯:排行大的人,等于说老大哥。

㉞员(yún):加固。《毛传》:"益也。"

㉟仆:通"轐",也叫伏兔,像伏兔一样附在车轴上固定车轴的东西。一说仆即车夫。

㊱曾:竟。不意:不留意。

㊲炤(zhāo):通"昭",明显,显著。

㊳惨惨:忧愁不安。

㊴云:亲近,和乐。

㊵殷(yīn)殷:忧愁的样子。

㊶佌(cǐ)佌:比喻小人卑微。

㊷蔌(sù)蔌:鄙陋。

㊸椓(zhuó):打击。

㊹哿(gě):欢乐。

品读

这是一首政治怨刺诗,当作于西周将亡之时,怨刺对象当是周幽王。诗中言"赫赫宗周,褒姒灭之"是预料之词。

诗首章写时局动乱,诗人心忧成疾。第二章写诗人生逢乱世,世俗败坏。第三章写统治者暴政虐民,遍地痛苦不幸。第四章写朝臣昏聩弄权,人民危困。第五章写高官不谋其政,在位者昏昏自以为是。第六章写暴政暴虐,肆害人民。第七章写统治者弃贤不用。第八章写朝政暴虐,不鉴宗周灭亡教训。第九章写统治者弃贤不用而使朝政败坏。第十章写统治者不曾善理政事。第十一章写国行暴政,自己在朝不乐,欲退不能。第十二章写群小朋比为奸。第十三章写人民不幸,小人喜庆。

全诗四言中杂以五言，便于表现激烈的情感，又显得错落有致。全诗以诗人忧伤、孤独、愤懑的情绪为主线，首尾贯穿，一气呵成，感情充沛。诗写事抒情，情因事发，事皆触情，因而二者错综交融，自然衍益而成长诗，有水到渠成之感。诗多用形象的比喻，如以鱼在浅池终不免遭殃，喻乱世之人不论如何躲藏，也躲不过亡国之祸。还运用了对比手法，如诗的最后两章说，得势之人有酒有菜，有屋有禄，朋党往来，其乐融融；黎民百姓穷苦无依，备受天灾人祸之苦，而愤世嫉俗、忧国哀民之情更昭显而感人。

此诗全面深刻地揭露了西周初亡之际的朝政暴虐、政治混乱、社会动乱、世俗败坏、人民苦难的现实，抒发了愤世嫉俗和忧国哀民之情，表现了作者独清独醒的批判精神，诗因而具有突出的现实主义意义。

蓼 莪

蓼蓼者莪①，匪莪伊蒿②。哀哀父母，生我劬劳③。

蓼蓼者莪，匪莪伊蔚④。哀哀父母，生我劳瘁⑤。

瓶之罄矣⑥，维罍之耻⑦。鲜民之生⑧，不如死之久矣。无父何怙⑨？无母何恃？出则衔恤⑩，入则靡至⑪。

父兮生我，母兮鞠我⑫。拊我畜我⑬，长我育我⑭，顾我复我⑮，出入腹我⑯。欲报之德，昊天罔极⑰！

南山烈烈⑱，飘风发发⑲。民莫不穀⑳，我独何害㉑！

南山律律㉒，飘风弗弗㉓。民莫不穀，我独不卒㉔！

注释

①蓼（lù）：形容植物高大。莪（é）：一种草，即莪蒿。李时珍《本草纲目》："莪抱根丛生，俗谓之抱娘蒿。"蓼蓼：长又大的样子。

②匪：同"非"。伊：是。

③劬（qú）劳：与下章"劳瘁"皆劳累之意。

④蔚（wèi）：一种草，即牡蒿。

⑤劳瘁：因辛劳过度而致身体衰弱。

⑥瓶：汲水器具。罄（qìng）：尽。

⑦罍（léi）：盛水器具。

⑧鲜（xiǎn）：指寡、孤。民：人。

⑨怙（hù）：依靠。

⑩衔恤：含忧。

⑪靡至：无所投奔。

⑫鞠：养。

⑬拊：通"抚"。畜：通"慉"，喜爱。一说养活。

⑭育：呵护，冷暖疼爱。

⑮顾：顾念。复：返回，指不忍离去。

⑯腹：指怀抱。

⑰昊（hào）天：广大的天。罔：无。极：边际。

⑱烈烈：通"颲颲"，山风大的样子。

⑲飘风：同"飙风"。发发：形容风势凶猛。

⑳穀：善。

㉑害：受害。

㉒律律：同"烈烈"。

㉓弗弗：同"发发"。

㉔卒：终，指养老送终。

品读

此诗抒发的只是不能终养父母的痛极之情。

此诗六章，似是悼念父母的祭歌，分三层意思：首两章是第一层，写父母生养"我"辛苦劳累。头两句以比引出，诗人见蒿与蔚，却错当莪，于是心有所动，遂以为比。莪香美可食用，并且环根丛生，故又名抱娘蒿，喻人成才且孝顺；而蒿与蔚，皆散生，蒿粗恶不可食用，蔚既不能食用又结子，故称牡蒿，蒿、蔚喻不成才且不能尽孝。诗人有感于此，借以自责不成才又不能终养尽孝。后两句承此思言及父母养大自己不易，费心劳力，吃尽苦头。

　　中间两章是第二层，写儿子失去双亲的痛苦和父母对儿子的深爱。第三章头两句以瓶喻父母，以罍喻子。因瓶从罍中汲水，瓶空使罍无储水可汲，所以为耻，用以比喻子无以赡养父母，没有尽到应有的孝心而感到羞耻。句中设喻是取瓶罍相资之意，非取大小之义。"鲜民"以下六句诉述失去父母后的孤身生活与感情折磨。诗人与父母相依为命，失去父母，没有了家庭的温暖，以至于有家好像无家。第四章前六句——叙述父母对"我"的养育抚爱，这是把首两章说的"劬劳""劳瘁"具体化。诗人一连用了生、鞠、拊、畜、长、育、顾、复、腹九个动词和九个"我"字，语拙情真，言直意切，絮絮叨叨，不厌其烦，声促调急，确如哭诉一般。如果借现代京剧唱词"声声泪，字字血"来形容，那是最恰切不过了。这一章最后两句，诗人因不得奉养父母，报大恩于万一，痛极而归咎于天，责其变化无常，夺去父母生命，致使"我"欲报不能！

　　后两章第三句承第四章末二句而来，抒写遭遇不幸。头两句诗人以眼见的南山艰危难越，耳闻的飙风呼啸扑来起兴，创造了困厄危艰、肃杀悲凉的气氛，象征自己遭遇父母双亡的剧痛与凄凉，也是诗人悲怆伤痛心情的外化。四个入声字重叠：烈烈、发发、律律、弗弗，加重了哀思，读来如呜咽一般。后两句是无可奈何的怨嗟。

赋、比、兴交替使用是此诗写作的一大特色。三种表现方法灵活运用，前后呼应，抒情起伏跌宕，回旋往复，传达出孤子的哀伤情思，可谓珠落玉盘，运转自如，艺术感染力强烈。

《蓼莪》一诗所表达的孝念父母之情对后世影响深远，不仅在诗文赋中常有引用，而且在朝廷下的诏书中也屡屡言及。《诗经》这部典籍对民族心理、民族精神形成的影响由此可见一斑。

北　山

陟彼北山，言采其杞①。偕偕士子②，朝夕从事。王事靡盬③，忧我父母④。

溥天之下⑤，莫非王土；率土之滨⑥，莫非王臣。大夫不均，我从事独贤⑦。

四牡彭彭⑧，王事傍傍⑨。嘉我未老，鲜我方将⑩。旅力方刚⑪，经营四方⑫。

或燕燕居息⑬，或尽瘁事国⑭；或息偃在床⑮，或不已于行⑯。或不知叫号⑰，或惨惨劬劳⑱；或栖迟偃仰⑲，或王事鞅掌⑳。或湛乐饮酒㉑，或惨惨畏咎㉒；或出入风议㉓，或靡事不为㉔。

注释

①言：语助词。杞：枸杞，落叶灌木，果实入药，有滋补功用。

②偕（xié）偕：健壮貌。士：周王朝或诸侯国的低级官员。周时官员分卿、大夫、士三等，士的职级最低，士子是这些低级官员的通名。

③靡（mǐ）盬（gǔ）：无休止。

④忧我父母：为父母无人服侍而忧心。

⑤溥（pǔ）：古本作"普"。

⑥率土之滨：四海之内。古人以为中国大陆四周环海，自四面海滨之内的土地是中国领土。

⑦贤：多、劳。

⑧牡：公马。周时用四马驾车。彭彭：形容马奔走不息。

⑨傍：急急忙忙。

⑩鲜（xiǎn）：称赞。《郑笺》："嘉、鲜，皆善也。"方将：正壮。

⑪旅力：体力。旅通"膂"。

⑫经营：规划治理，此处指操劳办事。

⑬燕燕：安闲自得貌。居息：家中休息。

⑭尽瘁：尽心竭力。

⑮息偃：躺着休息。偃，仰卧。

⑯不已：不止。行（háng）：道路。

⑰叫号（háo）：呼号。《毛传》："叫呼号召。"

⑱惨惨：又作"懆懆"，忧虑不安貌。劬（qú）劳：辛勤劳苦。

⑲栖迟：休息游乐。

⑳鞅（yāng）掌：事多繁忙，烦劳不堪的样子。

㉑湛（dān）：同"耽"，沉湎。

㉒畏咎（jiù）：怕出差错获罪招祸。

㉓风议：放言高论。

㉔靡事不为：无事不作。

品读

这是周朝一位士人因独受忧劳而怨愤士大夫间劳逸不均而创作

的诗歌。

　　周代社会和政权是按严密的宗法制度组织的，王和诸侯的官员，分为卿、大夫、士三等，等级森严，上下尊卑的地位不可逾越，完全按照血缘关系的远近亲疏规定地位的尊卑。士属于最低的阶层，在统治阶级内部处于最受役使和压抑的地位。《诗经》中有不少诗篇描写这个阶层的辛劳和痛楚，抒发他们的苦闷和不满，从而在客观上暴露了统治阶级内部上下关系的深刻矛盾，反映了宗法等级社会的不平等性及其隐患。

　　《北山》这首诗着重通过对劳役不均的怨刺，揭露了统治阶级上层的腐朽和下层的怨愤，是怨刺诗中突出的篇章。

　　诗的前三章陈述士的工作繁重、朝夕勤劳、四方奔波，发出"大夫不均，我从事独贤"的怨愤。"嘉我未老"三句典型地勾画了大夫役使下属的手腕，他又是赞扬，又是夸奖，活现了统治者驭下的嘴脸。

　　后三章广泛运用对比手法，十二句接连铺陈十二种现象，每两种现象是一个对比，通过六个对比，描写了大夫和士这两个对立的形象。大夫成天安闲舒适，在家里高枕无忧，饮酒享乐睡大觉，对征发号召不闻不问，吃饱睡足闲磕牙，自己不干，谁干却去挑谁的错，说谁的闲话。士被这样的大夫役使，他尽心竭力，奔走不息，辛苦劳累，忙忙碌碌，什么事都得去干，还成天提心吊胆，生怕出了差错，被上司治罪。这样两种对立的形象，用比较的方式对列出来，就使好与坏、善与恶、美与丑在比较中得到鉴别，从而暴露了不合理的等级社会的不平等事实及其不合理性。在对比之后全诗戛然而止，没有评论，也没有抒发感慨。通过鲜明的对比，读者可以自然地得出结论，多让读者去体味涵泳，而不必直写。

　　此诗在封建社会起到了讽谏作用。等级森严、任人唯亲的宗法等级制度，必然造成如诗中所描写的上层的腐败和下层的怨愤，统治阶级这种内部矛盾的进一步尖锐化，必将使其内部涣散、解体以至灭亡。

宾之初筵

宾之初筵①，左右秩秩②。笾豆有楚③，殽核维旅④。酒既和旨⑤，饮酒孔偕⑥。钟鼓既设，举酬逸逸⑦。大侯既抗⑧，弓矢斯张。射夫既同⑨，献尔发功⑩。发彼有的⑪，以祈尔爵⑫。

籥舞笙鼓⑬，乐既和奏。烝衎烈祖⑭，以洽百礼⑮。百礼既至，有壬有林⑯。锡尔纯嘏⑰，子孙其湛⑱。其湛曰乐，各奏尔能⑲。宾载手仇⑳，室人入又㉑。酌彼康爵㉒，以奏尔时㉓。

宾之初筵，温温其恭。其未醉止㉔，威仪反反㉕。曰既醉止㉖，威仪幡幡㉗。舍其坐迁㉘，屡舞僊僊㉙。其未醉止，威仪抑抑㉚。曰既醉止，威仪怭怭㉛。是曰既醉，不知其秩㉜。

宾既醉止，载号载呶㉝。乱我笾豆，屡舞僛僛㉞。是曰既醉，不知其邮㉟。侧弁之俄㊱，屡舞傞傞㊲。既醉而出，并受其福。醉而不出，是谓伐德㊳。饮酒孔嘉，维其令仪㊴。

凡此饮酒，或醉或否。既立之监㊵，或佐之史㊶。彼醉不臧㊷，不醉反耻。式勿从谓㊸，无俾大怠㊹。匪言勿言㊺，匪由勿语㊻。由醉之言，俾出童羖㊼。三爵不识㊽，矧敢多又㊾？

注释

①初筵：宾客初入席时。筵，铺在地上的竹席。
②左右：席位东西，主人在东，客人在西。秩秩：有序之貌。
③笾（biān）豆：古代食器礼器。笾，竹制物，盛瓜果干脯等；豆，木制或陶制物，也有铜制物，盛鱼肉齑酱等，供宴会祭祀

用。有楚：即"楚楚"，陈列之貌。

④殽核：殽为豆中所装的食品，核为笾中所装的食品。旅：陈放。

⑤和旨：醇和甜美。

⑥孔：很。偕：通"皆"，遍。

⑦举酬：举杯。逸逸：义同"绎绎"，连续不断。

⑧大侯：射箭用的大靶子，用虎、熊、豹三种动物的皮制成。一般的侯也有用布制的。抗：高挂。

⑨射夫：射手。

⑩发功：发箭射击的功夫。

⑪有：语助词。的：侯的中心，即靶心，也常指靶子。

⑫祈：求。尔爵：爵，饮酒尽也；尔爵，也就是求射中而让别人饮罚酒之意。

⑬籥（yuè）舞：执籥而舞。籥是一种竹制管乐器，据考形如排箫。

⑭烝：进。衎（kàn）：娱乐。

⑮洽：使和洽，指配合。

⑯有壬：即"壬壬"，礼大之貌。有林：即"林林"，礼多之貌。

⑰锡：赐。纯嘏（gǔ）：大福。

⑱湛（dān）：和乐。

⑲奏：进献。

⑳载：则，便。手：取，择。仇：匹，指对手。

㉑室人：主人。入又：又入，指主人亦随宾客入射以耦宾，即耦射。

㉒康爵：空杯。

㉓时：射中的宾客。

㉔止：语气助词。

㉕反反：谨慎凝重。

㉖曰：语助词。

㉗幡幡：轻浮无威仪之貌。

㉘舍：放弃。坐：同“座”，座位。

㉙僊（qiān）僊：同“仙仙”“跹跹”，飞舞貌。

㉚抑抑：意思与前文“反反”大致相同而有所递进。

㉛怭（bì）怭：意思与前文“幡幡”大致相同而有所递进。

㉜秩：常规。

㉝号：大声乱叫。呶（náo）：喧哗不止。

㉞僛（qī）僛：身体歪斜倾倒之貌。

㉟邮：通“尤”，过失。

㊱弁（biàn）：皮帽。俄：倾斜不正。

㊲傞（suō）傞：醉舞不止貌。

㊳伐德：败德。

㊴令仪：美好的仪表礼节。

㊵监：酒监，会上监督礼仪的官。

㊶史：酒史，记录饮酒时言行的官员。宴饮之礼必设监，不一定设史。

㊷臧：好。

㊸式：发语词。勿从谓：勿从而劝勤之，使更饮也。

㊹俾：使。大怠：太轻慢失礼。

㊺匪言：指不该问的话。

㊻匪由：指不合法道的话。

㊼童羖（gǔ）：没角的公山羊。

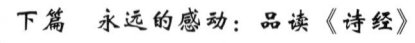

㊽三爵：《礼记·玉藻》："君子之饮酒也，受一爵而色洒如也，二爵而言言斯，礼已三爵而油油，以退。"孔颖达疏引《春秋传》："臣侍君宴，过三爵，非礼也。"

㊾矧（shěn）：何况。又："侑"之假借，劝酒。

品读

这是一首描写周王朝贵族燕飨活动并讽刺贵族醉酒失礼败德的诗。

诗的第一章写宾客宴饮、举行射礼（宾主观看射手竞射）。第二章写以歌舞配合百礼祭祖及宾主举行射礼（宾主射箭）。射礼和祭祀之礼按《周礼》规定：射礼，先饮后射；祭祀，先祭后饮。故第一章前八句写饮，后六句写射，而第二章前八句写祭祀，后六句写饮。这时宾客都有秩序地入席，彬彬有礼，持重正经。第三章写宾客由未醉到醉后的失态。第四章则写滥饮酗酒，醉鬼胡闹的场面。这是此诗最精彩、最生动的描写，把这些贵族的虚伪、丑态淋漓尽致地暴露在读者面前。最后一章既批评了醉酒者，也告诫那些一味劝酒的人："匪言勿言，匪由勿语。由醉之言，俾出童羖"，则透露着宾客酒后狂言妄语，与前面所写的醉态相呼应。值得注意的是，本诗的巧妙在于，将尖锐的以酒害国的政治问题，寓于大摆宴席、大吃大喝的滥饮酗酒风气的描写之中，令人深思。这首诗确是我国酒文化中思想性和艺术性兼有的杰作。

大　雅

旱　麓

瞻彼旱麓①，榛楛济济②。岂弟君子③，干禄岂弟④。
瑟彼玉瓒⑤，黄流在中⑥。岂弟君子，福禄攸降⑦。
鸢飞戾天⑧，鱼跃于渊。岂弟君子，遐不作人⑨？
清酒既载⑩，骍牡既备⑪，以享以祀⑫，以介景福⑬。
瑟彼柞棫⑭，民所燎矣⑮。岂弟君子，神所劳矣⑯。
莫莫葛藟⑰，施于条枚⑱。岂弟君子，求福不回⑲。

注释

①旱麓：旱山山脚。旱，山名，即今汉山，在今陕西南郑区。

②榛（zhēn）楛（hù）：两种灌木名。济（jǐ）济：众多的样子。

③岂（kǎi）弟（tì）：即"恺悌"，和乐平易。君子：似指周王。

④干（gān）禄：求福。

⑤瑟：鲜明洁净的样子。玉瓒（zàn）：即圭瓒，以圭为柄勺，以黄金为饰的一种祭神用的酒器。

⑥黄流：用黑黍和郁金草酿成的酒。黄，用黄金制成或镶金的

酒勺。流，用黑黍和郁金草酿造配制的酒，用于祭祀，即秬鬯。

⑦攸：语助词，所。

⑧鸢（yuān）：鸷鸟名。即老鹰。戾（lì）：到，至。

⑨遐：通"胡"，何。作：作成，作养。

⑩清酒：指滤去糟的纯酒。载：设，备。

⑪骍（xīn）牡：赤黄色的公牛。

⑫享：祭祀。

⑬介：求。景：大。

⑭瑟：众多的样子。柞（zuò）棫（yù）：柞树与白桵树。郑玄笺："柞，栎也；棫，白桵也。"

⑮燎（liǎo）：焚烧，此指燔柴祭天。

⑯劳：劳来，慰劳。一说保佑。

⑰莫莫：茂盛的样子。一说同"漠漠"，众多而没有边际的样子。葛藟（lěi）：葛藤。

⑱施（yì）：伸展绵延。条：树枝。枚：树干。

⑲不回：不违祖先之道。回，奸回，邪僻。

品读

这是为周王祭祀求福所作的颂赞之歌。

诗共六章，每章四句。第一章以旱山山脚茂密的榛树楛树起兴，说明因和乐平易而得福，得福而更和乐平易；第二章开始触及"祭祖受福"的主题，渲染祭祀现场的和乐氛围；第三章从祭祀现场宕出一笔，描写飞鸢与跃鱼，章法结构显得摇曳多姿。"鸢飞戾天，鱼跃于渊"，实际上说的是"海阔凭鱼跃，天高任鸟飞"的意思，象征着优秀的人才能够充分发挥他们的才智。因此下面两句接下去写"岂弟君子，遐不作人"，也就是说和乐平易的君主不会不培养新人让他们发扬光大祖辈的德业。第四章收回,继续写祭祀的现场,祭祀时宰杀做牺牲的牡牛献飨神灵;有牛的祭祀称"太牢",只有猪、羊的祭祀称"少牢",以太牢作祭,礼仪很隆重。第五章接写燔柴祭天之礼,人们将柞树械树枝条砍下堆在祭台上做柴火,将玉帛、牺牲放在柴堆上焚烧,缕缕烟气升腾天空,象征着与天上神灵的沟通,将世人对神灵虔诚的崇敬之意、祈求之愿上达。第六章以生长茂密的葛藤在树枝树干上蔓延不绝比喻上天将永久地赐福给周邦之君民。全诗章法结构摇曳多姿,通篇弥漫着温文尔雅的君子之风,诗章虽短,内涵却丰。

诗的第一、三、五、六章运用比兴,首章以看到旱麓榛楛生长茂密众多蔓延不绝比兴周朝兴盛。第三章以"鸢飞戾天,鱼跃于渊"比兴周朝安定,万物得其所乐,人才乐为世用。第五章以民最喜烧用木纹密的柞械之柴,比兴神灵最喜慰抚周王。第六章则以枝条蔓延的葛藟攀附高树比兴臣下亲附周王。这些比兴大都能形成鲜明生动的画面,在这枯燥的内容中增加了一些生气和亮光。

生　民

厥初生民①,时维姜嫄②。生民如何?克禋克祀③,以弗无子④。履帝武敏歆⑤,攸介攸止⑥,载震载夙⑦。载生载育,时维后稷。

诞弥厥月⑧,先生如达⑨。不坼不副⑩,无菑无害⑪,以赫厥灵。上帝不宁⑫,不康禋祀⑬,居然生子。

诞寘之隘巷⑭,牛羊腓字之⑮。诞寘之平林⑯,会伐平林⑰。诞寘之寒冰,鸟覆翼之⑱。鸟乃去矣,后稷呱矣⑲。实覃实訏⑳,厥声载路㉑。

诞实匍匐㉒,克岐克嶷㉓,以就口食㉔。蓺之荏菽㉕,荏菽旆旆㉖。禾役穟穟㉗,麻麦幪幪㉘,瓜瓞唪唪㉙。

诞后稷之穑㉚，有相之道㉛。茀厥丰草㉜，种之黄茂㉝。实方实苞㉞，实种实褎㉟。实发实秀㊱，实坚实好㊲。实颖实栗㊳，即有邰家室㊴。

诞降嘉种㊵，维秬维秠㊶，维穈维芑㊷。恒之秬秠㊸，是获是亩㊹。恒之穈芑，是任是负㊺，以归肇祀㊻。

诞我祀如何？或舂或揄㊼，或簸或蹂㊽。释之叟叟㊾，烝之浮浮㊿。载谋载惟(51)，取萧祭脂(52)。取羝以軷(53)，载燔载烈(54)，以兴嗣岁(55)。

卬盛于豆(56)，于豆于登(57)，其香始升。上帝居歆(58)，胡臭亶时(59)。后稷肇祀，庶无罪悔，以迄于今。

注释

①厥初：其初。

②时：是。姜嫄（yuán）：传说中有邰氏之女，周始祖后稷之母。头两句是说那当初生育周民的，就是姜嫄。

③克：能。禋（yīn）：祭天的一种礼仪，先烧柴升烟，再加牲体及玉帛于柴上焚烧。

④弗："祓"的假借，除灾求福的祭祀，一种祭祀的典礼。一说"以弗无"是以避免没有之意。

⑤履：践踏。帝：上帝。武：足迹。敏：通"拇"，大拇趾。歆：心有所感的样子。

⑥攸：语助词。介：通"祄"，指神保佑。止：通"祉"，指神降福。

⑦载震载夙（sù）：或震或肃，指十月怀胎。

⑧诞：迨，到了。弥：满。

⑨先生：头生，第一胎。如：而。达：滑利。

⑩坼（chè）：裂开。副（pì）：破裂。

⑪菑（zāi）：同"灾"。

⑫不：据《毛传》，即丕，读作"丕"；下文"不康"同。不宁，丕宁，大宁。

⑬不康：丕康。丕，大。

⑭寘（zhì）：弃置。

⑮腓（féi）：庇护。字：哺育。

⑯平林：大林，森林。

⑰会：恰好。

⑱鸟覆翼之：大鸟张翼覆盖他。

⑲呱（gū）：小儿哭声。

⑳实：是。覃（tán）：长。訏（xū）：大。

㉑载：充满。

㉒匍匐：伏地爬行。

㉓岐：知意。嶷：识。

㉔就：趋往。口食：生活资料。

㉕蓺（yì）：同"艺"，种植。荏菽：大豆。

㉖旆（pèi）旆：草木茂盛。

㉗役：通"颖"。颖，禾苗之末。穟（suì）穟：禾穗丰硕下垂的样子。

㉘幪（méng）幪：茂密的样子。

㉙瓞（dié）：小瓜。唪（fěng）唪：果实累累的样子。

㉚穑：耕种。

㉛有相之道：有相地之宜的能力。

㉜茀：拂，拔除。

㉝黄茂：嘉谷，指优良品种，即黍、稷。

· 409 ·

㉞实：是。方：同“放”。萌芽始出地面。苞：苗丛生。

㉟种：禾芽始出。褎（yòu）：禾苗渐渐长高。

㊱发：发茎。秀：秀穗。

㊲坚：谷粒灌浆饱满。

㊳颖：禾穗末梢下垂。栗：栗栗，形容收获众多貌。

㊴邰：地名，在今陕西武功县。周族发祥地，相传尧封后稷于邰。

㊵降：赐与。

㊶秬（jù）：黑黍。秠（pī）：黍的一种，一个黍壳中含有两粒黍米。

㊷穈（mén）：赤苗，红米。芑（qǐ）：白苗，白米。

㊸恒：遍。

㊹亩：堆在田里。

㊺任：挑起。负：背起。

㊻肇：开始。祀：祭祀。

㊼揄（yú）：舀，从臼中取出舂好之米。

㊽簸：扬米去糠。蹂：以手搓余剩的谷皮。

㊾释：淘米。叟叟：淘米的声音。

㊿烝：同“蒸”。浮浮：热气上升貌。

(51)惟：考虑。

(52)萧：香蒿。脂：牛油。

(53)羝（dī）：公羊。軷：读为“拔”，即剥去羊皮。

(54)燔（fán）：将肉放在火里烧炙。烈：将肉贯穿起来架在火上烤。

(55)嗣岁：来年。

(56)卬：仰，举。豆：古代一种高脚容器。

(57)登：瓦制容器。

㊽居歆（xīn）：为歆，应该前来享受。

㊾胡臭（xiù）亶（dǎn）时：为什么香气诚然如此好。臭，香气；亶，诚然，确实；时，善，好。

品读

这是周民族的史诗之一，叙述周始祖后稷发明农业、在邰建立基业并进行祭祀的事迹，具有较高的史料价值。

此诗带有浓重的神话传说成分，叙述周始祖后稷是其母亲姜嫄"履帝武敏"所生，反映的是母系氏族社会只知其母不知其父的状况，并加入了承受上帝意旨的观念，而后稷是一个半神半人的英雄形象。

诗共八章，每章或十句或八句，按十字句章与八字句章前后交替的方式构成全篇，除首尾两章外，各章皆以"诞"字领起，格式严谨。从表现手法上看，它纯用赋法，不假比兴，叙述生动详明，纪实性很强。然而从它的内容上看，尽管后面几章写后稷从事农业生产富有浓郁的生活气息，却仍不能脱去前面几章写后稷的身世所显出的神奇灵异气氛，这在无形中也使其艺术魅力大大增强。

诗的第一章写姜嫄神奇的受孕。这章最关键的一句话是"履帝武敏歆"，对这句话的解释众说纷纭，历代解说不一。现代学者闻一多写有《姜嫄履大人迹考》专文，认为这则神话反映的事实真相，"只是耕时与人野合而有身，后人讳言野合，则曰履人之迹，更欲神异其事，乃曰履帝迹耳"。闻一多的看法值得重视。另外足迹无非是一种象征，象征的意义是通过仪式的模仿来完成的，舞蹈之类都是模仿仪式，而语言本身也可以完成象征的意义，如最初起源于祭仪的颂诗；正是由于语言这种表现能力的扩张，神话才超越了现实，诗歌乃具有神奇的魅力。

诗的第二、三章写后稷的诞生与屡弃不死的灵异。后稷名弃，《史记·周本纪》也有解释，正是因为他在婴幼时曾屡遭遗弃，才得此名。此诗对他三次遭弃又三次获救的经过情形叙述十分细致。第一次，后稷被扔在小巷里，结果是牛羊跑来用乳汁喂养了他。第二次，后稷被扔进了大树林，结果正巧有樵夫来砍柴，将他救出。第三次，后稷被扔在了寒冰之上，结果天上飞来一只大鸟，用温暖的羽翼覆盖他温暖他。初生的婴儿经历了如此大的磨难，终于哇哇哭出了声，声音洪亮有力，回荡在整条大路上，预示着他将来会创造辉煌的业绩。英雄幼时蒙难是世界性的传说故事母题，一连串的被弃与获救实际上是仪式性的行为，弃子传说则是这种习俗遗迹的反映，弃子神话正是为了说明一个民族的创建始祖的神圣性而创造的，诞生是担负神圣使命的英雄（具有神性）最初所必经的通过仪式，他必须在生命开始时便接受这一考验。而所有的弃子神话传说都有这么一个原型模式：一是婴幼期被遗弃；二是被援救并成长为杰出人物；三是被弃和获救都有神奇灵异性。此诗第三章中的弃子故事，也正是这种母题的反映。

诗的第四至第六章写后稷有开发农业生产技术的特殊禀赋，他自幼就表现出这种超卓不凡的才能，他因有功于农业而受封于邰，他种的农作物品种多、产量高、质量好，丰收之后便创立祀典。这几章包含了丰富的上古农业生产史料，其中讲到的农作物有荏菽、麻、麦子、瓜、秬、秠、穈、芑等。对植物生长周期的观察也很细致，发芽、出苗、抽穗、结实，一一都有描述。而对除杂草和播良种的重视，尤其引人注意。据史载，弃因善于经营农业，被帝尧举为农师，帝舜时他又被封到邰地。弃号后稷，后是君王的意思，稷则是一种著名的农作物名。周人以稷为始祖，以稷为谷神，以社稷并称作为国家的象征，这一切都表明汉民族与稷这种农作物的紧密联系。

此诗的修辞手法多样化，使本来容易显得枯燥乏味的内容也变得跌宕有致，不流于率易。修辞格有叠字、排比等，以高密度的使用率见其特色，尤以"实……实……"格式的五句连用，最富表现力。

诗的最后两章，承第五章末句"以归肇祀"而来，写后稷祭祀天神，祈求上天永远赐福，而上帝感念其德行业绩，不断保佑他并将福泽延及他的子子孙孙。诗中所述的祭祀场面如烧脂、杀羝、烧烤祭肉等，纯是一幅上古隆重热闹的祭祀风俗画，人事毕现，有声有色。所有这些出现在如此古老的诗歌中，不能不使我们为先民的观察和描写能力叹为观止。诗为赞美英雄后稷所作，然决无空洞谀美之辞，全然是极有感情地叙其事，摹其状，是质朴纯真、清新可喜之作。

公　刘

笃公刘①，匪居匪康②。廼埸廼疆③，廼积廼仓④；廼裹餱粮⑤，于橐于囊⑥。思辑用光⑦，弓矢斯张⑧；干戈戚扬⑨，爰方启行⑩。

笃公刘，于胥斯原⑪。既庶既繁⑫，既顺乃宣⑬，而无永叹。陟则在巘⑭，复降在原。何以舟之⑮？维玉及瑶，鞞琫容刀⑯。

笃公刘，逝彼百泉⑰，瞻彼溥原⑱，乃陟南冈，乃觏于京⑲。京师之野⑳，于时处处㉑，于时庐旅㉒，于时言言，于时语语。

笃公刘，于京斯依。跄跄济济㉓，俾筵俾几㉔。既登乃依，乃造其曹㉕。执豕于牢㉖，酌之用匏㉗。食之饮之，君之宗之㉘。

笃公刘，既溥既长。既景廼冈㉙，相其阴阳㉚，观其流泉。其军三单㉛，度其隰原㉜。彻田为粮㉝，度其夕阳㉞。豳居允荒㉟。

笃公刘，于豳斯馆。涉渭为乱㊱，取厉取锻㊲，止基廼理㊳。爰

· 413 ·

下篇 永远的感动：品读《诗经》

众爱有㊴，夹其皇涧㊵。溯其过涧㊶。止旅廼密㊷，芮鞫之即㊸。

注释

①笃：诚实忠厚。

②匪居匪康：匪，不；居，安；康，宁也。

③埸（yì）：田界。廼，同"乃"。

④积：露天堆粮之处，后亦称"庚"。仓：仓库。

⑤餱（hóu）粮：干粮。

⑥于橐（tuó）于囊：指装入口袋。有底曰囊，无底曰橐。

⑦思辑：谓和睦团结。思，发语辞。用光：以为荣光。

⑧斯：发语辞。张：准备，犹今语张罗。

⑨干：盾牌。戚：斧。扬：大斧，亦名钺。

⑩爰：于是；方：始；启行：出发。

⑪胥：视察。斯原：这里的原野。

⑫庶、繁：人口众多。朱熹《诗集传》："庶繁，谓居之者众也。"

⑬顺：谓民心归顺。宣：舒畅。

⑭陟（zhì）：攀登。巘（yǎn）：小山。

⑮舟：佩带。

⑯鞞（bǐng）：刀鞘。琫（běng）：刀鞘口上的玉饰。

⑰逝：往。

⑱溥（pǔ）：广大。

⑲觏（gòu）：察看。京：高丘。一释作豳之地名。

⑳京师：即当时人群聚集之地。高地为京，人众为师。因高丘可众居，周人因以京师称其都邑。后世称国都为京师本于此。

㉑于时：于是。时，通"是"。处处：居住。

㉒庐旅：此二字古通用，即"旅旅"，寄居之意，见马瑞辰《毛诗传笺通释》。此指宾旅馆舍。

㉓跄跄济济：跄跄，形容走路有节奏；济济，从容端庄貌。

㉔俾（bǐ）筵俾几：俾，使。筵，铺在地上坐的席子。几，放在席子上的小桌。古人席地而坐，故云。

㉕乃造其曹：造，三家诗作告。曹，祭猪神。朱熹《诗集传》："曹，群牧之处也。"亦可通。一说指众宾。

㉖牢：猪圈。

㉗酌之：指斟酒。匏：葫芦，此指剖成的瓢，古称匏爵。

㉘君之：指当君主。宗之，指当族主。

㉙既景廼冈：朱熹《诗集传》："景，考日景以正四方也。冈，登高以望也。"按，景通"影"。

㉚相其阴阳：相，视察。阴阳，指山之南北。南曰阳，北曰阴。

㉛三单（shàn）：单，通"禅"，意为轮流值班。三单，谓分军为三，以一军服役，他军轮换。《毛传》："三单，相袭也。"亦此意。

㉜度：测量。隰（xí）原：低平之地。

㉝彻田：周人管理田亩的制度。朱熹《诗集传》："彻，通也。一井之田九百亩，八家皆私百亩，同养公田，耕则通力而作，收则计亩而分也。周之彻法自此始。"

㉞夕阳：代称山的西面。《毛传》："山西曰夕阳。"

㉟允荒：确实广大。

㊱渭：渭水，源出今甘肃渭源县北鸟鼠山，东南流至清水县，入今陕西省境，横贯渭河平原，东流至潼关，入黄河。乱：横流而渡。

㊲厉：通"砺"，磨刀石。锻：打铁，此指打铁用的石锤。

㊳止基廼理：《诗集传》："止，居；基，定也；理，疆理也。"一释止为既，基为基地，理为治理，意较显豁。

㊴爰众爰有：谓人多且富有。

㊵皇涧：豳地水名。

㊶过涧：亦水名，"过"读平声。

㊷止旅廼密：指前来定居的人口日渐稠密。

㊸芮鞫（ruì jū）：朱熹《诗集传》："芮，水名，出吴山西北，东入泾。《周礼·职方》作汭。鞫，水外也。"以上几句谓皇涧、过涧既定，又向芮水流域发展。

品读

这首诗是周民族的史诗之一。诗中写周部落首领公刘从邰迁豳的事迹。此诗上承《大雅·生民》，下接《大雅·緜》，是研究周族历史的重要资料。

此诗共六章，每章六句，均以"笃公刘"发端，从这赞叹的语气来看，必是周之后人所作，着重记载了公刘迁豳以后开创基业的史实。

诗首章写公刘出发前的准备。第二章写初到豳地相土而居。第三章写于京建邑，民得安居。第四章写定都于京，宴饮群臣。第五章写公刘率军民垦田拓土。第六章写公刘营建宫室馆舍，人口日繁。此诗史料价值很高，记叙了周人在公刘率领下由邰迁豳的整个过程。

诗中突出地塑造了公刘这位人物形象。他深谋远虑，具有开拓进取的精神。他在邰地从事农业本可以安居乐业，但他"匪居匪康"，不敢安居，仍然相土地之宜，率领人民开辟环境更好的豳地。

作为部落之长，他很有组织才能，精通领导艺术。出发之前，他进行了精心的准备，必待兵精粮足而后启行。既到之后，不辞劳苦，勘察地形，规划建设，事无巨细，莫不躬亲。他身上佩戴着美玉宝石和闪闪发光的刀鞘，登山涉水，亲临第一线，这样具有光辉形象的领导者，自然得到群众的拥护，他所起到的历史作用也应当重视。

  此诗最大的特点是记叙的生动。它善于选择最有代表性的事物和情节来勾画很生动的场景，无论是"弓矢斯张；干戈戚扬"的行进行列，还是"既溥既长。既景延冈，相其阴阳"的勘察情景，都将人与景结合起来描写，因而景中有人，栩栩如生，使读者仿佛看到周人满装干粮、持着弓矢干戈随公刘迁居的生动画面。在行动中展示当时的社会风貌，在具体场景中刻画了公刘的创业首领形象。此诗还有一个特点是记叙的层次清晰，它以时间顺序清楚完整地写出了公刘迁豳的经过。语言的简练也是这首诗的特点，它的每一句诗都给人以联想而扩充内容的余地，体现了《诗经》简洁质朴的语言风格。

周　颂

清　庙

於穆清庙①，肃雍显相②。济济多士③，秉文之德④。对越在天⑤，骏奔走在庙⑥。不显不承⑦，无射于人斯⑧！

注释

①於（wū）：赞叹词，犹如现代汉语的"啊"。穆：庄严、壮美。清庙：清静、清明的宗庙。

②肃雍（yōng）：庄重而和顺的样子。显：高贵显赫。相：助祭的人，此指助祭的公卿诸侯。

③济济：众多。多士：指祭祀时承担各种职事的官吏。

④秉：秉承，操持。文之德：周文王的德行。

⑤对越：犹"对扬"，对是报答，扬是颂扬。在天：指周文王的在天之灵。

⑥骏：敏捷、迅速。奔走：疾行。

⑦不：通"丕"，大。承（zhēng）：借为"烝"，美盛。

⑧射（yì）：借为"斁"，厌弃。斯：语气词。

周 颂

品读

　　这是周人在宗庙祭祀祖先或文王时所奏乐歌。

　　此诗作为《周颂》之首，对其内容历代的《诗经》学者的看法并不是一致的。毛诗和鲁诗认为是祭祀文王，咏文王之德。而《尚书·洛诰》以为是合祭周文王、周武王时用的歌舞辞，是周人"追祖文王而宗武王"的表现。可是郑玄笺提出《清庙》乃"祭有清明之德者之庙也"，文王只是"天德清明"的象征而已。于是有人认为《清庙》只是"周王祭祀宗庙祖先所唱的乐歌"，并不一定专指文王。不过，从"四始"的特点来看，说是祭祀文王的乐歌，还是比较有道理的。

　　全诗只有八句，不分章，又无韵。开头两句只写宗庙的庄严、清静和助祭公卿的庄重、显赫，中间的四句也只写其祭祀官吏为了秉承文王的德操，为了报答、颂扬文王的在天之灵而在宗庙里奔跑忙碌。直到最后两句才颂扬文王的盛德显赫、美好，使后人永远铭记。全诗并非具体细致而是抽象简括地歌颂、赞美文王。而此诗的特点，或者说它的艺术手法也正在这里。诗篇的作者，可谓匠心独运，专门采用侧面描述和侧面衬托的手法，使笔墨集中在助祭者、与祭者身上做文章。他们的态度和行动，是"肃雍"的，是"骏奔走"的，是"秉文之德"的，而又虔诚地"对越在天"，于是通过他们，文王之德得到了更生动、更具体的表现。这种表现方法比起正面的述说，反而显得更精要、更高明一些。

　　相较《大雅》《颂》中那些语言比较板滞、臃肿或枯燥，缺乏鲜明、生动的个性和强烈感情色彩的篇章而言，此诗由于具体写了人，写了助祭者和与祭者，因此语言虽少而内容反使人感到既丰富又含蓄，字里行间也充溢着比较真切的感情。

下篇　永远的感动：品读《诗经》

良　耜

畟畟良耜①，俶载南亩②。播厥百谷，实函斯活③。或来瞻女④，载筐及筥⑤，其饟伊黍⑥，其笠伊纠⑦。其镈斯赵⑧，以薅荼蓼⑨。荼蓼朽止⑩，黍稷茂止。获之挃挃⑪，积之栗栗⑫。其崇如墉⑬，其比如栉⑭。以开百室⑮，百室盈止，妇子宁止⑯。杀时犉牡⑰，有捄其角⑱。以似以续⑲，续古之人⑳。

注释

①畟（cè）畟：形容耒耜的锋刃快速入土的样子。耜（sì）：古代一种像犁的农具。

②俶（chù）：开始。载："菑（zī）"的假借。载是"哉声"字，菑是"甾声"字，古音同部，故可相通。菑，初耕一年的土地。南亩：古时将东西向的耕地叫东亩，南北向的叫南亩。

③实：百谷的种子。函：含，指种子播下之后孕育发芽。斯：乃。

④瞻：马瑞辰《毛诗传笺通释》认为当读同"赡给之赡"。瞻、赡都是"詹声"字，古音同部，故可相通。女（rǔ）：同"汝"，指耕地者。

⑤筐：方筐。筥（jǔ）：圆筐。

⑥饟（xiǎng）：此指所送的饭食。

⑦纠：指用草绳编织而成。

⑧镈（bó）：古代锄田去草的农具。赵：锋利好使。

⑨薅（hāo）：去掉田中杂草。荼（tú）蓼（liǎo）：荼和蓼，两种野草名。

⑩朽：腐烂。止：语助词。

⑪挃（zhì）挃：形容收割庄稼的摩擦声。

· 420 ·

⑫栗栗：形容收割的庄稼堆积之多。
⑬崇：高。墉（yōng）：高高的城墙。
⑭比：排列，此言其广度。栉（zhì）：梳子。
⑮百室：指众多的粮仓。
⑯妇子：妇女孩子。
⑰犉（rǔn）：黄毛黑唇的牛。
⑱捄（qíu）：形容牛角很长。
⑲似：通"嗣"，继续。
⑳古之人：指祖先。

品读

此诗为秋冬报社稷及诸神之乐歌。

此诗与《周颂·载芟》同为《诗经》中农事诗的代表作。《毛诗序》说："《载芟》，春藉田而祈社稷也。""《良耜》，秋报社稷也。"反映了周代农业春夏祈谷、秋冬报赛的祭祀活动。《良耜》是在西周初期也就是成王、康王时期农业大发展的背景下产生的。周人的祖先后稷、公刘、古公亶父（即周太王）形成了一种重农的传统；再经过周文王、周武王父子两代人的努力，终于结束了殷商王朝的腐朽统治，建立了以"敬天保民"为号召的西周王朝，从而在一定程度上解放了生产力，提高了奴隶从事大规模农业生产的积极性。《良耜》正是这种农业大发展的真实写照。

全诗一章到底，共二十三句，可分为三层：第一层，从开头到"黍稷茂止"十二句，是追写春耕夏耘的情景；第二层，从"获之挃挃"到"妇子宁止"七句，写眼前秋天大丰收的情景；第三层，最后四句，写秋冬报赛祭祀的情景。

诗一开头展示在读者面前的是一幅春耕夏耘的画面：当春日到

来的时候，男农奴们手扶耒耜在南亩深翻土地，尖利的犁头发出了快速前进的嚓嚓声。接着又把各种农作物的种子撒入土中，让它孕育、发芽、生长。在他们劳动到饥饿之时，家中的妇女、孩子挑着方筐圆筐，给他们送来了香气腾腾的黄米饭。在炎夏耘苗之时，烈日当空，农奴们头戴用草绳编织的斗笠，除草的锄头刺入土中，把荼、蓼等杂草统统锄掉。荼、蓼腐烂变成了肥料，大片大片绿油油的黍、稷长势喜人。这里写了劳动场面，写了劳动与送饭的人们，还刻画了头戴斗笠的人物形象，真是人在画图中。

在秋天大丰收的时候，展示的是另一种欢快的画面：收割庄稼的镰刀声此起彼伏，如同音乐的节奏一般，各种谷物很快就堆积成山，从高处看像高高的城墙，从两边看像密密的梳齿，于是上百个粮仓一字儿排开收粮入库。座座粮仓都装满了粮食，妇人孩子喜气洋洋。"民以食为天"，有了粮食心不慌，才能过上安稳的日子。这可说是"田家乐图"吧！

这首诗写得很有层次，先写耕作过程，再写丰收景象，最后写祭神求富，一层深入一层，首尾互相照应，读之似有密不透风之感。此外，诗句多形象描写，显得生动而又鲜明。诗中所用的比喻，也非常妥帖。

鲁　　颂

泮　水

　　思乐泮水①，薄采其芹②。鲁侯戾止③，言观其旂④。其旂茷茷⑤，鸾声哕哕⑥。无小无大⑦，从公于迈⑧。

　　思乐泮水，薄采其藻⑨。鲁侯戾止，其马蹻蹻⑩。其马蹻蹻，其音昭昭⑪。载色载笑⑫，匪怒伊教⑬。

　　思乐泮水，薄采其茆⑭。鲁侯戾止，在泮饮酒。既饮旨酒⑮，永锡难老⑯。顺彼长道⑰，屈此群丑⑱。

　　穆穆鲁侯⑲，敬明其德⑳。敬慎威仪，维民之则。允文允武㉑，昭假烈祖㉒。靡有不孝㉓，自求伊祜㉔。

　　明明鲁侯㉕，克明其德。既作泮宫，淮夷攸服㉖。矫矫虎臣㉗，在泮献馘㉘。淑问如皋陶㉙，在泮献囚。

　　济济多士，克广德心。桓桓于征㉚，狄彼东南㉛。烝烝皇皇㉜，不吴不扬㉝。不告于讻㉞，在泮献功。

　　角弓其觩㉟。束矢其搜㊱。戎车孔博㊲。徒御无斁㊳。既克淮夷，孔淑不逆㊴。式固尔犹㊵，淮夷卒获㊶。

　　翩彼飞鸮㊷，集于泮林。食我桑黮㊸，怀我好音㊹。憬彼淮夷㊺，来献其琛㊻。元龟象齿㊼，大赂南金㊽。

注释

①思：发语词。泮（pàn）水：水名。戴震《毛郑诗考证》："泮水出曲阜县治，西流至兖州府城，东入泗。《通典》云：'兖州泗水县有泮水。'是也。"

②薄：语助词，无义。芹：水中的一种植物，即水芹菜。

③戾：临。止：语尾助词。

④言：语助词，无义。旂（qí）：绘有龙形图案的旗帜。

⑤茷（pèi）茷：飘扬貌。

⑥鸾：通"銮"，古代的车铃。哕（huì）哕：铃和鸣声。

⑦无小无大：指随从官员职位不分大小尊卑。

⑧公：鲁公，亦指诗中的鲁侯。迈：行走。

⑨藻：水中植物名。

⑩蹻（jué）蹻：马强壮貌。

⑪昭昭：指声音洪亮。

⑫色：指容颜和蔼。

⑬伊：语助词，无义。

⑭茆（mǎo）：即今言莼菜。

⑮旨酒：美酒。

⑯锡：同"赐"，此句相当于"万寿无疆"意。

⑰道：指礼仪制度等。

⑱丑：恶，指淮夷。

⑲穆穆：举止庄重貌。

⑳敬：努力。

㉑允：信，确实。

㉒昭假：犹"登遐"，升天。烈：同"列"，列祖，指周公旦、鲁公伯禽。

㉓孝：同"效"，效法。

㉔伊：此。祜（hù）：福。

㉕明明：同"勉勉"。

㉖淮夷：淮水流域不受周王室控制的民族。攸：乃。

㉗矫矫：勇武貌。

㉘馘（guó）：古代为计算杀敌人数以论功行赏而割下的敌尸左耳。

㉙淑：善。皋陶（yáo）：相传尧时负责刑狱的官。

㉚桓桓：威武貌。

㉛狄：同"剔"，除，治。

㉜烝（zhēng）烝皇皇：众多盛大貌。

㉝吴：喧哗。扬：高声。

㉞讻（xiōng）：讼，指因争功而产生的互诉。

㉟角弓：两端镶有兽角的弓。觩（qiú）：弯曲貌。

㊱束矢：五十支一捆的箭。搜：多。

㊲孔：很。博：宽大。

㊳徒：徒步行走，指步兵。御：驾驭马车，指战车上的武士。斁（yì）：厌倦。

㊴淑：顺。逆：违。此句指鲁国军队。

㊵式：语助词，无义。固：坚定。犹：借为"猷"，谋。

㊶卒：终于。获：克，抓获。

㊷鸮（xiāo）：鸟名，即猫头鹰，古人认为是恶鸟。

㊸桑黮：同"桑葚"，桑树果实。

㊹怀：归，此处为回答意。好音：善言。

㊺憬（jǐng）：觉悟，使……觉悟。

㊻琛（chēn）：珍宝。

㊼元龟：大龟。象齿：象牙。

㊽赂（lù）：通"璐"，美玉。一说赠。南金：南方出产的金或铜。

品读

这首乐歌颂美鲁僖公征伐淮夷胜利在泮水之宫庆功。

据《左传》，鲁僖公十三年（前647年），僖公与齐、宋、陈、卫、郑、许、曹"会于咸，淮夷病杞故"。又，鲁僖公十六年（前644年）与齐、宋、陈、卫、郑、许、邢、曹"会于淮，谋鄫，且东略也"。淮夷生活在当时的淮水一带，不受周王朝所封，对周王朝诸侯造成威胁，所以，各诸侯国曾多次征伐。鲁与淮夷相近，故随别国有征伐之事，反映了鲁国同当时东南部族之间的关系。诗中借此渲染铺叙夸大其词，以扬其鲁国声威，可以看作文人谀美之辞。

此诗前三章叙述鲁侯前往泮水的情况，每章以"思乐泮水"起句，作者强调由于鲁侯光临而产生的快乐心情。"采芹""采藻""采茆"是为祭祀做准备的，芹、藻、茆皆用于祭祀，第一章没有正面写鲁侯，写的是旗帜飘扬，銮声起伏，随从者众多，为烘托鲁侯出现而制造一种热闹的气氛和有尊严的声势。第二章直接写鲁侯来临的情况，他的乘马非常健壮，他的声音非常嘹亮，他的面容和蔼而带微笑，他不是生气而是在教导自己的臣民，从服乘、态度体现出君主的特别身份。第三章突出"在泮饮酒"，并歌颂鲁侯的功德，一方面祝福他"永锡难老"，万寿无疆；另一方面则说明这是凯旋饮至，表明鲁侯征服淮夷的功绩。

第四、五两章颂美鲁侯的德性。前一章主要写文治。鲁侯举止庄重，神情肃穆，因此成为臣民仰望的准则。因为是"告庙"，诗人对庙貌而想先人，鲁国的先祖周公旦、鲁公伯禽既有文治又有武功，僖公凯旋饮至，正是对先祖的继承，是效法前人的结果。后一章主要写武功。做泮宫本属文治，却是成就武功的保证，鲁侯虽不必亲上战场，因为修明德性，恢复旧制，所以使将士们在战争中赢得了胜利。他们在泮水献上斩获的敌人左耳，并能精细详明地审讯敌人，献上活捉的俘虏。

第六、七两章写征伐淮夷的鲁国军队。前一章是写出征获胜，武士能发扬推广鲁侯的仁德之心，尽管战争是残酷的，但在鲁人看来，这是对敌人的驯化，是符合仁德的。回到泮水，将士献功，没有人为争功而发生冲突，写的是武功，但文治自在其中。后一章写军队获胜后的情况，武器极精，师徒甚众，虽克敌有功，但士无骄悍，又纪律严明，不为暴虐，"孔淑不逆"，所以败者怀德，淮夷卒获。

最后一章写淮夷——被征服者，以鸮为兴，引出下文。鸮为恶鸟，比喻恶人，但它飞落泮林，"食我桑黮，怀我好音"。所以淮夷感悟，前来归顺，贡献珍宝。

这首文人诗也较多地采用了民歌手法，如第一、二、三章都以到令人快乐的泮水去采芹、藻、茆起兴，然后描述鲁侯来到泮宫和饮酒等事，这样就造成了一种自然和谐的氛围。诗的最后一章以鸮为比兴，淮夷感悟而归顺，表意则曲折含蕴。

整首诗气魄既具有颂诗的宏壮，描写也相当细致，且有较浓的抒情意味；还注意形象的细节描绘渲染，使诗颇为生动，情致极妙，是颂诗中的佳篇。

商　颂

玄　鸟

　　天命玄鸟①，降而生商②，宅殷土芒芒③。古帝命武汤④，正域彼四方⑤。方命厥后⑥，奄有九有⑦。商之先后⑧，受命不殆⑨，在武丁孙子⑩。武丁孙子，武王靡不胜⑪。龙旂十乘⑫，大糦是承⑬。邦畿千里⑭，维民所止⑮。肇域彼四海⑯，四海来假⑰，来假祁祁⑱。景员维河⑲。殷受命咸宜⑳，百禄是何㉑。

注释

①玄鸟：黑色的鸟。一说燕子。传说有娀氏之女简狄吞燕卵而怀孕生契，契建商。一说凤凰。

②商：指商的始祖契。

③宅：居住。芒芒：同"茫茫"，广大的样子。

④古：从前。帝：天帝，上帝。武汤：即成汤，汤号曰武。

⑤正域：修正其疆域。正，整治；一说同"征"。四方：四方四面，指天下。

⑥方：遍，普。后：上古称君主，此指各部落的酋长首领（诸侯）。

⑦奄：拥有。九有：九州。传说禹划天下为九州。《尔雅·释

地》:"两河间曰冀州,河南曰豫州,河西曰雍州,汉南曰荆州,江南曰扬州,济南曰兖州,济东曰徐州,燕曰幽州,齐曰营州。"有,"域"的借字,疆域。

⑧先后:指先君,先王。

⑨命:天命。殆:通"怠",懈怠。

⑩武丁:即殷高宗,汤的后代。

⑪武王:即武汤,成汤。胜:胜任。

⑫旂(qí):古时一种旗帜,上画龙形,竿头系铜铃。乘(shèng):四马一车为乘。

⑬糦(xī):同"饎",酒食。宾语前置,"大糦"作"承"的前置宾语。承,捧,进献。

⑭邦畿(jī):封畿,疆界。

⑮止:停留,居住。

⑯肇域彼四海:始拥有四海之疆域。四海,《尔雅》以"九夷、八狄、七戎、六蛮"为"四海"。或释"肇"为"兆",兆域,即疆域。开辟疆域以至于四海。

⑰来假(gé):来朝。假,通"格",到达。

⑱祁祁:纷杂众多之貌。

⑲景:景山,在今河南商丘,古称亳,为商之都城所在。景,广大。员,幅员;一说通"运",南北为运。

⑳咸宜:谓人们都认为适宜。

㉑百禄:多福。何(hè):通"荷",承受,承担。

品读

这是殷商人及其后代宋国祭祀其祖先武丁的乐歌。

全诗一章,共22句,通篇写商"受天命"治国,写得渊源古老，神性庄严，感情纯真，气势雄壮。

　　诗的前七句可以看作第一部分，追述商王朝开创的历史，揭示了它受命于天的神圣地位。"天命玄鸟，降而生商"，简狄吞五色燕卵而生契，当然是上古的神话传说，史籍中也有很多记载。如《史记·殷本纪》："殷契，母曰简狄，有娀氏之女。……三人行浴，见玄鸟堕其卵，简狄取吞之，因孕生契。"《楚辞·离骚》："望瑶台之偃蹇兮，见有娀之佚女。……凤鸟既受诒兮，恐高辛之先我。"《楚辞·天问》："简狄在台，喾何宜？玄鸟致诒，如何喜？"《吕氏春秋·音初》："有娀氏有二佚女，为之成之台，饮食必以鼓。帝令燕往视之，鸣若嗌嗌。二女爱而争搏之，覆以玉筐。少选，发而视之，燕遗二卵北飞，遂不反。"此外如《太平御览》卷八二引《尚书中候》，《史记·三代世表》褚少孙补引《诗含神雾》等纬书也记录了这一传说。更有意思的是：传世的晚商青铜器《玄鸟妇壶》上有"玄鸟妇"三字合书的铭文，其含义表明作此壶者系以玄鸟为图腾的妇人。玄鸟是商部族崇拜的图腾，"天命玄鸟"的传说正是原始商部族的起源神话。

　　诗的后半部分全力歌颂武丁的功绩。商代的先王奉行天帝的旨意，而武丁能克尽其职。先王的遗业在他的统治下全部完成，贤明的统治赢得四方诸侯前来助祭。为了百姓的安居，他治理疆域，各地诸侯纷纷朝觐。宇内统一，昌盛繁荣，字里行间洋溢着商代统治者对武丁的颂扬，流露出对文治武功的踌躇满志和信心百倍。

　　这首诗虽然是祭祀舞曲，但在艺术表现上也有值得称道的地方。此诗成功地应用了对比、顶真、叠字等修辞手法，结构严谨，脉络清晰，其成熟性令人惊奇。另外，诗中充盈着自信的力量和炽热的感情，表现了对武丁功绩的热烈赞美，不像后代同类作品那样质木无文。诗的音节铿锵雄壮，节奏长短变化，错落有致，构成了庄重典雅、气势雄壮的风格特点。

参考文献

（汉）毛亨传，（汉）郑玄笺，（唐）孔颖达疏：《毛诗正义》，阮元《十三经注疏》影印本，中华书局1980年版。

（清）姚际恒：《诗经通论》，中华书局1958年版。

（宋）朱熹：《诗集传》，上海古籍出版社1980年版。

（清）陈奂：《诗毛氏传疏》，凤凰出版社2018年版。

（清）陈启源：《毛诗稽古编》，文渊阁《四库全书》本。

（清）崔述：《读风偶识》，顾颉刚编订：《崔东壁遗书》，上海古籍出版社2013年版。

（清）方玉润：《诗经原始》，中华书局1986年版。

（清）胡承珙：《毛诗后笺》，黄山书社1999年版。

（清）马瑞辰：《毛诗传笺通释》，中华书局1989年版。

（清）牟庭：《诗切》，齐鲁书社1986年版。

（清）皮锡瑞：《经学历史》，周予同注释，中华书局2011年版。

（清）皮锡瑞：《经学通论》，中华书局1954年版。

（清）王先谦：《诗三家义集疏》，中华书局1987年版。

（清）魏源：《诗古微》，《皇清经解续编》本。

曹建国：《楚简与先秦〈诗〉学研究》，武汉大学出版社2010年版。

陈铁镔：《诗经解说》，书目文献出版社 1985 年版。

陈桐生：《孔子诗论研究》，中华书局 2004 年版。

陈桐生：《史记与诗经》，人民文学出版社 2000 年版。

陈致主编：《从礼仪化到世俗化：〈诗经〉的形成》，上海古籍出版社 2009 年版。

陈致主编：《跨学科视野下的诗经研究》，上海古籍出版社 2010 年版。

陈子展：《诗经直解》，复旦大学出版社 1983 年版。

陈子展撰述：《诗三百解题》，复旦大学出版社 2001 年版。

程俊英、将见元：《诗经注析》，中华书局 1991 年版。

迟文浚主编：《诗经百科辞典》，辽宁人民出版社 1998 年版。

褚斌杰主编：《〈诗经〉与楚辞》，北京大学出版社 2002 年版。

戴维：《诗经研究史》，湖南教育出版社 2001 年版。

董运庭：《论〈三百篇〉与春秋诗学》，中国社会科学出版社 2013 年版。

冯浩菲：《历代诗经论说述评》，中华书局 2003 年版。

傅斯年：《诗经讲义稿》，中国人民大学出版社 2004 年版。

高亨：《诗经今注》，上海古籍出版社 1980 年版。

高明乾等：《诗经动物释诂》，中华书局 2005 年版。

郭晋稀：《诗经蠡测》，巴蜀书社 2006 年版。

郭全芝：《清代〈诗经〉新疏研究》，安徽大学出版社 2010 年版。

郝桂敏：《中古〈诗经〉文献研究》，中国社会科学出版社 2012 年版。

郝志达等：《国风诗旨纂解》，南开大学出版社 1990 年版。

何海燕：《清代〈诗经〉学研究》，人民出版社 2011 年版。

洪湛侯：《诗经学史》，中华书局 2002 年版。

侯大冉、杨延编：《诗经文献研读》，广西师范大学出版社 2010 年版。

胡淼：《〈诗经〉的科学解读》，上海人民出版社 2007 年版。

胡平生、韩自强：《阜阳汉简诗经研究》，上海古籍出版社 1988 年版。

胡朴安：《诗经学》，岳麓书社 2010 年版。

胡先媛：《先民的歌唱——〈诗经〉》，云南人民出版社 1999 年版。

黄怀信：《战国楚竹书诗论解义》，社会科学文献出版社 2004 年版。

黄松毅：《仪式与诗歌——〈诗经·大雅〉研究》，中国传媒大学出版社 2010 年版。

江林：《〈诗经〉与宗周礼乐文明》，上海古籍出版社 2010 年版。

寇淑慧编：《二十世纪诗经研究文献目录》，学苑出版社 2001 年版。

李山：《诗经的文化精神》，东方出版社 1997 年版。

李学勤主编：《十三经注疏》（标点本）《毛诗正义》，北京大学出版社 1999 年版。

李兆禄：《〈诗经·齐风〉研究》，齐鲁书社 2008 年版。

林义光：《诗经通解》，中西书局 2012 年版。

蔺文龙：《清人诗经跋精菁》，中国书籍出版社 2015 年版。

刘昌安：《〈诗经〉"二南"研究》，中国社会科学出版社 2018 年版。

刘冬颖：《出土文献与先秦儒家〈诗〉学研究》，知识产权出版社 2010 年版。

刘冬颖：《诗经"变风变雅"考》，中国社会科学出版社 2005 年版。

刘怀荣：《赋比兴与中国诗学研究》，人民出版社 2007 年版。

刘立志：《汉代〈诗经〉学史论》，中华书局 2007 年版。

刘立志：《汉代〈诗经〉学史论》，中华书局 2007 年版。

刘立志：《〈诗经〉研究》，中华书局 2011 年版。

刘信芳：《孔子诗论述学》，安徽大学出版社 2003 年版。

刘玉娥：《溱洧之歌——〈郑风〉与〈桧风〉》，河南人民出版社 2008 年版。

刘毓庆：《从经学到文学——明代〈诗经〉学史论》，商务印书馆 2001 年版。

刘毓庆：《历代诗经著作考（先秦—元代）》，中华书局 2002 年版。

刘毓庆、贾培俊：《历代诗经著作考（明代）》，中华书局 2008 年版。

流沙河：《诗经现场》，新星出版社 2013 年版。

吕华亮：《〈诗经〉名物的文学价值研究》，安徽大学出版社 2010 年版。

马银琴：《两周诗史》，社会科学文献出版社 2006 年版。

马银琴：《周秦时代诗的传播史》，社会科学文献出版社 2011 年版。

聂石樵主编，雒三桂、李山注释：《诗经新注》，齐鲁书社 2009 年版。

宁宇：《古代〈诗经〉接受史》，齐鲁书社 2014 年版。

钱发平：《诗经的历史》，重庆出版社 2006 年版。

孙作云：《诗经与周代社会研究》，中华书局 1966 年版。

汪祚民：《诗经文学阐释史（先秦—隋唐）》，人民出版社 2005 年版。

王长华：《诗论与子论》，学苑出版社 2001 年版。

王巍：《诗经民俗文化阐释》，商务印书馆 2004 年版。

王晓平：《日本诗经学史》，学苑出版社 2009 年版。

王秀梅译注：《诗经》，中华书局 2015 年版。

王妍：《经学以前的〈诗经〉》，东方出版社 2007 年版。
王政：《〈诗经〉文化人类学》，黄山书社 2010 年版。
吴闿生：《诗义会通》，蒋天枢、章培恒校点，中西书局 2012 年版。
夏传才：《20 世纪诗经学》，学苑出版社 2005 年版。
夏传才：《诗经讲座》，广西师范大学出版社 2007 年版。
夏传才：《诗经学大词典》，河北教育出版社 2014 年版。
夏传才：《诗经研究史概要》（增注本），清华大学出版社 2007 年版。
夏传才：《诗经语言艺术》，语文出版社 1985 年版。
夏传才：《诗经语言艺术新编》，语文出版社 1998 年版。
夏传才：《思无邪斋诗经论稿》，学苑出版社 2000 年版。
夏传才、董治安主编：《诗经要籍提要》，学苑出版社 2003 年版。
向熹：《诗经辞典》，四川人民出版社 1987 年版。
向熹：《诗经语文论集》，四川民族出版社 2002 年版。
萧兵：《孔子诗论的文化推绎》，湖北人民出版社 2006 年版。
谢无量：《诗经研究》，商务印书馆"国学小丛书"本，1933 年。
许维遹：《韩诗外传集释》，中华书局 1980 年版。
扬之水：《诗经别裁》，中华书局 2007 年版。
扬之水：《诗经名物新证》，北京古籍出版社 2000 年版。
杨合鸣、李中华：《诗经主题辨析》，广西教育出版社 1989 年版。
杨洁：《〈诗经〉郑、卫诗歌研究》，中国社会科学出版社 2016 年版。
杨善群、郑嘉融：《诗经里的世界》，上海文艺出版社 2003 年版。
杨仲义：《诗骚新识》，学苑出版社 1999 年版。
叶舒宪：《诗经的文化阐释》，湖北人民出版社 1994 年版。
犹家仲：《诗经的解释学研究》，广西师范大学出版社 2005 年版。

于茀：《金石简帛诗经研究》，北京大学出版社 2004 年版。

于省吾：《泽螺居诗经新征》，中华书局 1982 年版。

袁宝泉、陈智贤：《诗经探微》，花城出版社 1987 年版。

袁长江：《先秦两汉诗经研究论稿》，学苑出版社 1999 年版。

袁梅：《诗经译注》，齐鲁书社 1980 年版。

张洪海：《诗经汇评》，凤凰出版社 2016 年版。

张建军：《诗经与周文化考论》，齐鲁书社 2004 年版。

张启成：《诗经风雅颂研究论稿》，学苑出版社 2003 年版。

张启成：《诗经研究史论稿》，贵州人民出版社 2003 年版。

张西堂：《诗经六论》，商务印书馆 1957 年版。

赵茂林：《两汉三家〈诗〉研究》，巴蜀书社 2006 年版。

赵沛霖：《诗经研究反思》，天津教育出版社 1989 年版。

赵沛霖：《现代学术文化思潮与诗经研究——二十世纪诗经研究史》，学苑出版社 2006 年版。

赵沛霖：《兴的源起——历史积淀与诗歌艺术》，中国社会科学出版社 1987 年版。

赵雨：《上古歌诗的文化视野》，社会科学文献出版社 2005 年版。

郑志强：《当代诗经研究新视野》，中国长安出版社 2014 年版。

周策纵：《古巫医与"六诗"考》，上海古籍出版社 2009 年版。

周延良：《诗经学案与儒家伦理思想研究》，学苑出版社 2005 年版。

朱东润：《诗三百篇探故》，上海古籍出版社 1981 年版。

朱金发：《先秦诗经学》，学苑出版社 2007 年版。

［法］葛兰言：《古代中国的节庆与歌谣》，赵丙祥、张宏明译，赵丙祥校，广西师范大学出版社 2005 年版。

［韩］李瀷：《诗经疾书校注》，白承锡校注，江苏教育出版社 1999 年版。

［日］冈元凤纂辑：《毛诗品物图考》，王承略点校，山东画报出版社 2002 年版。

［日］家井真：《诗经原意研究》，江苏人民出版社 2011 年版。

［日］田中和夫：《汉唐诗经学研究》，李寅生译，凤凰出版社 2013 年版。

［日］细井徇：《诗经名物图》，浙江人民美术出版社 2015 年版。

［日］渊在宽：《古绘诗经名物》，武汉大学出版社 2011 年版。

［日］竹添光鸿：《毛诗会笺》，凤凰出版社 2012 年版。

［瑞典］高本汉：《高本汉诗经注释》，董同龢译，中西书局 2012 年版。

潘富俊：《诗经植物图鉴》，上海书店 2003 年版。

屈万里：《诗经诠释》，上海辞书出版社 2016 年版。

后　　记

　　中国是诗的国度，自《诗经》始，无不以诗为正宗。《诗经》流传后世，除了有"子曰诗云"的引用固定套语格式外，还有许多的集《诗》诗、《诗》事诗和论《诗》诗。魏晋时代，文人作诗多引用《诗经》，三曹是其代表。唐宋时期，不仅有引诗，还有化用《诗经》的名句，李白、杜甫、韩愈、白居易、苏轼、欧阳修、陆游等，都有引用化用《诗经》的诗句。明清时期，还有论《诗经》的诗作，如清人许瑶光《读〈诗经〉四十二首》等。现今央视的"中国诗词大会""经典咏流传"等文化节目，也在不断传承包括《诗经》在内的优秀诗章。

　　经典在传承中，也常常体现了新的特色。经典的生命只有以文化示范的形式融入当代生活中，才有实际意义。自《诗经》时代流传至今的风雅精神，就是引导人们在情感上寻求健康向上的正确人生观，培养良好的审美习惯和道德情操。

　　本书由两部分构成，上篇《遥远的回响：相遇〈诗经〉》，共十二章，是对《诗经》内容的概括介绍和学术史的钩沉探析；下篇《永远的感动：品读〈诗经〉》，选录了《诗经》69篇，作了品读赏析，《诗经》原文依据中华书局1980年《十三经注疏》本中《毛诗正义》为准，并参考了北京大学出版社1999年版李学勤主编

后 记

的《十三经注疏》（标点本）《毛诗正义》部分。书稿由刘昌安、温勤能共同完成。具体分工如下：刘昌安负责上篇十二章主要章节的撰写，并选定下篇《诗经》篇目，进行注释，撰写部分赏析内容。温勤能负责搜集文献资料、撰写上篇十二章中部分章节，撰写下篇《诗经》作品的部分赏析内容，最后由刘昌安统稿。

本书作为一部专题研究著作，在对《诗经》进行梳理的过程中，尽力吸纳学术界有关研究成果，更有笔者自己的认识和理解，强化了思辨性、知识性和学术性。由于受水平和时间所限，书中或有失当、疏误之处，祈请专家和读者批评指正。

最后，感谢陕西理工大学文学院"中国语言文学"省级优势学科、汉语言文学省级一流专业项目经费对本书出版的资助！

著 者

2021 年 3 月